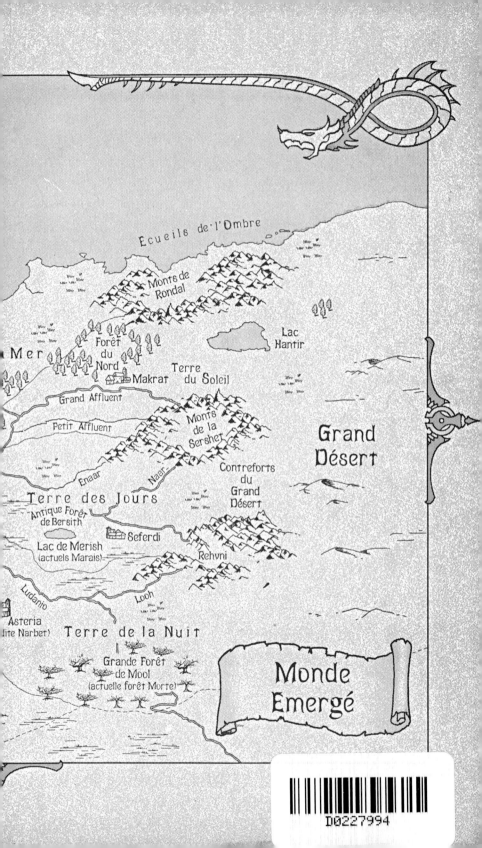

Ecueils de l'Ombre

Monts de Rondal

Lac Hantir

Mer

Forêt du Nord

Makrar

Terre du Soleil

Grand Affluent

Petit Affluent

Monts de la Sershel

Grand Désert

Enaar

Naar

Contreforts du Grand Désert

Terre des Jours

Antique Forêt de Bersith

Seferdi

Lac de Merish (actuels Marais)

Rehvni

Ludanio

Looh

Asteria (dite Narbet)

Terre de la Nuit

Grande Forêt de Mool (actuelle forêt Morte)

Monde Emergé

CHRONIQUES DU MONDE ÉMERGÉ

Livre II. La mission de Sennar

L'auteur

À l'âge de sept ans, **Licia Troisi** écrivait déjà des histoires que ses parents compilaient dans un cahier bleu... Plus tard, elle a choisi d'étudier l'astrophysique, ce qui lui a permis de décrocher un poste à l'Observatoire de Rome où elle travaille aujourd'hui. Sa passion pour l'écriture ne l'a cependant jamais quittée : à peine sortie de l'université, elle s'est lancée dans la rédaction des *Chroniques du Monde Émergé*. La série, publiée par la prestigieuse maison d'édition Mondadori, est déjà un best-seller en Italie.

Du même auteur dans la même collection :

Licia Troisi

CHRONIQUES DU MONDE ÉMERGÉ

Livre II. La mission de Sennar

Traduit de l'italien par Agathe Sanz

POCKET JEUNESSE

Directeur de collection :
Xavier d'ALMEIDA

Titre original :
Cronache del
Mondo Emerso
II. La Missione di Sennar

Loi n° 49 956 du 16 juillet 1949 sur les publications
destinées à la jeunesse : avril 2009.

Cronache del Mondo Emerso II – La Missione di Sennar
© 2004, Arnoldo Mondadori Editore S.p.A., Milano
Prima edizione nella collana Massimi di Fantascienza marzo 2004
© 2009, éditions Pocket Jeunesse, département d'Univers Poche,
pour la présente édition

ISBN : 978-2-266-17696-5

Mon nom est Nihal. J'ai grandi à Salazar, l'une des tours-cités de la Terre du Vent. Ma famille, c'était Livon, le meilleur armurier des huit Terres du Monde Émergé. Mon père adoptif. C'est lui qui m'a appris à me servir d'une épée et qui m'a enseigné ce qu'est la vie. Je lui dois tout. J'ai passé mon enfance à son côté, au milieu des armes, des boucliers et des armures, c'est là qu'est né mon désir de devenir guerrier.

J'ai vécu des années sereines, sans savoir ce que signifiaient mes cheveux bleus et mes oreilles en pointe. Ni pourquoi, d'aussi loin que je me souvenais, j'avais toujours entendu des voix, et fait les mêmes cauchemars : des visages déformés par la douleur qui me murmuraient des paroles incompréhensibles.

L'armée du Tyran est arrivée à l'improviste, un soir d'automne. Je l'ai vue déferler sur la plaine de Salazar comme une marée noire qui avalait tout sur son passage.

De ma vie d'alors, il n'est plus rien resté.

La cité a été prise et brûlée, mes amis tués, mon père passé au fil de l'épée sous mes yeux. Il est mort pour me protéger de deux fammins, combattants monstrueux créés par le Tyran. Je les ai tués tous les deux. J'avais seize ans.

J'étais habile à l'épée, mais pas assez. J'ai été blessée, et je n'ai émergé de la torpeur de ma convalescence que pour retomber dans la douleur et le désespoir.

J'ai découvert que j'étais la dernière survivante du peuple des demi-elfes, exterminé des années auparavant par le Tyran. Je n'étais qu'un nouveau-né lorsque la magicienne Soana, la sœur de Livon, m'a trouvée dans un village de la Terre de la Mer. Le corps sans vie de ma mère m'avait sauvée de la fureur meurtrière des fammins. J'étais la seule à avoir échappé au massacre.

À partir de ce moment, j'ai commencé à changer. La petite fille joyeuse a cédé la place à une jeune fille grandie trop vite. Désormais, les cauchemars me tourmentaient chaque nuit. Je me suis juré de combattre de tout mon être pour venir à bout du Tyran. C'est alors que j'ai décidé de devenir chevalier du dragon.

Entrer à l'Académie n'a pas été facile ; j'ai dû conquérir ma place à la pointe de l'épée. Raven, le Général Suprême de l'Ordre des chevaliers du dragon, avait choisi lui-même les dix guerriers que je devais affronter pour être acceptée comme élève. Je les ai vaincus les uns après les autres.

Une fois admise à l'Académie, j'ai vécu une année de solitude. Les autres élèves m'évitaient, parce que j'étais une fille, et parce que j'étais différente. Leurs regards lourds de méfiance me suivaient partout où j'allais.

Au début, j'en ai souffert. Et puis, je suis devenue imperméable à leur haine, à la souffrance, à tout. La seule chose qui m'importait était de venger mon père et mon peuple.

Mes nuits étaient habitées par une foule d'esprits qui m'incitaient à la vengeance. Quant à mes journées, ce n'était qu'une suite de rudes entraînements. Je voulais devenir une arme, sans sentiments ni douleur. Je voulais perdre mon identité.

Ayant surmonté la phase initiale de mon apprentissage, j'ai dû subir l'épreuve de la première bataille. Ce jour-là, sur le front, mon esprit s'est vidé, ma douleur s'est évanouie. Il n'y avait plus que mon épée de cristal noir, dernier cadeau de Livon, et le sang des fammins. J'ai combattu, j'ai tué ; je me suis acharnée sur l'ennemi. Les généraux se sont félicités de mon exploit, et j'ai cru que j'avais réussi.

Ce n'était pas le cas. Ce jour-là, Fen est mort. C'était un chevalier du dragon et le compagnon de Soana. Mais, pour moi, c'était un héros. J'étais amoureuse de lui, et cet amour était l'unique sentiment qui me liait encore à la vie. Devant son cadavre, j'ai juré de me consacrer tout entière à la guerre.

Pour que mon apprentissage soit complet, on m'a confiée à Ido, un chevalier du dragon issu du peuple des gnomes. C'est lui qui a insinué le doute dans mon esprit : est-ce que ce que je faisais était juste ? Pouvait-on combattre seulement pour la vengeance ?

Enfin, on m'a assigné un dragon. L'apprivoiser n'a pas été une mince affaire · c'était un vétéran, qui avait déjà appartenu à un chevalier. Il refusait de se laisser approcher et ne voulait plus voler. Son désir de bataille était mort avec son ancien maître. Je sentais qu'il était comme moi : seul et perdu. C'était mon dragon. C'est mon dragon. Il s'appelle Oarf.

Sennar a toujours été à mes côtés. Quand nous nous sommes connus, nous étions à peine plus que des enfants. Nous avons grandi ensemble, en partageant les rires, les rêves, et les souffrances. Nous nous sommes battus pour la même cause.

Je pense souvent à lui. Sennar, mon meilleur ami. Sennar le magicien. Sennar le conseiller.

Je ne sais pas s'il a déjà rejoint le Monde Submergé, et j'ignore si je le reverrai.

Notre dernière rencontre s'est terminée par un adieu que je n'oublierai pas.

Son absence est une douleur qui m'accompagne chaque jour.

ENTRE TERRE ET MER

Pendant la guerre de Deux Cents Ans, beaucoup d'habitants du Monde Émergé, fatigués par les combats, abandonnèrent leurs Terres pour aller vivre dans la mer. Le dernier contact avec eux remonte à cent cinquante ans en arrière, quand les règnes conjoints de la Terre de l'Eau et de la Terre du Vent tentèrent d'envahir le Monde Submergé grâce à une carte que leur avait procurée un habitant de ce monde retourné à la terre ferme. L'expédition finit tragiquement : il n'y eut aucun survivant pour venir raconter ce qui s'était passé. Depuis lors, on ne sait rien de ce continent, et on a perdu jusqu'à la mémoire de la route qui y mène...

Annales du Conseil des Mages, fragment

Il est donc interdit à la Terre du Vent de conserver copie du plan maritime avec lequel (...)
La carte originale sera utilisée (...) expédition militaire contre le Monde Submergé.

Parchemin portant le sceau de la Terre de l'Eau, bibliothèque royale de la ville de Makrat, fragment

1

LE DÉPART

Une besace contenant des livres et quelques vêtements. C'était tout son bagage. Sennar la chargea sur son épaule et sortit à l'air libre.

Sous son manteau, il ne portait qu'une longue tunique qui lui descendait jusqu'aux pieds. Elle était ornée de traits rouges entrelacés, qui culminaient en un grand œil écarquillé sur son ventre. Il ne s'était pas encore habitué au climat de Makrat. Quand il habitait la Terre de la Mer, les printemps étaient doux, et sur la Terre du Vent, il faisait toujours chaud. Sur la Terre du Soleil, au contraire, le printemps était presque aussi glacial que l'hiver et la chaleur torride et suffocante de l'été arrivait toujours comme par surprise.

Il frissonna et couvrit ses longs cheveux roux avec la capuche de son manteau.

Il avait dix-neuf ans, et il était magicien. Un très grand magicien. Mais pas un héros. Nihal, elle, était capable de se jeter sans hésitation au-devant de la mort. Lui ne faisait qu'élaborer des stratégies, à l'arrière des lignes de front. Et à présent qu'il avait la possibilité de faire quelque chose pour le peuple de leur monde torturé, il avait peur.

Après des mois d'assemblées avec les mages du Conseil et de réunions au sommet avec les militaires, le moment était pourtant arrivé. Il partait sillonner les mers à la recherche d'un continent qui, pour autant qu'il sache, pouvait tout aussi bien ne plus exister.

Il partait seul, comme l'avait décidé le Conseil.

Cela faisait cent cinquante ans qu'on n'avait pas de nouvelles du Monde Submergé. Sa mission était de le retrouver et de convaincre son roi d'aider le Monde Émergé dans une guerre dont on ne voyait pas la fin : celle contre le Tyran.

À la lumière de l'aube, sa mission lui sembla sans espoir.

Son cheval était déjà prêt. Sennar hésita un moment avant de monter en selle. « Il est encore temps, songea-t-il. Je peux retourner au Conseil et dire que j'ai changé d'avis. »

Il regarda autour de lui : pas âme qui vive ; tout dormait encore. Aussi, lui fallait-il partir sans un adieu. Il porta instinctivement sa main à sa joue, puis il éperonna son cheval et se mit en chemin.

Sa première étape était la Terre de la Mer, où il chercherait quelqu'un qui soit disposé à affronter l'océan avec lui. C'était la Terre qui l'avait vu naître. Il l'avait quittée à huit ans pour suivre Soana, son maître de magie, sur la Terre du Vent. Il y était rarement retourné, car le voyage était long et dangereux.

Cela faisait deux ans que Sennar n'était pas rentré chez lui. Mais, maintenant qu'il se trouvait à un nouveau tournant de sa vie, il ressentait un besoin impérieux de revoir sa mère.

Il atteignit Phelta tard dans la matinée. Le ciel était noir et gonflé de pluie, un ciel d'orage qui pesait comme une chape sur les quelques maisons de son village natal. Il n'y avait personne dans les rues, tout le monde devait être calfeutré chez soi en prévision de la tempête. L'air était humide. Sennar huma le parfum fort et pénétrant de la mer, qui arrivait jusque dans l'arrière-pays.

D'aspect modeste, le village ne comptait que deux cents habitants. Les maisons en torchis et aux toits de chaume, bâties selon le style typique de la région, y étaient blotties les unes contre les autres à l'intérieur d'une solide palissade de bois, tel un groupe d'enfants effrayés sur une terre étrangère. Sennar n'avait pas beaucoup de souvenirs de ce lieu. Il y était né, mais lui et sa famille l'avaient quitté très tôt pour les champs de bataille. Ils n'y retournaient que pendant les rares permissions de son père, et c'était seulement dans ces occasions qu'il pouvait retrouver ses amis et renouer les liens interrompus. Mais c'était tout de même là sa maison. Sa patrie, sa Terre.

Il eut envie de faire un tour avant d'aller chez sa mère. Il avait besoin de se réapproprier l'endroit, de fouler la pierre du pavé, de sentir les parfums, d'effleurer le crépis des maisons rongé par la mer. Il se perdit en vagabondant dans les ruelles étroites et tortueuses, s'attarda sur la minuscule place centrale où les jours de fête se tenait le marché, et traîna longuement sur la jetée, une mince langue de bois suspendue au-dessus de l'océan.

L'espace d'un instant, il revit tout avec ses yeux d'enfant. Une multitude de souvenirs enfouis lui revinrent soudain à la mémoire : des images fugaces de jeux entre les maisons, d'amis perdus, de joies simples. Des choses qu'il avait oubliées peut-être un peu trop vite.

Il était ému à l'idée de retrouver sa mère. Arrivé à la porte de la maison, il entendit des bruits de vaisselle. Il hésita quelques instants, puis frappa.

Une femme frêle au visage couvert de taches de rousseur vint lui ouvrir. Elle avait vieilli depuis la dernière fois que Sennar l'avait vue. Elle portait la modeste robe noire des femmes pauvres qui reprisent à l'infini le seul vêtement qu'elles possèdent, mais ennoblie par un col de dentelle. Autrefois, elle aussi avait eu les cheveux rouge feu, comme son fils, mais à présent sa chevelure, sagement rassemblée dans un chignon lâche, était striée de mèches blanches.

Seuls ses yeux étaient encore ceux de la jeune fille qu'elle avait été, d'un vert vif et joyeux ; ils s'allumèrent lorsqu'elle vit Sennar.

— Tu es rentré !

Elle le serra fort dans ses bras.

Les fleurs sur la table, les napperons brodés sur les meubles, et l'ordre impeccable : Sennar reconnut le soin de sa mère pour les moindres détails.

Elle se précipita sur ses fourneaux et remplit le poêle à bois.

— Pourquoi tu ne m'as pas prévenue que tu viendrais ? Je n'ai rien à t'offrir, juste quelques petites choses qu'il me reste dans le garde-manger. C'est un grand jour ! Nous aurions pu le fêter.

Elle ne cessait d'aller et de venir dans la cuisine, ouvrant les placards, tirant des casseroles.

— Ça n'a pas d'importance, maman, essaya de la rassurer Sennar.

Il la regardait s'affairer ainsi à la cuisine avec plaisir. Il avait l'impression d'être redevenu enfant, à l'époque où son père était encore vivant et la famille unie. Tout en cuisinant, sa mère n'arrêtait pas de parler ; elle l'interrogeait sur sa vie et lui racontait la sienne. Ils discutèrent aussi de choses et d'autres, de sujets futiles : c'était exactement ce dont Sennar avait besoin.

Quand le déjeuner fut prêt, ils s'assirent à table. Sa mère avait toujours été une excellente cuisinière, qui, même avec peu d'ingrédients, était capable d'élaborer des plats de roi. Cette fois, elle avait préparé une soupe de poissons et de légumes, accompagnée de pain aux noix.

Ce n'est que devant les assiettes fumantes, dans l'atmosphère tranquille de la maison, que la femme put enfin regarder calmement son fils :

— Comme tu as grandi..

Sennar rougit.

— Tu es un homme, à présent... Un conseiller...

Ses yeux de mère se remplirent d'orgueil :

— Je ne suis pas encore habituée à l'idée, tu sais ? Allez ! Raconte-moi comment tu vis et ce que tu deviens.

Sennar obéit pour lui faire plaisir, malgré les remords qui lui nouaient la gorge. Bien que des années se soient écoulées, et bien que sa mère ne lui ait jamais reproché son choix, Sennar avait toujours le sentiment de les avoir abandonnées, elle et sa sœur. N'avait-il pas quitté cette maison pour suivre ses rêves, laissé Soana l'emmener au loin, sur une Terre épargnée par la guerre ? Son départ avait trop ressemblé à une fuite.

Quand il eut fini de parler, il prit la main de sa mère et la serra :

— Et toi, maman ? Comment ça va ?

— Oh, comme d'habitude. Les broderies se vendent bien, même si ce n'est plus comme avant. La guerre se fait sentir jusqu'ici. Mais je ne me plains pas, je gagne assez pour survivre. Je m'en tire beaucoup mieux que beaucoup d'autres gens. J'ai une vie bien remplie, tu sais ? Chaque jour, la maison est pleine d'amies qui viennent me retrouver.

Sennar baissa les yeux :

— Et Kala ?

— Kala va bien. Elle me manque, bien sûr, mais je la vois souvent.

Elle prit le visage de son fils entre ses mains :

— Sennar, regarde-moi. Quoi qu'en dise ta sœur, sache que tu as fait le bon choix. Moi, je suis contente de l'homme que tu es devenu.

— Il faut que je lui parle, déclara Sennar.

Sa mère le regarda avec sérieux :

— Qu'y a-t-il, mon fils ? Tu as l'air... comment dire ?... étrange, inquiet...

— Je n'ai rien, c'est seulement que... je dois faire un voyage... Je pars pour une terre lointaine et... C'est pour ça que je suis venu. Je serai absent assez longtemps, je crois.

Il ne voulait pas lui avouer la vérité. L'important, c'était qu'il ait pu la revoir une dernière fois, le reste ne comptait pas.

Sa mère l'observa longuement en essayant de lire sur son visage ce qui le tourmentait. Puis elle baissa les yeux.

— Elle habite maintenant dans une maison à l'autre bout du village, murmura-t-elle. Au bord de la mer.

Sennar s'y rendit à pied. Le ciel était blanc de nuages ; la pluie n'était pas loin. La mer s'étendait, immense, devant lui ; ses vagues se brisaient sur le quai, recouvrant tout sur leur passage. C'était la mer puissante de son enfance, cette même mer au ventre de laquelle lui et son père arrachaient des poissons, les jours de chance ; celle où il plongeait autrefois avec délice. Mais à présent elle lui semblait en colère contre lui.

Il s'avança sur l'embarcadère. Les rouleaux étaient hauts comme des montagnes ; cependant il n'avait pas peur. Il se laissa submerger par une vague et en sortit indemne, entouré d'un champ magnétique bleuté : une barrière magique, un très simple enchantement de défense.

— Je t'ai eue ! plaisanta-t-il.

Puis il vit la maison, au bout de la plage.

Il était complètement trempé. Il frissonna et sentit soudain le courage lui manquer. Et s'il faisait d'abord un saut à l'auberge ? Ce n'était pas trop loin, et de toute façon il devrait y aller à un moment ou à un autre. Il remit à plus tard sa rencontre avec sa sœur et bifurqua vers le village.

Un vieil homme à la barbe blanche et au visage bruni par le soleil poussait à grand-peine un tonneau en pestant contre la pluie. Sennar le reconnut immédiatement : il n'y avait que Faraq pour connaître autant de manières de maudire quelque chose.

Arrivé dans son dos, il s'exclama :

— Tu as besoin d'un coup de main ?

L'homme sursauta et se retourna d'un bloc.

— Tu es fou ? Tu veux que j'aie une attaque, ou quoi ? Bon sang, mais qui es-tu ?

Sennar réprima un sourire. Le vieil aubergiste était toujours aussi bourru !

— Tu ne te souviens pas de moi ?

Faraq le dévisagea un bon moment, puis se tapa le front du poing.

— Mais si, bien sûr ! Tu es Sennar, le magicien. Ma parole, ça ne me rajeunit pas ! La dernière fois que je t'ai vu, tu étais encore un gamin, et voilà que tu es plus grand que moi !

Il rit et lui assena une tape sur l'épaule.

— Pourquoi restons-nous dehors, à nous tremper comme des poissons ? Viens à l'intérieur.

L'auberge était très différente du souvenir qu'en avait Sennar : elle semblait avoir rétréci.

Le magicien s'assit à l'une des tables de bois brut tandis que Faraq disparaissait derrière le comptoir.

— Il faut fêter ça ! cria l'aubergiste. Et avec ce fichu temps, il nous faut quelque chose de fort, ajouta-t-il en apportant une bouteille pleine d'un liquide violacé et deux verres.

— Sois le bienvenu, mon garçon.

Il leva son verre et le vida d'une traite.

Sennar le regarda, songeur. La dernière fois qu'il était passé à l'auberge, les cheveux de Faraq commençaient seulement à grisonner, et lorsqu'il riait, le réseau de petites rides autour de ses yeux s'ébauchait à peine. Par les dieux, combien de temps s'était-il écoulé depuis ?

Le jeune homme avala une gorgée, qui suffit à lui arracher la gorge et à le faire tousser.

— Comment ? Ne me dis pas qu'un homme comme toi ne tient pas le squale ? se moqua Faraq.

— C'est la première fois que j'en bois, se justifia Sennar. Là où je vis, cela n'existe pas.

Le squale était une liqueur très forte. La tradition voulait que, lorsqu'un garçon atteignait l'âge de seize ans, on l'amène à l'auberge pour fêter son passage à l'âge adulte en le saoulant.

— Tu vois ce que tu as perdu en t'en allant d'ici ! plaisanta Faraq. Mais j'ai entendu que tu avais fait carrière... Conseiller, à ce qu'on dit ?

Sennar acquiesça.

— Ah ! C'est qu'il est fort, notre magicien, pas vrai ? s'exclama l'aubergiste en lui donnant une nouvelle tape sur l'épaule.

Sennar était heureux de retrouver le franc-parler des siens, et leur humour. Il aimait cette terre qui l'avait vu naître. Après un nombre de verres qu'il n'était plus en état de compter, Faraq lui demanda la raison de son retour. Le visage rougi par l'alcool, Sennar lui raconta tout.

L'aubergiste n'en crut pas ses oreilles :

— Mais... c'est de la folie, Sennar ! Des tas de gens ont essayé d'atteindre ce Monde Submergé, et tu sais quoi ? Aucun n'en est revenu !

— Je sais. Mais c'est ma mission, je ne peux pas reculer. Et j'ai besoin de quelqu'un d'assez fou pour m'y conduire. Est-ce que tu peux m'aider à le trouver ?

— Personne ne voudra.

— Alors, ça veut dire que j'irai seul

Faraq le dévisagea avec attention :

— Je n'arrive pas à comprendre si tu es un héros, ou si tu as complètement perdu la tête...

— Je dois être fou, répondit Sennar en riant. L'héroïsme, je ne connais pas : je n'ai même pas eu le courage d'avouer à ma mère ce que j'allais faire. Alors, ne lui dis rien, je t'en prie. Elle se ferait du souci.

Faraq hocha la tête :

— Comme tu veux.

— Tu m'aideras ? demanda Sennar en se levant

— Je ne te garantis rien. Reviens demain.

La pluie tombait encore plus fort, mais cette fois Sennar se dirigea d'un pas décidé vers la maison de Kala.

Il frappa : pas de réponse. Il frappa encore, et la porte s'ouvrit brusquement.

— Qui est-ce, à la fin ? cria-t-on.

Aucun doute, c'était bien Kala.

Sennar se souvenait d'une jeune fille d'une vingtaine d'années encore gracile, or c'était la silhouette d'une femme plantureuse au visage rond, encadré de boucles cuivrées, qui se découpait sur le seuil de la porte. Pendant une fraction de seconde, ils se regardèrent sans bouger, et Sennar eut le temps de voir la colère monter peu à peu dans les yeux si clairs de sa sœur, bleus comme les siens. L'instant d'après, elle lui claquait la porte au nez

— Kala ! Kala, ouvre-moi, demanda Sennar, dont les vêtements ruisselaient d'eau.

Il se mit à marteler la porte de coups de poings .

– J'ai besoin de te parler, au nom des dieux ! C'est peut-être la dernière fois que nous nous voyons !

— Ah oui ? Eh bien, fasse le ciel que je ne te voie plus jamais ! hurla Kala de l'intérieur.

— D'accord ! Je vais rester là jusqu'à ce que tu me laisses entrer.

La porte s'ouvrit aussitôt en grand :

— Si tu ne t'en vas pas tout de suite, je te jure que j'appelle les gardes.

— Vas-y, je n'ai rien à perdre.

Kala voulut claquer de nouveau la porte, mais Sennar passa son bras dans l'entrebâillement.

— Enlève ton satané bras, ou je te l'écrase !

— Je veux seulement parler.

Une fillette aux cheveux bouclés émergea de derrière la jupe de la jeune femme :

— Maman, c'est qui ?

— Rentre, Man, ordonna Kala. Et toi, va-t'en ! Il n'y a pas de place pour toi ici, siffla-t-elle à son frère.

— J'ai une nièce ! J'ai une nièce, et vous ne me l'avez pas dit ?

— Damnation ! explosa Kala, exaspérée. Allez, entre !

Sennar pénétra dans la grande salle principale en dégoulinant copieusement sur le plancher de bois. Une cheminée allumée réchauffait la pièce ; un grand bouquet de fleurs blanches ornait la table.

L'enfant, immobile devant le magicien, le fixait avec des yeux écarquillés.

— Man, je t'ai dit de déguerpir, tu es sourde ? la gronda sa mère.

La petite disparut à regret en trottinant.

— Quel âge a-t-elle ? murmura Sennar.

— Qu'est-ce que ça peut te faire ? dit rageusement Kala.

À présent qu'il se tenait devant elle et qu'il pouvait lui parler, Sennar se sentit soudain sans forces.

— Alors ? lança-t-elle. Qu'est-ce que tu veux ?

— Je ne sais pas.

Après tant d'années de silence, que pouvait-il bien lui dire, en effet ? Il prit une grande inspiration et récita d'une traite :

— J'étais encore un enfant quand je suis parti, Kala. Ensuite, papa est mort. Et Soana me répétait sans cesse que si je voulais combattre le Tyran je devais continuer ma route et devenir magicien.

Kala le regarda avec mépris :

— Tu es exactement comme papa !

— Papa a voulu apporter sa contribution à la lutte pour la liberté, protesta-t-il, blessé par ces paroles. On ne peut que l'admirer.

— Sa contribution, hein ? Tu veux dire : obliger maman à vivre sur un champ de bataille et à élever ses enfants au beau milieu de la guerre... Il a sacrifié le bonheur de trois personnes pour pouvoir continuer à servir d'écuyer à son bien-aimé chevalier ! Et toi, tu es comme lui : tu es parti pour jouer les héros et sauver on ne sait qui. Mais tu n'es pas un héros, Sennar. Tu aurais dû rester avec nous, nous avions besoin de toi. Maman a trimé toute sa vie comme une mule, parce qu'il n'y avait jamais assez d'argent. Et moi, je me suis mariée sans même avoir de dot

Kala baissa les yeux :

— Je t'aimais, Sennar. Quand tu es parti avec cette sorcière, tu étais petit, c'est vrai, tu ne savais pas ce que tu faisais. Mais voilà onze ans que tu te terres je ne sais où pour étudier ! Qu'est-ce que tu croyais ? Qu'une petite visite de temps en temps suffirait à réparer ton absence ?

— Vous aussi, vous m'avez manqué, lâcha Sennar. Beaucoup manqué.

— Tais-toi ! Chaque fois que tu daignais revenir, maman était heureuse comme une petite fille devant un cadeau. Et puis tu repartais, et je l'entendais pleurer pendant des jours. Cela me mettait tellement en colère. Pourquoi est-ce qu'elle ne te forçait pas à rentrer ? Pourquoi est-ce qu'elle ne te disait pas en face que tu étais un égoïste ? Mais non, elle continuait à t'admirer et à te soutenir...

Les yeux de Kala se remplirent de larmes .

— Moi, je ne suis pas comme elle. Maintenant va-t'en, s'il te plaît, et ne reviens plus jamais.

— Moi, je t'aime toujours autant, Kala, fit Sennar, la gorge nouée. Et ta fille est très belle, vraiment.

Il s'approcha de sa sœur pour lui donner un baiser sur la joue, mais elle s'écarta :

— Pourquoi es-tu venu ?

— Je pars, et je ne sais pas quand je serai de retour. Je voulais t'embrasser.

Kala regarda son frère en silence.

— J'ai peur de ce voyage, poursuivit Sennar en se parlant presque à lui-même. Si j'écoutais mes jambes, je me sauverais en courant. Mais, en même temps, je sens que je dois le faire. C'est drôle, n'est-ce pas ? On dirait que toute ma vie j'ai fonctionné comme ça.

Deux larmes coulèrent sur les joues de Kala.

— Je peux dire au revoir à ma nièce ? demanda Sennar.

Kala hocha la tête et s'essuya rapidement le visage

— Man !

La petite fille arriva en courant et s'immobilisa au milieu de la pièce, intimidée.

— Elle a quatre ans, murmura Kala.

Sennar caressa la tête à sa nièce, ouvrit la porte et partit dans la nuit.

Le lendemain après-midi, l'auberge grouillait de monde. Sennar se faufila entre les tables et se dirigea vers Faraq.

— Tu as trouvé ? demanda-t-il à voix basse.

L'aubergiste jeta un coup d'œil furtif autour d'eux et l'attira à lui :

— C'est que la chose n'est pas simple...

— S'il n'y a personne, l'interrompit le jeune homme, un bateau de pêche me suffira, ou une barque, n'importe quoi qui flotte, pourvu que je puisse naviguer seul.

— Du calme, du calme ! Tu as à peine vingt ans, et tu es déjà si pressé de mourir ? Mon fils a un contact, mais ils veulent pas mal d'argent...

— Ce n'est pas ce qui me manque.

— Alors rendez-vous cette nuit, sur le quai occidental.

— J'y serai.

Sennar sortit discrètement de chez sa mère, emmitouflé dans une cape noire qui le couvrait de la tête aux pieds. La nuit était limpide, et la mer lisse comme une nappe d'huile. Sur le quai, il n'y avait personne.

Sennar s'assit au bord, les pieds dans le vide. Le fin croissant de lune projetait une lumière spectrale sur le miroir de l'eau qui s'étendait à ses pieds.

— C'est toi ? demanda une voix de femme au timbre bas, presque rauque.

Sennar se retourna. Derrière lui se tenait une silhouette élancée, enveloppée dans un long manteau. Il ne s'était pas aperçu de son arrivée.

— Comment ça, moi ?

— Qu'est-ce qu'il y a ? Tu es niais, ou quoi ? répliqua l'inconnue, courroucée. Tu es celui qui veut aller dans le Monde Submergé, oui ou non ?

— Oui. Oui, c'est moi.

La femme s'assit à côté de lui sans ôter la capuche qui lui couvrait le visage.

— Un million de dinars, dit-elle avec flegme.

Sennar eut un moment d'hésitation :

— Pardon ?

— Tu as très bien compris. Tu les as ?

Le magicien fit un rapide calcul ; s'il ajoutait un peu de son argent personnel à la somme qui lui avait été allouée, cela devrait aller.

— Ça me semble un peu élevé comme prix, déclara-t-il toutefois.

Elle se mit à rire :

— Tu plaisantes ! Le dernier qui a tenté l'entreprise a disparu en mer corps et âme. Tout ce que l'on a retrouvé de son bateau, c'est le mât. C'était il y a deux ans.

— Quand pourrait-on prendre la mer ? demanda Sennar.

— Ça dépend. On m'a dit que tu avais une carte ?

Dans son for intérieur, Sennar se traita d'imbécile.

— Je ne l'ai pas avec moi, répondit-il, embarrassé

Il était vraiment un conspirateur désastreux...

La femme se leva pour partir :

— Demain, ici, à la même heure.

— Nous ne pourrions pas nous rencontrer plutôt de jour ? Je voudrais connaître le reste de l'équipage, et aussi voir le bateau.

La femme approcha son visage de celui de Sennar. À la lueur de la lune, le magicien entrevit deux yeux noirs comme le charbon. Et lorsqu'elle parla, il sentit son souffle sur sa peau :

— Tu as de grandes prétentions, dis donc ! Prends garde à ne pas me faire changer d'avis. À demain, mon ange !

Elle le fixa encore quelques secondes, puis se détourna et disparut dans la nuit.

Quand Sennar arriva sur l'embarcadère le lendemain soir, la femme l'attendait déjà. Elle portait toujours son long manteau.

— Viens, ce n'est pas prudent de rester à découvert, fit-elle.

Sennar la suivit avec un peu d'inquiétude. Il avait l'impression de s'engouffrer dans un traquenard. Ils parcoururent la plage, en restant loin l'un de l'autre. Elle lui ordonna de marcher dans l'eau, et il lui obéit, malgré le froid glacial de la mer en cette saison.

Au bout d'un bon moment, ils atteignirent une petite crique dissimulée entre les écueils. Sennar se rappela qu'enfant il n'avait pas le droit d'y aller. C'était dangereux, disait-on. Ils se faufilèrent péniblement dans une fente de la roche, qui s'élargit bientôt en une grotte éclairée par des chandelles.

— Ici, nous serons tranquilles, annonça la femme.

Sennar regarda autour de lui. La grotte avait l'air habitée. Une planche installée au milieu servait de table. Elle était couverte de verres et de bouteilles de squale. Une série de couloirs s'ouvraient autour, qui menaient vraisemblablement à d'autres pièces.

— Assieds-toi.

Sennar obéit de nouveau sans broncher, les yeux fixés sur elle. La femme défit enfin les lacets de son manteau et le laissa tomber de ses épaules dans un geste théâtral.

Plus proche de trente ans que de vingt, elle avait de longs cheveux noirs et lisses qui lui arrivaient jusqu'à la taille, des hanches rondes et une opulente poitrine, soulignée par un corset de velours. Mis à part son généreux décolleté, elle était habillée comme un homme – un pantalon de cuir, des bottes – et portait un poignard à la ceinture.

Sennar en resta bouche bée.

— Qu'est-ce qu'il y a ? le défia-t-elle. Tu n'as jamais vu une femme, ou quoi ?

Sans le lâcher des yeux, elle tira une chaise de sous la table, s'y assit à califourchon et prit une bouteille de liqueur, dont elle remplit deux verres. Elle en tendit un à Sennar, et vida l'autre comme si cela avait été de l'eau.

— Alors ? Comment tu t'appelles ?

— Et toi ? fit Sennar dans un filet de voix.

— Je te le dirai à la fin de notre petite discussion, si cela me va, naturellement. En attendant, tu peux sortir ta carte.

Sennar fouilla dans ses poches avec maladresse. Cette femme le troublait. Il chercha en rougissant jusqu'à ce que la main de son étrange hôte effleure sa taille.

— À ton avis, ça peut être ce bout de papier ? dit-elle d'une voix railleuse.

Il baissa les yeux :

— Excuse-moi, je suis un peu confus. Oui, c'est ça.

La femme tira le parchemin de sa tunique. Elle n'y jeta qu'un bref coup d'œil et la reposa sur la table :

— Des cartes comme celle-là, j'en ai vu des dizaines. Elles ne servent à rien.

— Pourquoi ? demanda Sennar, sur la défensive.

— Qu'est-ce que tu crois, mon garçon ? Que tu es le premier à vouloir atteindre le Monde Submergé ? Est-ce que tu as une idée du nombre de gens qui ont essayé avant toi ? Des cartes, il en circule de toutes sortes : de vagues plans griffonnés, des routes tracées au couteau... Et tous ceux qui les possèdent jurent que la leur est vraie. Seulement, au moment de partir, va savoir pourquoi, personne n'est plus vraiment décidé ! Les quelques fous qui l'ont fait ont été digérés par les poissons il y a longtemps.

Sennar avala son squale, ramassa le parchemin et prit son courage à deux mains.

— Pourtant, je t'affirme que cette carte indique la route qui mène au Monde Submergé, dit-il en s'efforçant de la regarder droit dans les yeux.

Elle était d'une beauté à couper le souffle.

— Mais bien sûr ! s'exclama-t-elle avec un regard moqueur. Laisse-moi deviner : tu l'as achetée à un marchand qui a prétendu y aller au moins une fois par an depuis des lustres !

Sennar but une autre gorgée de squale.

— Non, pas du tout. Je l'ai trouvée enfouie dans la bibliothèque royale de Makrat. Elle était entourée d'un parchemin portant le sceau de la Terre de l'Eau, qui disait en résumé que cette carte était la copie de celle qui a été utilisée pour la tentative d'invasion entreprise par le Monde Émergé.

— Et alors ? On ne sait même pas si cette tentative a vraiment eu lieu...

Le magicien secoua la tête :

— Bien sûr qu'elle a eu lieu ! J'en suis certain. Juste après, un ambassadeur du Monde Submergé s'est présenté au conseiller du roi pour lui intimer l'ordre de ne plus jamais oser s'approcher de leur royaume s'il ne voulait pas attirer de terribles catastrophes sur le sien. C'est consigné dans toutes les Annales que j'ai lues, et toujours de la même manière. Et si les envahisseurs sont arrivés jusque là-bas, cela signifie que la carte originale était juste, et donc que celle-ci, qui en est la copie, indique la position du Monde Submergé avec précision.

Ayant dit tout cela d'une traite, il s'appuya au dossier de sa chaise, satisfait.

La jeune femme leva les yeux au ciel :

— Mais qu'est-ce que tu veux qu'elle indique ? Elle est illisible !

Sennar ne s'avoua toujours pas vaincu.

— Je l'ai étudiée très longuement, déclara-t-il. Vas-y, dis-moi ce que tu ne comprends pas.

Elle approcha sa chaise de celle de Sennar. Leurs épaules s'effleurèrent.

— Ces frontières, là, ne ressemblent à aucune des côtes que je connais, dit-elle en montrant quelques points sur la carte. Et ici, il y a une tache indéfinissable. Ces îles n'existent pas ! Et puis, c'est quoi ce gribouillis ?

Sennar se troubla. La proximité de cette femme lui brouillait les idées et, au seul contact de son épaule, il sentait un frisson lui courir le long de la colonne vertébrale.

Il éloigna courageusement sa chaise.

— La côte, c'est celle qui est à l'ouest de la Terre de l'Eau, répondit-il. Je l'ai identifiée en la confrontant avec d'autres cartes. La tache, c'est une île inconnue, mais l'archipel que tu vois, c'est celui d'Ooren, les Îles Hivernales. Quant à ce que tu appelles un gribouillis, c'est l'entrée du Monde Submergé. Voilà. C'est... c'est un tourbillon, pour être précis.

La femme éclata de rire :

— Tu es fou ! Et je devrais me jeter dans un tourbillon avec mon navire ?

— Non, tu dois seulement m'amener dans les parages et me donner une barque. J'irai seul dans le tourbillon, et toi, tu pourras rentrer à la maison avec un million de dinars en poche, dit Sennar avant d'avaler une dernière gorgée de squale.

Elle le regarda ; dans ses yeux noirs brillait une lueur d'ironie :

— En fait, tu vas me payer un million de dinars pour te suicider, c'est ça ? Original ! Te pendre simplement à un arbre te semblait trop facile ?

Sennar replia la carte et la remit dans sa poche sans dire un mot.

« Elle a raison, songea-t-il. C'est un suicide. »

— Satisfais ma curiosité, poursuivit la jeune femme : pourquoi tu fais ça ?

Sennar pensa qu'il n'était pas prudent de lui dire la vérité. Il préféra rester vague :

— Je suis magicien. J'ai une mission à accomplir là-bas.

La femme demeura en silence quelques instants. Puis elle se leva et prit appui sur la table.

— Nous partons la nuit prochaine. Le navire sera amarré dans la crique derrière ce promontoire.

Le jeune conseiller se leva à son tour, incrédule. C'était fait ! Il lui tendit la main.

— Je m'appelle Sennar. Maintenant, tu peux me dire ton nom, tu ne crois pas ?

Elle sourit en le regardant droit dans les yeux .

— Mon nom vaut un million de dinars.

2
LES PIRATES

Il n'y avait pas de lune cette nuit-là. C'était un moment parfait pour appareiller en secret.

Tandis que ses pieds s'enfonçaient dans le sable de la plage obscure, Sennar sentit qu'à l'angoisse du départ se mêlait un autre sentiment : le désir de revoir ces extraordinaires yeux noirs. De toute la journée, il n'avait pas réussi à se sortir la mystérieuse jeune femme de l'esprit. Et quand il la vit au loin, son cœur fit un bond dans sa poitrine. « Bon sang, Sennar ! Tu veux bien te calmer, à la fin ? » se morigéna-t-il.

Elle l'attendait devant l'entrée de la grotte. Lorsqu'il fut à son niveau, elle l'éclaira en pleine figure avec sa lanterne, l'aveuglant à moitié.

— On peut y aller, fit-elle simplement.

Ils se dirigèrent vers la crique où était amarré le navire. Dans l'obscurité, Sennar ne parvint pas à distinguer grand-chose. Ce devait toutefois être une embarcation rapide, car la coque, longue et fuselée, fendait l'eau de sa pointe. La proue était ornée d'une figure qu'il ne put pas non plus identifier, une sorte de visage humanoïde à la bouche ouverte sur une rangée de dents pointues. Le bateau s'appelait le *Démon noir*.

— Tu sais nager, n'est-ce pas ? affirma plus que ne demanda la jeune femme.

Sennar la regarda d'un air perplexe :

— Nager ?

Mais elle avait déjà plongé dans la mer et avançait à longues brassées vers le navire.

Sennar resta seul sur la rive, interdit. « D'accord, si tu veux jouer à ça... »

L'instant d'après, une passerelle lumineuse reliant la plage au flanc du bateau apparut sur la mer. Sennar s'y engagea, l'air triomphant, et rattrapa rapidement la nageuse.

— Il fait un peu frais ce soir ! Tu veux te joindre à moi ? lança-t-il avec nonchalance.

Elle le gratifia d'un sourire méprisant :

— On se verra à bord.

À quelques pas du navire, les choses se gâtèrent. La passerelle commença à donner des signes de faiblesse, et le magicien dut se concentrer de façon considérable pour éviter la baignade. Un profane ne pouvait le deviner, mais il s'agissait là d'un tour de magie difficile, qui demandait beaucoup d'énergie.

La jeune femme l'attendait sur le pont, immobile, enveloppée dans un grand manteau.

Quand Sennar, tout essoufflé, l'eut rejointe, il eut droit au même sourire méprisant.

« Est-ce possible qu'elle gagne toujours ? » pensa-t-il avec dépit.

À côté de l'impertinente se tenait un imposant vieillard à l'air fier ; il avait une longue tresse de cheveux gris et des yeux flamboyants.

— Alors, c'est toi, le cinglé ? dit-il er guise de bonjour.

Les rires moqueurs de l'équipage déchirèrent le silence de la nuit. Sennar scruta l'obscurité : il était entouré d'un échantillon impressionnant de gibier de potence. Il se demanda soudain s'il n'aurait pas été plus en sécurité tout seul qu'accompagné de cette sorte de gens...

— Aïrès, ma fille, ne m'avait pas dit que tu étais un gamin, poursuivit l'homme.

Sennar s'éclaircit la voix et tendit la main :

— Enchanté, capitaine. Je m'appelle Sennar, et...

— L'argent d'abord, l'interrompit l'autre d'un air menaçant. Pour les simagrées, on verra après...

Le jeune magicien tira une volumineuse bourse de sa besace :

— Tout est là, vous pouvez vérifier.

— Ça, c'est sûr ! ricana le commandant en se dirigeant vers la cabine. Vous, les gars, ayez l'œil sur lui.

Sennar en profita pour examiner le *Démon noir*. Il semblait bien tenu et, à en juger par l'odeur, il avait été enduit de poix peu de temps avant. Le pont était long et spacieux, et le gaillard d'avant s'harmonisait parfaitement avec la ligne légère de la coque. Ses trois voiles étaient rouges, couleur insolite. C'est tout ce que Sennar put observer ce soir-là. Les hommes d'équipage, quant à eux, n'étaient pas très nombreux, et ils n'avaient pas l'aspect des gens de la Terre de la Mer. Il y avait même parmi eux un gnome et un elfe-follet.

Un jeune blond au visage brûlé par le soleil le fixait avec insistance. Il finit par s'approcher de lui. L'espace d'un instant, Sennar craignit qu'il ne veuille lui faire du mal.

— Dis donc, comment tu as fait ce truc sur l'eau, tout à l'heure ?

Sennar poussa un soupir de soulagement :

— C'est un enchantement ; je suis magicien.

— Et, comme ça, tu vas faire le magicien dans le Monde Submergé ? lança un autre membre de l'équipage.

Sennar n'eut pas le temps de répondre : le vieux capitaine était de retour sur le pont.

— D'après ce qu'il semble, l'argent de ce coquin est vrai, et il y a le compte, annonça-t-il. Bienvenu sur mon navire, gamin. Je suis Rool, le capitaine. Pour l'instant, tu n'as pas besoin d'en savoir plus. Tu feras connaissance avec les autres pendant la traversée.

— Où puis-je mettre mes affaires ? demanda Sennar, qui commençait à se détendre un peu.

— Quelle question ! Dans la cale, évidemment. Allez, les gars, on y va ! hurla Rool en ignorant son passager, qui resta figé au milieu du pont pendant que les marins s'éparpillaient sur le bateau.

Sennar arrêta Aïrès, qui passait près de lui, en l'attrapant par le bras :

— Un million de dinars, et vous me jetez dans la cale ?

Pour toute réponse, la jeune femme saisit fermement la main qui la serrait, tordit le bras de Sennar et le lui cloua dans le dos.

— Ce n'est pas une croisière, lui murmura-t-elle à l'oreille avant de le relâcher. Ton argent sert à payer le risque que nous prenons, pas ta place à bord. Tu pensais peut-être dormir dans ma cabine ?

Piteux, Sennar massa son poignet endolori.

— De toute façon, conclut Aïrès avec un sourire narquois, nous n'avons pas de cabine libre. La seule place disponible est dans la cale. Si tu veux partir, il vaut mieux que tu fasses contre mauvaise fortune bon cœur.

Le jeune homme lui lança un regard furibond : ce démon de femme avait encore une fois eu le dessus !

Sennar avait à peine descendu l'escalier menant à la cale qu'il entendit le bruit de petites pattes fuyant à la débandade sur le plancher de bois. Apparemment, la classe économique était déjà habitée... Dans un coin, il y avait un vieux coffre recouvert d'une paillasse. Il s'allongea sur ce lit de fortune, tira un drap sur son visage et essaya de dormir.

Enfin, le navire bougea. Le jeune homme entendit les vagues frapper régulièrement les flancs du voilier, et il pensa que ce bruit l'aiderait à trouver le sommeil. Il se trompait. Il fut pris d'une nausée qui monta peu à peu, jusqu'à ce qu'il se sente vraiment mal. Fermer les yeux ne faisait qu'empirer la situation. Par moments, il lui semblait tomber en arrière ; à d'autres, il était sûr d'avoir la tête en bas. Entre les rats et le mal de mer, il passa une des nuits les plus affreuses de sa vie.

Il ne mit pas longtemps à comprendre qu'il y avait bien autre chose à redouter : il était clair qu'il se trouvait sur un navire de pirates. À présent qu'ils avaient son argent, qu'est-ce qui empêcherait ces gens de lui trancher la gorge et le jeter à la mer ?

Pourtant, les jours passaient, et il était toujours en vie. Il prit l'habitude de regarder à chaque instant autour de lui. Partout, des yeux assassins le fixaient, et il lui semblait que les membres de l'équipage étaient sur le point de lui sauter dessus.

Il finit par rester enfermé dans la cale la plupart du temps, plongé dans les livres qu'il avait emportés avec lui en pensant qu'ils lui seraient utiles une fois atteint le Monde Submergé.

Quand il levait les yeux de ses lectures, il s'accordait quelques instants pour réfléchir à ce qu'il avait laissé à terre. Il pensait aussi à Nihal. Il s'imaginait, revenant de sa mission... Il allait la voir, la trouvait changée. Il revoyait ses yeux, son sourire. Puis il secouait la tête, passait ses doigts sur la cicatrice de sa joue. C'était elle qui la lui avait faite, dans un mouvement de colère, le jour de leur dernière rencontre. Son cadeau d'adieu.

Les craintes de Sennar se confirmèrent un soir, de la pire des manières.

Il s'était mis au lit de bonne heure, comme d'habitude. Il dînait avec l'équipage, mais il filait à peine le repas terminé et se couchait dès que les derniers rayons de soleil s'éteignaient sur la mer. Comme il n'avait pas confiance en ces compagnons de voyage, il s'imposait de longues phases de demi-veille jusqu'à ce qu'aucun bruit ne se fasse plus entendre sur le pont.

Cette nuit-là, le navire glissait tranquillement sur une mer lisse comme de l'huile, et Sennar s'était assoupi plus tôt que d'ordinaire. Soudain, des pas furtifs dans l'escalier se mêlèrent au clapotis de l'eau, et le grincement du bois au trottinement des rats.

Le poignard, lui, ne fit aucun bruit en quittant son fourreau. La lame scintilla dans la lumière de la lampe.

C'est alors que Sennar se réveilla en sursaut. Il avait dormi assez longtemps sur des champs de bataille pour devenir vigilant. Il n'aperçut qu'une lueur et un rictus sournois à un cheveu de son visage. Aussitôt, il roula sur le côté et se jeta du haut du coffre ; la lame déchira le coussin.

Le pirate n'eut pas l'occasion de tenter un deuxième assaut. Le poignard devint subitement incandescent entre ses mains, et il le lâcha en hurlant.

Sennar, debout aux pieds de l'escalier, récitait une lente litanie, les yeux fermés.

— Que diable es-tu en train de..., grogna l'homme entre ses dents.

Mais il ne put finir sa phrase : il tomba par terre, muet et raide comme un hareng fumé, et se mit à rouler des yeux, terrorisés.

Le magicien desserra les paupières, reprit haleine et essaya de contrôler le tremblement de ses mains. Il avait eu peur, inutile de le nier, mais il était surtout furieux.

— Tout le monde ici ! hurla-t-il à pleins poumons. Tout le monde ici tout de suite !

Des faces ensommeillées apparurent au bord de l'écoutille. Aïrès descendit l'escalier pieds nus, dans une chemise de nuit blanche qui laissait peu de place à l'imagination. Elle jeta un coup d'œil au pirate étendu à terre, qui lui adressa un regard suppliant.

— Que se passe-t-il ici ? demanda-t-elle sur un ton menaçant.

Mais, cette fois, Sennar ne se laissa pas intimider.

— Rien, à part le fait que vous m'avez sous-estimé.

— Quoi qu'il t'ait fait, libère-le immédiatement, siffla la femme.

— Tout doux, Aïrès ! Je tiens d'abord à éclaircir quelques petites choses. Premier point : si vous croyez avoir trouvé un poulet à plumer, vous vous êtes trompés dans vos calculs. Deuxième point, dit-il en indiquant le pirate immobilisé, voilà ce qui arrive à ceux qui se mettent en tête de s'en prendre à moi. Et sachez que, ce soir, j'ai été clément.

Le silence se fit dans la cale. Aïrès resta à sa place, avec une expression indéchiffrable. Puis ses lèvres se courbèrent en un sourire sardonique :

— Il est fort, notre magicien ! Alors, il y a quelque chose sous ce beau visage !

Elle s'approcha de lui et colla sa bouche contre son oreille :

— Faisons un pacte : je vais surveiller mes gars, mais si tu en touches encore un, je te jure que je m'occuperai personnellement de te le faire regretter.

— Affaire conclue, murmura Sennar, qui sentait de la sueur froide lui couler dans le dos.

Aïrès se retourna vers les hommes penchés sur l'écoutille :

— Le petit spectacle est fini ! Retournez vous coucher.

Puis elle remonta tranquillement l'escalier et disparut

Resté seul dans la cale, Sennar poussa un soupir de soulagement. Puis son regard tomba sur le pirate, toujours étendu au sol. Il souffla, prononça une brève formule et mit fin au sortilège. L'homme s'enfuit sans se retourner.

Le lendemain, Sennar fut accueilli sur le pont par des regards où se mêlaient l'admiration et la crainte. « Le petit spectacle » avait fait son effet. Personne ne tenta plus de s'introduire dans la cale, et le magicien put enfin commencer à jouir du voyage.

Le *Démon noir* était un très beau navire, d'un bois sombre qui le rendait menaçant et majestueux à la fois. Sa teinte obscure faisait ressortir ses voiles couleur sang qui claquaient au vent. La coque ne mesurait pas plus d'une trentaine de brasses de la poupe à la proue, et la muraille n'était pas très haute. C'était une embarcation rapide et imprenable, faite pour voler sur les vagues et fondre sur ses proies.

La silhouette qu'il avait aperçue la nuit du départ était un démon. Son buste se fondait dans le bois du navire comme si elle émergeait de la coque même. Sur son poitrail sculpté se greffait un cou de taureau qui soutenait une tête monstrueuse : de longs serpents sinueux en guise de cheveux, et des mâchoires grandes ouvertes, montrant des dents pointues comme des pieux. Lorsque le voilier filait sur les flots, cette terrible figure de proue semblait narguer l'océan et le railler de son affreux sourire. Sennar ne s'y connaissait pas beaucoup en bateaux, mais il trouvait celui-ci vraiment magnifique.

Les marins étaient une vingtaine.

Chaque matin, le magicien observait Rool, debout à la proue, goûtant la brise et contemplant sa créature glisser sur l'eau comme une plume. Cet homme le fascinait. Tout l'équipage, d'ailleurs, avait quelque chose qui l'attirait.

Le premier avec qui il se lia d'amitié fut le jeune garçon blond. Il s'appelait Dodi, et il était mousse à bord. Âgé de quinze ans, il s'était embarqué lorsqu'il en avait dix. C'était le fils illégitime d'un des matelots. Son père, qui n'avait jamais voulu entendre parler de lui, avait décidé de le prendre avec lui à la mort de sa mère.

Comme Sennar n'arrivait pas à s'habituer au tangage du navire et qu'il continuait à souffrir du mal de mer, Dodi s'était proclamé son guérisseur.

— Moi aussi, j'étais comme ça, au début, déclara-t-il. Ne t'inquiète pas, un bon hareng au sel, et ça te passera tout de suite !

Cependant le magicien se montra réfractaire à tout remède. Galette du marin, pain rassis, anchois, viande séchée : rien ne venait à bout de sa nausée.

Un soir, Dodi jeta l'éponge :

— Par les dieux de l'océan ! Il n'y a rien qui marche avec toi ! Et puis, d'ailleurs, si tu es magicien, pourquoi est-ce que tu ne te soignes pas toi-même ?

Sennar tourna la tête juste ce qu'il fallait pour le regarder de biais. Le mal de mer ne lui permettait pas davantage.

— Tu crois que, si je pouvais, je ne le ferais pas ?

Dodi écarquilla les yeux :

— Tu veux dire qu'un magicien ne peut pas résoudre un problème aussi simple ?

Sennar poursuivit la conversation à contrecœur :

— Ce n'est pas que je n'en suis pas capable. C'est un peu plus compliqué que ça. Pour résumer, accomplir un tour de magie fait perdre pas mal d'énergie.

Il réprima une nausée et maudit chaque vague de l'océan.

— Si tu crées un enchantement quand tu es reposé et en forme, reprit-il, le pire qui puisse t'arriver est que cela te fatigue ; un peu comme une course, tu vois ?

— Ou laver le pont de fond en comble, plaisanta le mousse.

— Exactement.

Sennar sourit et fit une autre pause pour essayer de calmer les soubresauts de son estomac.

— Mais si tu fais de la magie quand tu vas mal, tu es encore plus mal. Tu peux essayer d'accélérer la guérison d'une blessure à demi cicatrisée, mais plus, ce n'est pas possible. En fait, en ce moment, comme magicien, je suis hors jeu.

— Je me les imaginais plus robustes, les magiciens, lâcha Dodi.

— Parce que tu crois que les guerriers ne se fatiguent pas à combattre ? Eh bien, les magiciens se fatiguent à faire de la magie. Et puis, cela dépend des enchantements : par exemple, léviter demande beaucoup d'énergie ; en revanche, je peux maintenir un petit feu allumé toute la nuit et être juste essoufflé le lendemain matin. Bien sûr, plus un magicien est habile et puissant, moins ses forces s'épuisent. Mais nous avons tous nos limites. Les sortilèges difficiles demandent d'énormes efforts même aux magiciens les plus...

Il s'interrompit brusquement et ferma les yeux. Un seul mot de plus, et il vomissait le peu qu'il avait réussi à manger.

— Hé, magicien ! Ça va ? s'inquiéta Dodi.

— Oui, oui. Tout va bien.

— Mais à part ça, insista le jeune garçon, à part la fatigue, vous faites tout ce que vous voulez, n'est-ce pas ?

— Pas vraiment. Tu connais la différence entre la force magique du Conseil et celle du Tyran ?

Dodi fit signe que non.

— La magie du Conseil, qui est la seule autorisée, se base sur la capacité de plier la nature à sa volonté. C'est pour cela que les magiciens doivent être savants : il leur faut connaître les lois du monde pour pouvoir les guider avec leurs enchantements. Un magicien ne bouleverse pas la nature, il la dirige vers ses propres fins. C'est un art complexe.

— Qu'est-ce que tu ne peux pas faire, par exemple ? demanda Dodi avec curiosité.

Là, Sennar dut réfléchir, car le mal de mer lui embrumait un peu le cerveau.

— Je ne peux pas créer les choses à partir de rien ni modifier l'essence d'une créature, comme par exemple transformer un cochon en oiseau, finit-il par répondre. Tout ce que je peux, c'est le transfigurer, c'est-à-dire lui faire prendre provisoirement l'aspect d'un oiseau. Je ne peux pas non plus forcer les éléments : provoquer la pluie quand règne la sécheresse, ni la chaleur en plein hiver. Mais je peux prolonger la pluie pendant un certain temps, renforcer l'intensité du vent, et ainsi de suite...

— Et celui que tu as paralysé, l'autre soir ? Ça ne m'a pas l'air d'être une chose très naturelle !

— Il a essayé de m'agresser, et j'ai retourné contre lui sa propre violence. Rien de plus.

— C'est compliqué, commenta Dodi, songeur.

— C'est pour cela que tout le monde n'est pas magicien, conclut Sennar. Mais la chose la plus importante, c'est qu'on n'a pas le droit de tuer avec la magie. Ôter la vie est le bouleversement maximal de la nature. Or beaucoup de formules obscures du Tyran se basent là-dessus. Voilà pourquoi elles sont interdites.

— Explique-toi mieux. Ça m'intéresse, dit Dodi.

Sennar le regarda d'un air grave :

— Cela n'a rien de passionnant ! La magie du Tyran a pour seul but d'altérer les lois naturelles. Prends les fammins. Ce sont des créatures dues à l'union de plusieurs espèces et issues d'un enchantement interdit : des êtres assoiffés de sang entièrement voués au meurtre. Les formules prohibées n'apportent que mort et destruction ; et on ne viole pas impunément l'ordre des choses. En outre, le magicien qui les prononce corrompt son esprit et répand le mal dans le monde.

Dodi sembla touché par l'argument.

— Comment tu fais pour savoir toutes ces choses ? demanda-t-il enfin. Oui, au fait, le Conseil, le Tyran... qu'est-ce que tu as à voir avec tout ça ?

— Rien, absolument rien. J'ai étudié le sujet, c'est tout, mentit Sennar.

Le mousse resta silencieux quelques instants avant de lancer :

— En tout cas, tu me dois cinq dinars, magicien.

— Cinq dinars ? Et pourquoi ?

Dodi arbora un sourire triomphal :

— Parce que, à force de te faire parler, je t'ai guéri de ton mal de mer !

Sennar éclata de rire et lui décocha une taloche.

Dido était un grand bavard, et comme Sennar aimait écouter, bientôt il connaissait l'histoire de chaque pirate de l'équipage. Certains s'étaient embarqués pour fuir une condamnation à mort, d'autres par esprit d'aventure ; d'autres encore parce qu'ils avaient tout perdu au jeu. Ce navire était un monde d'histoires et d'anecdotes.

Sennar s'intéressait surtout au capitaine. Autour de lui et de son passé flottait un voile de mystère. Dodi rapportait des versions contradictoires et teintées de légende : il y avait celles qui soutenaient qu'il était né sur un bateau et qu'il sillonnait l'océan depuis toujours, d'autres qui racontaient qu'il avait pris la mer à cause d'une déception amoureuse, et celles selon lesquelles il avait abandonné la terre ferme par dégoût de ses semblables.

La seule qui aurait pu dire la vérité était Aïrès ; cependant la jeune femme était encore moins accessible que son père. Tous les matins, elle traînait sur le pont vêtue d'un déshabillé, dont émergeaient à chaque pas ses longues jambes. Quand elle tombait nez à nez avec

Sennar, elle lui adressait immanquablement un de ses sourires malicieux et ironiques à la fois qui le laissaient interdit. Il n'avait jamais connu de femme comme elle : elle était l'incarnation de la sensualité, et pourtant elle était forte comme un homme. Par certains aspects elle lui rappelait Nihal. Mais si Nihal était encore un fruit vert, Aïrès était mûre et tout à fait sûre d'elle.

Pendant de longs jours, ils naviguèrent en vue des côtes, Sennar ne comprenait pas pourquoi. Il évitait toutefois de poser des questions.

Un matin pourtant, comme il sortait de la cale, il nota une certaine agitation à bord. Il eut à peine le temps de se demander ce que signifiait ce remue-ménage lorsqu'il aperçut Aïrès dans une sorte de grand uniforme : pourpoint de velours amarante, hauts de chausses de cuir sur des pantalons collants, et ceinturon clouté, où pendait une épée.

Quand il fut près d'elle, elle lui donna une chiquenaude sur la joue.

— Alors ? Prêt pour le réapprovisionnement ? lança-t-elle avec son sourire habituel.

Le magicien rougit et tenta de se donner une contenance :

— Et comment ! La terre ferme commençait à me manquer.

Aïrès éclata de rire.

— La terre ferme ? Elle est bien bonne, celle-là ! dit-elle en s'éloignant.

Le vaisseau à aborder avait été signalé à l'aube, mais il était probable que c'est pour l'intercepter qu'ils avaient navigué aussi lentement depuis plusieurs jours.

Après le repérage, le navire pirate avait brusquement viré vers la pleine mer, de manière à prendre sa proie à revers, en comptant sur la vitesse et l'effet de surprise.

Sennar n'appréciait pas du tout cette histoire. Il avait à peine quitté les champs de bataille et la guerre lui sortait par les yeux. Et surtout, il était inquiet : qu'arriverait-il si l'équipage du vaisseau le reconnaissait comme un membre du Conseil des Mages ? Il se réfugia au fond de la cale et se plongea dans ses livres en essayant de ne pas penser à ce qui allait arriver.

Sa tranquillité ne dura pas longtemps. Le navire changea de cap à l'improviste, et le magicien fut projeté hors du sac qui lui tenait lieu de siège. L'attaque allait commencer. Il entendit les pirates courir sur le pont. Puis ce fut des cris et le cliquètement des armes. Il se boucha les oreilles. « Cela ne me regarde pas, se répétait-il, je n'ai pas à m'en mêler. »

Mais il ne résista pas longtemps. Il ne pouvait pas permettre que les pirates qu'il avait engagés donnent assaut à un navire sous ses yeux. Il était conseiller, après tout !

Le *Démon noir* glissait sur les flots, ses voiles rouges déployées, dévorant un mille marin après l'autre. Du gaillard d'avant, Rool dominait le navire. Lorsque Sennar l'eut rejoint, il l'accueillit par une tape dans le dos.

— Voilà, les renforts sont arrivés ! ricana-t-il.

— Je dois vous parler, capitaine, répondit fermement Sennar.

— Peut-être à un autre moment, alors ?

Le jeune conseiller conserva son calme :

— Je vous demande de virer de cap immédiatement.

— C'est hors de question !

— Je ne veux pas d'effusion de sang tant que je suis à bord, insista Sennar.

— Vous avez entendu ? hurla Rool à l'équipage. Il ne veut pas d'effusion de sang !

Il posa ensuite un regard glacé sur Sennar :

— Si tu as l'estomac fragile, tu n'as qu'à retourner dans ta cabine.

— Capitaine, je vous demande pour la dernière fois de...

Avant qu'il n'ait fini sa phrase, Aïrès l'empoigna par la tunique et l'obligea à quitter le gaillard. Il vit l'eau fuir à toute allure sous la coque tandis que le navire filait au-dessus des vagues tel un oiseau des mers.

— Écoute-moi bien, mon petit gars, dit Aïrès. Nous avons besoin de vivres. Avec la cambuse vide, nous n'irons nulle part. La situation est plus claire pour toi, maintenant ?

Le ciel et l'eau se mêlèrent dans leur course folle. Et tout à coup, le flanc du vaisseau qu'ils poursuivaient se dressa devant le magicien.

— Tout le monde à son poste ! ordonna Rool. Prêts à l'abordage !

Les éperons du *Démon noir* ferrèrent leur proie. Sennar bascula en avant ; puis le contrecoup du choc l'envoya en arrière et le fit s'affaler sur le pont. Il se releva à temps pour voir Aïrès se jeter à l'attaque, son épée à la main, entraînant les autres derrière elle.

Le magicien la suivit du regard, ébloui par le scintillement des lames dans le soleil. Puis il aperçut l'équipage de l'autre vaisseau : que des hommes, et tous armés.

Pendant un instant, ce fut comme si le temps s'arrêtait. De part et d'autre, des rictus cruels, des épées serrées au poing, des muscles bandés. Et puis d'un seul coup, un vacarme assourdissant : l'entrechoquement des armes mêlé aux cris sauvages des combattants.

Sennar resta cloué sur place. Ils avaient attaqué un autre navire de boucaniers ! Ce n'était pas un simple abordage, c'était un règlement de compte entre pirates.

En quelques minutes, le pont fut recouvert de sang ; des cadavres jonchèrent le sol, d'autres furent balancés par-dessus bord. Le jeune magicien eut un mouvement de dégoût ; il décida qu'il en avait assez vu. Il prit rageusement le chemin de la cale et alla se terrer dans un coin, à l'abri de la bataille. « Ce sont des coupeurs de gorge qui règlent leurs comptes entre eux, se répéta-t-il, cela ne te concerne pas. »

Mais du pont lui parvenaient des cris et des gémissements, et le lugubre bruit sourd des corps tombant à terre. Il se boucha les oreilles.

L'affrontement ne dura pas plus d'une demi-heure. Lorsque les pas au-dessus de sa tête se firent moins frénétiques et que les vociférations se turent, il se hasarda dehors.

Seuls quelques membres de l'équipage étaient gravement blessés ; sans les taches de sang sur le sol, on
n'aurait pas pu deviner qu'un rude combat venait de s'y
achever. Évidemment, les cadavres gisaient déjà au fond
de l'eau. Sous le regard satisfait d'Aïrès, ses hommes
transportaient sur les épaules des tonneaux, des jarres,
et de lourdes malles, qu'ils déchargeaient sur le pont.

Quand la dernière caisse fut déposée et qu'ils furent
prêts à partir, la femme s'approcha de Sennar :

— Impressionné ?

Le magicien ne répondit pas.

— C'est ce que j'imaginais ! ricana-t-elle. Tu n'avais
jamais vu tuer personne, pas vrai, bel enfant ?

Sennar sentit le sang lui monter au visage.

— Au contraire, des morts, j'en ai trop vu, crois-
moi, répondit-il d'une voix dure.

Aïrès haussa les épaules et se tourna vers ses hommes :

— Le « gros morceau » est à bord ?

Deux pirates s'avancèrent, qui en portaient un troisième. Il ne tenait pas sur ses pieds ; sa barbe et ses
longs cheveux lui couvraient le visage.

Aïrès s'approcha de lui et sourit :

— Contente de te retrouver, mon amour.

Lorsqu'elle l'embrassa, tout l'équipage poussa un cri
de triomphe.

3
UN PRODIGE

Comme presque tous les matins à l'aube, Nihal et Ido étaient dans l'arène. Le spectacle était assez insolite pour que les soldats de la base où ils vivaient viennent nombreux assister à leur entraînement matinal : elle, l'aspirante chevalier, était la seule femme du campement, ou plutôt de toute l'armée des Terres libres ; lui, son maître, était l'unique gnome qui ait jamais réussi à devenir chevalier du dragon.

En outre, les regarder était un vrai plaisir. Ils se battaient à un rythme forcené, se répondaient coup par coup avec leurs lames, leurs duels ressemblaient à une danse. Et il fallait également reconnaître que Nihal, bien qu'elle dissimule sa féminité sous des vêtements militaires et un air farouche, était en soi une vision fascinante : de longues jambes fuselées, un buste sculpté par des années d'entraînement et une poitrine aux courbes bien dessinées ; sans parler de ses incroyables cheveux bleus et de ses yeux violets, apanage de sa race. Elle en attirait beaucoup, mais c'était une cible totalement hors de portée. Elle était tout sauf sociable, et les questions sentimentales ne l'intéressaient pas le moins du monde.

Ce matin-là, le public était plutôt rare, peut-être parce que l'air était glacial et que la pluie menaçait. Mais Nihal et Ido ne se décourageaient pas pour si peu ; ils se battaient sans répit comme à leur habitude, et le soldat dut les appeler plusieurs fois avant qu'ils se décident enfin à baisser l'épée.

— Vous êtes attendus tous les deux chez Nelgar. Tout de suite !

Nihal leva les sourcils, étonnée : cela ne lui arrivait pas souvent d'avoir à faire avec le responsable de la base en personne. Elle entra timidement dans sa tente, tandis qu'Ido alla se vautrer sur la chaise la plus proche.

Certes, Nelgar n'était pas du genre à inspirer la crainte. Petit et robuste, il avait plutôt l'air d'un aubergiste pacifique que du commandant de l'une des plus grandes bases des Terres libres. Ce n'était pas non plus un de ces militaires à cheval sur la hiérarchie et la discipline ; pourtant il savait se faire obéir, et il était admiré et respecté par ses hommes.

— Assieds-toi aussi, dit Nelgar à la jeune fille d'un ton courtois. Je t'ai fait appeler parce que j'ai une mission pour toi.

Le cœur de Nihal bondit dans sa poitrine. On ne lui avait encore jamais confié de mission personnelle. Jusque-là, elle avait toujours agi sous les ordres d'Ido.

— Il s'agit de porter un message au-delà de la frontière, jusqu'à un campement installé sur la Terre de la Mer. Nous avons besoin de renforts pour une offensive. Tu leur communiqueras notre requête et tu reviendras aussi vite que possible avec leur réponse.

« C'est tout ? » pensa Nihal. Elle ne laissa rien paraître de sa déception et écouta Nelgar, qui lui expliqua les détails et lui remit une carte de la région.

— Tu partiras demain. Voilà, tu peux y aller maintenant.

Nihal salua le commandant et quitta la tente, suivie par Ido.

— Qu'est-ce qu'il y a ? lâcha-t-elle en faisant la moue. J'ai été rétrogradée ? Me voilà devenue simple messager ? Il me semble que les écuyers ne manquent pas dans ce camp.

— C'est moi qui t'ai proposée, répondit le gnome avec calme.

— Ah ! Merci beaucoup, je mourais justement d'envie d'aller faire un petit tour dans les bois...

— Ne prends pas ça à la légère. C'est important d'entreprendre seule une mission ! Ton apprentissage progresse vite, et d'ici à un an, tu pourrais bien être chevalier.

Nihal se retourna vivement vers lui, les yeux brillants.

— Jusqu'à présent, tu es restée collée à moi comme un poussin à sa mère, poursuivit son maître. Cette fois, tu ne pourras compter que sur tes propres forces. La mission en elle-même n'est pas très compliquée ; cependant tu vas longer des frontières assez dangereuses. Ce sera un bon entraînement.

Nihal, qui connaissait bien les champs de bataille, n'avait jamais été confrontée à la guérilla. « Au moins, se dit-elle, ce sera une nouvelle expérience... »

— Et puis, cela fait des mois que tu es cloîtrée sur la Terre du Soleil. Un peu d'air marin ne te fera pas de mal, conclut Ido avec un sourire railleur.

— De l'air marin ? Mais... le campement est dans les terres.

Le gnome sourit de nouveau :

— Tu verras. Tu verras...

Nihal quitta la base aux premières lueurs de l'aube. Oarf n'était pas du voyage : la mission nécessitait un minimum de discrétion, et un dragon ne passait pas vraiment inaperçu... Elle partit donc à cheval, sans grand enthousiasme.

Il y avait eu un temps, avant la destruction de Salazar, où voyager lui plaisait. Elle se souvenait encore avec quelle excitation, enfant, elle accompagnait Livon chez ses fournisseurs. Et comme elle avait aimé la chevauchée avec Soana et Sennar vers la Terre de l'Eau, où son ami avait reçu le titre de magicien ! C'était la première fois qu'elle quittait la Terre du Vent, et le trajet lui avait semblé plein de merveilles. Elle avait l'impression que des siècles s'étaient écoulés depuis...

Si au moins Sennar avait été là ! C'était bon, de bivouaquer à ses côtés près du feu, de regarder les étoiles et de parler de tout et de rien. « Qui sait où il est, maintenant ? » songea-t-elle.

Peut-être que cela aurait été agréable aussi de voyager avec Ido. Seule, elle se sentait sans défense face aux fantômes du passé. Plus elle s'éloignait de la base, et plus elle était de mauvaise humeur.

La Terre du Soleil et la Terre de la Mer partageaient un grand bois, le plus étendu de tout le Monde Émergé : la Forêt intérieure.

Lorsque, au bout de deux jours de route, Nihal franchit la frontière entre les deux Terres, le paysage resta identique. C'était toujours les mêmes sous-bois touffus et sombres ; en revanche, l'odeur de sel commençait à flotter dans l'air.

Nihal n'avait jamais vu la mer, et cette senteur vivifiante lui donna envie de pousser jusqu'à la côte. Les histoires de Sennar sur sa Terre lui revinrent à l'esprit : la Petite Mer, près de la frontière avec la Terre de l'Eau ; le phare de Dessa, dernier contrefort du Monde Émergé ; l'immensité de l'océan...

Et encore plus loin, le Monde Submergé.

Elle ressentit une pointe de tristesse.

Pendant tout le trajet, Nihal resta sur ses gardes, particulièrement de nuit. La frontière de la Grande Terre, repaire du Tyran, était proche, et les bois pullulaient d'espions. Pas des fammins, non : ils n'étaient pas capables d'accomplir un travail aussi délicat. Ils n'étaient doués que pour le massacre : de longs membres puissants faits pour étrangler, des mains et des pieds munis de griffes acérées pour agripper les victimes, et des gueules effrayantes garnies de dents conçues pour déchirer les chairs. Ces bêtes brutes au corps entièrement recouvert d'une toison roussâtre n'étaient bonnes qu'à inspirer l'horreur.

Le Tyran envoyait donc plutôt des hommes et des gnomes contrôler les frontières de la Grande Terre, pour anéantir d'éventuelles tentatives d'invasion de la part de l'armée des Terres libres. Ils tuaient quiconque s'aventurait sur leur territoire. Nihal ne vit personne, mais plus d'une fois elle eut la sensation que des regards ennemis pesaient sur elle.

Le voyage solitaire se passa toutefois sans encombre. Nihal atteignit sa destination en quatre jours.

Les gardes du camp dévisagèrent avec surprise cette jeune femme aux cheveux bleus et aux oreilles en pointe habillée en soldat, qui leur annonça qu'elle était aspirante chevalier et avait un message à remettre au surintendant

Le campement ressemblait à la base d'où elle venait : la grande citadelle fortifiée n'abritait pas seulement des soldats, mais aussi des femmes et des enfants. Mais la situation semblait meilleure ici que sur la Terre du Soleil : la Terre de la Mer, qui avait des frontières plus sûres, n'était exposée à des attaques qu'au sud, où s'étendait la Grande Terre. Certes, la silhouette sombre de la Forteresse du Tyran se dressait, menaçante, au loin, plus haute que tout ce que Nihal avait vu jusque-là, mais, malgré cette présence hostile, l'atmosphère du campement était sereine. Les vivres ne manquaient pas, et le déjeuner fut copieux et savoureux.

La jeune fille mangea à la cantine commune, où les enfants se poursuivaient joyeusement autour de tables et les soldats plaisantaient avec leurs femmes. On se serait presque cru en temps de paix. Nihal sourit intérieurement en se coupant un morceau de viande.

Lorsqu'elle releva les yeux de son assiette, sa fourchette resta suspendue en l'air. Parsel !

Il avait été son premier maître d'épée à l'Académie, et, dans un certain sens, son seul ami pendant les premiers longs mois qu'elle y avait passés. Un lien particulier s'était noué entre eux, fait de peu de paroles et de longs combats.

Heureuse de le retrouver, elle bondit sur ses pieds et l'embrassa comme un vieux camarade. C'était un homme grand et massif au teint sombre et aux yeux d'un étrange ton gris-vert. Ses cheveux noirs, coupés très court, commençaient à blanchir sur les tempes.

— Qu'est-ce que tu fais là ? demanda Nihal en l'invitant à sa table.

— Je suis en permission. Avant d'enseigner à l'Académie, quand je combattais encore, je vivais ici. Je fais un saut de ce côté dès que je peux.

Il lui fit un clin d'œil :

— Juste histoire de ne pas oublier l'odeur d'un champ de bataille ! Et toi ? Tu as l'air en forme.

— Je me débrouille.

— Il faut fêter cette rencontre ! Qu'est-ce que tu dirais d'un petit duel, comme au bon vieux temps ?

La jeune fille ne se le fit pas dire deux fois.

Cette plongée dans le passé fut étonnamment agréable. Nihal n'avait pas oublié la tristesse et la solitude de l'année passée à l'Académie, mais il y avait eu aussi de bons moments. Et Parsel le lui rappelait à chaque coup échangé. Le combat fut semblable en tout point à ceux d'autrefois, mis à part l'habileté de la demi-elfe. Nihal réussit sans peine à s'imposer au bout de quelques passes.

— Tu es devenue drôlement forte ! commenta Parsel en s'épongeant le front.

— C'est entre autres grâce à toi, répliqua Nihal.

Ils passèrent le reste de la journée ensemble. Parsel lui parla de ses nouveaux élèves, et Nihal ressentit presque une pointe de nostalgie. Le temps change le visage des choses, même celui des souvenirs.

— Devine qui j'ai vu récemment ! dit soudain le maître d'armes. Ton camarade à l'Académie, le blondinet... Comment il s'appelle déjà ? Ah oui, Laïo.

L'image du jeune garçon gracile aux traits enfantins revint en mémoire à Nihal. C'était l'élève le plus faible de l'Académie, avec qui elle avait passé beaucoup de temps. Il l'idolâtrait et la traitait comme une héroïne, et il avait été son seul ami pendant ces jours de solitude. Laïo...

— Vraiment ? Comment va-t-il ? demanda-t-elle avec intérêt.

— Il habite là, dans la forêt. Il m'a dit qu'il avait abandonné l'idée de devenir guerrier... Il ne m'a pas semblé aller très bien...

Nihal essaya d'en savoir plus, mais Parsel ne put que lui indiquer l'endroit où il l'avait rencontré.

Ce soir-là, dans la tente qu'on lui avait assignée, la demi-elfe ne parvint pas à trouver le sommeil. Elle n'avait pas de nouvelles de Laïo depuis la nuit de leur première bataille, la nuit de la mort de Fen. C'est-à-dire depuis une éternité. Et elle avait soudain très envie de le revoir.

Le lendemain, elle reçut la réponse qu'attendaient ses supérieurs : les combattants du fort participeraient à l'attaque avec un contingent de trois cents hommes. Alors que Nihal s'apprêtait à repartir, le surintendant la mit en garde :

— On nous a informés de mouvements de troupes le long de la frontière. Sois prudente !

Nihal n'accorda pas beaucoup d'attention à ces paroles. Jusque-là, le voyage avait été un peu trop tranquille, à son goût.

Sur le chemin du retour, elle suivit les indications de Parsel et dévia vers le nord. Ce changement de direction l'obligea à s'enfoncer assez loin dans la Forêt Intérieure.

Nihal avait toujours aimé les bois. Le souvenir de son initiation à la magie était encore vif, et depuis elle prenait plaisir à être en contact avec la nature.

Avec la tombée de la nuit, le temps se dégrada. Elle entendit s'approcher le grondement sourd du tonnerre, et le ciel fut déchiré par un éclair soudain. C'est alors qu'elle aperçut au loin la silhouette d'une habitation. Elle correspondait bien à la description que Parsel lui avait faite : une bicoque à moitié en ruine, au toit de paille et aux murs noircis par la fumée. Nihal n'arrivait pas à imaginer que Laïo puisse vivre dans un endroit aussi délabré. Le toit était effondré ; la paille était tombée à terre, où elle pourrissait. Quant aux fenêtres, elles ressemblaient à des orbites vides, à peine éclairées par une lueur sinistre.

La jeune fille descendit de cheval et s'avança prudemment vers la masure en dégainant son épée. Les pierres étaient descellées par endroits, et elle put jeter un coup d'œil dans la pièce. Elle aperçut la lumière d'un feu et quelqu'un assit, de dos. Ses cheveux étaient blonds et bouclés.

Elle sentit son cœur bondir dans sa poitrine. Elle s'approcha de la porte et frappa.

— Qui est là ? cria une voix aiguë.

— C'est moi, Nihal, répondit-elle en poussant le battant.

Recroquevillé contre un mur, le garçon tenait une épée à moitié rouillée entre ses mains tremblantes. Il avait l'air épuisé et malade. Nihal reconnut tout de suite ses yeux innocents ; mais ses joues, autrefois roses et rebondies, étaient amaigries et couvertes de suie.

Laïo la fixa un moment, incrédule, puis il lâcha son épée et courut vers elle.

Dehors, la tempête se déchaînait. Ils s'étaient installés dans la seule pièce où le toit était encore entier, malgré cela, des gouttes de pluie tombaient çà et là sur le sol pavé. Nihal tira de son sac quelques provisions qui, ajoutées à celles de Laïo, leur permirent de se préparer le dîner.

Alors qu'ils mangeaient devant la cheminée, Nihal raconta à son ami tout ce qui lui était arrivé depuis leur dernière rencontre. Elle lui parla avec franchise de son comportement irréfléchi, de son apprentissage chez Ido. Elle lui raconta comment elle avait mis sa vie en danger en n'en faisant qu'à sa tête.

Elle s'attarda avec un peu de nostalgie sur les jours passés auprès d'Eleusi la paysanne et son fils Jona, avouant qu'elle avait cru un instant pouvoir mener une vie normale, loin des champs de bataille.

— Sans blague ! lança son ami pour tout commentaire.

Nihal sourit.

— Eh oui ! La vie est parfois surprenante ! dit-elle en croquant dans un morceau de viande grillée. Et toi ? Qu'est-ce que tu fais là ?

Laïo baissa les yeux. Un silence embarrassé s'abattit sur la pièce ; on n'entendit plus que le grondement du tonnerre et les craquements du bois.

— Qu'est-ce qu'il y a ? Tu as perdu ta langue ? insista Nihal.

Le garçon continua à se taire un long moment ; puis il respira profondément et se décida à parler.

Nihal apprit ainsi que, juste après avoir échoué à l'épreuve d'initiation des chevaliers du dragon pendant la bataille de Therorn, il avait quitté l'Académie pour retourner chez son père, avec la ferme intention de lui dire qu'il ne voulait pas combattre, préférant devenir écuyer. Il était parti plein d'assurance et de courage, mais au fur et à mesure qu'il approchait de son but sa confiance diminuait.

— Dans ma famille, les hommes ont toujours été chevaliers. Tous, tu comprends ? Et tous valeureux. Mon père avait projeté pour moi un destin de héros avant même que je sois né ; comment pouvais-je lui dire que j'avais raté l'épreuve de la première bataille ? Que je n'étais pas fait pour la guerre, et ne voulais pas entendre parler de soldats et de mort ? Je le voyais déjà en train de me hurler dessus. Il n'aurait jamais accepté mon choix !

Il jeta à Nihal un regard embarrassé avant d'avouer :

— J'ai eu peur de lui. J'ai eu peur que, avec le pouvoir qu'il a dans l'Ordre, il n'oblige Raven à me reprendre à l'Académie.

C'est pourquoi, à mi-chemin, il avait changé de cap. Il ne savait pas où aller ni comment gagner sa vie, et quand l'argent s'était épuisé, il s'était improvisé ménestrel.

— Je chante bien, tu sais ? Et je connais un tas d'histoires. Et puis, je ne sais pas, peut-être que j'inspire de la tendresse aux gens. En tout cas, je récoltais pas mal de dinars.

Nihal le dévisagea. Non, il n'avait pas l'air de bien gagner sa vie. Il était maigre et vêtu de guenilles tel un mendiant.

D'ailleurs, Laïo finit par lui dire qu'en désespoir de cause il s'était réfugié dans les bois, avec l'intention de vivre comme un ermite, loin de la guerre et des hommes. Il s'en sortait en cueillant des fruits et en déterrant des racines comestibles. De temps en temps, il allait aussi pêcher, mais avec des résultats bien médiocres.

— Ce sont de tout petits poissons, mais ils ont très bon goût, fit-il avec un sourire gêné.

Au début, il dormait à la belle étoile, sous les arbres ; cependant il s'était vite rendu compte que cela ne pouvait durer. Il s'était mis à la recherche d'un abri de chasse ou d'une grotte, et il avait eu la chance de trouver cette belle cabane.

— Ici, je suis tranquille. Personne ne viendra m'embêter. Et puis, j'ai mon épée avec moi. Quand j'en aurai assez de manger des racines, je mettrai à profit mes deux années à l'Académie et j'irai à la chasse.

— On ne chasse pas à l'épée, observa Nihal.

Laïo rougit :

— Peut-être qu'un de ces jours je trouverai un arc. La guerre n'est pas très loin.

— Et en attendant ? Qu'est-ce que tu vas faire ?

— Je vais rester un peu par là, je crois, répondit-il sans la regarder. J'ai beaucoup grandi ces derniers mois, tu sais ? J'ai vu tellement de choses... Je peux me débrouiller, conclut-il d'un air peu convaincu.

— Alors, c'est ça, ta plus grande aspiration ? demanda gravement Nihal. Te terrer toute ta vie dans les bois ?

— Je ne sais pas... murmura-t-il.

— Mais tu t'es regardé ? éclata la jeune femme. Tu es sale, maigre, affaibli ! Est-ce la vie dont tu rêvais ?

Les yeux de Laïo se remplirent de larmes :

— Non, bien sûr que non.

— Fuir ne sert à rien, Laïo. Tes problèmes te suivront jusqu'au bout du monde.

Le silence se fit de nouveau dans la pièce. Dehors, la tempête semblait s'être calmée. On n'entendait plus le tonnerre, seulement la pluie qui tambourinait contre le toit.

Nihal regardait le feu, songeur.

— Viens avec moi, dit-elle enfin.

Laïo la fixa d'un air abasourdi :

— Avec toi ?

— Oui. La base est un bel endroit, et puis, tu n'as pas dit que tu voulais devenir écuyer ? Là-bas, tu pourras apprendre le métier, et te rendre utile.

Le jeune garçon secoua la tête.

— Pas pour toujours, bien sûr, continua Nihal, juste le temps de te remettre sur pied et de comprendre ce que tu veux vraiment. Allez, tu n'as pas envie de rester un peu avec moi, comme au bon vieux temps ?

Laïo sourit :

— Laisse-moi y réfléchir.

Nihal, qui s'était allongée sur de la paille assemblée à la va-vite, se réveilla en sursaut. D'un geste, elle repoussa le manteau qui la couvrait et saisit son épée. Dehors, il pleuvait toujours, mais au milieu du bruit des gouttes elle venait d'entendre des pas dans la boue. Quelqu'un rôdait autour de la maison !

Elle resta immobile, les sens en alerte, pour essayer de comprendre s'il s'agissait d'une ou de plusieurs personnes. Elle se leva en silence, s'approcha de son ami et le secoua par l'épaule.

— C'est déjà l'heure de se lever ? balbutia-t-il, la voie engourdie de sommeil.

Nihal lui fit signe de se taire.

— Prends ton épée et reste derrière moi, chuchota-t-elle.

Son ami se réveilla d'un coup :

— Qu'est-ce qui se passe ?

— Nous sommes encerclés, répondit Nihal en se glissant vers la porte sur la pointe des pieds. Dès que la voie est libre, on file. C'est clair ?

Laïo hocha la tête.

Regardant par un interstice dans le mur, la jeune guerrière aperçut deux personnes devant la maison. Où se tenaient les autres ?

Soudain, la porte fut enfoncée.

Laïo hurla ; Nihal, elle, ne céda pas à la panique. Elle jeta à terre le premier ennemi, un gros lard haut comme une montagne, et l'embrocha sans lui laisser le temps de souffler. Un instant plus tard, un costaud à l'air cruel, complètement chauve, brandit une hache devant elle. Les autres étaient derrière la maison : elle entendait leurs grognements excités. Des fammins !

— Par ici, gamine ! ricana l'homme à la hache.

Nihal se jeta en avant et le poussa violemment. Il s'affala par terre.

— Cours ! hurla-t-elle à Laïo.

L'homme se releva aussitôt en jurant. Mais Nihal fut plus rapide. D'un coup d'épée, elle lui trancha la main et le laissa hurler sur le seuil de la masure.

Laïo, qui avait déjà sauté sur le cheval de la jeune fille, attrapa son amie au vol et ils s'enfuirent au galop.

La course était périlleuse : la pluie avait rendu le terrain glissant, et dans l'obscurité il était presque impossible de s'orienter. Des flèches sifflèrent tout près des fugitifs.

— Ils ont des arcs ! cria Nihal.

Laïo encourageait le cheval, qui ne cessait de trébucher. Une flèche l'atteignit à la jambe arrière, et les deux cavaliers tombèrent dans la boue.

Nihal se remit debout tout de suite ; mais Laïo, lui, resta par terre en gémissant. Les pas de leurs poursuivants résonnaient de plus en plus près.

— Debout ! ordonna la jeune fille.

— Je ne peux pas. Mon pied...

Elle le souleva à bras-le-corps et le traîna dans les bois sans avoir la moindre idée d'où elle allait. Elle dérapait, la pluie l'aveuglait... Les sifflements reprirent, et une nuée de flèches s'abattit autour d'eux.

Une forte brûlure à l'épaule gauche obligea Nihal à s'arrêter.

Laïo était hors d'haleine ; son visage était déformé par la douleur.

— Ils t'ont touchée, fit-il.

En effet, l'épaule de la jeune fille saignait.

— Ce n'est rien, prétendit-elle. En avant !

Elle avançait entre les branches qui lui fouettaient le corps en essayant de réfléchir à une solution. « Qu'est-ce que je peux faire ? Qu'est-ce que je peux faire ? » se demandait-elle, désespérée.

Sa douleur au bras était de plus en plus forte, et Laïo n'était pas en état de combattre ; mais s'ils continuaient à fuir de cette manière, sans but et en tournant le dos à leurs adversaires, ils ne s'en sortiraient pas. À présent, elle pouvait entendre les respirations haletantes de leurs poursuivants.

« Qu'est-ce que je peux faire ? »

— Les voilà ! hurla une voix inhumaine.

Une horde de fammins jaillit de derrière les broussailles et fondit sur eux. Nihal se jeta par terre, entraînant Laïo avec elle. Elle se retourna aussitôt sur le dos, serra la garde de son épée et essaya de se relever. Sa seule pensée était : « Je ne veux pas mourir ! »

Elle glissa, se débattit, retomba dans la boue.

« Je ne veux pas mourir ! »

Alors que la pluie lui cinglait le visage, elle eut le temps de voir les gueules effrayantes des fammins se pencher sur eux, leurs bras monstrueux brandissant les haches, prêts à les massacrer.

Nihal ferma les yeux : « Je ne veux pas mourir ! Pas encore ! »

— Non ! hurla Laïo entre deux sanglots.

Soudain, à travers ses paupières serrées, Nihal perçut une forte lumière. La garde de son épée devint brûlante.

Elle rouvrit les yeux : une barrière argentée les entourait, elle et son ami.

Sous les coups acharnés des fammins, le bouclier magique se mit à émettre un vrombissement sourd.

— Nihal ! gémit Laïo.

Les monstres continuèrent à frapper en rugissant de colère, mais la protection transparente résistait. Très vite pourtant, la vibration se fit plus forte. Le sol sembla secoué d'un tremblement de terre et le vrombissement s'amplifia jusqu'à devenir intolérable. Nihal et Laïo se bouchèrent les oreilles.

Tout à coup, la barrière explosa. L'onde de choc se propagea alentour, frappant les fammins avec la violence d'un ouragan. Les monstres furent projetés en arrière sur plusieurs brasses. Certains allèrent heurter les troncs d'arbres et s'écrasèrent au sol, désarticulés, les crânes défoncés ; d'autres disparurent dans l'obscurité, emportés par le souffle de la déflagration.

Le bois retrouva son silence. La pluie tombait à présent doucement ; de minuscules gouttes accrochées aux feuilles des arbres et des buissons brillaient telles des perles.

Laïo, pâle comme la mort, regarda autour de lui :

— Qu'est-ce qui s'est passé, Nihal ?

— Je n'en ai pas la moindre idée, répondit-elle.

4
TEMPÊTE

L e navire prit le large. Bientôt, la côte disparut à l'horizon, et la mer engloutit le paysage. Sennar sentit qu'à présent le pas était franchi. Il ne pouvait plus retourner en arrière.

Il se replongea dans ses livres. Aucun d'eux ne donnait d'indications précises sur le tourbillon par lequel on pénétrait dans le Monde Submergé. Le texte le plus digne de foi était un compte rendu de l'aventure de conquérants qui, une centaine d'années plus tôt, avaient tenté de l'atteindre, mais c'était un récit très approximatif, écrit plusieurs années après l'entreprise, et il était difficile d'y évaluer la part de réalité et de fantaisie. Sennar ignorait où se trouvait le tourbillon, et combien de milles il leur faudrait parcourir pour y parvenir. Il fallait continuer tout droit vers l'occident, voilà tout ce qu'il savait.

Plus l'embarcation glissait rapidement sur la mer, plus il sentait l'angoisse lui serrer la gorge.

Chose étonnante, le capitaine semblait désormais nourrir une certaine estime pour lui, et il arrivait de plus en plus souvent qu'Aïrès lui adresse la parole sur un ton presque affable. Tout à coup, Sennar avait gagné la sympathie de tous, à part celle du mystérieux hôte.

Les premiers jours, celui-ci ne se montra guère. Il restait enfermé dans la cabine d'Aïrès, où elle le rejoignait dès qu'elle pouvait. Lorsqu'il réapparut sur le pont, il ne ressemblait plus du tout au prisonnier mal en point que l'on avait chargé à bord. Avec ses longs cheveux châtains attachés en une épaisse queue-de-cheval, ses yeux bleu vif et sa barbe soignée, il avait plutôt l'air d'un courtisan. Ses traits, fins et réguliers tout en étant virils, étaient sans doute du goût des femmes. Le nouveau passager attachait visiblement beaucoup d'attention à sa mise. Il portait des chemises de satin blanc aux larges manches, de précieux gilets de brocart ornés de galons, et il flânait d'un bout à l'autre du navire en laissant flotter au vent son long manteau de velours noir, la main appuyée à la garde ciselée de son épée. De temps en temps, il s'arrêtait pour scruter les flots d'un air pensif, jouant à perfection son rôle de pirate.

S'il lui arrivait de croiser Sennar sur le pont, il le regardait de travers. Au magicien il faisait l'effet d'un parfait imbécile ; cependant tout le monde à bord le traitait avec déférence, et personne ne se plaignait qu'il ne fasse rien du matin au soir. Après le dîner, Rool l'invitait même dans le château de poupe, où ils buvaient et parlaient jusqu'à tard dans la nuit.

Intrigué, Sennar questionna Dodi, qui ne se fit pas prier. Un jour de bourrasque, alors que le magicien était de nouveau secoué par le mal de mer, le jeune mousse

lui raconta dans les moindres détails la vie de ce sin-
gulier passager.

Bénarès, l'amant d'Aïrès, avait servi longtemps dans
les troupes de la Terre de la Mer, dont le roi, exaspéré
par les attaques des pirates, avait ordonné que soit créée
une unité spéciale pour lutter contre ces pillards.

Avant de s'enrôler, Bénarès avait exercé tous les
métiers : artiste, voleur, commerçant, contrebandier...
Devenir soldat était un moyen comme un autre de
s'attirer des ennuis, et cet aventurier ne désirait rien
d'autre. Grâce à ses talents de spadassin, il fut accueilli
à bras ouverts par l'armée, qui ferma les deux yeux sur
son passé discutable. Sa tâche consistait à escorter sur
la mer les cargaisons de pierres précieuses des montagnes de l'Ultime Promontoire, riches en gisements,
jusqu'aux terres orientales, où les pierres étaient raffi-
nées. Il fut tout de suite conquis par l'océan et par cette
vie faite de traversées et de batailles contre les pirates,
qui, en plus, fascinait les femmes. Sans être marin, il
avait une maîtresse dans chaque port.

Il vogua ainsi sur les mers pendant un an et ne connut
jamais de défaite. C'est alors qu'il rencontra son *alter
ego*.

Un jour, le trois-mâts sur lequel il naviguait fut
attaqué par Rool et sa bande. Bénarès se battit contre
un bon nombre des membres de l'équipage, auxquels il
fit passer un mauvais quart d'heure, jusqu'à ce qu'il
tombe sur Aïrès. Subjugué par sa beauté, il commit une
erreur fatale : le péché de galanterie. « Je ne combats

pas contre les femmes, lui dit-il dit avec emphase. Moi, les femmes, je les aime. »

Pour toute réponse, Aïrès lacéra son uniforme du bout de son épée. Bénarès fut contraint de tirer la sienne. Lorsque, après un duel acharné, la jeune femme lui pointa son arme à la gorge, il se crut mort. Mais la belle le fixa droit dans les yeux, haletant de fatigue, et rengaina son épée. « Tu es trop mignon pour qu'on te tue », dit-elle d'un air dégagé, et elle lui tourna le dos pour rejoindre son navire.

Bénarès regarda s'éloigner les voiles rouges et il sut qu'il avait trouvé la femme faite pour lui.

Il quitta l'armée et se rallia à un groupe de pirates. Audacieux et inconscient comme il l'était, il devint vite célèbre. Son nom commença à courir dans les tavernes où se réunissaient les boucaniers, et sa réputation de spadassin se propagea rapidement.

Aïrès avait toujours aimé les défis. Plus d'une fois, elle avait convaincu son père d'attaquer des bâtiments convoités par des voiliers rivaux, pour le seul plaisir de se mesurer à d'autres pirates. C'est ce qui se passa avec Bénarès. Après des mois de poursuite et de fuite à travers les mers, ils se trouvèrent de nouveau face à face sur le pont d'un galion, qu'ils avaient attaqué tous les deux.

Ce fut un duel insolite. Bénarès utilisait toutes les tactiques qu'il avait mises au point au cours de sa longue carrière de séducteur, lui disant entre une parade et une estocade à quel point il la désirait. Elle fit appel à tout son esprit de dérision, plus coupant que l'épée, et railla ses déclarations romantiques.

Mais, quand elle se retrouva dos au mur, les paroles ne lui furent plus d'aucun secours. Elle était furieuse : c'était la première fois qu'elle était battue par un homme.

— Dis-moi que tu m'aimes, et je te laisse la vie sauve, lui susurra Bénarès à l'oreille.

— Égorge-moi plutôt, répondit-elle avec bravoure.

— Comme tu voudras, dit Bénarès, le sourire de prince charmant aux lèvres. Mais seulement après ça.

Et il la saisit par la nuque et l'embrassa passionnément. De manière tout à fait inattendue, Aïrès lui rendit son baiser avec autant de fougue.

Dès lors, ils étaient l'un à l'autre. S'il leur était arrivé de se disputer la même proie, ils n'auraient pas hésité à s'entre-tuer, et pourtant ils s'aimaient. D'un amour fait de rencontres rares et fugaces, sur la mer et dans les ports où ils faisaient escale.

Cette histoire n'était pas du goût de Rool. Le capitaine était un pirate féroce et sans pitié, mais pour sa « petite fille », comme il s'obstinait à l'appeler, il voulait le meilleur, et il répétait à qui voulait l'entendre que seul un homme plus fort que lui pouvait être digne d'elle. Bénarès lui semblait être un imbécile, et la passion de ces deux-là un caprice d'enfants.

Mais, avec le temps, il fut bien obligé d'y croire, et avec lui le reste de l'équipage.

Depuis que le roi de la Terre de la Mer avait commencé sa lutte personnelle contre la piraterie, Rool figurait en haut de la liste. Et la récompense promise pour sa tête en alléchait plus d'un. Le capitaine ne s'en préoccupait pas. Il était ainsi : sûr de lui, insouciant du danger et se moquant de tout ce qui n'était pas la mer, son navire adoré, et Aïrès.

C'est à terre qu'ils le capturèrent, hors de son élément, alors qu'il buvait, insouciant, dans une taverne. Son compagnon de foire y laissa sa peau, et Rool vendit cher la sienne. Mais il sortit les fers aux pieds. On le traîna dans un cachot, où il devait rester jusqu'à ce que les choses se calment un peu. Ensuite, le capitaine devait être remis directement à la milice du roi, et il n'était pas difficile d'imaginer quel serait son sort : pendu haut et court sur la place centrale de la capitale en signe d'avertissement à toute la flibusterie.

Quand la nouvelle arriva sur le navire, l'imperturbable Aïrès eut un instant de désarroi. L'auteur de la prise était un célèbre chasseur de primes, un certain Mauthar. Il avait commencé sa carrière comme assassin à la solde de qui pouvait le payer. Il avait été arrêté lors d'une de ses missions, et comme prix de sa liberté on lui avait proposé de changer d'activité. Il n'y avait pas réfléchi à deux fois. Bientôt, toutes les captures les plus éclatantes portaient sa signature.

Il ne reculait devant aucun défi et œuvrait en tout lieu, sur terre et sur mer. Mais sa tanière était sur la terre ferme, et c'est là qu'il fallait le chercher. C'est alors, comme dans toutes les bonnes histoires d'aventures, que le héros entra en jeu. Cette nuit-là, Bénarès accosta dans la crique où était amarré le voilier d'Aïrès. Escomptant une nuit d'amour, il se précipita chez sa maîtresse, qu'il trouva en larmes.

Naturellement, il se proposa pour prendre la tête du groupe qui devait libérer Rool. Il choisit les meilleurs éléments de son équipage et de celui d'Aïrès pour former un escadron de sauvetage. Ils partirent quelques heures plus tard, dans la nuit noire.

Après avoir recueilli des informations dans les ruelles du port, ils prirent d'assaut le cachot où était retenu le capitaine et égorgèrent le chasseur de primes et ses hommes de main. Rool était de nouveau libre.

L'entreprise valut à Bénarès l'estime du vieux et de ses pirates, en plus de l'éternelle reconnaissance d'Aïrès.

Dodi était vraiment un grand conteur. Sennar l'avait écouté sans souffler mot en oubliant son mal de mer.

— Et comment a-t-il fini sur le voilier où nous l'avons trouvé ? demanda-t-il ensuite.

— C'est simple, répondit Dodi, satisfait du succès de son histoire. Le chasseur de primes que Bénarès a envoyé dans l'autre monde avait beaucoup d'amis parmi la racaille de la Terre de la Mer. Depuis la libération de Rool, ils ont pourchassé Bénarès sans répit. Ils l'ont attaqué de nuit, alors que son navire mouillait dans une baie secrète qui est un de nos repaires. Un déploiement de forces jamais vu, paraît-il. Quand nous l'avons repêché, ils l'emmenaient à terre pour le vendre aux militaires.

— Le vendre ?

— C'est comme ça que ça marche, tu ne le savais pas ? Quelqu'un fait le sale boulot, et quelqu'un d'autre paie pour avoir l'honneur de la capture.

— Tu devrais devenir écrivain, Dodi, dit Sennar à la fin du récit.

Le jeune garçon sourit :

— Tu verras, magicien. Quand j'aurai gagné assez d'argent comme pirate, j'écrirai mes aventures, et je serai plus célèbre que Bénarès.

L'humidité de la nuit commençait à se faire sentir. Sennar donna une tape sur l'épaule de Dodi et se releva en bâillant :

— Allez, mon vieux, il est temps d'aller se coucher !

— Attends, Sennar, l'arrêta le mousse. Je peux te donner un conseil ?

Sennar le regarda, étonné :

— Comment ça ?

— Bénarès ne voit pas d'un très bon œil tes petites discussions avec sa belle, répondit malicieusement Dodi. Pour tout dire, le fait que tu aies convaincu Aïrès de se lancer dans une entreprise aussi dangereuse le rend soupçonneux.

Le magicien éclata de rire :

— Il peut dormir tranquille. Aïrès ne me voit même pas !

— Ce n'est pas sûr, Sennar, ce n'est pas sûr..., fit Dodi avec un clin d'œil.

Pendant un long mois, leur route se poursuivit sans anicroches. Il y avait du vent, et la mer n'élevait que rarement la voix.

À présent, Sennar s'était habitué au roulis du navire. Le matin, appuyé sur le bastingage, il contemplait le spectacle de l'eau qui restituait le soleil au monde, et il éprouvait un sentiment de réconfort. Au fond, ce voyage lui plaisait. Peut-être réussirait-il finalement à mener à bien sa mission et en sortirait-il vivant.

Nihal lui manquait. Un soir, il lui écrit une lettre. Il avait déjà commencé à réciter la formule pour la lui envoyer quand il s'arrêta et la relut.

— Mais qu'est-ce qui m'est passé par la tête ? marmonna-t-il.

Il déchira rageusement la feuille et la jeta par-dessus bord. Il suivit un moment des yeux les petits bouts de parchemin qui dansaient sur les flots, puis s'en retourna dans sa cale, seul avec ses pensées.

Les problèmes surgirent au début de la cinquième semaine de navigation.

La mer devint soudain très agitée ; les tempêtes se succédèrent sans répit. De plus, ils avaient atteint la zone inexplorée, et s'orienter était difficile.

Un soir, Rool convoqua le magicien dans sa cabine.

— D'après mes calculs, fit-il, nous devrions être en vue des Îles Inconnues. Celles-là, dit-il en montrant la carte. Or, pour l'instant, on n'en voit pas l'ombre.

— Et c'est grave ? demanda Sennar, soucieux.

— Oui. Il n'y a plus grand-chose dans la cambuse. Quand nous l'avons remplie la dernière fois, nous pensions qu'à cette heure nous pourrions déjà nous ravitailler. Si on ne trouve pas rapidement ce damné archipel, on sera dans le pétrin.

Plus les jours passaient, plus l'équipage scrutait la réserve d'eau potable et de vivres avec appréhension. Mais l'horizon était toujours aussi avare de nouveautés : tout ce qu'il proposait était un bleu intense et cruel.

Sennar décida de renoncer à la moitié de sa ration de nourriture.

— Tu es toujours aussi scrupuleux, Sennar ? lui dit Aïrès quand elle vint à l'apprendre.

Ils étaient assis sur le pont, côte à côte.

— Je me sens responsable de cette situation, répondit-il gravement.

— Quel brave garçon tu es ! se moqua la jeune femme. Tu ferais un bon mari.

Sennar était ébahi de la voir aussi tranquille. Rool et Bénarès ne semblaient pas non plus se préoccuper outre mesure : le danger, la faim, les surprises de la mer, pour eux, tout ça était chose courante.

— Tu n'as pas peur de ce qui pourrait arriver ? demanda-t-il à la jeune femme.

Aïrès allongea ses jambes et posa les pieds sur un tonneau de rhum :

— Peur ? Et pourquoi ? J'aime le risque, c'est le sel de ma vie. Si on ne s'amuse pas un peu pendant le court temps qui nous est donné, à quoi bon vivre ? Et puis, c'est un défi.

Elle se tourna vers Sennar :

— Tu sais pourquoi j'ai accepté ton offre ?

— Pour l'argent, non ?

— Bravo, mon petit magicien ! Tu es perspicace quand tu veux. Mais l'argent n'est rien sans aventure. Arriver là où personne n'a jamais mis les pieds est si excitant ! Rares sont ceux qui ont vu ce bleu avant nous, aucun d'entre eux n'est jamais revenu pour en parler. Eh bien, moi, j'irai jusqu'au bout. Et je rentrerai. Alors, j'aurai la certitude que je suis la meilleure. Et maintenant, arrête de te faire du souci ! Ça ne nous fera pas approcher d'un mille de notre but.

Puis arriva l'accalmie. La mer était plate comme de l'huile, et l'horizon toujours plus bleu. Sans eau de pluie à recueillir, les réserves se mirent vite à diminuer. Les vivres furent rationnés, et avec la faim monta le mécontentement. Tous n'avaient pas la force d'âme de Rool ou l'inconscience d'Aïrès.

Sennar passait ses nuits penché sur la carte en essayant de comprendre quel chemin ils avaient déjà parcouru et combien il leur en restait encore à faire. Plus d'une fois, il utilisa la magie dans l'espoir de découvrir si leur cap était bon, mais le rayon de lumière qui aurait dû localiser les îles se perdait dans la nuit.

Lorsque certains pirates commencèrent à l'accuser de les avoir entraînés dans une entreprise désespérée, ce fut Bénarès qui, contre toute attente, prit sa défense.

— Cessez de gémir ! Nous sommes des marins, bon sang ! Est-ce que quelqu'un vous a obligés à venir jusqu'ici ? S'il y en a qui veulent faire demi-tour, qu'ils prennent une barque et qu'ils se mettent à ramer. À présent, la discussion est close.

Bientôt, les oiseaux disparurent. Plus de mouettes ni d'albatros, plus de vols de migrateurs en route vers des terres lointaines. Même les poissons se firent plus rares. La pêche diminuait chaque jour, jusqu'à ce que la mer devienne un désert. Le navire glissait lentement sur l'eau, entouré d'un silence surnaturel.

Seul le léger clapotis contre les flancs de la coque leur rappelait qu'ils voguaient toujours.

— Terre ! Terre !

Le cri déchira le silence de l'aube. Le vent avait recommencé à souffler, et le navire avançait rapidement.

Sennar se précipita sur le pont, imité par le capitaine, qui arriva une longue-vue à la main. À l'horizon se dessinait une ligne obscure et indéfinie.

— Est-ce possible ? demanda Sennar, hors d'haleine.

Rool fixa longuement le lointain avant de se prononcer.

— Je ne sais pas, répondit-il, la longue-vue collée à l'œil. Il y a quelque chose qui cloche...

Toute la journée, l'équipage scruta avec angoisse la fine ligne noire, et la tension à bord ne cessa d'augmenter.

Au milieu de l'après-midi, il y eut un grand choc contre un des flancs du *Démon noir*, comme s'il avait été heurté par quelque chose. Il pencha dangereusement sur le côté, et tout le monde perdit l'équilibre. Cependant le navire ne tarda pas à se redresser, aidé par une brusque rafale de vent.

Sennar et le capitaine rejoignirent le pont avec difficulté. Une véritable tornade se leva soudain, qui semblait vouloir tout balayer sur son passage. Pourtant, la mer était calme et le soleil resplendissait. C'était comme si ce vent venait de nulle part.

— Larguez les ris ! Vite ! cria le capitaine.

Agrippé au bastingage, Sennar s'arc-boutait, essayant de résister aux rafales qui lui fouettaient le visage. Il leva les yeux et resta bouche bée : un énorme nuage, noir et menaçant, fondait sur eux en changeant continuellement de forme. Sennar tomba à terre, le souffle coupé. Il sentit quelqu'un l'empoigner par la tunique.

— Qu'est-ce que c'est ? demanda Rool en le fixant de ses yeux enflammés.

— Je ne sais pas.

— Est-ce de la magie ? Réponds !

— C'est... c'est probable, balbutia Sennar.

Rool le lâcha et se mit à lancer des ordres ; mais l'équipage, pétrifié par la peur, ne réagissait pas.

— Est-ce qu'il reste encore un homme à bord, ou vous vous êtes tous transformés en femmelettes ? rugit le vieux pirate. Je jette à la mer sur-le-champ celui qui n'aura pas rejoint immédiatement son poste !

Personne n'avait jamais rien vu de pareil. Sennar se pencha de nouveau et il n'eut que le temps d'apercevoir le nuage qui avançait à une vitesse effrayante. Le vent l'empêchait de respirer. Il ferma les yeux. Lorsqu'il les rouvrit, la nuit était tombée.

Sur un ciel noir comme une plaque d'ardoise se dessinaient d'immenses éclairs. Une pluie violente se mit à cribler le pont. Puis ce fut l'apocalypse.

Des vagues monstrueuses vinrent s'abattre sur le navire et le firent ballotter d'un flanc à l'autre ; à chaque fois, il semblait sur le point de disparaître dans les flots. Sennar fut précipité à travers le pont, jusqu'à ce que Bénarès l'attrape par le col :

— Tu ne peux que gêner en restant ici, petit. Retourne dans ta cale.

Sennar ne se le fit pas dire deux fois.

Il dégringola dans la cale plutôt qu'il n'y descendit, et courut se blottir dans un coin. Le roulis était très fort ; le bois autour de lui grinçait de façon inquiétante. Le navire était sous l'emprise de vents furieux qui changeaient continuellement de direction et levaient des vagues hautes comme des murailles.

Pendant quelques instants, Sennar resta immobile, paralysé par la peur, à écouter les pas frénétiques sur le pont, le bruit sourd des corps jetés à terre par la tempête, et les criaillements des rats, terrés Dieu sait où. Puis il commença à se sentir lâche. « Je ne peux pas rester ici, je dois aller leur donner un coup de main », décida-t-il.

Mais ses jambes refusèrent de lui obéir.

Il s'obligea à raisonner. Il était un conseiller, et dans les derniers mois il s'était souvent trouvé dans des situations désespérées dont il s'était toujours sorti grâce à sa lucidité d'esprit. Il essaya donc de se remémorer tous les enchantements qu'il connaissait. Cependant aucun ne correspondait à l'apocalypse qui se déchaînait au-dehors. C'était sans aucun doute l'œuvre d'un magicien. Peut-être une formule créée *ex nihilo*, ou plus probablement un sceau. « Parfait. Si c'est de la magie, il n'y a plus qu'à essayer de la contrer », se dit-il avec conviction.

L'embarcation continuait à balancer d'un flanc à l'autre, si bien que Sennar devait s'accrocher aux poutres de la cale. Et ce fut justement le mouvement du navire qui lui donna l'idée. C'était une entreprise assez complexe, mais c'était la seule dans la situation où ils se trouvaient. Du reste, ils avaient à faire à un enchantement qui ressemblait fort à ceux interdits par le Conseil. Il s'agissait donc de ramener la nature dans le droit chemin. Sennar planifia avec précision ce qu'il aurait à faire une fois dehors et se résolut à sortir.

Il rejoignit le groupe de pirates qui tentait de maîtriser les voiles, prises de folie. À travers des trombes d'eau, il aperçut la silhouette d'Aïrès, debout au gouvernail, qui s'efforçait de maintenir le cap. Sauf qu'il n'y avait plus de cap à suivre... Le ciel et la mer ne faisaient qu'un, inséparables dans les ténèbres qui entouraient le navire. Malgré l'aide de Rool, le gouvernail lui échappa des mains et se mit à tourner comme une toupie.

Soudain, la voile maîtresse se déchira. Sennar s'agrippa au parapet et entreprit de traverser le pont sous les trombes d'eau. Au prix d'un effort surhumain, il réussit à rejoindre Aïrès, qui avait repris le gouvernail.

— Une corde ! hurla Sennar.

Mais ses paroles furent couvertes par le rugissement de la mer.

— Quoi ? cria Aïrès.

— J'ai besoin d'une corde !

La jeune femme lui tendit un câble, que Sennar noua à sa taille avant de se diriger vers le grand mât. Il leva les yeux : le poteau tanguait dangereusement. « Je peux y arriver. Je dois y arriver ! » se répétait-il.

Il essaya de grimper, en vain : ses mains glissèrent sur le bois trempé. Alors, il tira le poignard de Nihal, celui qu'il avait gagné en duel le jour de leur rencontre, et le planta profondément dans le bois. En se retenant avec sa main libre, il commença à monter.

Il se rappela que ses camarades d'enfance aimaient grimper aux arbres. Pas lui. Il n'avait jamais été bon dans les jeux qui nécessitaient un peu d'agilité. « Et maintenant me voilà, suspendu comme un acrobate au mât d'un navire, au beau milieu de la pire tempête de tous les temps », songea-t-il.

Il eut presque envie de rire.

Ballotté par les vents, il avait l'impression d'être sur le point de tomber. Il s'agrippa plus fort ; ses mains se mirent à saigner. Il se gardait bien de regarder en bas.

« J'y suis presque ! Il ne me manque pas grand-chose », s'encourageait-il, les dents serrées. Mais la hune semblait inaccessible.

Lorsqu'il la saisit enfin, un cri de joie sortit de sa gorge. Il n'arrivait pas à y croire. Il avait réussi. Il s'attacha au mât avec la corde et se hissa sur la plate-forme. Ici, le tangage était insupportable. Il sentit son estomac se retourner, et il eut un haut le cœur.

« Pas maintenant ! » Il ferma les yeux et fit son possible pour se concentrer ; puis il leva ses mains sanguinolentes vers le ciel et hurla une formule magique. De ses doigts partirent dix rayons d'argent, qui fendirent les nuées et retombèrent en coupole sur le voilier, l'enveloppant dans une sphère argentée. C'était un tour plutôt banal, un simple bouclier magique, mais ce qui le rendait extraordinaire, c'est qu'il avait la taille d'un navire tout entier.

Le calme se fit d'un coup sur le pont. Les hommes se relevèrent, incrédules, et regardèrent la barrière magique.

Une salve de cris enthousiastes retentit.

— Tu es formidable, magicien ! s'exclama Aïrès.

Sur les ordres de Rool, tous reprirent leur poste. Aïrès se remit au gouvernail, et Dodi, aidé par d'autres pirates, amena la grand-voile, désormais inutilisable. Le reste de l'équipage tira des flancs du navire de longues rames de secours et commença à les activer avec fougue.

Le voilier avançait lentement, comme une bête tout juste sortie de son sommeil. Les éclairs, qui sillonnaient toujours le ciel, illuminaient une mer blême couverte d'écume grise. Les rouleaux se brisaient contre la barrière argentée. Sennar ressentait intérieurement la puissance de l'océan qui tentait de pénétrer ses défenses. Il vida son esprit de tout ce qui n'était pas l'enchantement qu'il récitait.

Bientôt, ses bras s'engourdirent et des fourmis coururent le long de ses mains. Il ne ressentait plus que l'énergie magique s'écoulant de ses doigts tel un fleuve en crue.

— Vous voyez une éclaircie ? demanda-t-il, le désespoir dans la voix, tout en sachant que du haut de la hune il aurait été le premier à l'apercevoir.

— Pas encore ! cria Aïrès du pont. Résiste !

Mais plus le temps passait, plus l'inconfort de Sennar grandissait. Les chocs des vagues se succédaient sans cesse, et la barrière autour du navire commença peu à peu à rétrécir. Il savait qu'il ne parviendrait pas à la maintenir encore longtemps.

L'équipage était au bord de l'épuisement. Aïrès et Bénarès s'arc-boutaient contre le gouvernail, Rool scrutait l'obscurité à la recherche d'une lueur quelconque qui lui indiquerait vers où se diriger. Les marins qui plongeaient leurs rames dans les courants déchaînés de l'océan étaient à bout de forces.

Sennar s'était mis à genoux et avait appuyé ses bras contre le rebord de la hune, les mains ouvertes.

La barrière diminuait à vue d'œil. Rool fut le premier à s'en rendre compte.

— Courage, mon garçon ! Courage ! hurla-t-il.

Le jeune magicien ne réagit pas : il semblait avoir perdu conscience.

— Malédiction ! jura Bénarès. Il va s'effondrer ! Voilà ce qui se passe quand on remet son sort entre les mains d'un blanc-bec...

Aïrès le foudroya du regard :

— Tais-toi ! Sans lui, nous serions déjà morts !

Puis elle cria à l'intention de Sennar :

— Continue comme ça ! On est sauvés ! On est presque sauvés !

Aucune réponse n'arriva de la hune, et le bouclier d'argent se réduisit encore.

— Hé ! Vous là-dessous ! Augmentez le rythme ! ordonna Rool.

Cependant il se rendait bien compte qu'il en demandait trop à ses hommes.

— On est fichus ! murmura-t-il.

— Regardez ! s'exclama soudain Bénarès.

Les nuages noirs venaient de s'ouvrir ; une lame de lumière taillait l'obscurité.

Aïrès éclata de rire, si bien que le gouvernail lui échappa encore une fois des mains.

— Ramez aussi fort que vous pouvez ! lança Rool à ses hommes.

Entre les éclairs apparut enfin un pan de ciel bleu, et juste après un morceau de terre encadré de verdure. Vue de cet enfer, l'île semblait paradisiaque. Le salut était là, à portée de main, mais la tempête ne se calmait pas. D'énormes vagues continuaient à s'abattre sans relâche sur le bouclier magique.

— Tiens bon, Sennar ! On y est presque ! cria Aïrès de toutes ses forces.

À présent, la barrière effleurait la proue du navire et ne cessait de se resserrer. Soudain, elle explosa en milliers d'éclats argentés, et le *Démon noir* dut affronter la fureur des éléments. Le navire dévia de sa route ; les rouleaux submergeaient le bateau. Désormais, il était à la merci des éléments. Le navire tournait sur lui-même, changeant sans cesse de cap. Des cris, des ordres et des encouragements confus s'élevaient du pont.

De tout ce tapage, seuls quelques sons étouffés parvenaient à Sennar. Ses forces l'abandonnaient ; une étrange langueur s'emparait de lui.

— Je suis fatigué. Je suis tellement fatigué…, murmura-t-il.

Il avait envie de s'abandonner, de se laisser bercer par ce vide qui l'enveloppait… Cependant quelque chose, dans un recoin reculé de sa conscience, le poussait à résister. Un ultime flot d'énergie le traversa de la tête aux pieds ; ses muscles se tendirent jusqu'au spasme, ses mains se levèrent vers le ciel en vibrant, et la barrière entoura de nouveau la coque.

Ensuite, il ferma les yeux et perdit connaissance.

Devant le navire se déployait un paisible archipel. Derrière, la tache noire comme de la poix qui avait failli engloutir le voilier s'éloignait lentement.

L'équipage poussa un énorme cri de soulagement. Rool serra sa fille dans ses bras ; Bénarès passa ses mains tremblantes sur son visage. Ils étaient sauvés !

Aïrès se libéra de l'étreinte de son père et courut vers le grand mât.

— Sennar ! Tu as été formidable ! cria-t-elle, au comble de la joie.

Mais aucune réponse ne lui parvint.

— Sennar ! appela-t-elle encore.

— Il a dû y laisser sa peau, commenta Bénarès.

La jeune femme se retourna vivement vers lui.

— Ne dis pas de bêtises ! siffla-t-elle.

Et, oubliant sa fatigue, elle commença à grimper le long du poteau, les yeux de tous les pirates braqués sur elle.

— Vous n'allez pas le croire ! s'exclama-t-elle une fois sur la hune, un grand sourire sur les lèvres. Il dort !

5

LAIO DEVIENT ÉCUYER

Laïo ne pouvait pas poser le pied par terre ; quant à Nihal, son épaule était très douloureuse. Il n'était pas question de se remettre en route, ils décidèrent donc d'attendre les premières lueurs de l'aube. Ils s'éloignèrent le plus possible du lieu de l'affrontement, et se hissèrent péniblement sur un grand arbre. Au moins, là-haut, ils seraient en sécurité.

Laïo examina la blessure de son amie.

— Je peux la désinfecter, si tu veux, proposa-t-il.

Nihal lui jeta un regard interrogateur :

— Et comment ?

— Tu vas voir.

Il tira quelques feuilles de sa besace et se mit à les mastiquer. Ensuite, il étala cette pâte sur l'épaule de Nihal.

— Comme ça, ta blessure ne va pas s'infecter. J'ai été un moment domestique dans une auberge, et les femmes qui la tenaient connaissaient les propriétés des plantes. Elles m'ont enseigné quelques secrets.

Lorsqu'il eut terminé, le jeune garçon, épuisé, s'appuya contre le tronc de l'arbre et ferma les yeux. Nihal fit de même ; mais elle ne put dormir : une pensée lui trottait dans la tête.

Elle prit son épée et la regarda. Le dragon sculpté par Livon s'enroulait autour de la garde ; sur le cristal noir, la tête de l'animal brillait telle une étoile dans l'obscurité de la nuit. Elle était sertie d'une pierre blanche, à l'intérieur de laquelle scintillaient des milliers de paillettes multicolores.

La Larme. La jeune guerrière était tellement habituée à la voir qu'elle la considérait comme un simple ornement. Comment avait-elle pu l'oublier ?

Nihal repensa à l'époque où, à l'âge de treize ans, elle avait décidé d'apprendre la magie et où elle avait insisté auprès de son père pour qu'il lui trouve un magicien qui la prendrait comme élève. Au début, Livon n'avait pas voulu en entendre parler, mais, à force de persévérer, elle avait fini par le faire céder. C'est ainsi qu'elle avait découvert qu'elle avait une tante. La sœur de son père s'appelait Soana et elle vivait à l'orée de la Forêt. Elle s'était volontairement mise à l'écart pour que les informateurs du Tyran ne puissent pas soupçonner qu'elle était membre du Conseil des Mages.

Soana avait accueilli Nihal sans rien lui demander, si ce n'est de se soumettre à une épreuve : la jeune fille devait passer deux nuits toute seule dans la Forêt et démontrer qu'elle avait été acceptée par les esprits de la Nature. C'est là qu'elle avait rencontré pour la première fois une communauté d'elfes-follets. Phos, leur chef, lui avait donné cette perle. « C'est une espèce de catalyseur naturel, avait-il dit. Elle augmente la puissance et la durée de la magie. J'ai pensé que ce serait un beau cadeau à te faire, il va te servir quand tu seras magicienne. »

Nihal s'arracha à ses souvenirs. « Magicienne... Je ne suis jamais devenue magicienne, songea-t-elle. Mais alors, que s'est-il passé tout à l'heure ? Qu'est-ce que c'était que cette explosion ? Et ce bouclier transparent ? » Elle se promit d'élucider ce mystère. Puis la fatigue l'emporta, et elle tomba dans un sommeil profond et sans rêves.

Le voyage de retour à la base se fit sans encombre. Ils ne virent pas la moindre trace des soldats du Tyran ; néanmoins ils se déplacèrent avec prudence. Laïo boitait, mais il ne se plaignait pas.

Ils arrivèrent avec un jour de retard sur la date prévue. Lorsqu'il vit que Nihal n'était pas seule, le garde eut un moment d'hésitation.

— Je me porte garante de lui, déclara Nihal. C'est un de mes vieux compagnons d'armes.

La nouvelle se répandit sur le campement à la vitesse d'un éclair.

Les commentaires allaient bon train :

— Elle est revenue accompagnée...

— Un garçon plus jeune qu'elle...

— Ça doit être son amant...

— Mais comment, son amant ? Tu l'as vu ? Un type comme ça, Nihal l'avale au petit déjeuner..

— J'ai entendu dire que c'était son frère...

— Oui, bien sûr ! Elle avec des cheveux bleus et des oreilles en pointe, et lui blond et bouclé, ils se ressemblent comme deux gouttes d'eau !

Nihal alla tout droit à la cabane d'Ido. Laïo la suivit, très mal à l'aise à cause de tous ces yeux curieux qui le fixaient.

— Mais qu'est-ce qu'ils ont tous à nous regarder ? murmura-t-il à son amie.

Nihal haussa les épaules :

— Ignore-les.

Ido attendait son élève sur le seuil.

— Qu'est-ce qui s'est passé ? Tu es entière, au moins ? demanda-t-il en venant à sa rencontre.

— Tout va bien. Juste une petite blessure de rien du tout.

Le regard d'Ido se posa sur Laïo. Le jeune garçon baissa la tête et rougit jusqu'à la racine des cheveux.

Nihal vola à son secours, l'envoyant à l'infirmerie pour faire soigner son pied.

Le gnome lui avança une chaise en maugréant :

— Qu'est-ce que c'est que cette histoire ? D'où sort ce gamin ?

— Du calme, Ido. Laisse-moi t'expliquer. Il était avec moi à l'Académie.

Elle raconta à son maître d'une traite l'histoire de leur amitié. Elle savait qu'à la première pause, Ido exploserait. Nerveux, il tirait sur sa pipe, remplissant la pièce d'une fumée épaisse.

Arrivée au point crucial de son discours, la jeune fille s'enjoignit : « Allez, dis-lui ! Inutile de tourner autour du pot. »

— En fait, il veut devenir écuyer. Le problème, c'est que son père ne lui permettra jamais. Je dois l'aider, Ido. Il est le seul à m'avoir témoigné un peu d'amitié, c'est vraiment quelqu'un de bien. Alors, j'ai pensé que... que tu pourrais le prendre comme écuyer. C'est une bonne idée, tu ne trouves pas ?

Un silence qui ne promettait rien de bon tomba sur la cabane.

— Parfois je me demande si tu es une grande maligne ou une parfaite idiote, Nihal, finit par lâcher Ido d'une voix calme.

— Je ne comprends pas ce que tu veux dire.

— Oh, rien ! éclata le gnome. Mais est-ce que tu as une vague idée de qui est le père de Laïo ?

— Qu'est-ce que j'en sais ? Je ne connais pas tous les chevaliers du dragon !

Le gnome se pencha vers elle, les sourcils froncés :

— Alors, je t'explique. Le père de Laïo s'appelle Pewar, et il descend de la plus ancienne lignée de chevaliers du Monde Émergé. On ne sait pas qui est apparu en premier, sa lignée ou l'œuf de dragon ! Ces gens-là chevauchent des dragons depuis la nuit des temps. En ce moment, Pewar dirige les opérations sur la Terre de l'Eau. Et c'est un ami intime de Raven.

Nihal continua à faire l'innocente :

— Et alors ?

Ido sauta sur ses pieds :

— Si Pewar découvre que son fils est mon écuyer, il me mangera tout cru ! Déjà Raven me déteste, il ne me manquait plus que ça pour me faire chasser de l'Ordre !

La discussion s'enflamma. On entendait les voix de Nihal et d'Ido à plusieurs brasses alentour. Laïo, qui était revenu de l'infirmerie et s'était assis sur les marches de la cabane, écoutait, l'air préoccupé. De temps en temps, un soldat s'arrêtait pour profiter de la dispute, et très vite un petit attroupement se forma devant la porte.

— Toute cette histoire à cause de toi ? demanda un écuyer à Laïo.

— Je crois que oui, répondit le jeune garçon en baissant les épaules.

— Mais qui es-tu ? intervint un soldat.

— Un compagnon d'Académie de Nihal, murmura Laïo.

Quand Nihal sortit, le rouge aux joues, les curieux s'éparpillèrent en un instant.

— Tout va bien ? chuchota Laïo.

— Viens à l'intérieur, dit-elle pour toute réponse.

Ido était assis à la table et fumait rageusement.

Nihal l'avait mis au pied du mur. Elle lui avait rappelé que c'était justement lui qui lui avait enseigné qu'il fallait se battre pour un idéal, que chacun devait trouver sa propre voie pour se réaliser. Elle s'était étonnée qu'il puisse mettre à la porte un garçon qui voulait essayer de le faire.

Ido dévisagea Laïo. Des joues roses, des yeux gris pâle, la démarche mal assurée : que diable allait-il faire d'un damoiseau comme lui ?

— De quoi es-tu capable ? lança-t-il sèchement.

— J'ai étudié deux ans à l'Académie, murmura Laïo.

— Parle plus fort, jeune homme !

Nihal lui jeta un regard furieux, et Laïo pâlit.

— Oui, monsieur. Excusez-moi, monsieur. J'ai étudié deux ans à l'Académie. Je connais bien les herbes aussi. Et je sais entretenir tout type d'arme.

— Et avec les dragons, tu te débrouilles ?

— Euh... avec les dragons ? Eh bien, je n'ai pas eu vraiment à faire à eux, monsieur, répondit Laïo à mi-voix.

Ido se frotta le visage et poussa un long soupir. Enfin, il sortit de la cabane sans dire un mot.

Nihal sourit d'un air malicieux.

— Un écuyer ? fit Nelgar, surpris par la demande d'Ido.

Jusqu'à l'arrivée de Nihal, le gnome avait été un type plutôt solitaire. Et voilà que, subitement, il semblait à la recherche de compagnie !

Le gnome marmonna que bientôt son élève deviendrait chevalier, et qu'il n'aurait plus personne pour nettoyer ses armes.

— Et tu ne peux pas t'en occuper toi-même, comme tu l'as toujours fait ?

— Oh, ça suffit ! Tu me le donnes ou non, cet écuyer ? D'après le règlement, tous les chevaliers y ont droit ; alors je ne vois pas pourquoi je ne devrais pas en avoir un moi aussi.

Nelgar céda à contrecœur : le règlement était le règlement.

Dès ce jour, Laïo se donna corps et âme à sa nouvelle charge : il s'occupait des armes d'Ido avec un soin maniaque. Un matin, le gnome l'avait trouvé assis en tailleur derrière la cabane, avec tout son l'arsenal étalé devant lui. Il faisait briller une hache qu'Ido n'avait jamais songé à utiliser.

— Fais ce que tu veux, mais ne touche surtout pas à mon épée, lui dit-il. C'est moi qui m'en occupe personnellement.

Laïo ne leva la tête que pour murmurer un : « Oui, monsieur. Bien sûr, monsieur », et il se remit aussitôt au travail.

Ido dut admettre que le garçon était consciencieux. Ses armes n'avaient jamais été aussi brillantes. À présent, il s'agissait de voir ce qu'en dirait Vesa.

Il aborda le sujet avec Laïo sans préambule :

— Ce soir, tu donneras à manger à mon dragon.

Les joues de l'écuyer passèrent du rose au blanc :

— Ce... ce soir ?

— Oui, pourquoi ? Tu as autre chose à faire ?

— Non, monsieur. C'est juste que... je n'ai jamais donné à manger à un dragon.

— Eh bien, il y a toujours une première fois. Nihal t'expliquera.

Nihal passa la soirée à convaincre son ami d'entrer dans l'écurie, l'imposant édifice qui trônait au centre de la citadelle. Une fois à l'intérieur, la jeune fille se dirigea avec assurance vers le fond, où se trouvait la niche de Vesa. Laïo, lui, resta à l'entrée, paralysé par le seul souffle des dragons.

Le lendemain soir, les choses allèrent un peu mieux. Laïo s'agrippa au bras de son amie, et, les yeux fixés au sol, parcourut tout le corridor qui longeait les niches des animaux.

— Nous y voilà, dit Nihal en s'arrêtant devant l'une d'elles.

Dans une énorme cavité creusée dans la roche se tenait un dragon que Laïo trouva immense : rien que la tête était aussi grande que lui. Rouge comme des braises ardentes, il s'était roulé sur lui-même, ses grands membres repliés contre ses flancs. Sa tête crêtée était appuyée avec une grâce animale sur ses pattes avant, plus petites que ses postérieures.

— Vesa, lui, c'est Laïo. Essaie d'être gentil avec lui.

Pour toute réponse, le dragon émit un grognement sourd.

Nihal continua les présentations :

— Et ça, mon cher écuyer, c'est Vesa.

Elle essaya de pousser un peu son ami, toujours accroché à elle :

— Tu devrais au moins ouvrir les yeux, Laïo.

Le garçon entrouvrit légèrement les paupières, juste le temps de voir le grand dragon rouge le regarder d'un air de mépris.

Dès lors, Nihal emmena Laïo à l'écurie tous les soirs. L'aspirant écuyer s'efforçait de maîtriser sa peur et suivait de son mieux les conseils de son amie. Au bout d'une semaine, il tendit la main pour toucher la peau écailleuse de Vesa ; au bout de deux, prenant son courage à deux mains, il poussa sa brouette de viande jusque sous le museau du dragon. À partir de là, tout fut plus facile. Une fois dépassée sa terreur, Laïo semblait fait pour s'occuper de dragons. Vesa le prit en sympathie, et le garçon tomba littéralement amoureux de l'énorme bête.

Oarf était plus hargneux que Vesa, mais Laïo finit par se faire accepter de lui.

Aussi gros que le dragon d'Ido, il était plus vieux ; c'était un vétéran de la guerre. Il était d'un vert vif, qui prenait mille nuances différentes, et avait les pupilles rouges comme des braises.

Si elle ne l'avait pas vu de ses propres yeux, Nihal ne l'aurait pas cru : Oarf, son Oarf, le dragon qui l'avait tant fait peiner, se laissait caresser comme un petit chat par Laïo !

Les dragons ne furent pas les seuls à avoir un faible pour le garçon au visage d'ange. Était-ce grâce à son innocence, ou à la passion avec laquelle il s'acquittait des tâches qu'on lui confiait ? en un mois Laïo devint la coqueluche de toute la base. Il s'affairait dans le campement, l'air grave comme si on lui avait confié quelque mission de haute importance, et il était impossible de ne pas sourire en le voyant passer.

Même Ido fut contraint de changer d'avis sur son écuyer, qui mourait d'envie de se rendre utile et qui ne se dérobait devant aucun travail.

6

LE SECRET DE LA LARME

Depuis qu'elle était revenue à la base, Nihal regardait souvent la Larme enchâssée dans son épée de cristal en se demandant d'où avait jailli la force mystérieuse qui avait terrassé une horde entière de fammins. Elle décida de s'informer auprès d'un des magiciens de la citadelle, un jeune émissaire du Conseil qui participait à l'élaboration des stratégies militaires, et lui raconta ce qui s'était passé dans le bois. Le magicien l'écouta, sceptique, puis observa la Larme d'un œil expert.

— Oui, c'est de l'ambroisie, de la résine cristallisée qui provient du Père de la Forêt, déclara-t-il. Seulement, cela ne signifie pas qu'on puisse l'utiliser à des fins magiques.

— Mais l'elfe-follet qui me l'a donnée a dit que...

— Les elfes-follets sont de grands bavards, l'interrompit le magicien avec suffisance. Et, crois-moi, ils ne connaissent rien à la magie.

— Alors, qu'est-ce qui s'est passé, selon toi ? insista Nihal, un peu agacée : ce prétentieux commençait à lui taper sur les nerfs.

— Probablement rien. Peut-être que toi et ton ami avez eu une hallucination. Ou peut-être que vous aviez pris un cidre de trop, ricana-t-il.

Nihal sortit précipitamment de chez lui pour ne pas le frapper. Elle se promit de chercher la réponse à sa question à la bibliothèque de Makrat à la première occasion.

Celle-ci se présenta un mois plus tard. Un grand conseil de guerre devait avoir lieu dans la capitale, auquel devaient participer tous les chevaliers du dragon engagés dans la lutte contre le Tyran. Ido, qui détestait ce genre de réunion, mais ne pouvait pas se désister, emmena avec lui Nihal et Laïo.

Makrat, la capitale de la Terre du Soleil, était une cité bruyante et chaotique jusque dans la manière dont les habitations s'agglutinaient les unes contre les autres. C'était le siège de l'Académie, ainsi que celui du palais royal. Enfin, elle abritait la plus grande bibliothèque du Monde Émergé.

Cette dernière se trouvait à l'intérieur du palais, et il suffisait d'avoir l'autorisation d'un chevalier pour y accéder. Comme Nihal l'avait espéré, Ido ne se fit pas prier. Le gnome considérait que la lecture était fondamentale pour la formation d'un chevalier, et il devait être ravi que cette tête de mule qu'il avait pour élève se soit enfin décidée à se cultiver un peu...

La grande bibliothèque de Makrat ne faisait pas tort à sa réputation. C'était la plus complète collection de livres du Monde Émergé, que seule la mythique bibliothèque perdue de la ville d'Enawar avait jamais surpassée. Elle se trouvait dans une des quatre tours du palais royal et s'étendait autour de l'imposant escalier qui grimpait en spirale dans le donjon. Les marches étaient basses et larges, à tel point qu'on n'avait pas l'impression de monter, mais une fois arrivé au sommet, lorsqu'on regardait en bas, on avait le souffle coupé face à la vertigineuse enfilade d'étages qui descendait en précipice. La lumière provenait d'un dôme de cristal qui tenait lieu de toit.

Chaque étage était consacré à une matière différente. Il y avait la section de l'astronomie, celle de l'histoire, celle de la poésie et, naturellement, celle de la botanique et de l'herboristerie. Cela représentait plus d'une centaine de rayons remplis de livres.

Les yeux de Laïo, qui accompagnait Nihal, se mirent à briller.

— On se voit plus tard, dit-il d'une voix rêveuse en se dirigeant vers les herbiers.

La bibliothèque était très fréquentée, et Nihal sentit à quel point sa présence était incongrue. Il n'y avait évidemment pas l'ombre d'un guerrier aux alentours. Des magiciens, en revanche, étaient très nombreux : autour des tables, penchés sur d'énormes volumes poussiéreux, immobiles et pensifs au pied des étagères, perchés sur des échelles qui permettaient d'accéder aux rayonnages les plus hauts. Des magiciens qui tous se retournaient sur son passage. Le cliquètement de son épée, d'ordinaire si familier, lui apparut tout à coup comme un bruit insupportable.

Il y avait également quelques rejetons de familles nobles, et eux aussi la regardaient avec dédain. « C'est sûr, la connaissance est une affaire de riches », pensa-t-elle. Pas de crève-la-faim qui doivent se battre pour la paix.

Nihal était mal à l'aise. Dans des moments comme celui-ci, elle aurait voulu être un peu plus féminine et ne pas éveiller autant la curiosité. Elle se força à les ignorer tous : elle n'était pas venue jusqu'ici pour faire bonne figure, mais pour obtenir des renseignements sur sa Larme !

Elle suivit les escaliers jusqu'à ce qu'elle trouve ce qu'elle cherchait : les trois étages consacrés à la magie. Elle s'approcha d'un bibliothécaire et lui expliqua ce dont elle avait besoin. Le regard de l'homme, qui portait une livrée de velours gris où brillait le blason doré de la Terre du Soleil, scruta d'abord les vêtements de la jeune fille, puis s'arrêta sur son épée.

— Veuillez me suivre, dit-il avec suffisance ; avant de la guider au dernier étage, où il lui indiqua une large table de marbre.

Il revint quelques instants plus tard avec une pile de gros livres.

— La bibliothèque ferme à la sixième heure, lança-t-il en s'éloignant.

Nihal regarda le tas de livres avec découragement. Le travail promettait d'être long et ennuyeux.

Au bout de plusieurs heures, elle avait déniché des informations sur chacune des magies existantes, lu d'antiques légendes sur les elfes-follets, appris tout ce qu'il fallait sur le Père de la Forêt... Mais aucun livre ne disait rien sur les Larmes.

Elle tomba enfin sur quelques lignes parlant de la résine : « La résine des Tomren, connue sous le nom de Père de la Forêt, est souvent utilisée comme palliatif en cas de douleur légère. Elle permet également de se remettre des grandes fatigues. Lorsqu'elle est sèche, la résine prend une forme cristallisée assez agréable. »

Suivait une page de description détaillée, et une remarque laconique : « Les concrétions de résine séchée, nommées par certains "Larmes", sont parfois utilisées comme pierres non précieuses dans l'art de l'orfèvrerie. »

Nihal resta plongée dans les livres jusqu'au soir, sans rien trouver d'autre. Lorsque, abattue et la tête doulou-reuse, elle leva enfin les yeux du dernier volume, elle se rendit compte que dehors la nuit était tombée. La vaste bibliothèque était illuminée par de grands bra seros de bronze et des torches accrochées aux murs. Elle s'étira, et regarda autour d'elle à la recherche du biblio-thécaire. Ne le voyant pas, elle finit de lire le tome qu'elle avait sous la main, sans le moindre espoir d'y trouver quoi que ce soit d'intéressant. Elle bâilla.

Soudain, sur la dernière page, elle remarqua un sym-bole étrange, une sorte de cachet de couleur noire. C'est seulement alors qu'elle s'aperçut qu'il figurait aussi sur la couverture. Elle chercha de nouveau le bibliothé-caire : elle le vit, assis à une table au fond de la pièce. Elle se dirigea vers lui, le livre à la main.

— Que veut dire ce signe, monsieur ? demanda-t-elle en lui montrant le symbole.

Le bibliothécaire fit une drôle de mine et lui ôta le livre des mains :

— Que je n'aurais pas dû vous le donner.

— Dommage, répondit Nihal sur un ton sarcastique, je l'ai déjà lu en entier. Alors, qu'est-ce que ça veut dire ?

Le bibliothécaire leva les yeux au ciel, mais Nihal ne bougea pas d'un pouce, attendant une réponse.

— Cela veut dire que l'auteur de cet ouvrage a été condamné par le Conseil. Les livres marqués de ce signe ne sont donnés à lire qu'avec précaution

L'homme regarda le nom sur la couverture

— Ah ! Mégisto. Bien sûr, l'historien. Rien de très dangereux. Celui-ci, on peut le lire.

— Et pourquoi a-t-il été condamné par le Conseil ? insista Nihal.

Le bibliothécaire soupira, résigné :

— C'était un magicien médiocre, qui se consacrait surtout aux études historiques. Puis il est devenu un collaborateur du Tyran, mais, grâce aux dieux, il a été capturé et puni.

C'était exactement le genre de choses qui excitait la curiosité de Nihal :

— Vous pouvez me donner un livre sur l'histoire de ce Mégisto ?

— Cela n'a rien à voir avec votre recherche, il me semble.

Nihal serra les poings : ce type commençait à l'énerver ! Elle lui adressa un sourire glacé.

— Je viens justement de changer de sujet de recherche. Cela pose un problème ? fit-elle en mettant négligemment la main à l'épée.

L'homme lui jeta un regard agacé et se dirigea vers une rangée d'étagères noires que Nihal n'avait pas remarquées auparavant. Il y en avait quatre, hautes jusqu'au plafond et fermées par une grille en fer forgé, protégeant des centaines de volumes, noirs eux aussi. Sur le dos de chacun était peinte une rune écarlate. Nihal savait de quoi il s'agissait, Sennar lui en avait parlé : c'était les livres prohibés. Ils renfermaient toute la magie obscure, fruit du mal. Sennar avait été assez évasif sur le sujet, tout comme Soana, mais Nihal savait que cette magie était interdite par le Conseil. Elle était axée sur la subversion de la nature, et pour chaque enchantement elle demandait en gage l'âme du magicien. Dans ces livres étaient scellés les pires enchantements offensifs, ceux que le Tyran avait perfectionnés et portés à leur forme la plus évoluée.

Le bibliothécaire ne s'arrêta pas à cette section, mais à la suivante, où se trouvaient des livres reliés d'un cuir sombre, avec de gros clous de métal, à l'aspect beaucoup plus inoffensif que les autres. L'homme prit un volume au bout du rayon et le tendit à Nihal de mauvaise grâce.

— Il devrait y avoir là ce que vous cherchez, déclara-t-il.

Nihal lut le titre : *Annales de la lutte contre le Tyran*.

Curieuse, elle retourna à sa table et se plongea dans la lecture. C'était un recueil de tous les passages des Annales du Conseil des Mages qui parlaient de la résistance contre le Tyran. L'histoire commençait cinq ans après la dissolution du Conseil des Rois et celui des Mages. Il avait fallu aussi longtemps pour que ce dernier réussisse à s'organiser de nouveau.

Nihal éplucha le volume jusqu'à ce qu'elle tombe sur le mot « demi-elfe ». Son cœur faillit s'arrêter de battre. Sur un ton neutre, plusieurs textes racontaient la destruction de Seferdi, la capitale de la Terre des Jours, « rasée de la surface du monde en une seule nuit », et l'odyssée de son peuple. Nihal lut les pages qui décrivaient les villages de réfugiés détruits par les fammins, la résistance désespérée des siens, la longue suite de meurtres et de massacres. Elle n'arrivait pas à en détacher ses yeux. Au fur et à mesure qu'elle les lisait, les pages prenaient vie. Des signes noirs tracés sur le parchemin émergeaient des figures humaines, des fammins, des demi-elfes. Et puis des corps jetés à terre, des membres arrachés, du sang. Dans sa tête s'élevèrent des cris de désespoir, et pour finir le chant féroce des guerriers.

— Non !

Nihal repoussa sa chaise et se leva de la table. Elle respirait avec difficulté, essayant de chasser de son esprit ces images de mort, si semblables à celles de ses rêves. Elle ferma les yeux et s'efforça de penser à la base, à Laïo, à Sennar, à sa nouvelle vie.

Quand elle se fut un peu calmée, elle se pencha de nouveau sur le livre et feuilleta rapidement les parties consacrées à son peuple. Encore des guerres, encore des massacres. Et puis quelques pages écrites dans une calligraphie différente. Nihal se remit à lire.

« Aujourd'hui, le dixième jour du quatrième mois, soixantième année du temps de Nammen, est tombé entre nos mains un terrible ennemi. »

Elle avait enfin trouvé des informations sur Mégisto !

Il était resté des années aux côtés du Tyran, qui avait fait de lui un magicien puissant. Il ne dédaignait pas l'usage de l'épée, avec laquelle il était assez habile, et avait fait de la Terre des Jours son royaume. De là, il lançait de terribles attaques sur la Terre du Soleil et, assoiffé de sang, il combattait en première ligne avec ses hommes. Certains prétendaient qu'il était immortel. Cela rappela à Nihal la description que Sennar lui avait faite de Dola, le guerrier impitoyable qui avait mis la Terre du Vent à feu et à sang.

Après avoir semé la terreur sur la Terre des Jours, Mégisto s'en était pris à la Terre de l'Eau, où il avait asservi le peuple des nymphes. C'était sa propre cruauté qui l'avait finalement perdu : avide de meurtre, il s'était rendu avec un petit contingent sur la partie interne, la plus luxuriante, de la Terre de l'Eau, une zone qui n'apparaissait sur aucune carte et où aucun être humain n'avait jamais songé à s'installer. Ces bois étaient le territoire incontesté des nymphes et il y était impossible de s'y orienter sans leur aide. Là, Mégisto avait été encerclé par un détachement de l'armée des Terres libres. Il avait combattu longuement et vaincu bon nombre d'ennemis. Cependant ce ne furent ni les soldats ni les chevaliers qui en vinrent à bout. Ce furent les nymphes. Se souvenant des malheurs que cet homme avait infligés à leur peuple, toutes les nymphes de la Terre de l'Eau étaient accourues sur le lieu de la bataille et avaient lancé un de leurs enchantements les plus puissants. Le bois s'était refermé sur Mégisto tel un étau de verdure et l'avait emprisonné dans un enchevêtrement de branches, de feuillages et de plantes grimpantes.

L'homme avait été conduit à Makrat et soumis au jugement du Conseil des Mages. Hélas, le passage relatif à sa condamnation était incomplet. Il ne rapportait que des bribes du réquisitoire de Dagon, le Membre Ancien : « Beaucoup de sang a été versé ces dernières années ; y ajouter celui de cet homme ne rétablira pas la justice. Je propose que soit établi (...) purge sa peine pour l'éternité sur la terre même où il a sévi. Qu'il réfléchisse à ce qu'il a fait dans la solitude de sa prison et que les années puissent lui apporter sagesse et repentir. »

— Alors, il est vivant, murmura Nihal.

C'était incroyable ! Un ennemi aussi puissant était détenu sur la Terre de l'Eau.

Quelqu'un lui tapota l'épaule, la tirant de ses pensées : Laïo et le bibliothécaire s'étaient matérialisés à côté de sa table. Il était l'heure de s'en aller.

Tout au long du trajet du retour, Ido maugréait en répétant que cette réunion était une idiotie. Nihal, toujours accaparée par le mystère de la Larme, l'écoutait distraitement. Laïo, chargé comme il l'était par les fioles et les herbes qu'il avait achetées au marché, était trop occupé à tâcher de ne pas tomber de cheval pour prêter l'oreille à son maître.

Quand ils arrivèrent, la base était aussi tranquille que d'habitude. Rien ne semblait avoir changé pendant leur brève absence. Mais ils avaient à peine franchi le portail qu'une sentinelle les interpella :

— Arrêtez-vous ! Il y a un message pour l'écuyer.

Laïo, étonné, prit le rouleau que lui tendait le garde. En voyant le sceau imprimé sur le parchemin, il pâlit et laissa échapper un petit gémissement.

— Qu'est-ce qu'il y a ? demanda Nihal.

— Mon père, répondit-il dans un filet de voix.

7

LES VANERIES

Sennar ne sentait rien d'autre que la douceur des couvertures ; on eût dit de la ouate. Cette tiédeur lui rappela son enfance. Il entrouvrit les yeux. Il s'attendait à trouver sa mère penchée au-dessus de lui, sur le point de lui donner un baiser pour le réveiller, comme elle faisait lorsqu'il était enfant. Mais l'image qui s'insinua entre ses cils fut tout à fait différente : un profond décolleté, la courbe d'un sein blanc et une paire d'yeux noirs.

Le magicien se réveilla d'un coup et s'assit sur le lit.

— Il était temps ! dit Aïrès avec un sourire.

Pendant qu'elle tirait les rideaux, Sennar se rendit compte qu'il était dans la cabine du capitaine, rien de moins.

— Deux jours entiers à dormir, reprit la jeune femme. Tu n'as pas honte ?

Sennar se frotta les yeux.

— Où sommes-nous ? demanda-t-il d'une voix rauque.

— Bienvenu aux îles Vaneries, monsieur le magicien, répondit Aïrès avec une révérence théâtrale.

— Les îles Vaneries ? répéta-t-il, confus.

— Oui. Les îles inconnues signalées sur la carte. C'est ainsi que les appellent les autochtones. Il y en a quatre en tout ; une plus grande, qui est habitée, en l'occurrence celle où nous nous trouvons, et trois bouts de terre qui sont de simples écueils. Tu verrais comment ces gens nous regardent ! Ils n'ont jamais rencontré personne du Monde Émergé, nous sommes les premiers, fit-elle avec orgueil.

Sennar se laissa retomber sur son oreiller.

— Épuisé, on dirait ? lança la jeune femme d'un ton moqueur.

Il acquiesça :

— C'est ce qui arrive toujours quand un magicien accomplit un enchantement particulièrement difficile.

— Tu nous as fait peur, tu sais ? Quand j'ai grimpé à la hune, tu étais blanc comme un cadavre. Et puis, j'ai compris que tu dormais, et j'ai eu presque envie de te gifler.

— Juste ce qui me manquait ! soupira Sennar.

Aïrès se pencha sur lui et repoussa une mèche de cheveux de son visage. À présent, ses yeux étaient sérieux :

— Je dois te remercier, Sennar. Nous devons tous te remercier. Si tu n'avais pas été là, nous serions morts. Bien sûr, si tu n'avais pas été là, nous ne serions pas non plus partis, mais...

Le magicien se sentit rougir.

— Alors, maintenant, occupe-toi seulement de te reposer, conclut-elle en se levant. Le navire est dans un sale état, il faudra quelques jours pour le réparer. Ensuite, on fera le point sur la situation.

En arrivant à la porte, elle s'arrêta et se retourna vers lui.

— Ah, j'oubliais ! dit-elle avec un étrange sourire sur les lèvres. Elle est belle ?

Sennar se figea :

— Qui ?

— Ne fais pas l'innocent !

— Je ne comprends pas ce que tu veux dire, balbutia le jeune homme.

Aïrès éclata de rire :

— Magicien et menteur ! Pendant deux jours, tu n'as fait que répéter le même nom. Alors, c'est qui, cette Nihal ?

Sennar eut un coup au cœur.

— Allez, ne te fais pas prier, insista Aïrès. Si un homme appelle une femme dans son sommeil, cela ne veut dire qu'une seule chose : il est amoureux d'elle.

Le jeune magicien était de plus en plus embarrassé.

— Mais... c'est-à-dire... ce n'est pas..., bafouilla-t-il.

La pirate se rassit sur le bord du lit et le regarda malicieusement :

— Ne t'inquiète pas, je ne suis pas jalouse.

— C'est une amie, capitula-t-il.

Aïrès souleva un sourcil :

— Une amie comment ?

— Une amie, et c'est tout, répondit-il sur un ton qui se voulait neutre.

Elle ne s'y laissa pas prendre :

— Je me trompe, ou il y a une pointe d'amertume dans ce « et c'est tout » ?

— C'est une amie d'enfance ! éclata Sennar. Nous avons eu le même maître de magie.

— Elle est magicienne ?

— Non. Elle va devenir chevalier du dragon.

— Une femme chevalier, dit Aïrès, intéressée. Elle me plaît, cette fille. Est-elle belle ?

— Je ne sais pas. Je crois que oui. Oui, oui, elle est belle. On peut en finir, avec cet interrogatoire ?

Mais Aïrès ne semblait pas disposée à en rester là :

— Et elle, elle t'aime ? Parce que, toi, c'est évident.

— Aïrès, je t'en prie ! fit Sennar, mal à l'aise.

— Alors ?

— Non ! Non, elle ne m'aime pas. Elle en aime un autre, un chevalier qui est mort au combat. Voilà, tu es contente ?

— Un mort n'est pas un grand rival en amour, commenta ironiquement Aïrès. Tu sais quel est ton problème, Sennar ? C'est que tu te sous-estimes.

Sur ce, elle se leva et ajouta en lui donnant une petite tape sur la joue :

— Penses-y !

Le lendemain, la cabine du capitaine fut un véritable lieu de pèlerinage. L'un après l'autre, tous les pirates de l'équipage vinrent rendre visite au magicien pour le remercier personnellement. Le plus prodigue en attentions et en compliments fut Dodi, qui désormais le tenait pour son idole. Il lui apportait son déjeuner et son dîner au lit, le regardait avec des yeux pleins d'admiration et le servait comme un prince.

Le seul qui ne se montra pas fut Bénarès. Dodi raconta à Sennar qu'il avait piqué plus d'une colère devant Aïrès, mais le jeune héros ne s'en soucia pas : il avait survécu à une terrible tempête, il pouvait bien affronter un fiancé jaloux.

Dès qu'il se sentit mieux, le magicien décida qu'il était temps de reprendre ce qu'il avait interrompu. Il quitta le lit et monta sur le pont. Les Vaneries l'attendaient.

L'île sur laquelle ils avaient accosté était couverte d'une forêt luxuriante. Elle ne comptait qu'une seule grande cité, accrochée au versant du volcan qui se dressait en son centre. Sennar, qui avait pourtant beaucoup voyagé, n'avait jamais vu un endroit pareil. Dans l'agglomération s'élevait une tour qui ressemblait beaucoup à celle de la Terre du Vent, tandis que le palais du gouverneur, trapu et lourdement décoré, évoquait les bâtiments de la Terre du Soleil. La partie basse de la ville était construite sur un petit lac. Ses maisons sur pilotis ressemblaient à celles de la Terre de la Mer. Sur les hauteurs du volcan, une série d'habitations étaient creusées dans la roche.

Dans l'ensemble, la ville était une grande mosaïque, mais elle avait son charme. Se promener le long de ses petites rues était comme faire un rapide voyage à travers le Monde Émergé. Sa population était aussi hétérogène que son architecture : les races les plus diverses cohabitaient apparemment sans problème, en un équilibre parfait et imperturbable.

Sennar était à la recherche d'informations. Il avait besoin de toute l'aide possible pour atteindre le but de son voyage. Ce fut Rool qui le dirigea vers la personne susceptible d'apporter une réponse à ses questions. Il l'amena dans une auberge, dont le patron lui indiqua la maison de Moni, la femme la plus âgée des îles Vaneries.

Le magicien, qui s'attendait à voir une vieille décrépite, se retrouva avec stupeur devant une femme à la peau dorée et lisse comme celle d'une enfant, et en parfaite possession de ses moyens. Seuls ses cheveux striés de blanc trahissaient son âge avancé. Elle le fit s'asseoir à l'ombre d'une tonnelle, à l'arrière de sa petite maison de pierre. Son expression douce plut immédiatement à Sennar.

— Alors, c'est vous, le jeune homme qui veut mourir ? commença Moni en prenant une main de son visiteur entre les siennes.

Elle parlait une langue compréhensible pour le jeune magicien, mais avec un accent qui appartenait au passé. La manière dont elle prononçait les mots et le rythme qu'elle imprimait à ses phrases rappelait à Sennar les vieilles ballades que les conteurs entamaient les jours de fête : c'était la langue du Monde Émergé, telle qu'on la parlait deux siècles auparavant.

— Je ne veux pas mourir. J'ai seulement une mission à accomplir, répondit-il, embarrassé.

La femme sourit :

— Je sais. Je le vois. Ton cœur est limpide, jeune magicien.

— Comment sais-tu que je suis magicien ?

— J'ai le don de voyance, répondit-elle en lâchant sa main. Ou peut-être devrais-je dire la malédiction.

D'aussi loin que je me souvienne, les portes du temps et de l'espace me sont entrouvertes, et elles me dévoilent selon leur bon vouloir des lambeaux de futur et de passé

Moni le regarda intensément :

— Lorsque nous sommes arrivés ici, il y a trois cents ans, nos yeux étaient encore pleins des horreurs auxquelles nous avions assisté. Mais nous étions guidés par l'espoir.

— Vous étiez parmi ceux qui ont abandonné le Monde Émergé ? demanda Sennar, étonné.

— Nous *sommes* ceux qui ont abandonné le Monde Émergé. Tu es jeune, tu ne peux pas savoir ce qu'il était devenu en ce temps-là : un enfer, où la soif de pouvoir dévorait les Terres. Nous, nous étions à peine adultes. La guerre asséchait notre envie de vivre, nous privait de notre jeunesse. Le pouvoir nous dégoûtait, nous ne voulions plus combattre, nous ne voulions plus voir mourir personne. Nous étions issus de Terres diverses, la race et la guerre nous divisaient, et pourtant un désir profond nous unissait : nous voulions la paix. Nous étions convaincus que le Monde Émergé était destiné à sombrer dans un abîme de douleur et de mort. Nous désirions un autre pays où vivre.

La femme s'interrompit, et Sennar hocha la tête, pensif.

— Nous avons quitté nos Terres et nos proches, et nous avons traversé le Monde Émergé déchiré par les combats. Ce fut un voyage terrible ; beaucoup d'entre nous moururent en route Mais nous étions poussés par la certitude qu'il existait un monde meilleur et que nous pourrions y trouver le bonheur. Ensuite, nous avons rejoint la Terre de la Mer et nous sommes partis vers l'inconnu.

Moni fit une longue pause. Dans ses yeux gris comme les pierres de sa maison brillaient des paillettes d'or. Sennar et Rool attendirent en silence qu'elle reprenne son récit.

— Nos bateaux étaient petits, et nos provisions, maigres. Nous ne savions pas s'il y avait vraiment quelque chose au-delà de l'océan et si nous trouverions une terre quelque part, mais nous sommes partis quand même. Pour arriver jusqu'ici, vous avez risqué votre vie. Or pour nous ce ne fut pas pareil, la mer nous accueillit tendrement et nous protégea pendant tout le voyage. Certes, nous avons aussi passé des moments difficiles. Qui sait, peut-être les dieux nous ont-ils mis à l'épreuve pour savoir si notre esprit était assez solide, et si nous étions dignes de construire le monde nouveau... Quand nous sommes arrivés ici, nous étions au bout de nos forces. Les îles nous ont paru merveilleuses, et la nature avait l'air de nous inviter à y rester. Nous nous sommes arrêtés là et nous avons commencé une nouvelle vie.

Pendant de nombreuses années, nous avons vécu en paix, construisant nos maisons, élevant nos enfants et cultivant nos rêves. Et puis, les navires sont arrivés...

— Les navires ? répéta Sennar.

— Oui. Des navires armés, pleins d'hommes avides et violents, décidés à nous voler ce que nous avions bâti avec tant de peine. Nous nous sommes défendus. Nous avons combattu durement, en souillant nos mains de sang. Et nous avons revécu ce que nous avions tant voulu fuir. C'est là que nous avons créé la tempête.

— Alors, tu avais raison, c'était bien l'œuvre d'un magicien, chuchota Rool à Sennar.

— Exact, capitaine. Un magicien puissant nous a aidés à nous protéger des envahisseurs. Il nous a permis de ne pas reprendre les armes.

Moni ferma les yeux, comme si ce souvenir était trop douloureux.

— Mais la haine s'était insinuée parmi nous, reprit-elle. Beaucoup prétendirent que ces îles ne nous suffi-saient plus, qu'il nous fallait créer un empire à l'abri de la convoitise du Monde Émergé. C'est ainsi qu'est né le règne que vous appelez Monde Submergé.

Sennar secoua la tête :

— Je ne comprends pas. Comment ont-ils fait pour le construire ? Comment ont-ils réussi à...

Moni l'interrompit d'un geste de la main.

— Laisse-moi continuer, jeune magicien, murmura-t-elle. Nos compagnons avaient repris la mer, non plus animés par le même espoir que les années passées, mais pleins de haine et de ressentiment. Un orage s'est abattu sur eux au beau milieu du voyage, et l'un de leurs navires a coulé à pic. Grâce à cela, ils ont fait connais-sance du peuple de la mer, qui habitait depuis des siè-cles les profondeurs de l'océan. Ce sont ces êtres-là qui les ont sauvés de la fureur des flots et qui leur ont montré de nouvelles îles à habiter. Pendant quelque temps, cette solution convenait aux réfugiés ; puis ils ont recommencé à craindre les assauts du Monde

Émergé. Aucun endroit ne leur semblait assez reculé pour les en protéger. Alors, ils ont pensé à la mer : s'ils vivaient sous l'eau, se sont-ils dit, personne ne pourrait jamais les envahir. L'océan était le seul lieu vraiment sûr. Le peuple de la mer les a aidés là encore, cette fois à construire leur royaume. Comment, je l'ignore. Il ne nous est arrivé que de vagues légendes, des informations confuses. Et puis, nous avons cessé de nous préoccuper d'eux. Le Monde Submergé représente notre échec. Un épisode sombre de notre passé que nous ne souhaitons pas nous rappeler.

— Et qu'est-ce que tu sais de la tentative de conquête de leur royaume par le Monde Émergé ? demanda Sennar.

Moni sourit :

— Que puis-je te dire, sinon que même les profondeurs marines ne se sont pas révélées inaccessibles ? Les habitants des mers ont donné alors libre cours à leur colère. Ils ont rendu la tempête encore plus terrible, et ont créé un énorme tourbillon pour empêcher quiconque d'entrer dans leur royaume. Et puis...

La vieille femme se tut.

— Et puis..., souffla Sennar.

— On raconte qu'il y a un gardien, une créature obscure qui vit au cœur du tourbillon. Je ne peux rien te dire de plus, ma vue n'arrive pas jusque-là. Je n'ai aucune idée de qui ou de quoi il s'agit. Tout ce que je sais, c'est que, depuis – et plus de cent cinquante ans se sont écoulés –, aucun de vous n'a jamais réussi à atteindre vivant le Monde Submergé ou les îles Vaneries. Pendant des années, la mer nous a apporté en cadeau les cadavres des hommes qui ont cru pouvoir nous conquérir.

Elle regarda de nouveau Sennar :

— Vous, vous n'avez jamais trouvé la paix. Nous, nous avons dû la construire en versant du sang. Notre rêve ne s'est jamais réalisé. Voilà tout, jeune magicien.

— Le Monde Émergé n'est plus comme vous l'avez connu, murmura Sennar. Lorsque la guerre des Deux Cents Ans s'est terminée, Nammen, un roi magnanime, a inauguré une longue période de paix. C'est à cause du Tyran que...

Moni l'interrompit encore une fois :

— Il y a tant de choses que tu ignores, Sennar ! Cependant, ce n'est pas à moi de te les révéler. Retourne en arrière, renonce à ta mission.

Sennar secoua la tête :

— Je ne peux pas.

— Écoute-moi. Je sais très bien pourquoi tu es venu jusqu'ici. Seulement personne n'a jamais violé les portes du Monde Submergé et même toi, tu n'y parviendras pas.

Le jeune homme eut l'impression que son cœur cessait de battre.

— Tu... tu as lu ma mort dans le futur ? lâcha-t-il.

Rool retint lui aussi son souffle.

— Non, répondit la femme. J'ai vu juste le tourbillon engloutir ta barque et la réduire en pièces.

Quand Sennar se releva, les jambes tremblantes, le capitaine le prit par le bras.

— Puisses-tu traverser sain et sauf les plus impitoyables des eaux, jeune magicien, et retourner vers les tiens porteur de bonnes nouvelles, murmura Moni alors qu'ils s'éloignaient.

Assis sur la plage, Sennar regardait le coucher de soleil. L'astre lui semblait immense ; il empourprait la mer et le ciel, les unissant dans un grand manteau écarlate. Exactement comme à Salazar, quand Nihal et lui grimpaient sur la terrasse de la tour pour regarder le soleil incendier la steppe. Qui sait où était Nihal à présent, et ce qu'elle faisait. Sennar aurait voulu l'avoir à ses côtés, entendre sa voix, lui demander conseil.

Un bruissement le tira de ses pensées : Aïrès venait de s'asseoir près de lui.

— Mon père m'a tout raconté, dit-elle.

Sennar resta silencieux. Il ne voulait pas troubler par des paroles la beauté du spectacle et la sérénité de la nature.

— Qui es-tu, Sennar ? fit la jeune femme.

Le magicien la dévisagea.

— Comment ça, qui je suis ?

— Qui es-tu vraiment ? insista Aïrès. Pourquoi veux-tu aller dans le Monde Submergé ?

« Qu'est-ce que j'ai à perdre, après tout ? » songea Sennar. Il tira de sous sa tunique le médaillon qu'il avait reçu le jour de son investiture.

— Je fais partie du Conseil des Mages. Je suis le conseiller de la Terre du Vent.

Aïrès prit le pendentif et le fit tourner entre ses doigts :

— Pourquoi ne nous l'as-tu pas dit tout de suite ?

— Tu crois que tu m'aurais accepté à bord ?

— Pourquoi ? répéta Aïrès. Tu es venu nous espionner ? C'est le roi de la Terre du Vent qui t'envoie ?

Sennar éclata de rire :

— Bien sûr ! Et pour mieux vous espionner, j'ai grimpé sur la hune de votre navire et j'ai tout fait pour y laisser ma peau.

Aïrès rit à son tour.

— Je suis ici parce que la guerre tourne au désastre, Aïrès, reprit Sennar gravement. L'armée des Terres libres perd position sur position et ne réussit jamais à regagner du terrain. Le Tyran ne manque pas de soldats : il les crée lui-même. Nos hommes, en revanche, tombent comme des mouches. Depuis que je suis enfant, je vois des gens mourir. Je voulais faire quelque chose. Quelque chose d'autre que des enchantements sur les armes ou d'interminables réunions. Et puis, j'ai trouvé la carte.

Il regarda Aïrès et fit une pause avant de dire :

— C'est alors que m'est venue l'idée de demander du renfort au Monde Submergé.

Le magicien essaya de comprendre quel effet lui avait fait cette révélation, mais Aïrès le fixait avec un regard indéchiffrable. Puis l'habituelle lueur d'ironie apparut au fond de ses yeux noirs :

— Et tu risques ta vie pour un motif aussi stupide ?

Sennar était médusé : de toutes les réactions possibles, c'était celle à laquelle il s'attendait le moins.

— Je... je ne comprends pas, balbutia-t-il.

— Réveille-toi, magicien ! Si tu meurs, les gens pour qui tu te sacrifies ne t'en remercieront même pas !

— Ce n'est pas pour ça que..., chercha à se défendre Sennar.

Aïrès, qui s'était déchaînée tel un torrent en crue, ne le laissa pas continuer :

— Nous n'avons qu'une vie, et elle est courte ! Ça n'a aucun sens, de la gâcher pour les autres. Moi, je ne fais que ce que j'ai envie de faire. Mes joies, mes douleurs, mes passions, mes désespoirs, je les choisis Parce que, quand la mort me prendra, tout ce que j'aurai eu, c'est la vie que j'ai vécue.

Ses joues s'empourprèrent ; elle parlait avec fougue :

— Je peux comprendre qu'on dédie sa vie à un amant, à un fils, à un ami. Mais quelqu'un qui gaspille son temps pour chercher à « faire le bien » est pour moi un imbécile. La plupart des gens ne pensent qu'à avancer et à survivre. En ce qui me concerne, les habitants du Monde Émergé peuvent bien tous finir sous terre ! Ils restent là, à attendre que la mort vienne les prendre. Eh bien, qu'ils meurent ! Ils se sont condamnés tout seuls. Toi, évidemment, conclut-elle, tu ne seras pas d'accord. Ce qui te plaît, c'est jouer les héros.

Sennar se tut quelques minutes ; il avait besoin de réfléchir. Puis il s'éclaircit la voix :

— Laisse-moi te raconter une chose. Lorsque je me suis échappé de la Terre du Vent il y a deux ans, en chemin je suis tombé sur une maison abandonnée. Une famille de paysans y habitait, le père, la mère et la fille. Ils étaient tous morts, même la petite : un soldat l'avait embrochée sur son épée et l'avait laissée pourrir devant le seuil de la maison. Nous les avons enterrés, moi et mes compagnons. Comment cette enfant aurait-elle pu se défendre, Aïrès ? Pourquoi les faibles doivent-ils succomber ? Tout le monde n'est pas aussi fort que toi. Et celui qui n'a pas de forces peut avoir du courage ; seulement le courage ne suffit pas.

Sennar se passa la main sur le visage, puis il regarda Aïrès dans les yeux :

— Sache que j'ai peur, et que je ne veux pas mourir. Mais je dois continuer. Et pas parce que cela me plaît de jouer les héros. J'ai pris un bateau et je suis parti sur les mers. Je ne pense pas que cela suffise pour me qualifier de héros. Je l'ai fait parce que je ne pouvais plus tolérer la mort autour de moi. Je l'ai fait par peur. Peur des remords.

Le soleil avait disparu à l'horizon. Assise en tailleur sur le sable, le visage tourné vers la mer, Aïrès sourit :

— Finalement, tu me plais bien, magicien. Tu es un chouette type, c'est vrai, et tu pourrais même accomplir de grandes choses. Mais j'ai compris que je ne réussirai pas à te faire changer d'avis.

Sennar sentit que sa mélancolie s'était évanouie. Il était calme. Et pour la première fois, la proximité d'Aïrès ne le mettait pas mal à l'aise. Cela n'avait plus d'importance qu'il soit un homme, et elle une femme splendide. Ils étaient presque devenus amis.

Ses pensées furent interrompues par un grand coup de pied qui le frappa à la nuque. Il tomba sur le côté, assommé.

Aïrès sauta sur ses pieds :

— Tu es devenu fou ? cria-t-elle à Bénarès, qui se tenait derrière elle, le visage cramoisi.

— Qu'est-ce que tu crois, que je suis aveugle ? hurla le pirate. Alors, maintenant, c'est des rendez-vous romantiques au coucher de soleil... Parfait !

Aïrès éclata d'un gros rire :

— Je ne m'étais jamais rendu compte que tu étais bête à ce point, Bénarès.

— Et moi, à quel point tu étais garce, riposta-t-il.

— Attention, Bénarès ! siffla-t-elle. Tu joues avec le feu.

Toujours étendu sur le sol, Sennar entendait les voix étouffées des deux amants ; il voyait le sable blanc à quelques pouces de son nez. Il se redressa, luttant contre le vertige.

À peine se fut-il levé que Bénarès lui assena un nouveau coup. Le magicien retomba de tout son long sur la plage. Affronter un fiancé jaloux n'était peut-être pas aussi facile qu'il l'avait cru... Nez à nez, Aïrès et le pirate continuaient à se lancer des insultes. Cette situation lui sembla ridicule. « Maintenant, ça suffit ! » Sennar s'assit et tendit une main en direction de Bénarès.

L'homme s'arrêta net, incapable de bouger. Il n'arrivait pas non plus à parler.

Le magicien se remit sur ses pieds.

Perplexe, Aïrès regardait à tour de rôle son amant et Sennar.

— Qu'est-ce que...

Sennar lui fit signe de se taire et s'approcha du pirate statufié :

— Je dois te faire un aveu, Bénarès. La première fois que je t'ai vu, j'ai pensé que tu étais un imbécile. Ensuite, quand on m'a raconté la libération de Rool, j'ai changé d'avis. À ce que je vois là, on dirait qu'il faut se fier à sa première impression...

Les yeux de Bénarès s'allumèrent comme deux tisons ardents. Sennar claqua des doigts, et il retrouva la voix.

— Jure-moi que tu ne lui tourneras plus autour, râla-t-il.

— Je ne lui ai jamais tourné autour, répondit le magicien.

— Jure-le, ou, aussi vrai que je suis en vie, je t'assommerai de mes propres mains dès que j'aurai retrouvé la liberté des mouvements. Ton sortilège ne durera pas éternellement !

— Qui sait ? On peut essayer ! le provoqua Sennar.

Un enchantement de ce type demandait une certaine énergie et, en effet, il ne pouvait pas être maintenu longtemps, mais ça, Bénarès n'était pas censé le savoir. Il se laissa attraper comme un fruit mûr.

— Je veux ta parole ! rugit-il.

Sennar poussa un long soupir :

— On t'a déjà dit que tu étais ennuyeux ? Je n'ai jamais essayé de séduire ta fiancée, et je n'essaierai pas non plus dans l'avenir. Ça va, tu es content comme ça ?

Bénarès regarda Aïrès, qui avait assisté à la scène avec un sourire satisfait.

— Pour cette fois, je suis prêt à passer l'éponge, femme, grommela-t-il. Mais souviens-toi : ma patience a ses limites !

Aïrès s'approcha de lui en roulant des hanches. Elle le regarda longuement, lui sourit et lui caressa le visage. Puis elle tendit les lèvres comme pour l'embrasser.

Son crachat atteignit Bénarès en plein dans l'œil. Elle lui tourna le dos et s'éloigna, la tête haute.

Sennar leva son enchantement, et le pirate se lança à sa poursuite, non sans avoir sifflé :

— Je n'ai pas réglé mes comptes avec toi, magicien !

8

LA BATAILLE DE LAÏO

L a lettre était claire et lapidaire.

Laïo,

Ta conduite est inqualifiable ! Non content d'avoir traîné l'honneur de notre famille dans la boue en échouant à l'épreuve de la première bataille, tu t'es enfui pour te livrer à une vie de vagabond. À présent, j'apprends que tu te terres dans un campement, y faisant un travail indigne de ta condition et de tes capacités.

J'exige que tu modifies sur-le-champ ce comportement absurde. Tu es né pour combattre, et tu combattras. T'opposer à ma volonté est aussi stupide qu'inutile. Je t'ordonne donc de me rejoindre sur la Terre du Vent où, sous mon contrôle direct, tu poursuivras ta formation de chevalier du dragon. Si d'ici à vingt jours je ne te vois pas franchir le seuil de la maison, j'irai moi-même te chercher. Te voilà prévenu.

Un sceau élaboré représentant un dragon à la gueule béante fermait la lettre. L'animal était surmonté d'un discret croissant de lune et de trois étoiles, rappelant que la lignée de Laïo était issue de la Terre de la Nuit.

131

La signature, tracée à l'encre rouge vif, s'étalait sur toute la largeur de la page :
Général Pewar, de l'ordre des chevaliers du dragon de la Terre du Soleil.

Lorsque Nihal lut la missive, elle sentit le sang lui monter au visage.

— Ton père n'a pas le droit de te traiter comme ça ! lança-t-elle en retenant sa colère.

Laïo sourit avec amertume :

— Il m'a toujours traité comme ça.

— Et tu le supportes encore ? Tu n'es plus un enfant, Laïo. Tu dois lui dire ce que tu veux faire de ta vie. Ta vie, tu comprends ? Et s'il n'est pas d'accord, qu'il aille au diable !

Le garçon ne répondit pas. Il serrait le parchemin, les larmes aux yeux.

Nihal n'en revenait pas : pourquoi Laïo n'en finissait-il pas une bonne fois pour toutes avec les absurdes reproches de son père ?

— Qu'est-ce que tu penses faire ? insista-t-elle. Attendre ici qu'il vienne t'emmener par l'oreille comme un gamin désobéissant ?

— Je ne sais pas ! Ça te va ? Je ne sais pas ! hurla tout à coup Laïo. Pour l'instant, tout ce que je veux, c'est rester seul, ajouta-t-il à mi-voix.

Nihal courut dans la cabane d'Ido.

— Tu dois faire quelque chose ! Nous devons l'aider ! s'exclama-t-elle depuis le seuil, le rouge aux joues.

Ido ne broncha pas :

— Ah non ! Je ne ferai absolument rien.

Nihal en resta bouche bée : Laïo avait fait preuve d'un tel dévouement ! Son maître ne pouvait pas se défiler.

— Tu plaisantes, n'est-ce pas ? lâcha-t-elle.

Le gnome secoua la tête.

— Peut-être que tu ne te rends pas compte de la situation, continua Nihal, la voix tremblant d'énervement. Laïo n'est pas fait pour la guerre, et ce vieux fou veut le jeter dans la mêlée. Si je n'avais pas été là le jour de sa première bataille, il serait mort !

— Ce n'est pas mon affaire, Nihal.

— Ah bon ? Et quand Laïo faisait briller tes armes et te servait, c'était bien ton affaire, hein ? Qu'est-ce qu'il y a ? Tu as peur de ce gros prétentieux, ou quoi ?

Ido crispa la main sur sa pipe. Nihal sentit son irritation.

— Pour ta gouverne, je ne me soucie ni de Pewar, ni de Raven ; j'ai tenu tête à des hommes de leur genre bien avant que tu naisses, déclara-t-il. C'est clair ?

Nihal baissa les yeux.

— D'accord, murmura-t-elle. Mais alors pourquoi est-ce que tu ne veux pas donner un coup de main à Laïo ?

Ido prit une profonde inspiration :

— Combien de fois encore faudra-t-il le sauver, ton Laïo ? Tu l'as empêché de laisser sa peau dans la bataille, tu l'as récupéré dans une baraque perdue au fond des bois, tu me l'as ramené ici... Il est grand temps qu'il apprenne à se débrouiller tout seul ! Un homme doit savoir se tirer du pétrin par ses propres moyens. Une femme aussi.

— Toi, tu as toujours été là quand j'ai eu besoin d'aide, fit remarquer la jeune fille.

— Oui, mais c'est toi qui as décidé de changer ! Il y a des choses que nous devons faire par nous-mêmes.

— Le problème, c'est que lui n'est pas capable de s'en sortir sans aide, déclara Nihal au bout d'un moment. C'est comme si tu envoyais un gamin tout seul à travers le monde.

— Ne joue pas à la mère poule ! D'abord, ça ne te va pas, et ensuite, Laïo a besoin de tout sauf de ça. S'il veut vraiment devenir écuyer, il doit le dire à son père et se battre lui-même pour son indépendance. Point.

— Et moi, je suis censée faire quoi ? Rester à le regarder ?

— Oui, Nihal. Pendant que tu as essayé de vivre loin des champs de bataille, moi, j'ai attendu trois longs mois... Parfois, on ne peut pas faire autrement.

Laïo était seul dans sa chambre. Il se doutait que Nihal avait foncé tout droit chez Ido pour ruer dans les brancards. Et lui ? Que ferait-il ? Il regarda la lettre et n'entrevit pas le moindre espoir. Il connaissait bien son père : c'était un homme sévère, soldat jusqu'à la moelle, habitué à se faire obéir. S'il venait le chercher, la seule issue serait l'affrontement. Peut-être devait-il se sauver de nouveau, prendre le maquis. Le Monde Émergé était vaste ; son père mettrait des années à retrouver sa trace – s'il y arrivait un jour. Seulement, s'il agissait ainsi, quel genre de vie l'attendrait ? Il serait toujours obligé de se tenir sur ses gardes, son existence serait une fuite sans fin.

Pendant le peu de temps qu'il avait passé à la base, il avait compris que son désir de devenir écuyer n'était pas un simple caprice. Ce travail lui plaisait. Il n'était pas doué pour les armes, mais il savait prendre soin de celles des autres. Il ne serait jamais d'aucune utilité pour le combat ; en revanche, il pouvait apporter sa contribution à l'écrasement du Tyran en aidant les guerriers.

Il regarda son épée abandonnée dans un coin, qui l'avait accompagné pendant ses mois de vagabondage. Sa lame était mal affûtée, et elle commençait à rouiller par endroits. Lui qui avait fait briller avec amour celle d'Ido, il n'avait jamais pensé à en prendre soin. Et voilà qu'il serait peut-être contraint à s'en servir de nouveau...

En un éclair, sa vie future lui apparut. Une vie brève. Au premier combat, à la première banale mission, il mourrait. Une fin stupide pour une vie inutile. Quelque chose en lui se révolta. Non ! Cela ne se passera pas comme ça ! À présent, les choses étaient différentes : il avait découvert qu'il y avait une alternative, qu'il pouvait aspirer à autre chose.

C'était décidé : il ne renoncerait pas sans lutter à ce qu'il avait conquis. Cette fois, il ne fuirait pas.

Quand Nihal entra le lendemain dans la chambre de Laïo, elle se figea, médusée. Son ami était en train de préparer ses bagages.

— Je n'ai pas l'intention de me soumettre aux ordres de mon père. C'est vrai, je ne suis pas encore un homme, mais je ne suis pas non plus un enfant, et je veux être écuyer. Je vais le voir pour lui expliquer mes raisons.

Nihal sourit.

— Et comment tu vas faire ? demanda-t-elle en le regardant entasser ses affaires sur son lit de camp.

— C'est simple : j'irai chez lui et je lui dirai ce que je pense.

— Je parlais du voyage, fit Nihal.

Laïo se tut, l'air pensif.

— Il suffit de se rendre sur la Terre de l'Eau, finit-il par répondre. Avec un bon cheval, cela ne devrait pas prendre plus de deux semaines.

Nihal secoua la tête :

— Tu as déjà oublié notre belle nuit sur la Terre de la Mer ? Tu devras longer la frontière. Ce n'est pas une simple balade !

— Alors, je ferai attention, déclara Laïo.

— Il te faut une escorte, insista son amie. Je vais en parler à Nelgar, déclara-t-elle en se dirigeant vers la porte à grands pas.

Une fois chez le responsable de la base, elle ne demanda pas n'importe quel guide pour son ami. Elle sollicita la permission de l'accompagner elle-même.

— Ce n'est pas à moi de décider, répondit le commandant. Pour l'instant, tu es encore l'élève d'Ido. Si lui est d'accord, je ne m'y opposerai pas.

Nihal laissa échapper un soupir : c'était exactement ce qu'elle voulait éviter.

— Je croyais avoir été clair ! éclata Ido.

— Ce n'est pas ce que tu..., prétendit la jeune fille.

— Non, bien sûr, la coupa Ido en enfonçant la pipe dans sa bouche. Tu n'es pas en train de rendre service à ton ami, Nihal. Laïo doit se tirer du pétrin tout seul, ou il ne sera jamais un homme. Tu n'es ni sa mère, ni sa sœur, ni sa nounou.

— Le voyage est dangereux, tu seras au moins d'accord là-dessus.

Ido acquiesça de mauvaise grâce.

— Alors, si quelqu'un doit l'accompagner, poursuivit Nihal, je ne vois pas pourquoi ce ne serait pas moi. Je sais veiller sur ma propre sécurité, je crois l'avoir déjà démontré.

Le gnome leva les yeux au ciel.

— D'accord, je n'ai pas ta force ! éclata la demi-elfe. Ça te va ? Tout le monde n'est pas capable de voir s'en aller les gens auxquels il tient sans dire un mot, en priant seulement pour qu'ils aient pris la bonne décision. J'ai déjà laissé partir trop de gens que j'aimais.

Elle pensa à Sennar, perdu on ne sait où au milieu de la mer.

— Je ne vais pas avec lui pour résoudre ses problèmes avec son père. J'y vais seulement pour être à ses côtés, parce que c'est ce que je voudrais si j'étais à sa place. Lui, il m'a aidée, il m'a assistée chaque fois que j'en ai eu besoin. Il était près de moi la nuit où Fen est mort. Maintenant qu'il est au tournant le plus important de sa vie, c'est à mon tour d'être avec lui. Je ne ferai rien d'autre ! Et s'il finit par renoncer à ses rêves, je te jure que je n'interviendrai pas. Je ne ferai que le soutenir... moralement, voilà.

— Tu sais quelle est ma façon de penser. Si tu es convaincue de ce que tu racontes, vas-y. Cela dit, je ne crois pas un instant que tu résisteras à la tentation de glisser deux mots à Pewar...

Nihal chassa une mèche de cheveux de son front d'un geste agacé. Ido éclata de rire :

— Je plaisante ! Ce n'est pas possible que tu fasses la tête à chaque fois. Tu n'as pas un brin d'humour !

Elle rougit, embarrassée :

— Alors, tu veux bien que je m'absente quelque temps ?

— Pars, va, fais ce que tu veux, soupira le maître dragonnier. De toute façon, je sais bien que tu n'en fais toujours qu'à ta tête. Et c'est juste, non ? Les jeunes ne veulent pas des conseils des vieux, et je commence à avoir un certain âge.

— Mais tu as l'air d'un adolescent ! lança Nihal.

Le gnome lui donna une claque affectueuse :

— Oui, oui, c'est ça. Moque-toi de moi.

La jeune fille sourit : Ido était brusque et grognon, mais il la comprenait mieux que n'importe qui au monde.

9

DANS LE TOURBILLON

Presque tous les habitants de l'île étaient là le jour du départ des pirates. Ils s'étaient amassés sur le minuscule embarcadère en bois large d'à peine quatre planches, qui s'avançait timidement sur la mer ridée par les vagues.

Moni se fraya un passage parmi la foule et s'approcha de Sennar.

— Je suis venue apporter ma bénédiction à l'expédition, jeune magicien, dit-elle en posant la main sur son épaule. J'espère te voir revenir victorieux.

La journée était ensoleillée. Les voiles du navire, rouges comme le sang, claquaient dans la brise. Sennar regarda le capitaine, à la proue, et Aïrès au gouvernail, les cheveux dans le vent. Il sourit.

Bientôt, la silhouette des Vaneries disparut à l'horizon.

La mer redevint le maître incontesté du panorama. Pendant des jours et des jours, il n'y eut ni un nuage ni aucun changement visible dans le paysage. Le bleu oppressant du ciel et la lumière aveuglante cernaient le navire.

Les journées passaient lentement, laissant à l'équipage trop de temps pour réfléchir. Sennar avait l'impression d'être enfermé dans une cage de ciel et d'eau. À présent, il savait ce que l'océan leur réservait, et la peur était une fidèle compagne de voyage. Il se surprenait souvent en train d'imaginer la mort au-devant de laquelle il se précipitait : l'eau qui envahissait ses poumons, le sel qui lui brûlait la gorge et les narines, la sensation d'étouffement et d'impuissance, l'air qui manquait, d'interminables minutes d'agonie, et enfin l'inconscience, comme une libération. Ensuite, son corps serait ballotté par les courants, défiguré par les vagues, mangé par les poissons. Il avait beau essayer de ne pas y penser, ces images le tourmentaient sans cesse.

Sennar n'était pas le seul à souffrir de cette atmosphère pesante. La peur flottait au-dessus du navire, n'épargnant pas même Rool et Aïrès.

Plus d'un pirate avait tenté de convaincre le capitaine de renoncer à poursuivre le voyage. « Nous avons empoché le million de dinars, disaient-ils, à quoi bon aller plus loin ? Jetons le magicien à la mer et rentrons chez nous. »

Mais Rool était inébranlable : « Sennar nous a sauvé la vie, nous le conduirons jusqu'au tourbillon. C'est ce que je me suis engagé à faire, et je le ferai. »

Un matin, après deux semaines de navigation, la surface de l'eau devint étrangement dense et la mer fut parcourue de veines violettes, d'abord évanescentes, puis de plus en plus nettes et épaisses. Malgré un vent fort, le navire ralentit, puis s'arrêta.

— Malédiction ! Amenez les voiles ! cria Rool. Et appelez-moi le magicien !

Sur le pont, tout se figea. Les pirates, penchés par-dessus bord, fixaient sans un mot ce magma bleuâtre.

— Qu'est-ce que c'est ? demanda Rool quand Sennar l'eut rejoint.

— Je ne sais pas, capitaine, murmura le magicien.

— Eh bien, réfléchis ! Ça doit être encore une diablerie.

Sennar secoua la tête.

— Aucune magie ne peut créer quelque chose de ce genre, déclara-t-il calmement.

— Et qu'est-ce qu'on fait ?

Même si Sennar avait eu une réponse, il n'aurait pas eu le temps de la donner, car, d'un coup, le navire commença à bouger tout seul. Un murmure parcourut l'équipage. Une secousse à l'avant, puis une autre. Bien que les voiles ne soient pas hissées, le navire accéléra comme s'il avait le vent en poupe. La mer se transforma en une masse visqueuse et palpitante.

Sous la quille, la bourbe avait pris consistance et révélait à présent sa vraie nature : une peau coriace. Sennar se rappela les paroles de Moni : un obscur gardien sur le chemin du tourbillon. Et il comprit. Un monstre marin. Il avait lu quelque chose à ce propos, mais avait toujours cru qu'il s'agissait de légendes : d'étranges créatures qui peuplaient les abysses, des êtres effrayants qui attaquaient les navires... Or ils venaient de percuter l'un d'eux. Peut-être qu'un magicien du Monde Submergé lui avait confié la protection du royaume par quelque enchantement...

Le monstre se manifesta dans toute son horreur. C'était une masse informe, grande comme quatre fois le navire, différente de tous les êtres vivants qu'ils avaient jamais vus : un immense cercle de chair violacée, au centre duquel s'ouvrait un gouffre noirâtre, une bouche énorme, hérissée de dents, d'où s'échappaient des miasmes de putréfaction.

À l'intérieur, on apercevait des poissons à moitié digérés, des troncs d'arbres, des restes d'embarcations ; et puis des cadavres et des crânes, humains ou non, traînés jusque-là par les courants. Voilà où avaient fini ceux qui avaient fait naufrage dans la tempête protégeant les Vaneries...

Il n'y avait plus ni mer ni vagues. Pas de fuite possible. Ils étaient à la merci de l'immonde créature ; partout où ils tournaient les yeux, ils ne voyaient rien d'autre. Un mugissement sourd envahit l'air et de gigantesques tentacules couverts de ventouses s'élevèrent en se contorsionnant vers le ciel. Pendant un instant, elles obscurcirent le soleil, puis s'abattirent sur le navire.

À bord, ce fut la panique. Un des mâts se brisa et tomba bruyamment sur le pont. Les plaintes désespérées des pirates se mêlèrent aux ordres de Rool, aux hurlements de terreur d'Aïrès et aux encouragements de Bénarès.

— Fais quelque chose ! Mais fais quelque chose ! cria Dodi à Sennar.

Cependant Sennar n'était pas moins épouvanté que les autres. Il essayait de réfléchir, mais il perdait sans cesse le fil de ses pensées. Tout ce qu'il arrivait à faire, c'était ériger sa barrière magique à chaque coup assené par le monstre.

L'embarcation filait à présent à une vitesse surnaturelle. Sous la peau violacée du monstre, on percevait les contractions de ses muscles, toujours plus puissantes et plus rapprochées.

Et à mesure que le voilier s'approchait vers la gueule de la créature, le meuglement affamé de celle-ci augmentait de volume. Ce son effroyable s'unissait aux cris de l'équipage en une mélodie grotesque et terrifiante

Accroché au grand mât, Sennar s'efforçait sans succès de rester calme. Son cœur battait à toute allure. Il chercha des yeux le capitaine et sa fille ; en vain.

Soudain, Bénarès apparut devant lui :

— Bouge-toi un peu, magicien !

— Je ne sais pas quoi faire, avoua Sennar d'un air hagard.

Une gifle en pleine face faillit le faire tomber.

— Alors, invente quelque chose ! lui hurla le pirate sous le nez.

Ensuite, il l'empoigna par les cheveux et le traîna à la proue

— C'est pour ça que nous sommes venus jusqu'ici ? vociférait-il Pour remplir la panse de ce monstre ? Hein ? Où sont tous tes beaux discours à présent ?

— Je...

— Tais-toi ! explosa Bénarès, hors de lui. Montre-moi maintenant que tu es prêt à tout pour mener à bien ta fichue mission !

Sennar acquiesça. « C'est lui qui a raison, songea-t-il. Ça ne peut pas finir comme ça ! »

— Alors ? hurla le pirate. Qu'est-ce que tu as l'intention de faire ?

Le jeune magicien entrevit soudain l'unique solution possible.

« Ne pense pas à ce qui pourrait arriver, se dit-il. Ne pense à rien. Fais-le, et c'est tout. »

— J'ai besoin de ton aide, Bénarès.

— D'accord, mais dépêche-toi !

Au début, ce fut à peine perceptible. Le navire tressaillit légèrement, comme tiré vers le haut par des câbles invisibles. Puis la quille se détacha un peu de la peau du monstre, hésitante, jusqu'à se soulever entièrement. Le grand mât pointé vers le ciel, l'embarcation se mit à monter, les voiles étrangement gonflées. Sous elle, le monstre fut agité de convulsions, à la recherche de sa proie.

— On est en train de voler, murmura Dodi, stupéfait, tandis que les pirates se penchaient par-dessus bord pour contempler ce prodige.

À la proue, Sennar agrippé au parapet, les yeux fermés, criait des paroles incompréhensibles. Debout à côté de lui, Bénarès lui indiquait la direction à suivre. Le démon sculpté dans le bois du navire semblait narguer la gueule de la bête qui s'ouvrait et se refermait spasmodiquement en contrebas.

Le magicien serra les poings et convoqua toutes ses forces pour continuer. C'était l'enchantement le plus fatigant qu'il ait jamais accompli. Tout son corps était contracté par l'effort ; la douleur envahissait la moindre fibre de ses muscles.

Soudain, la quille heurta la peau coriace de la créature.

— Concentre-toi ! On est en train de descendre ! cria Bénarès.

Le navire accéléra d'un coup, ce qui fit basculer l'équipage, et la coque se souleva de nouveau peu à peu.

— Hissez les voiles, cria Bénarès. Hissez les voiles immédiatement !

Le navire continua à voler à quelques brasses au-dessus du monstre, cherchant un passage dans la masse des tentacules.

Le magicien était au bout de ses forces. Il savait qu'il ne pourrait pas tenir encore longtemps : la formule requerrait bien plus d'énergie que celle du bouclier qu'il avait dressé contre la tempête, et il sentait qu'il s'épuisait à une vitesse vertigineuse. Il manqua de tomber, mais Bénarès le rattrapa :

— Courage ! Je te tiens. Toi, occupe-toi de nous faire voler.

Sennar sentit les bras du pirate enserrer sa poitrine et l'entendit hurler :

— Équipage ! Aux harpons !

Les marins reprirent courage et, guidés par Rool, commencèrent à s'acharner sur le monstre. Sur chaque flanc du navire, un groupe de pirates empoignait des tentacules avec les crochets, et un autre les coupait avec haches et épées.

Un liquide jaunâtre et nauséabond s'écoulait des plaies de la bête. Ses hurlements effroyables emplirent l'air.

La voix de Bénarès parvint à Sennar, lointaine et assourdie :

— Descends ! Descends, bon sang !

Le magicien fut secoué violemment.

— Je t'ai dit de descendre. On a réussi !

Rouvrant les paupières, Sennar vit la mer dégagée devant lui. Le disque rouge du soleil couchant lui blessa les yeux ; le vent frais du soir lui fouetta le visage.

Le navire amerrit doucement, tandis qu'à une centaine de brasses de la poupe les restes du monstre s'abîmaient dans les profondeurs. Sur le pont s'élevèrent des cris de triomphe. Le cauchemar était fini.

Le magicien tremblait des pieds à la tête. Bénarès ne dit pas un mot de plus. Il l'entraîna loin de la proue et le confia à Dodi, avant de se mettre à courir le long du pont.

— Aïrès ! hurla-t-il. Aïrès !

La voix de Rool lui fit écho.

— Fille ! Réponds !

Pendant quelques instants, un silence de mort régna sur le navire.

Puis une voix toute faible se fit entendre :

— Je suis... je suis là...

Aïrès, miraculeusement indemne, gisait au milieu des débris du château de poupe.

Ils se trouvaient en pleine mer, loin des îles Vaneries et du Monde Submergé, mais ils étaient vivants, et hors de portée du monstre.

— Il faut continuer, dit Rool à l'équipage réuni sur le pont.

— Et comment ? fit un pirate. Nous avons perdu des hommes, la plupart des voiles sont inutilisables, et un des mâts a été cassé.

Aïrès prit la parole :

— Les voiles sont réparables. Quant au mât, il nous en reste deux. Qu'est-ce qu'il y a, vous avez peur qu'on ne s'en sorte pas ?

Un murmure de protestation s'éleva parmi les marins.

— Ce morveux lui a fait perdre la tête, lança une voix.

— Silence ! tonna le capitaine. Je vous rappelle que c'est moi qui prends les décisions à bord. Et maintenant, remontons-nous les manches et tirons-nous de cet endroit. Ça sent trop la mort par ici.

L'équipage fit de son mieux pour recoudre la toile et hisser les voiles, mais le résultat fut médiocre : une fois reprisées, les voiles étaient beaucoup plus petites et plus fragiles. Dès que le vent augmentait, il fallait les amener, et lorsqu'il faiblissait, le navire n'avançait que très lentement.

L'effort fourni par Sennar pour maintenir l'enchantement l'avait épuisé. Quand il fut capable de quitter la cale, il rejoignit l'entrepont et frappa à la porte de Rool.

Il trouva le capitaine et sa fille penchés sur la carte.

— Nous devons changer de cap, annonça Rool en le voyant entrer.

Sennar fronça les sourcils et s'approcha de la table :

— Pourquoi ? Nous nous sommes trompés de direction ?

Rool lui indiqua un petit archipel :

— Non. Mais notre seul espoir de sortir vivants de cette situation est d'arriver ici. Ces îles ne semblent pas très éloignées, et elles devraient être à une distance suffisante du tourbillon.

Le magicien se tut, pensif ; puis il hocha la tête :

— D'accord, capitaine. Vous avez raison. Nous nous arrêterons là-bas, vous me donnerez une barque, et nos chemins se sépareront.

Un long silence accueillit ses paroles.

— Sennar, réfléchis bien..., commença Aïrès.

Le jeune homme l'interrompit :

— Quand j'ai accepté cette mission, je savais que l'épreuve serait difficile.

Elle se leva, exaspérée :

— Ce n'est pas difficile, c'est impossible ! Et ça l'est depuis le début. Tu ne t'en sortiras pas vivant ! Alors, dis-moi quel sens ça a ?

Un coup de poing ébranla la table.

— Arrête ces jérémiades, Aïrès, tonna Rool. C'est son choix. La discussion est close.

Deux semaines après la collision avec le monstre, la mer devint blanche comme du lait. L'eau se couvrit de détritus ; le courant était de plus en plus violent.

C'était l'aube, et Sennar se tenait sur la proue. Il regarda l'écume des vagues qui battaient contre les flancs du navire avec le sentiment d'être libéré d'un poids : « Je suis arrivé ! »

La puissance du tourbillon était perceptible jusque-là. L'attente était finie.

Peu à peu, l'équipage se rassembla sur le pont, et les préparatifs pour mettre la barque à la mer commencèrent. Alors que les marins chargeaient dans la chaloupe l'eau et des vivres, Sennar sentit le sang refluer de son visage. Ses lèvres se mirent à fourmiller, sa bouche s'assécha et ses mains furent prises d'un tremblement incontrôlable.

Aïrès demeura à son côté en silence. Quand la chaloupe fut prête, les pirates se rangèrent sur le pont, aux aguets.

Sennar regarda un à un ceux qui avaient été ses compagnons de voyage. Lorsqu'il parla, sa voix était brisée par l'émotion :

— Je suis désolé pour tout ce que je vous ai fait subir. Vous êtes... oui, vous êtes des hommes extraordinaires. Je vous remercie. Vraiment.

Il se tourna vers Rool :

— Je voudrais pouvoir vous aider à rentrer, capitaine.

Rool s'avança et lui donna une tape sur l'épaule :

— Ne t'inquiète pas. Nous sommes des marins, non ? À présent, occupe-toi seulement de sauver ta peau.

Puis ce fut le tour de Dodi.

— Bon voyage, magicien. Nous nous reverrons bientôt, dit-il avec un sourire confiant.

Certains membres de l'équipage le saluèrent avec regret, d'autres avec un soulagement mal dissimulé : ce porteur de poisse quittait enfin le navire ! Bénarès lui serra la main, mais son sourire était glacé.

Aïrès s'approcha de lui la dernière. Elle le prit dans ses bras et le tint longuement contre elle. Enfin, elle se détacha de lui et le regarda droit dans les yeux.

— Ne pars pas, murmura-t-elle. Joins-toi à nous.

Sennar sourit.

— Je suis un gentil garçon, tu le sais, Aïrès. La vie de pirate n'est pas faite pour moi, dit-il avant de monter dans la chaloupe.

Le bruit des vagues qui se brisaient contre la coque du *Démon noir* le fit frissonner. Il regarda en bas. La petite embarcation oscillait au-dessus d'une mer en ébullition.

— Vous pouvez me descendre, dit-il dans un filet de voix.

Bientôt, Rool, Aïrès, Dodi et les autres disparurent derrière la muraille, et Sennar se retrouva seul avec l'océan.

La barque avait à peine touché l'eau qu'elle fut happée par les courants. Le long voyage touchait à sa fin. Sennar avait les mains glacées ; son cœur battait comme s'il voulait s'échapper de sa poitrine. Quelquefois, il avait éprouvé cette sensation en rêve : il était sur le point de mourir, et il ne pouvait rien faire pour se sauver. Et puis il se réveillait, il retrouvait l'atmosphère paisible de sa chambre, et il comprenait qu'il n'avait rien à craindre. Mais, cette fois, il n'y aurait pas de réveil. Il ne pouvait que rester là, blotti au fond de la chaloupe, à attendre une mort certaine. Il était terrorisé.

« Pourquoi est-ce que je dois mourir comme ça ? » Il serra si fort les calmets vides des rames que ses articulations devinrent toutes blanches : « Quel sens ça a ? »

La barque filait inexorablement, rapide comme le vent. Sennar devait s'agripper aux bords pour ne pas tomber. Soudain, il leva les yeux et le vit : le tourbillon. Inimaginable, majestueux, effroyable.

Il s'étendait sur des milles et des milles, et les courants qu'il générait semblaient avaler jusqu'à l'horizon lui-même. Il était beau comme seules les choses terribles peuvent l'être : un cercle parfait ceint par des vagues dansant à l'infini. Autour de son centre, au point exact où les eaux se jetaient dans l'abysse, le blanc de l'écume se ternissait et se teintait d'un noir menaçant. Le soleil créait des reflets aveuglants sur les flots. Le tourbillon était si impétueux qu'il en paraissait immobile. Seule la ronde frénétique des détritus qu'il charriait révélait sa puissance.

La barque commença à tourner elle aussi. D'abord lentement, puis de plus en plus vite. Sennar hurla dans l'espoir de libérer un peu de la terreur qui lui tenaillait les entrailles, mais le fracas des eaux recouvrait tout autre son. Il s'aplatit au fond de la barque. « Si je veux m'en sortir, il faut absolument que je reste lucide », songea-t-il.

Il continua à tourner sur lui-même pendant un temps qui lui sembla infini. Puis, au bout d'une heure, un an, ou peut-être toute une vie, la barque se mit tout à coup à foncer en ligne droite. Sennar la sentit s'incliner. Il se pencha et vit la bouche du tourbillon s'ouvrir en grand sous lui.

C'est à ce moment-là qu'il dressa une barrière magique autour de la chaloupe. Le grondement des vagues cessa aussitôt, et les battements de son cœur ralentirent. Certes, le tourbillon était terrifiant ; mais Sennar était sûr de pouvoir maintenir son enchantement pendant une ou deux heures.

La barque filait à toute allure.

« Tout va bien. »

Elle continuait à descendre.

« Tout est sous contrôle. »

Bientôt, la lumière du soleil ne fut plus qu'une lointaine lueur. Autour de Sennar tout revêtit une teinte bleutée. Il était dans le ventre de la mer.

Soudain, il s'aperçut qu'il avait les pieds mouillés. Il eut un coup au cœur : comment était-ce possible ? L'arc de la barrière magique entourait toujours les flancs de la barque ; pourtant sous lui, l'eau bouillonnait. Il regarda mieux... Une brèche ! La chaloupe avait une brèche ! Sennar eut à peine le temps de se rappeler les paroles lancées par Bénarès, ce soir-là, sur la plage : « Je n'ai pas encore réglé mes comptes avec toi, magicien. » L'instant d'après, sous la pression des flots, la brèche s'élargit et le fond de l'embarcation se fendit comme une coquille de noix.

La violence de l'onde heurta Sennar de plein fouet. Le coup l'étourdit, et quand il reprit ses esprits, il ne vit que ses cheveux qui tournoyaient dans l'eau.

Il fallait qu'il respire. Il ouvrit la bouche.

De l'eau. Du sel. « Je suis en train de me noyer. »

L'eau s'engouffra dans ses poumons. Le sel lui brûla la gorge et les narines. « C'est exactement comme je l'avais imaginé. »

Une seconde avant de perdre connaissance, il vit Nihal. Elle était belle. Elle souriait. Elle était libre.

Ensuite, il se sentit suffoquer et s'enfonça dans l'obscurité des abysses.

LES PRISONNIERS

An dix après la Descente, sous le règne de Teoni.

Le premier mois de l'année, devant son peuple et ses hauts dignitaires, Sa Majesté a statué sur ceux du Dessus :

« Étant donné la perversité de leurs atteintes à notre liberté, j'ordonne que quiconque d'entre eux sera trouvé à Zalénia, sous quelque excuse que ce soit et quelle que soit sa charge, soit emprisonné et tué.

Que Zalénia soit toujours séparée de leur règne néfaste.

Que l'horreur de leur guerre ne nous touche jamais.

Et que nous vivions pour toujours libres et en paix.

Voilà ce que j'ordonne.

Extrait du Nouveau Code de Zalénia, loi XXIV

10
LE MONDE SUBMERGÉ

L a lumière était aveuglante. Sennar essaya de bouger, mais il eut l'impression de ne plus avoir de corps. Il essaya de parler ; en vain : quelque chose l'étouffait. Il resta immobile, les paupières fermées, à écouter les deux voix enfantines qui résonnaient autour de lui. Un jeune garçon et une petite fille, apparemment.

— Qu'est-ce que c'est ?

— Idiote ! Tu ne le vois pas ? C'est un homme.

— Mais... il est bizarre !

Leur accent rappela à Sennar celui de Moni mais cette fois le sens de certains mots lui échappait totalement.

— Peut-être qu'il vient du Dessus.

— Tu sais, toi, comment sont faits les hommes du Dessus ?

— Non. Mais celui-là, il n'est pas comme nous.

— J'ai peur, Cob.

La petite fille avait une voix terrifiée.

— Allons-nous-en ! supplia-t-elle.

— Attends, je veux voir s'il est mort...

— Non ! Ne le touche pas. Allons chercher quelqu'un.

— Oh ! ça suffit, Anfitris ! Tu es vraiment une trouillarde. Et s'il est vivant ?

– – Je t'en prie, viens.

— Tu as bien fait de m'appeler, Cob.

À présent, c'était un homme qui parlait.

— Tu crois que c'est quelqu'un du Dessus ?

— Je ne sais pas. En tout cas, il va mal. Il faut le soigner.

— Mais... si c'est quelqu'un du Dessus ?

— Si c'est quelqu'un du Dessus, il se débrouillera avec la loi le moment venu. En attendant, on ne peut pas l'abandonner ici.

Sennar sentit qu'on le soulevait. Il ouvrit les yeux, mais ne réussit à entrevoir que deux silhouettes floues.

— Qui es-tu ? demanda la voix d'adulte.

Sennar essaya de répondre, mais aucun son ne sortit de sa gorge.

— Ne t'inquiète pas, entendit-il vaguement avant de perdre connaissance.

Plusieurs jours, il ne fit que dormir. Lorsqu'il se réveillait, il apercevait une forte lumière ; cependant il ne savait plus qui il était ni d'où il venait.

Puis la conscience lui revint peu à peu. Il se souvint d'abord de son nom, puis de celui de Nihal.

Il se sentait mal. Ses yeux n'étaient plus habitués à la lumière, et ce n'est qu'après un certain temps qu'il réussit à les garder ouverts suffisamment longtemps pour distinguer quelque chose.

Il se trouvait dans une étrange chambre ovale au plafond voûté. Ses murs rugueux scintillaient légèrement, comme s'ils étaient faits de sable mouillé. En face de son lit s'ouvrait une large fenêtre, basse, et elle aussi ovale.

Une femme robuste à la peau aussi blanche que ses cheveux se pencha sur lui et le fixa avec attention.

— Tu te sens mieux ?

Elle avait la quarantaine, le visage large et les traits marqués. Ses yeux incroyablement clairs avaient quelque chose d'effrayant. Leurs iris ne se distinguaient pas du blanc de la cornée, et les pupilles en semblaient d'autant plus noires et profondes. Elle portait un chemisier bleu et un collier de pierres rouges, petites et irrégulières, pareilles à des brindilles.

Sennar ouvrit la bouche pour parler, mais une fois de plus il n'arriva pas à dire un mot.

La femme le regarda avec douceur :

— Ne bouge pas. Réponds-moi par des signes. Tu vas mieux ?

Il hocha la tête.

— Tu viens de là-haut ? poursuivit la femme en levant un doigt vers le plafond.

Le jeune magicien la regarda sans comprendre.

— Tu viens du Monde au-delà des eaux ?

Sennar ne savait pas quoi répondre : les habitants du Monde Émergé n'étaient pas les bienvenus en bas...

La femme, qui avait dû percevoir son doute, sourit :

— Tu peux me le dire. Tant que tu seras mon hôte, rien ne peut t'arriver.

Sennar hocha de nouveau la tête et essaya de s'asseoir. En se redressant, il s'aperçut qu'il n'avait plus de cheveux. Il toucha sa tête : ils avaient été taillés très court.

— Je te les ai coupés, dit la femme. Ils étaient pleins de nœuds et de saletés...

Elle s'interrompit en voyant Sennar s'agiter. « Ma tunique ! Où est ma tunique ? »

Le parchemin signé par tous les membres du Conseil se trouvait dans l'une de ses poches. Il était protégé par un enchantement ; ainsi, l'eau ne pouvait pas l'avoir abîmé. S'il l'avait perdu, cela aurait été une précaution inutile. Il tenta de se lever, mais l'effort lui coupa le souffle.

— Reste calme. Tu es encore convalescent.

Le jeune homme désigna sa poitrine et ses bras d'un air suppliant dans l'espoir de se faire comprendre.

— Tes vêtements ?

Il acquiesça.

— Nous les avons mis à sécher. Ne t'inquiète pas, nous n'avons touché à rien.

Le magicien se laissa retomber sur son lit avec un soupir de soulagement.

Les habitants du Monde Submergé étaient différents de toutes les races que Sennar avait rencontrées. Ils avaient la peau et les cheveux d'un blanc surnaturel, translucide et les yeux presque phosphorescents. Jusque-là, il n'avait jamais vu personne qui ait les yeux plus clairs que lui, et c'était une chose dont il était assez fier : il aimait l'aspect inquiétant que lui conférait le bleu pâle de ses iris. Or ces gens-là le dépassaient de loin.

Pendant plusieurs jours, le magicien fut l'hôte de la femme au teint pâle et de son mari. Quand il les voyait aller et venir dans la maison, il avait l'impression de quelque présence démoniaque.

La première parole qu'il prononça fut son nom, et la deuxième un sincère « merci » à ceux qui l'avaient sauvé.

— C'était notre devoir, répondit l'homme d'un air indifférent.

Le magicien se mit à parler avec difficulté :

— J'appartiens à l'autorité du Monde Émergé. Je dois parler au roi de cette Terre. Auriez-vous l'amabilité de m'indiquer où je peux le trouver ?

La femme le regarda avec des yeux écarquillés :

— Tu as l'intention d'aller te promener dans Zalénia ?

— Zalénia ? répéta Sennar.

— C'est le nom du royaume où tu te trouves, lui apprit l'homme.

— Je suis en mission diplomatique. Une mission de paix, expliqua le magicien.

L'homme secoua la tête :

— Tu es complètement fou !

Sennar accusa le coup : il en avait assez que tout le monde le traite sans arrêt de fou.

— La loi interdit à ceux du Dessus de pénétrer dans Zalénia, intervint la femme. Nous t'avons caché parce que tu étais à moitié mort, et que nous n'avons pas eu le courage de te laisser dans cet état. Mais maintenant...

Sennar commença à perdre patience :

— Apparemment, je ne me suis pas bien fait comprendre. Je suis un ambassadeur...

— Écoute, personne ici ne reconnaîtra tes titres, le coupa l'homme. La seule chose que tu as à faire, c'est t'en aller de chez nous, et vite. Sans ça, tu vas au-devant de sérieux ennuis, mon garçon.

— Quel genre d'ennuis ?

L'homme hésita. La femme lui jeta un regard suppliant :

— Dis-lui. Il doit savoir.

— Nous n'avons jamais eu de cas comme le tien, mais...

— Mais ?... insista Sennar.

— En principe, la peine de mort est requise contre tous les habitants du Dessus, répondit l'homme d'une seule traite.

Sennar eut presque envie de rire. « J'ai échappé à la tempête, à la gueule d'un monstre répugnant, à la noyade, et maintenant que je suis à un pas de mon but, je risque tout bonnement d'être exécuté... »

— Laissez-moi parler à vos juges.

— Je crois que tu n'as pas bien saisi, répliqua l'homme. Ici, ceux du Dessus sont considérés comme des criminels. Même si tu étais le roi en personne, pour nous tu ne serais qu'un envahisseur.

Lorsqu'ils comprirent que rien ne pourrait dissuader Sennar de poursuivre sa mission, ses hôtes lui indiquèrent la route et le poussèrent à partir le plus vite possible.

Le lendemain matin, le magicien revêtit sa tunique, passa son médaillon du Conseil des Mages et rassembla ses maigres affaires. Il vérifia plusieurs fois s'il avait

bien tout ce dont il avait besoin, en particulier le précieux parchemin, et franchit avec appréhension le seuil
de la maison.

— Tu ne nous connais pas, tu ne nous as jamais
rencontrés, tu entends ? S'ils apprennent que nous
t'avons recueilli, nous sommes morts, lui dirent ses
hôtes avant de fermer la porte derrière lui.

Sennar resta bouche bée en découvrant le Monde Submergé. Le village où il se trouvait était enfermé tout
entier dans une sorte d'immense bulle suspendue dans
l'eau, faite d'un matériau qui ressemblait au cristal. Les
maisons étaient rondes, construites en sable et en pierre
et ornées de coquillages chatoyants. L'air sentait le sel,
comme sur sa propre Terre, mais c'était un parfum plus
vif et plus puissant. Partout régnait un ordre exemplaire. Les rues étaient droites et larges, chaque détail
était parfaitement soigné.

Incrédule, Sennar s'éloigna des habitations pour
atteindre la paroi de verre et observa les poissons multicolores qui nageaient derrière dans l'eau d'un bleu
intense. Il leva les yeux. La bulle se trouvait à une bonne
centaine de mètres de la surface, et le soleil n'apparaissait que comme un halo indistinct. Le magicien se
demanda d'où provenait cette lumière d'un bleu insolite
qui lui faisait mal aux yeux.

Il toucha la paroi. Elle était froide, exactement
comme du verre. Quand il retira sa main, il s'aperçut
avec stupeur que sa paume brillait légèrement. Étudiant
l'étrange matériau avec plus d'attention, il se rendit
compte qu'il était recouvert d'une substance huileuse
fluorescente. Il scruta le fond de l'océan : des algues s'y

balançaient paresseusement au gré des courants. Il y en avait de différentes sortes ; la plupart brillaient comme sa main.

Le jeune magicien était stupéfait par l'ingéniosité des habitants des fonds marins : la bulle produisait sa propre lumière en amplifiant le peu de rayons qui provenaient de l'extérieur grâce à la substance oléagineuse fournie par les algues !

Une large colonne transparente, sa base s'enfonçait dans le sol, tandis qu'une autre, creuse, s'élançait de son centre vers le haut, probablement pour prendre de l'air à la surface.

Sennar repéra au loin d'autres bulles de cristal, reliées les unes aux autres par de longues galeries translucides. C'était la chose la plus extraordinaire qu'il ait jamais vue : les hommes de Zalénia avaient créé un réseau de villes suspendues dans l'eau, une série de petits mondes enfermés dans le verre. Abasourdi par tant de merveilles, Sennar plongea les mains dans les poches de sa tunique et continua à cheminer.

Si la vie pullulait à l'extérieur de la paroi de verre, à l'intérieur tout était encore enveloppé dans la torpeur du début de matinée. La ville était petite, mais la bulle qui la contenait, elle, était énorme. Au-delà de la zone habitée s'ouvrait une étendue ordonnée de champs, irrigués par un important réseau de canaux. Les plantes cultivées semblaient identiques à celles du Monde Émergé, mais ce n'était pas les seules denrées produites par le royaume. Il y avait aussi des champs au fond de la mer, plus rares et plus irréguliers, mais aussi plus vastes : des champs d'algues.

Sennar avançait, subjugué, sans se lasser de regarder. En haut, il pouvait entrevoir les reflets du soleil sur la mer. Il était très loin ; pourtant il ne faisait pas froid. Une brise fraîche émanait continuellement des colonnes.

Alors qu'il cheminait ainsi, les gens commencèrent à sortir des maisons pour se livrer aux travaux des champs. Absorbé par la beauté des lieux, il ne s'aperçut pas qu'il était observé. Et lorsqu'il entendit une voix autoritaire lui intimer : « Halte là, étranger ! », il eut la sensation désagréable d'être réveillé au milieu d'un rêve.

Il s'arrêta. Un homme vêtu d'une armure légère et tenant une lance à la main courut vers lui et lui pointa son arme sous la gorge.

— Qui es-tu ? demanda-t-il d'un ton menaçant.

Un petit groupe se forma autour d'eux.

— Je suis un ambassadeur du Monde Émergé, répondit calmement Sennar.

Un murmure confus s'éleva de la foule. Une jeune femme s'avança, en proie à une grande agitation :

— Alors, c'était vrai ! Je n'ai pas voulu y croire, et pourtant...

— De quoi parles-tu ? l'interrogea le garde.

— Mon fils. Il m'a dit qu'Anfitris, une de ses amies, avait trouvé un homme du Dessus. J'ai pensé que ce n'était qu'une invention d'enfant...

Le murmure enfla ; le visage du garde se rembrunit.

— Allez me chercher cette enfant, ordonna-t-il.

Anfitris avait environ six ans, deux longues tresses blanches, et l'air totalement épouvanté.

— Tu as déjà vu cet homme ? la questionna le garde.

— Oui, mais il était mort, pleurnicha l'enfant.

Deux grosses larmes coulèrent le long de ses joues.

— Où était-il ? continua l'homme.

— Sous le tourbillon. Mon frère et moi, on a entendu un drôle de bruit, et on a été voir, dit-elle entre deux hoquets.

Le garde se tourna vers Sennar et le regarda avec cruauté.

— Alors, tu es un de ces bâtards ! Nous pensions pourtant en avoir fini avec vous depuis bien longtemps, dit-il en le poussant du bout de sa lance pour le faire avancer.

— Attendez ! dit Sennar. Je suis en mission pacifique. Je dois parler au plus vite avec...

— Tais-toi ! C'est au comte de décider de ton sort.

Sennar essaya par tous les moyens de convaincre le militaire : il tenta de s'expliquer, haussa la voix, lui montra le médaillon qui attestait son appartenance au Conseil des Mages, mais il ne parvint qu'à le faire sortir de ses gonds. Finalement, il décida de le suivre sans opposer de résistance. Le garde le conduisit jusqu'à un édifice trapu et l'enferma dans une cellule. Il revint peu après, accompagné d'un vieillard à l'air austère.

— Par ici, vénérable Deliah, répétait-il avec respect.

L'homme ployait sous le poids des années. Il marchait péniblement, son visage ridé penché vers le sol. Ses longs cheveux blancs tombaient sur sa tunique bleue et glissaient sur le pavé comme une traîne. Sa main noueuse serrait un long bâton terminé par une sphère turquoise.

Quand le vieillard arriva enfin devant le prisonnier, Sennar lui tendit la main :

— Le comte, je suppose..

Pour toute réponse, le visiteur lui agrippa le menton et examina son visage en le tournant dans toutes les directions

— C'est l'un d'eux, conclut-il d'une voix caverneuse.

Le garde afficha un air de triomphe :

— Je l'ai tout de suite compris !

— Je vous prie de m'écouter, monsieur le comte, dit Sennar. Je suis un ambassadeur du Monde Émergé et...

Sans le laisser finir, le garde lui assena un coup de poing dans l'estomac. Sennar tomba au sol, le souffle coupé. En un éclair, le soldat fut sur lui ; il lui enfonça quelque chose dans la bouche et lui immobilisa les bras. Le vieillard s'approcha de nouveau, posa le pommeau de son bâton sur sa tête et marmonna quelque chose à voix basse.

Le magicien eut à peine le temps de comprendre ce qui lui arrivait. Il se sentit suffoquer et commença à perdre connaissance.

Le garde lui arracha son bâillon de mauvaise grâce.

— Je ne suis pas le comte, dit le vieillard avec un sourire glacé avant de sortir.

Quand Sennar reprit ses esprits, la tête lui tournait. Il se releva en s'appuyant aux murs de la cellule. Les forces lui revinrent lentement, et avec elles la conscience de ce qui s'était passé.

— Malédiction ! jura-t-il entre ses dents.

Il connaissait cet enchantement, il ne le connaissait que trop bien... Il étendit la main et prononça la formule pour évoquer le feu. Rien. Et c'était pourtant un tour élémentaire. Il essaya encore et encore, dans l'espoir de produire ne serait-ce qu'une inoffensive lueur colorée, toujours avec le même résultat : toutes ses formules étaient inefficaces.

Il se laissa rageusement retomber sur le sol. Ce maudit vieillard lui avait imposé un sceau et, jusqu'à ce qu'il l'ait brisé, Sennar serait privé de ses pouvoirs ! À présent, il n'était plus ni conseiller, ni magicien. Il n'était qu'un jeune homme enfermé dans une cellule puante à des milliers de lieues de chez lui. Tenter la fuite était sans espoir. La seule meurtrière de la cellule était située bien trop haut, et les barreaux de la porte étaient solides. Furieux de s'être laissé berner aussi facilement, Sennar se traitait d'idiot : il avait sous-estimé l'hostilité des habitants du Monde Submergé.

Il ne vit personne de la journée, et lorsque la nuit tomba il dormit peu et mal. Son sommeil fut tourmenté par les cauchemars : il était jugé par un comte fantomatique qui le condamnait à mort, on le radiait du Conseil des Mages, et le Tyran en personne le remerciait enfin pour son « excellent travail ».

Il rêva aussi de Nihal. Nihal sur le champ de bataille, Nihal en danger, Nihal morte...

Quand il s'éveilla, une lueur tenue et lugubre éclairait la cellule. Le premier bruit qu'il entendit fut celui de son estomac réclamant de la nourriture. Il appela le garde ; sans réponse.

C'était une situation absurde ! Il se retrouvait au fond de la mer, assis par terre dans une cellule humide et entouré d'un silence obstiné, exception faite du gargouillement de son estomac.

Ce n'est qu'au milieu de la journée qu'il perçut enfin un bruit de pas.

— Qu'est-ce qu'il y a ? Vous avez décidé de me laisser mourir de faim ? ironisa le magicien.

Les pas s'arrêtèrent.

— Je te demande pardon, répondit une voix féminine. On vient seulement de m'avertir qu'il y avait un prisonnier.

À travers les barreaux, Sennar vit s'approcher une jeune fille qui portait un plateau. Elle était menue, de petite taille, et ne devait pas avoir plus de seize ans. Son visage était un ovale parfait, et ses joues étaient roses. Jusque-là, Sennar n'avait vu que des personnes aux cheveux blancs, or celle qui se tenait devant lui avait de nombreuses mèches châtain clair.

Un silence embarrassé s'installa entre les deux jeunes gens.

— Excuse-moi d'avoir élevé la voix, murmura Sennar. Je croyais parler au garde.

La jeune fille esquissa un sourire timide :

— Ne t'en fais pas. En tout cas, te voilà servi, finalement.

Et elle lui passa les jattes à travers les barreaux de la grille.

Sennar les attrapa avidement et souleva les couvercles. L'une d'elles était remplie d'une sorte de bouillon où flottaient d'étranges filaments noirs ; une autre de quelque chose qui ressemblait à du poulet recouvert d'une sauce verdâtre, et une troisième de mollusques de nature indéterminée. La seule chose vraiment reconnaissable était une pomme rouge. Le magicien ne s'arrêta pas trop sur les détails. Il ingurgita sa soupe avec tant de hâte qu'il réussit à peine à en distinguer la saveur. La jeune fille le regardait sans rien dire, une lueur d'amusement dans ses yeux verts.

— Exquis, fit Sennar en posant la jatte pour passer à la suivante. C'est toi, la cuisinière ?

— Oui. Presque toute ma famille est chargée de veiller sur les prisonniers. Tu sais, c'est à cause des cheveux..., ajouta-t-elle en désignant une de ses mèches sombres.

— Qu'est-ce que tu veux dire ? demanda Sennar, intrigué.

— Mes ancêtres ont été parmi les derniers à descendre. C'est pour cela que nos cheveux ne sont pas encore tout à fait blancs.

— Et quand sont-ils arrivés ?

— Il y a une cinquantaine d'années. Mes parents sont nés ici, mais mes grands-parents venaient du Dessus. Les gens comme nous ne jouissent pas de beaucoup de privilèges...

— S'occuper de prisonniers n'est pas une tâche très indiquée pour une jeune fille, observa Sennar.

Elle rougit :

— D'habitude, c'est mon frère qui apporte la nourriture aux détenus. Moi, je cuisine, et c'est tout. Cette fois... À vrai dire, j'étais curieuse de te voir. En ville, on ne parle que de toi. Tout le monde est très agité. Moi, je n'ai pas peur de toi, j'ai de la famille qui est restée au Dessus.

Sennar attaqua les mollusques :

— Où vivent les tiens ?

— Sur la Terre de la Mer.

— Moi aussi, je viens de là ! Tu y es déjà allée ?

La jeune fille éclata de rire :

— Bien sûr que non ! Nous n'avons pas le droit de monter. Il n'y a que les magiciens qui vont dans le Monde Émergé.

Sennar leva enfin les yeux de son écuelle. Ce n'était pas la première fois qu'il se retrouvait seul avec une femme, mais dans ce moment difficile cette demoiselle gracieuse lui fit un drôle d'effet. « Elle est vraiment mignonne », songea-t-il.

Constatant qu'il l'observait, elle se mit à arranger les plis de sa robe avec embarras.

— Merci ! Tu ne sais pas à quel point cela m'a fait du bien, dit Sennar en lui rendant les jattes.

— De rien, c'est mon travail. Je reviendrai ce soir. À l'heure, c'est promis ! Tu n'as aucune chance de mourir de faim, plaisanta-t-elle.

Elle avait déjà fait quelques pas quand le magicien la rappela :

— Attends ! Nous ne nous sommes pas présentés. Moi, c'est Sennar.

— Et moi, je m'appelle Ondine. Alors, à plus tard, Sennar, lança-t-elle avant de s'éloigner.

Ondine venait à la prison matin et soir. Pour Sennar, elle était un rayon de soleil dans l'obscurité de sa cellule. Elle était prévenante, souriait toujours, et le distrayait de la solitude dans laquelle il était plongé.

Avec le temps, ils devinrent amis. Ils se parlèrent de leurs Mondes et se racontèrent leurs histoires. Ondine était très impressionnée par l'idée du ciel : elle ne pouvait pas croire que dans le monde Émergé tout le bleu était accumulé en haut. Elle dit à Sennar combien elle aimait la mer et comme elle aurait aimé être une sérénide.

— Une sérénide ? fit-il, perplexe.

— Oui, une descendante des sirènes.

— Je croyais que les sirènes n'existaient pas.

Ondine se mit à rire :

— Bien sûr qu'elles existent !

Elle expliqua à Sennar que Zalénia avait été construite avec l'aide de tritons et de sirènes et que, quelque temps après la fondation du royaume, des enfants particuliers avaient commencé à naître : mi-sirènes, mi-humains, sans nageoires mais dotés de petites branchies, ils pouvaient vivre aussi sous l'eau.

— Ce sont des êtres extraordinaires. Pour eux, il n'existe ni haut ni bas, ni dedans ni dehors. Comme j'aimerais être aussi libre qu'eux !

En écoutant Ondine, Sennar comprit à quel point la haine envers « ceux du Dessus » était profonde chez les habitants de Zalénia. Ils étaient considérés comme voués à la guerre et au meurtre, incapables de vivre en paix entre eux ni avec les autres. Cette haine s'étendait aussi sur les derniers arrivés, comme Ondine et sa famille. Le signe distinctif des « exclus », des « nouveaux », étaient leurs cheveux parsemés de mèches sombres. Ils étaient traités comme des suspects et cantonnés dans les travaux les plus pénibles. Le père d'Ondine était l'un des préposés à la manutention des colonnes qui reliaient les ampoules à la surface. Il devait vider des déchets qui s'accumulaient le long des parois et obstruaient les conduits.

— À la maison, on se débrouille comme on peut, soupira Ondine. Je n'ai même pas de dot. Mais, de toute façon, qui voudrait m'épouser ?

— Dans mon monde, tu aurais une horde de prétendants, lui assura avec embarras Sennar, pas habitué à faire des compliments.

Ondine secoua la tête d'un air sceptique :

— Avec ces cheveux et ces joues rouges ?

Sennar ne savait pas quoi penser. Moni lui avait dit que les fondateurs du royaume sous-marin voulaient un monde meilleur, où tous pourraient enfin vivre en paix ; or ce qu'il voyait était un règne fondé sur la haine et la discrimination. Il se fit expliquer comment fonctionnait l'organisation politique de Zalénia, et apprit que chaque groupe de bulles était régi par un comte, une sorte de souverain absolu. Il prélevait des impôts, qu'il devait reverser en partie au roi, la plus haute autorité de Zalénia. Il utilisait ce qu'il restait à sa guise. Une poignée de chanceux vivaient dans des bulles dirigées par des comtes éclairés, qui se servaient de cet argent pour améliorer la vie de leurs sujets ; tous les autres étaient gouvernés par des despotes qui les maltraitaient. Le roi, quant à lui, s'intéressait peu aux contrées les plus éloignées de son palais.

Par le passé pourtant, les choses avaient été différentes. Il n'y avait pas de roi, et les gens s'administraient eux-mêmes. Les habitants de chaque village se réunissaient à date fixe pour prendre ensemble les décisions les plus importantes ; les ambassadeurs de chaque bulle faisaient de même pour les questions d'ordre plus général. Mais cela dura peu de temps. Certains tentèrent de s'emparer du pouvoir par la violence, et Zalénia fut au bord de la guerre. Pour éviter le conflit, l'un des ambassadeurs, le plus charismatique, proposa d'élire un roi.

— Nous ne pouvons pas nous plaindre, déclara Ondine. Ce qui compte, c'est de rester en paix. Si le roi nous envoie un comte méchant, on espère que son successeur sera meilleur. Tout ne peut pas toujours aller mal, tu es d'accord ?

Le comte rendait également la justice. Quand les gardes capturaient un criminel, ils l'enfermaient en prison en attendant son jugement, car lui seul pouvait fixer les peines.

— Et si le comte... Que se passe-t-il si le comte n'arrive pas ? demanda Sennar, préoccupé.

Ondine hésita :

— Je ne crois pas que cette information te plaira...

— Dis-moi quand même.

La jeune fille se mordit les lèvres.

— Si le comte ne donne pas signe de vie, ce sont les gardes qui décident du sort du prisonnier. Mais ne te fais pas de souci, ajouta-t-elle aussitôt avec un sourire rassurant. Je suis sûre que le comte t'écoutera et te présentera devant le roi. Vraiment.

Sennar espérait qu'elle avait raison. Cependant les jours passaient, et le comte ne se montrait toujours pas.

11

UN VIEIL HOMME DANS LES BOIS

Ils progressaient à l'abri des bois, loin de la frontière. Nihal n'arrivait pas à retrouver l'excitation et la joie de ses premiers voyages. À présent, tout avait le goût de l'habitude : les heures passées à cheval, les étapes parcourues à pied sur les sentiers impraticables, où il fallait conduire les bêtes par les rênes, les repas silencieux pris sur le pouce. Peut-être aurait-elle bavardé si elle et Laïo avaient été seuls. Avec le soldat qui les accompagnait, l'atmosphère n'était pas des plus chaleureuses : Mathon devait avoir six ou sept ans de plus qu'elle, mais il était aussi sombre et taciturne qu'un vieillard bourru. Il parlait rarement et ne souriait jamais.

— Il a eu une vie difficile, lui expliqua un soir Laïo. Bâtard d'une famille noble, il a été abandonné, enfant, près d'une caserne. L'armée l'a élevé, c'est pour cela qu'il est devenu aussi sauvage qu'un loup. Il a tellement enduré, le pauvre !

Après cette révélation, Nihal éprouva plus de sympathie pour Mathon ; cependant le soldat continua à ne pas lui adresser la parole, et elle ne fit rien pour l'y encourager.

Laïo non plus n'était pas particulièrement bavard. Concentré sur le but de son voyage, il était plus pensif que d'ordinaire. Quand elle le regardait en face, Nihal avait l'impression que ses traits avaient changé ; une lueur de détermination qu'elle ne lui avait jamais vue brillait dans ses yeux. Pour son ami, la bataille avait déjà commencé, et elle savait qu'avant de gagner contre son père, il devait emporter la victoire contre lui-même.

Très vite, la jeune fille commença à s'ennuyer. Les journées s'étiraient à l'infini, et elle accueillait la tombée de la nuit avec soulagement : pendant le sommeil au moins, les heures s'écoulaient plus vite.

Il leur fallut une dizaine de jours pour atteindre la Terre de l'Eau. La mission, si on pouvait l'appeler ainsi, n'avait pas un caractère urgent, et Laïo n'était pas pressé d'arriver à destination... Quand ils eurent franchi la frontière, le jeune garçon devint encore plus sombre. Nihal se dit que, si son rôle consistait à soutenir moralement son ami, il était temps de s'y mettre.

— Cesse de te ronger les sangs, lui dit-elle un soir, alors que leur compagnon de route dormait et que le feu crépitait doucement.

— C'est que je sens déjà le souffle de mon père dans mon cou ! soupira Laïo.

— Tu es arrivé jusqu'ici, et ce n'est pas rien. La dernière fois, tu n'avais pas poussé aussi loin, n'est-ce pas ?

Le garçon sourit timidement.

— Tu crois en ce que tu fais, Laïo, c'est le plus important. Tout ira bien.

Mais la nuit même, Nihal comprit qu'elle s'était trompée. Pendant ces dix jours, elle n'avait rien remarqué d'anormal, aucun signe de danger. Elle s'était sentie en sécurité, et c'est cela qui l'avait fait tomber dans le piège.

Ils étaient dix. Ils s'approchèrent à pas de loup de l'endroit où campaient les trois voyageurs, les armes à la main, prêts à l'assaut. Des hommes habitués à vivre et à agir dans l'ombre, agiles comme des chats. Une bande de voleurs.

Nihal, qui avait pourtant les sens aiguisés, ne les avait pas entendus venir. Ce fut le bruit d'une petite branche brisée, suivi du bruissement léger d'un vêtement pris dans les buissons, qui la fit émerger du sommeil. Elle ouvrit grand les yeux et les vit : un petit groupe d'hommes qui entourait le campement. Deux d'entre eux se dirigeaient vers leurs besaces, tandis qu'un troisième s'approchait de Laïo endormi en brandissant un poignard.

La guerrière bondit sur ses pieds en hurlant, l'épée au poing, Laïo et Mathon se réveillèrent en sursaut et attrapèrent leurs armes pendant que Nihal se jetait sur l'homme le plus proche et l'abattait d'un fendant.

Laïo tenta d'imiter son amie, mais l'un des brigands n'eut aucun mal à le désarmer en lui frappant le poignet avec un bâton. Il l'envoya ensuite au sol d'un coup de pied en pleine poitrine et s'assit sur lui à califourchon :

— Du calme ! Si tu restes tranquille, il ne t'arrivera rien de mal, dit-il en lui pointant un couteau sous la gorge. Pour l'instant.

Nihal s'occupa d'un autre brigand. Elle essaya de le surprendre par une attaque foudroyante, mais il ne se laissa pas piéger. C'était un costaud ; des muscles puissants tendaient la toile de sa chemise. Il para sans difficulté les fentes de Nihal et contre-attaqua, l'obligeant à reculer à l'intérieur des bois. La demi-elfe se battait comme une furie tout en cherchant une issue. La forêt résonnait de mille bruits, comme si des ennemis innombrables l'entouraient.

Soudain, elle entendit un hurlement. La colère décupla ses forces.

— Laïo ! Mathon ! Non ! cria-t-elle.

D'un coup net, elle trancha le bras à son adversaire et le laissa, sanguinolent, parmi les buissons.

Alors qu'elle s'élançait vers le campement, elle entrevit deux ombres qui s'avançaient entre les arbres, entendit des bruits de pas derrière elle... La jeune fille brandit son épée, fléchit les jambes, prête à frapper...

Soudain, elle sentit une forte douleur à la tête. Un liquide chaud coula le long de son dos.

Elle sombra dans une obscurité dense et sans retour.

Nihal entrouvrit les yeux. Elle avait un terrible mal de crâne. Le moindre mouvement se transformait en un supplice insupportable. Son regard était voilé, et elle ne parvenait à distinguer aucun détail du lieu où elle se trouvait.

Était-ce une grotte ? Elle tendit les mains et explora à tâtons les alentours : elle était allongée sur un sac de paille, couverte de toile.

Un bruit métallique lancinant retentit, et une silhouette aux contours indéfinis entra dans son champ de vision.

— Hourra ! lança l'inconnu. Bien réveillée ?

Nihal se porta les mains à la tête :

— Pitié ! Moins fort !

— Pardon, murmura l'homme. C'est sûr, avec ce que tu t'es pris...

Les doigts de Nihal effleurèrent l'étoffe d'un bandage. Elle fit un effort pour se souvenir de ce qu'il s'était passé : un grand coup sur la tête, puis l'obscurité... Elle s'était laissé prendre comme une novice ! « Nom d'un chien ! Sennar avait raison, je risque ma vie un jour sur deux », songea-t-elle avec agacement.

— Je ne vois rien ! geignit-elle.

— C'est normal, dit l'homme en s'affairant autour du feu. Ne t'inquiète pas, ce n'est qu'un désagrément passager. Demain, tout rentrera dans l'ordre.

— Qui es-tu ?

— Un vieux.

C'était plutôt vague comme réponse...

— Tu n'as pas de nom ? insista-t-elle.

— J'en avais un, il y a longtemps, mais je l'ai laissé derrière moi. Je n'en ai plus besoin. Je suis un vieillard, un ancien, rien de plus.

« Un ancien. » Émue, Nihal pensa à Livon, son père. Elle l'appelait ainsi : l'Ancien. Et elle n'aurait jamais pu s'adresser à qui que ce soit d'autre par ce nom.

— Et si je veux t'appeler ?

— Je t'ai sauvé la vie ; tu n'as qu'à dire : « Mon sauveur ».

Le vieux se mit à rire. Il s'approcha d'elle et lui tendit une écuelle :

— Assez de questions. À présent, il faut reprendre des forces.

Nihal hésita, puis elle prit l'écuelle et commença à manger.

Le moment des questions vint plus tard, dans la soirée, après que Nihal se fut un peu reposée. En s'éveillant, elle constata que sa vue s'était améliorée, même si ses yeux étaient toujours embués. Malgré son mal de tête, elle réussit à se lever. Le sac de paille qui lui servait de coussin était taché de sang.

Elle s'assit sur le sol, les jambes croisées, et observa son « sauveur ». Elle n'arrivait pas encore à distinguer nettement son visage, mais il lui sembla en effet très vieux. Il portait une longue tunique, sale et déchirée, qui lui descendait jusqu'aux chevilles. Son crâne était chauve, et il avait une longue barbe blanche qui balayait le sol. Il était pieds nus et en le regardant avec attention Nihal comprit d'où provenait le bruit métallique : le vieil homme avait les pieds et les mains liés par de grosses chaînes qui s'enroulaient autour de ses membres comme les anneaux d'un reptile.

— Pourquoi es-tu attaché ? souffla-t-elle.

Le vieux se tourna vers elle :

— Pour expier mes nombreux péchés.

— Tu es un fugitif ?

Le vieil homme rit de nouveau de son rire étouffé :

— Non, Nihal, non. Je me suis mis ces chaînes moi-même, afin que ce fardeau me rappelle toujours à quel point ce qui pèse sur ma conscience est lourd.

— Comment est-ce que tu connais mon nom ? s'étonna la jeune fille.

— La vieillesse et la solitude m'ont fait de nombreux

présents. La patience, avant tout, et un certain degré de voyance... C'est grâce à ce don que je t'ai trouvée.

Nihal prit un ton sérieux :

— Raconte-moi !

Le vieux s'agenouilla aux pieds de son grabat.

— Hier soir, commença-t-il, j'ai senti qu'il se passait quelque chose aux alentours de ma maison. Je suis sorti, je me suis caché, et j'ai vu votre petite troupe aux prises avec les brigands. Tu étais à terre, non loin d'un soldat qui baignait dans son sang. Il y avait aussi un prisonnier.

Le cœur de Nihal sauta dans sa poitrine :

— Décris-le-moi !

À peine plus qu'un enfant. Blond. Et terrorisé.

Le vieux lui raconta que les pillards avaient trouvé sur Laïo une lettre qui l'identifiait comme le fils du général Pewar, et qu'ils avaient décidé de l'enlever pour réclamer une rançon.

— Ils l'ont emmené, ligoté et bâillonné, après vous avoir jetés, toi et l'autre, dans un fossé.

— L'autre, notre compagnon... Il est...

— Mort, dit simplement le vieux. Je l'ai enterré non loin de la fosse où je vous ai trouvés. Les brigands avaient dû penser que tu étais morte, toi aussi. Ce n'était d'ailleurs pas difficile à croire : tu étais blanche comme un linge et tu respirais à peine.

Nihal n'écoutait plus : Laïo était en danger de mort ! Il y avait peu d'espoir que les brigands le libèrent, même après le paiement d'une éventuelle rançon.

— Tu peux me dire où ils sont allés ?

Le vieux sourit :

— Bien sûr. Cette forêt est mon royaume. À trois

lieues à la ronde, il n'y a pas un fourré qui ne me soit pas familier.

— Alors, il faut que tu me conduises à eux, dit Nihal en bondissant sur ses pieds et en empoignant son épée.

Mais ses jambes cédèrent sous elle. Le vieil homme la rattrapa avant qu'elle ne tombe et l'aida à s'étendre sur sa couche.

— Où est-ce que tu comptes aller ? Tu es trop faible ! Tu ne peux pas affronter ces hommes dans cet état !

Nihal se releva de nouveau, cette fois avec plus de précautions.

— Je ne peux pas non plus laisser Laïo entre les mains de ces bandits, déclara-t-elle avec force.

— Il n'a rien à craindre. Pour eux, il est comme un sac d'or. Au moins tant que son père n'a pas payé. D'ici là, tu auras le temps de te remettre sur pied.

Nihal se laissa retomber sur son grabat, accablée ; le vieux avait raison : affaiblie comme elle était, elle pouvait tout juste espérer se faire tuer.

— Allez ! Il n'y a pas de quoi se décourager. Tu es jeune et forte. Tu te remettras vite. Et alors, je te conduirai moi-même là où tu voudras.

Elle hocha la tête en signe d'acquiescement. Son crâne explosait ; son cœur battait la chamade. Elle s'allongea et se mit à fixer les taches d'humidité sur la voûte de la grotte.

Le lendemain, Nihal s'examina avec attention : une blessure superficielle sur un bras, les jambes écorchées par les buissons, un énorme bleu sur l'épaule. Quand elle se toucha la tête à la recherche de l'origine de la douleur qui l'étourdissait, ses doigts rencontrèrent une large plaie béante sur la nuque. « Exactement ce qu'il me manquait ! se dit-elle. Une nouvelle cicatrice... Je n'ai plus qu'à me laisser pousser les cheveux. »

Nihal resta dans la grotte pendant quelques jours, étendue sur son lit de paille, à élaborer des plans pour la libération de Laïo. Peu à peu, sa vue redevint normale ; son mal de tête diminua, puis disparut.

Le mystérieux vieil homme n'était pas de très bonne compagnie. Il s'éclipsait avant l'aube, après avoir préparé un généreux déjeuner pour son hôte, pour réapparaître avec le soir en lui demandant comment s'était passée sa journée.

À présent qu'elle pouvait voir, Nihal l'observait discrètement. Son visage était creusé de rides, mais il ne devait pas être aussi vieux qu'il en avait l'air. Il avait les yeux vifs et sa poigne était franche et solide. La paume de sa main droite était couverte de larges callosités, typiques de ceux qui ont longtemps manié une arme : dans sa jeunesse, il avait dû être soldat.

— Tu as participé à de nombreuses batailles ? demanda-t-elle un soir.

— Trop nombreuses. J'ai tué beaucoup de gens. Et j'ai combattu sur différents fronts. Mais c'est toujours la même guerre qui se perpétue depuis des temps immémoriaux..

— Tu étais un bon guerrier ?

— Un parmi d'autres, ni meilleur ni pire.

Il répondait toujours ainsi, de manière fuyante, à demi-mot. Un sourire éclairait son visage, même si en réalité il devait souffrir : ses poignets et ses chevilles, couverts d'ulcères provoqués par les chaînes, saignaient. Nihal comprit que le vieil homme avait dû vivre intensément, et sans doute pas que de belles expériences. Il avait l'air d'un naufragé qui a traversé d'innombrables tempêtes et qui a enfin trouvé la paix.

Le dernier soir, Nihal se fit expliquer avec précision où se trouvait le repaire des brigands. Le vieux lui fournit des informations précieuses. Non seulement il savait où ils se trouvaient, mais il semblait très bien connaître leurs habitudes.

Alors que la jeune fille aiguisait son épée, il s'assit devant elle. Il le faisait souvent ; il avait l'air intrigué par elle.

— Je vois que tu connais le peuple des elfes-follets, dit-il de but en blanc.

— Qu'est-ce qui te fait dire ça ? demanda Nihal en essayant de dissimuler sa stupeur.

Le vieux désigna la garde de son épée :

— La pierre qui est enchâssée là. Je n'avais jamais rencontré un humain qui en possède une, ni même un demi-elfe.

— Elle m'a été offerte par un elfe-follet, il y a très longtemps, répondit Nihal.

Elle sentit la vieille curiosité pointer le bout de son nez :

— Qu'est-ce que tu sais sur cette pierre ? Tu la connais ? Tu sais quels pouvoirs elle a ?

Il lui adressa l'un de ses habituels sourires :

— Ce serait vraiment étrange que quelqu'un comme moi, qui ai tant vécu dans les bois, ne connaisse pas les

Larmes ! Ces pierres, faites avec la résine extraite des Pères de la Forêt, sont le symbole du peuple des elfes-follets.

— Oui, ça, je le sais, dit Nihal avec impatience. Mais ce que je voudrais comprendre...

Elle se mordit les lèvres, indécise. Elle ne savait pas encore si elle pouvait se fier à cet homme. Finalement, elle décida de lui raconter la mésaventure qu'elle avait vécue avec Laïo sur la Terre de la Mer, et comment la Larme les avait sauvés lors de l'attaque des fammins. Le vieux écouta, l'air songeur, et pas du tout étonné. Lorsqu'il parla, sa voix était comme toujours calme :

— Les Larmes sont capables d'absorber la force vitale de la nature et de l'amplifier. Cependant les elfes-follets n'exploitent pas ce pouvoir ; ils utilisent les pierres comme ornements et les vénèrent, parce qu'elles sont le fruit des pleurs de leurs arbres protecteurs. Peut-être n'en es-tu pas consciente, mais tu as reçu un don important. Bien sûr, entre les mains des humains les Larmes sont comme endormies...

— C'est-à-dire ? lâcha Nihal.

— Aucune des races qui peuplent cette terre n'est en mesure de libérer le pouvoir des Larmes.

— Alors, pourquoi est-ce que la mienne... s'est réveillée entre mes mains ?

— Nous sommes habitués à ne considérer que l'histoire la plus récente de ce monde tourmenté. Or les races qui peuplent à présent le Monde Émergé ne sont pas les seules à avoir existé sur cette terre. Avant nous, il y en a eu d'autres, répondit le vieil homme en souriant toujours.

— Les anciens elfes..., murmura Nihal.

— Oui. Eux ne concevaient pas la magie comme nous le faisons. Ils ressemblaient plus aux nymphes qu'aux hommes : c'étaient des êtres si proches de la nature qu'ils étaient capables d'en saisir toutes les nuances. Et ils étaient en mesure d'utiliser pleinement le pouvoir des Larmes : elles étaient un intermédiaire entre eux et les secrets les plus cachés du monde. Grâce à ces pierres, leur communication avec les esprits devint encore plus profonde. Pour les autres créatures, leur capacité à guider le cours de la nature ressemblait à de la magie.

Le vieux s'interrompit et secoua la tête :

— Et puis ils se sont affaiblis. Les anciens elfes ont émigré vers des terres lointaines, abandonnant le Monde Émergé. Ton peuple était l'unique trace de leur passage. Vous, les demi-elfes, nés de l'union entre les anciens elfes et les humains, avez perdu en partie cette proximité avec les esprits primordiaux. Les pouvoirs secrets des Larmes sont devenus inaccessibles à tes ancêtres, qui ont néanmoins appris à exploiter les plus communs. Les demi-elfes utilisaient les pierres pour amplifier leur magie. Pour vous, la résine des Tomren était une sorte de catalyseur.

— Un catalyseur, répéta Nihal. C'est comme cela que Phos l'avait appelée...

Elle réfléchit en silence pendant quelques instants.

— Mais... je n'ai prononcé aucune formule magique, dit-elle. La pierre a agi d'elle-même, comme de sa propre volonté.

187

— Ne sois pas étonnée, Nihal. Dans tes veines coule le sang des anciens elfes. C'est grâce à cela que la Larme peut se réveiller dans toute sa puissance. C'est ce qui est arrivé ce soir-là dans les bois. Ton désir de vivre a activé la pierre, et t'a protégée, en réagissant contre des créatures nées de la violence commise sur la nature : les fammins.

Nihal regarda son épée avec stupeur :

— Et comment fait-on pour l'activer ?

— C'est une question difficile. Peut-être l'apprendras-tu un jour, mais tu devras le faire seule. C'est toi, la demi-elfe, pas moi.

Nihal eut une grimace de désappointement. Un si grand pouvoir, inutilisable ? Pour quelle raison Phos lui avait fait ce cadeau ?

— Pourrais-tu m'en dire plus ? demanda-t-elle avec espoir.

— Peut-être, répondit le vieil homme. As-tu déjà éprouvé une sensation étrange, comme si des sentiments qui ne t'appartenaient pas s'emparaient de ton âme ?

— Si, bien sûr, cela m'arrive tout le temps !

— C'est une faculté que seuls ceux de ta race possédaient. Les demi-elfes avaient un don de perception plus large que les autres créatures de ce monde, et ils sentaient avec plus de force les esprits de la nature et des êtres vivants. Chez toi, cela se réduit à une vague sensation, mais les tiens savaient affiner cette capacité par l'étude. Les demi-elfes exerçaient cette aptitude dès leur plus jeune âge. C'est pour cela qu'ils étaient imbattables à la guerre : ils lisaient dans les pensées de leurs adversaires et anticipaient leurs agissements.

Nihal le regarda avec stupeur :

— Alors, moi aussi, si je voulais...

Le vieux secoua la tête :

— Il n'est resté aucune trace de l'entraînement que suivaient tes semblables, donc je ne crois pas que tu puisses cultiver ce don. Avec le temps, tu apprendras à en faire bon usage, mais tu ne seras jamais capable de lire dans l'esprit d'autrui. En revanche, tu peux entrer en contact avec la nature, avoir accès à certaines formules...

Le vieux s'interrompit soudain, et Nihal eut l'impression qu'il voulait changer de sujet.

— Quelles formules ?

— Rien qui te soit utile, répondit-il en balayant la question d'un geste de la main. Pour en revenir à la Larme, ce n'est pas un hasard si elle t'a aidée.

Il ferma les yeux ; on eût dit qu'il essayait de se remémorer quelque chose :

— Je ne vois pas clairement, je sens pourtant que tu es liée à cette pierre, qu'elle fait partie de ton destin. Elle est comme l'ombre de quelque chose de plus grand. Quelque chose qui t'attend dans le futur.

Il se tut et rouvrit les yeux.

— Qu'est-ce que tu veux dire ? demanda Nihal.

Le vieillard haussa les épaules :

— Mes yeux voient, mais mon esprit ne saisit pas tout. C'est à toi de comprendre.

Il sourit :

— Eh bien ? Où est passée ton ardeur ? Tu n'avais pas un ami à sauver ?

Nihal sauta sur ses pieds.

— Conduis-moi là-bas, dit-elle d'un air décidé.

Le vieil homme se dirigea vers la sortie de la grotte. Avant de rengainer son épée pour le suivre, Nihal regarda encore une fois le cœur blanchâtre de la pierre. Il lui sembla qu'elle l'appelait.

12

LE COMTE

Ondine arriva devant la cellule hors d'haleine. Sennar, inquiet, s'approcha des barreaux :

— Que se passe-t-il ?

— Ils ont décidé de t'exécuter !

Les yeux de la jeune fille se remplirent de larmes :

— Les gens ont peur, et les gardes veulent se débarrasser de toi.

— Ce n'est pas possible, murmura Sennar. Ça n'a aucun sens !

Ondine éclata en sanglots :

— La date de l'exécution sera annoncée demain.

Le magicien tendit une main à travers la grille et effleura son épaule :

— Ne pleure pas. Écoute-moi ! Est-ce qu'il y a moyen d'empêcher l'exécution ?

La jeune fille s'essuya les joues et hocha la tête.

La place était noire de monde. Lorsque le comte Varen recevait, c'était jour de fête, et les gens des villages alentour se déversaient sur le chef-lieu.

Le comte était un homme imposant, sur la cinquantaine. Tout en lui semblait grand et menaçant : un large buste, des mains grosses et rudes, un cou de taureau. Le sommet de sa tête était chauve et luisant, et le peu de cheveux qui lui restaient étaient attachés par un ruban de soie en une fine queue-de-cheval, à la mode de son pays. Les traits décidés de son visage le faisaient ressembler à une statue ébauchée à la hâte dans la pierre.

Il était assis sur un siège surélevé et avait l'air agacé. Son regard éteint se promenait sur la foule à ses pieds : une nouvelle séance ennuyeuse, une autre journée de doléances et de chamailleries entre villageois...

Pourtant, il y avait eu un temps, quand il était encore jeune et confiant, où il avait cru à son devoir et où il avait été convaincu de pouvoir changer quelque chose. Il avait rêvé de faire de ses sujets des individus conscients, aptes à prendre des décisions, et peut-être même à s'autogouverner, comme par le passé. Il avait tenté de faire de ces audiences une occasion de les éduquer, mais ses tentatives s'étaient heurtées à l'indifférence du peuple, qui se demandait pourquoi il ne se contentait pas de dispenser les grâces et les punitions, comme ses prédécesseurs. Ces gens ne cherchaient pas la liberté. Ils voulaient être commandés, avoir une personne devant qui s'agenouiller ; quelqu'un qui les soulage du poids de penser par eux-mêmes. À la fin, il avait cédé. Il était devenu ce qu'attendaient ses sujets : un despote.

Cet après-midi-là, il avait dû démêler plusieurs querelles de territoire, un litige familial autour d'un héritage misérable, et écouter une flopée d'épouses plaidant en faveur de leur mari.

Lassé, le comte fit signe à un héraut, qui déclama :

— L'audience est finie ! Dispersez-vous ! L'audience est finie !

— Attendez ! Attendez, je vous en supplie ! Permettez-moi de parler ! cria une voix de femme.

Quelqu'un essayait de se frayer un chemin dans la foule. Finalement, une jeune fille menue fit son apparition devant le comte. Les gens s'écartaient avec répugnance sur son passage : c'était une « nouvelle ».

— Approche ! dit le comte.

C'était la première fois que quelqu'un d'aussi jeune demandait qu'il l'écoute. Elle aurait pu être sa fille. Elle avança jusque sous le bloc de marbre qui lui servait de siège, tandis qu'un silence de plomb tombait sur l'auditoire.

— Mon nom est Ondine, monsieur le comte, dit-elle en haletant. Je viens vous implorer d'épargner la vie d'une personne.

Le comte vit qu'elle tremblait.

— C'est quelqu'un de ta famille ?

— Non, seigneur, c'est un prisonnier.

— Et quel crime a-t-il commis ?

La jeune fille hésita. Au pied du trône, elle semblait encore plus petite :

— Il vient... du Dessus, seigneur, dit-elle à mi-voix.

La foule s'écarta encore davantage et commença à murmurer. Le comte fronça les sourcils.

— Il a risqué sa vie pour atteindre notre royaume, continua la jeune fille. C'est un ambassadeur.

— Il t'a dit pourquoi il était venu ?

— Oui, seigneur. Un tyran essaie de conquérir le Monde Émergé. Ce jeune homme dit qu'il pourrait bien étendre son règne jusqu'ici.

Le comte sourit :

— Ma chère demoiselle, tu sais bien qu'on ne peut pas se fier à ceux du Dessus !

— Je suis peut-être une gamine naïve, mais je sais que ce garçon n'a rien fait de mal. Tout ce qu'il souhaite, c'est pouvoir parler avec vous. Il m'a demandé de vous montrer ceci.

Sur ce, elle tira un médaillon de son corsage. Le héraut le lui arracha des mains pour le passer au comte. Sur l'une de ses faces était gravé un grand œil, sur l'autre un symbole que le comte reconnut immédiatement comme celui de la Terre du Vent. Il ne l'avait pas oublié : ses ancêtres venaient de là.

C'était la première fois que Varen mettait les pieds dans une prison : d'habitude, les détenus étaient conduits à lui lors de son audience. L'odeur de moisissure qui flottait entre les murs le prit à la gorge.

À son arrivée, le garde s'inclina respectueusement.

— Je suis désolé que vous ayez dû vous déranger, monsieur le comte. Nous ne pensions pas vous contrarier en condamnant à mort ce traître...

Le comte l'interrompit d'un geste agacé :

— Eh bien, de quoi s'agit-il ?

Le garde s'empressa de faire son rapport

— Deux enfants l'ont trouvé aux alentours du tourbillon, seigneur. Quant à moi, je l'ai surpris qui vagabondait dans Eresséa, et dès que je l'ai identifié comme étant un du Dessus, je l'ai jeté en prison. Je pense que quelqu'un l'a hébergé pendant quelque temps, car personne ne traverse le tourbillon indemne. Les coupables seront bientôt livrés à la justice.

Le comte hocha la tête avec ennui :

— Oui, oui. Menez-moi à cet homme.

Un très vieux magicien aux longs cheveux blancs les attendait devant la cellule. Le comte le connaissait, il s'appelait Deliah.

— Le prisonnier est un magicien, seigneur, mais je n'ai aucun moyen d'évaluer l'étendue de ses pouvoirs, dit le vieux de sa voix rauque. J'ai préféré lui appliquer la formule de privation pour l'empêcher de nuire. Le charme est toujours actif, mais l'intrus retrouvera ses pouvoirs bientôt. Je suggère qu'il soit exécuté avant que cela n'arrive, car...

— Cela, c'est à moi d'en décider, le coupa le comte. En attendant, je veux le voir.

Le garde ouvrit la porte de la cellule, et le comte aperçut une silhouette blottie dans l'ombre.

— Ne reste pas planté là comme un piquet, bâtard ! hurla le garde. Prosterne-toi !

Le comte le foudroya du regard :

— Ne te permets plus jamais de traiter ainsi un prisonnier, ou tu devras te trouver un autre travail ! À présent, sortez, je souhaite parler avec lui seul à seul.

— Mais, monsieur le comte..., commença le garde.

— Sortez !

Le garde s'exécuta, suivi du vénérable Deliah.

Le dignitaire observa avec attention le prisonnier qui se tenait droit au milieu de sa geôle. La jeune fille lui avait dit qu'il était jeune, mais il ne s'attendait pas à ce qu'il le fût à ce point. Il réprima un mouvement de dégoût instinctif à la vue de sa peau sombre, de ses cheveux rouge feu et de sa longue tunique déchirée.

— Parlez, fit-il. Je vous écoute.

— Je vous remercie de m'avoir accordé audience, monsieur le comte, dit le jeune homme d'une voix assurée. Mon nom est Sennar, et je représente la Terre du Vent au sein du Conseil des Mages. L'histoire que j'ai à vous raconter est longue et douloureuse. J'espère ne pas vous ennuyer ; c'est indispensable afin que vous puissiez comprendre la situation dans laquelle est en train de sombrer notre monde...

Lorsque Sennar eut fini de parler, le comte esquissa un sourire moqueur :

— Tu oses me dire que nous devrions apporter une aide militaire à des gens qui ont essayé de nous conquérir ?

— Je vous en prie... J'ai combattu pendant un an au sein de l'armée de la Terre du Vent, et j'ai vu mourir des milliers de jeunes garçons qui rêvaient d'un avenir meilleur. Sur les champs de bataille, la situation empire de jour en jour. Ce ne sont pas seulement le sang versé, les pertes humaines ou les défaites qui nous désespèrent. C'est le sentiment d'impuissance, le découragement. Nous avons atteint un point extrême. Et j'ai compris que nous ne gagnerions jamais. C'est pour cela que je suis ici. Le Tyran est plus fort, son armée est plus nombreuse et prête à tout. Notre unique désir est résister et retrouver la paix.

— La paix ! répéta le comte d'un ton sarcastique. Vous autres, vous n'êtes pas capables de vivre en paix. Vous avez toujours placé vos intérêts personnels avant le bien collectif. Cette guerre est l'énième absurde conflit que vous traversez. C'est votre affaire.

— Les gens que j'ai vus mourir ne pensaient pas à leur propre intérêt : ils luttaient pour tout le Monde Émergé, pour les vivants et les morts, pour les soldats et les civils. Ce n'est pas une guerre comme les autres. C'est l'attaque d'un seul homme contre toutes les Terres. Nos peuples sont frères, monsieur le comte. Nos Terres sont celles où sont nés vos ancêtres, et leurs désirs sont aujourd'hui les nôtres : la paix et la liberté.

Rouge d'émotion, Sennar conclut :

— Le Tyran ne se contentera pas du Monde Émergé, croyez-moi. Si moi, je suis arrivé jusqu'ici, pourquoi son armée ne pourrait-elle pas le faire ?

Il fit une pause pour reprendre son souffle.

— Je vous demande seulement de me laisser parler au roi, murmura-t-il.

Le comte demeura songeur pendant quelques instants, puis il s'approcha de la porte de la cellule :

— Garde !

— Pensez-y ! cria Sennar alors que les grilles se refermaient derrière son visiteur.

Assis sur sa paillasse, Sennar repensait à son entrevue avec le comte. Il avait eu l'occasion de sauver son monde, et il l'avait perdue. À quoi avait servi tout ce qu'il avait fait jusqu'alors ? Les risques qu'il avait pris, l'espoir, la douleur...

Les grilles s'ouvrirent doucement, et Ondine entra dans la cellule. Elle resta debout, le plateau entre les mains :

— J'ai demandé au garde de me laisser entrer.

Elle rougit :

— J'ai pensé que peut-être... enfin, que cela te ferait plaisir de dîner en compagnie.

— Excuse-moi, Ondine. En fait, ce soir, je n'ai pas envie de manger, dit le jeune homme avec une grimace.

— Ne te laisse pas abattre, Sennar ! s'exclama la jeune fille. Tu m'as convaincue, moi, alors pourquoi tes paroles n'auraient-elles pas touché le comte ?

Le magicien sourit. Finalement, il était content qu'Ondine soit là, devant lui, et non derrière les lourds barreaux de la cellule. Elle s'approcha de lui.

— Merci pour tout ce que tu as fait pour moi, dit-il en lui effleurant les cheveux.

Ondine sursauta, mais ne recula pas.

Bien qu'il eût l'estomac serré, Sennar se força à manger. Il était reconnaissant à sa nouvelle amie : elle l'avait aidé, elle lui avait fait confiance, et elle était là à lui tenir compagnie, dans le dénuement de sa cellule. Ils parlèrent longtemps, comme d'habitude, assis l'un près de l'autre sur la paillasse. Leurs paroles saluèrent les derniers rayons de lumière.

Lorsque la nuit des abysses fut tombée, Ondine se leva :

— Il est tard, je dois partir.

Sennar ne bougea pas. Il ne voulait pas rester seul, pas cette nuit. Ondine se pencha vers lui de manière à le regarder dans les yeux.

— Tu as fait de ton mieux. Les dieux écouteront tes prières et les exauceront, dit-elle avant de lui donner un baiser sur la joue.

Sennar lui attrapa la main et la retint.

— Je t'en prie, Sennar..., murmura la jeune fille.

Mais le magicien l'attira à lui et la serra comme si c'était tout ce qu'il avait au monde.

Ondine retomba sur la paillasse et s'abandonna à son étreinte. Sennar sentit son parfum, son corps tiède. Il l'embrassa avec fougue, et elle lui rendit son baiser ; on eût dit qu'elle avait attendu ce moment depuis longtemps. Sennar ne pensa plus à rien. Sa bouche se fit avide, ses mains impatientes...

« Qu'est-ce que je suis en train de faire ? » Il se détacha d'un coup, le visage rouge, et Ondine sauta sur ses pieds en regardant autour d'elle pour s'assurer que personne ne l'avait vue, tout en ajustant ses vêtements.

— Pardonne-moi, murmura Sennar.

La jeune fille ramassa son plateau en hâte et appela le garde. Bientôt, les grilles s'ouvrirent, et elle disparut dans l'obscurité.

Cette nuit-là, Sennar ne dormit pas beaucoup ; de plus, son sommeil fut une nouvelle fois troublé par des scènes de guerre, le visage de son père, et l'image de Nihal blessée. Et puis Ondine, qui lui souriait : sa bouche, la douceur de son corps...

Quand le garde le réveilla, il lui en fut presque reconnaissant.

— Prépare-toi, nous partons, ordonna l'homme.

Le magicien se leva d'un bond. L'heure de son exécution était-elle déjà arrivée ?

— Où allons-nous ? s'enquit-il d'une voix tendue.

— Chez le comte. Il veut te voir.

Peut-être y avait-il vraiment quelque part des dieux qui veillaient sur les créatures ! Sennar fut prêt en quelques minutes. Le garde lui attacha des fers aux poignets et le traîna hors de la prison. Après tant de jours de captivité, Sennar n'était plus habitué à la lumière. Les yeux le brûlaient, ses poignets enchaînés le faisaient souffrir, et pourtant il avait l'impression de renaître.

La rue était pleine de monde. Tout le village s'était rassemblé pour voir l'étranger venu du Dessus.

Ils s'étaient à peine éloignés des habitations quand ils entendirent une voix de femme les appeler.

Sennar tressaillit : « Ondine... »

La jeune fille courait derrière eux à perdre haleine.

— Qu'est-ce que tu veux ? cria le garde en lui barrant la route avec sa lance.

— Où l'emmenez-vous ?

— Ce ne sont pas tes affaires, petite garce !

À ces mots, Sennar sentit la colère monter en lui. Il se contint : ce n'était pas le moment de s'attirer des problèmes supplémentaires.

— Je vais chez le comte, ne t'inquiète pas..., dit-il.

Le garde lui donna un grand coup et l'obligea à se remettre en route.

Ondine marcha à côté de lui.

— Comment ça, chez le comte ? lâcha-t-elle en essayant de retrouver son souffle.

— Ne t'inquiète pas, répéta Sennar.

Le soldat s'arrêta brusquement et pointa sa lance sur le ventre de la jeune fille.

— À présent, ça suffit ! Va-t'en, ou je te fais jeter en prison !

Sennar la regarda avec douceur :

— Je t'en prie, fais ce qu'il dit, rentre chez toi.

— Mais je veux savoir...

— Tu sauras tout, je te le promets, fit Sennar avant que le soldat l'entraîne.

La demeure du comte se trouvait dans une autre bulle ; pour la rejoindre, ils durent emprunter l'un des longs couloirs transparents. La mer était partout : au-dessus de leur tête, sous leurs pieds, à droite et à gauche. Sennar ne pouvait pas s'empêcher de regarder autour de lui. En marchant sur le verre épais du conduit, il avait l'impression de nager et de voler en même temps. Le garde le poussait sans ménagement pour le faire avancer.

Ils atteignirent leur destination au bout d'une demi-journée de marche. La villa du comte était un édifice à l'aspect sobre, surélevé par rapport au niveau de la rue. On y accédait par un long escalier, qui rappela à Sennar l'académie de l'Ordre des chevaliers du dragon à Makrat.

Le garde le conduisit dans une salle aux murs nus. Le maître des lieux fit son entrée peu après et alla s'asseoir sur un haut siège de pierre.

— Ôte-lui ses chaînes et sors, dit-il au garde.

Lorsque Sennar fut libre, le comte lui fit signe de s'avancer. Le jeune homme obéit en massant ses poignets cerclés de violet.

Le silence qui suivit lui sembla durer une éternité. Le magicien retint son souffle : sa vie et celle de tous les habitants du Monde Émergé étaient entre les mains de cet homme.

Le dignitaire s'adressa à lui sans ambages :

— À cause de vous, j'ai passé une nuit infernale, conseiller. Vos paroles m'ont touché. Et ce qui m'a touché encore plus, c'est que vous soyez venu jusqu'ici seul et sans armes.

— J'ai mené cette mission dans un esprit de paix, monsieur le comte.

— Je n'en doute pas. Toutefois, qu'est-ce qui me prouve que vos compatriotes ne sont pas animés d'autres intentions ?

— Ma parole. Et ceci.

Sennar tira le parchemin de sa tunique et le lui tendit :

— Vous trouverez ici la proposition d'alliance du Conseil. Comme vous le verrez, ce document atteste explicitement l'absence de toute velléité de conquête. En tout cas, croyez-moi : nos forces militaires sont trop éprouvées par la guerre pour pouvoir lancer la moindre offensive en direction du Monde Submergé.

Le comte se leva et se mit à marcher de long en large dans la salle. Sennar le suivait des yeux, dans l'attente d'une réponse définitive.

L'homme s'arrêta enfin devant lui :

— Soit. Je vous accompagnerai personnellement chez le roi. C'est Sa Majesté qui décidera s'il faut prêter foi à vos propos.

Sennar, qui aurait voulu hurler de joie, réussit à grand-peine à garder son calme.

— Vous ne savez pas à quel point votre sollicitude me rend heureux, seigneur.

Le comte le regarda avec sympathie, puis déclara d'un ton grave :

— Sachez que le roi se préoccupe en premier lieu de ses sujets.

— Que voulez-vous dire ?

— Dans nos contes de fées, les méchants sont toujours les habitants du Monde Émergé, vous comprenez ? Le peuple de Zalénia grandit dans la haine pour ceux du Dessus. C'est cela qu'il vous faudra affronter.

— Je me permets d'espérer que votre souverain décidera selon la justice.

— La politique ne se fait pas selon la justice, conseiller, répliqua le comte. Ceux qui gouvernent sont souvent obligés de se soumettre à la volonté de personnes moins avisées. Croyez-moi. Je ne le sais que trop bien.

— Moi, au contraire, je suis persuadé que, séparée de la justice, la politique n'a plus aucun sens.

Le comte secoua la tête.

— Que la vie ne vous fasse jamais perdre vos illusions et qu'elle n'éteigne pas votre enthousiasme ! dit-il en prenant congé. Reposez-vous, le voyage sera long. Nous partirons dès demain.

Sennar parcourut le long couloir qui conduisait à la sortie de la villa avec un grand sourire aux lèvres. Il avait l'impression de voler au-dessus du sol. Certes, il n'avait pas atteint le but de sa mission, mais la décision du comte était un grand pas en avant.

Il avait à peine franchi le seuil qu'il la vit. Elle était assise sur une marche et attendait, un panier sur ses genoux. Sennar dévala l'escalier :

— Ondine !

La jeune fille tourna la tête, sauta sur ses pieds, faisant tomber son panier et courut à sa rencontre. Elle lui jeta les bras autour du cou, et Sennar éprouva la même émotion que le soir précédent.

— Je me faisais tellement de soucis ! murmura Ondine. Qu'a dit le comte ? ajouta-t-elle en se détachant de lui.

Sennar garda le silence quelques instants, amusé par la manière dont elle étudiait son expression. Enfin, il la souleva du sol et la serra contre lui :

— Ça a marché ! Il m'accompagne chez le roi !

Il la fit tourner dans ses bras, puis ils se laissèrent tomber sur la pelouse qui bordait la maison. Au-dessus d'eux, des bancs de poissons évoluaient dans l'eau. « Vivre ainsi pour toujours, voilà ce que je voudrais », pensa Sennar.

Ondine le regarda dans les yeux :

— Je viens avec toi.

— Avec moi ? Et tes parents ? demanda-t-il, interdit.

— Je leur ai dit que je m'absenterais peut-être pour plusieurs jours, répondit-elle en haussant les épaules.

— Écoute, Ondine. Je ne crois pas que ce soit la...

Mais la jeune fille l'interrompit en lui posant un doigt sur les lèvres :

— Je t'ai sauvé la vie, conseiller. J'ai quelque droit sur toi

Après avoir mangé ce qu'Ondine avait apporté dans son panier, ils se mirent en quête d'un endroit où dormir. La jeune fille donna à Sennar son manteau et l'aida à se couvrir le visage et les cheveux, puis ils se dirigèrent vers une auberge. L'homme qui les accueillit leur posa mille questions et se montra très impoli envers Ondine, qui feignit de ne pas le remarquer.

— Nous n'avons qu'une chambre de libre, dit enfin l'aubergiste.

La jeune fille ne se décontenança pas :

— Très bien, nous la prenons.

L'idée de passer la nuit avec Ondine éveilla en Sennar des pensées peu adaptées à la situation. Il se réprimanda intérieurement : « Quelle sorte de conseiller es-tu ? Il s'agit d'une mission diplomatique. Ce n'est pas le moment de te laisser aller aux passions ! »

Lorsqu'ils franchirent le seuil de la chambre, Sennar eut un choc : un lit unique trônait au milieu.

— Ne t'inquiète pas, balbutia-t-il. Je dormirai par terre.

Ondine baissa les yeux :

— Oui, bien sûr. Comme tu veux.

13

SAUVETAGE

Ils partirent à la tombée de la nuit.

Nihal n'était pas convaincue que ce soit un bon choix. Certes, ainsi ils étaient protégés par l'obscurité ; cependant celle-ci était une arme à double tranchant : certes, l'ennemi ne pouvait pas les voir, mais ils ne pouvaient pas le distinguer non plus. Et toutes les attaques que Nihal avaient subies avaient eu lieu pendant la nuit.

— Ce ne serait pas mieux d'attendre l'aube ? demanda-t-elle au vieil homme qui, devant elle, se glissait rapidement entre les arbres et les buissons.

— Non, c'est mieux maintenant.

Ses pieds nus ne faisaient aucun bruit. On entendait seulement, de loin en loin, le tintement lent et inquiétant de ses chaînes. On aurait dit que le bois lui appartenait. Pour se diriger avec autant d'assurance, il devait en connaître le moindre recoin. Nihal, elle, avançait péniblement. Ses yeux étaient habitués à la pénombre, mais la végétation était dense, et l'enchevêtrement des plantes mettait son agilité à rude épreuve.

Ils ne mirent pas longtemps à atteindre le lieu qu'ils cherchaient. Ils quittèrent le bois et Nihal découvrit à quelque distance de là une haute paroi rocheuse mouchetée par une dentelle de lierre. La base de la paroi s'enfonçait dans les broussailles et les arbrisseaux. Elle semblait totalement lisse.

Au début, elle ne vit rien d'autre.

— Alors ? fit-elle.

— Là !

Le doigt sec du vieillard indiqua un point. À la lumière de la lune s'entrevoyait une minuscule ouverture à moitié dissimulée par un arbuste : l'entrée du repaire des brigands ! Même l'œil le plus entraîné ne serait pas parvenu à la distinguer. Ils s'accroupirent au pied d'un rocher.

— On ne le dirait pas, mais la grotte est très vaste : deux grandes cavités reliées entre elles, chuchota le vieux. Il y a une sentinelle, il vaut mieux que tu te caches derrière le feuillage. Pendant la nuit, ils font des tours toutes les deux heures ; de jour, l'entrée n'est pas gardée.

Nihal fut étonnée de la précision des informations dont disposait son vieux guide. Il devait bien connaître les brigands. Cet homme était vraiment un mystère !

— Combien sont-ils ? demanda-t-elle.

— Ils étaient dix, mais deux sont morts, et un autre est blessé et ne sort jamais.

Ils restèrent en silence quelques minutes ; puis le vieux regarda le ciel et se leva. Il semblait avoir hâte de s'en aller :

— Voilà, c'est tout. Je ne peux rien faire de plus pour toi.

Nihal se leva à son tour.

— Merci. De m'avoir sauvée, et de tes conseils. J'espère pouvoir un jour payer ma dette envers toi.

Le vieux haussa les épaules :

— Qui sait ? Peut-être que nos chemins se croiseront de nouveau. En attendant, bonne chance !

L'instant d'après, il avait disparu dans les buissons.

Nihal observa l'entrée du repaire, la main serrée sur la garde de son épée. Les longues heures de repos forcé dans la caverne l'avaient en réalité épuisée. Elle s'inquiétait pour Laïo et n'arrêtait pas de se répéter qu'elle devait voler à son secours au plus vite ; cependant la supériorité numérique des brigands la retenait.

Lorsqu'elle voulut la tirer de son fourreau, la lame noire crissa. Le son troubla la quiétude de la nuit, et Nihal se figea. Rien ne bougea, ni dans les alentours ni dans la grotte ; mais quelqu'un était là, aux aguets, la jeune femme le sentait : un homme alerte et prêt au combat. Elle se tint immobile encore quelques instants, l'épée à demi dégainée. « Patience, Nihal, patience, s'enjoignit-elle. C'est un de ces moments où il faut savoir rester lucide et raisonner. Pour une fois, réfléchis avant d'agir. »

Elle respira à fond et rengaina son arme le plus discrètement possible. Non, elle ne pouvait pas attaquer les brigands de cette manière. La sentinelle n'était pas un problème, mais à peine aurait-elle mis un pied à l'intérieur qu'elle se retrouverait face à sept hommes bien armés et habitués à la bataille. Il lui fallait un plan.

Nihal se frotta le visage. Elle détestait l'attente, et encore plus la tactique.

La lune avait disparu, et à l'orient le ciel commençait à se teinter d'une vague lueur. L'aube n'était pas loin. La jeune guerrière recula vers les fourrés, à la recherche d'une cachette sûre où réfléchir calmement à la situation.

Elle erra sans but précis jusqu'à ce qu'elle arrive à une gorge où coulait un ruisseau. Elle y descendit et se pencha pour boire. D'abord, elle ne mouilla que ses lèvres, puis elle plongea toute la tête dans l'eau.

Elle devait se clarifier les idées ! Elle resta quelque temps assise sur la rive, à regarder le ciel qui pâlit, puis vira au bleu intense. L'été approchait ; il n'y avait que pendant cette saison qu'il prenait une telle teinte. Elle essaya de se concentrer, de maîtriser son agitation, et de trouver le calme nécessaire pour élaborer une stratégie. C'était la première fois qu'elle pratiquait cet exercice loin des champs de bataille. D'ordinaire, elle le faisait avant de se lancer au combat : elle s'asseyait dans un coin et gardait le silence, s'efforçant de n'écouter que les battements de son cœur et de tenir en respect la bête qui vivait à l'intérieur d'elle. Peu à peu, elle imposait le silence aux voix qui résonnaient dans sa tête. Et elle retrouvait le calme et la lucidité dont un bon guerrier a toujours besoin.

Là, pourtant, c'était différent. Elle n'était pas en guerre, elle n'avait pas à descendre sur le champ de bataille. Il n'y avait pas de horde de fammins qui l'attendait, ni de soldats à tuer. Cette bataille n'avait rien à voir avec sa vengeance. C'était la première fois qu'elle se préparait à se battre pour quelqu'un.

Dès qu'elle eut mis son plan au point, Nihal se mit à l'œuvre. Il lui fallait avant tout explorer la zone et tenter de connaître la configuration du terrain et de la tanière des brigands. Le vieux lui avait parlé d'une grotte composée de deux cavités, mais cela ne suffisait pas. Elle devait en savoir plus.

Tout d'abord, elle décida d'étudier l'entrée. Elle se glissa silencieusement entre les herbes et s'approcha assez pour voir le passage ; pas trop, pour éviter qu'on l'entende. Elle avait l'impression d'être redevenue enfant. Alors qu'elle rampait, les mains sur le tapis de feuilles, elle se rappela ses jeux dans la steppe, au pied de Salazar. À cette époque aussi elle rampait comme ça, le cœur en émoi, excitée et effrayée à la fois, prudente comme un chat. Seulement, à présent les jeux avaient cédé la place à une cruelle réalité...

Ainsi que l'avait dit le vieux, il y avait un homme de garde. Il se tenait devant la grotte, caché dans la pénombre. Nihal l'observa longuement. Il faisait bien son métier, mieux que beaucoup de sentinelles de l'armée. Il avait l'air détendu – la bande ne s'attendait pas à être attaquée – mais il gardait les sens en alerte et il se mettait sur le qui-vive au moindre bruit.

Nihal attendit le changement de garde. La nouvelle sentinelle était d'un tout autre genre : appuyé d'un air indolent sur son épée enfoncée dans la terre, l'homme semblait sommeiller.

La jeune fille enregistra soigneusement dans son esprit l'aspect du type : un homme petit et trapu, avec des cheveux longs et bouclés qui lui tombaient jusqu'aux épaules. Mieux vaudrait attaquer pendant son tour de garde. Tout serait plus simple.

Nihal consacra l'après-midi à l'exploration des alentours. Elle examina avec attention la paroi dans laquelle était creusée la caverne. Elle dut chercher longtemps avant de trouver un endroit où elle pourrait grimper. Lorsqu'elle y parvint, elle monta jusqu'au sommet. La roche était composée de fines couches très friables ; une vraie passoire. Le terrain était creusé de trous plus ou moins profonds. Elle les visita un à un, espérant aboutir dans la grotte des voleurs.

Hélas, tous finissaient en cul-de-sac, et ses tentatives ne lui rapportèrent que des bleus et plusieurs égratignures. Un travail de gnome. « Ce serait parfait pour Ido ! » se dit-elle avec rage en secouant la terre de ses vêtements. Elle n'abandonna pourtant pas ses recherches.

Il lui fallut pas mal de temps, mais elle finit par trouver ce qu'il lui fallait : un gros trou menant à une sorte de galerie. Nihal s'agenouilla pour essayer d'en voir le bout : elle vit que le boyau descendait. « Au point où j'en suis, songea-t-elle, un peu de terre de plus ou de moins... » Elle jeta un dernier regard au ciel, respira profondément, et glissa la tête dans le conduit.

Le passage était étroit, et elle eut du mal à avancer. À l'intérieur, l'air était rare et sentait la moisissure et le pourri. Nihal continua à se faufiler à tâtons, les mains suivant les parois infestées d'insectes et de lombrics.

Elle s'attendait à tout moment à rencontrer un barrage de pierres qui l'obligerait à retourner sur ses pas, mais ce ne fut pas le cas. La descente se prolongea, longue et pénible. La jeune fille finit par ramper, s'aidant avec les coudes et les genoux, jusqu'à ce qu'elle aperçoive au loin une vague lueur. Elle continua avec davantage de prudence. Si le tunnel conduisait vraiment au repaire des brigands, le danger était grand.

Au fond du puits, une étroite fissure laissait passer un rai de lumière qui déchirait l'obscurité. Elle s'en approcha. La paroi était si mince qu'un coup d'épaule aurait suffi à la faire tomber.

Nihal colla son œil à la fente... Elle sursauta : à quelques brasses d'elle se tenait Laïo, attaché sur un lit de fortune ! Il était sale ; ses vêtements étaient déchirés, cependant aucune trace de sang ne les souillait. Il était très pâle, mais il semblait aller bien. Nihal eut envie de défoncer cette maudite paroi et de courir le sauver, au mépris des plans et de la stratégie. Mais elle se raisonna : « Ne fiche pas tout en l'air, comme d'habitude ! »

Lorsqu'elle se fut calmée, elle regarda de nouveau. La caverne était assez vaste. À peu près ronde, elle mesurait quelque vingt brasses de diamètre. Quatre torches fixées dans des niches y diffusaient une lumière rougeâtre. Il y avait d'autres grabats le long des murs ; dans un coin, la roche avait été creusée pour former un foyer rudimentaire. Nihal vit aussi le voleur blessé ; il était étendu sur un brancard et avait une jambe bandée. En plus de lui, il y avait cinq hommes. Les autres devaient être dans la deuxième salle. À moins qu'il n'existe une autre entrée, qui lui aurait échappé... Nihal jura intérieurement. Une fois remontée, elle serait obligée de ramper comme un ver dans toutes les ouvertures qu'elle n'avait pas encore explorées.

Elle observa les voleurs. Rien de particulier : un groupe d'hommes vigoureux aux visages cruels. « Ce ne sont pas des soldats entraînés, tenta-t-elle de se rassurer. Je peux y arriver. »

Le retour à la surface lui demanda du temps et de la patience. Il n'y avait pas assez de place pour se retourner, et Nihal dut faire tout le chemin à reculons. Elle s'écorcha les coudes et les genoux et, quand elle revit enfin la lumière, l'air lui sembla presque parfumé.

Jusqu'au coucher du soleil, elle ne fit rien d'autre que monter et descendre dans des tunnels plus ou moins étroits, jusqu'à ce qu'elle fût certaine qu'aucun ne menait à la caverne.

Lorsqu'elle descendit enfin du sommet, la nuit était tombée. Elle était épuisée. Elle dévora avec avidité les provisions que lui avait laissées le vieux et s'étendit pour se reposer entre les branches d'un grand chêne Elle essaya de penser à une stratégie pour libérer Laïo, mais la fatigue eut le dessus, ses pensées s'égarèrent dans des sentiers obscurs et le sommeil l'enveloppa.

Le lendemain, elle se réveilla à l'aube. Elle descendit de l'arbre et alla plonger la tête dans l'eau. C'était glacé, mais agréable. Rien de mieux pour être d'attaque.

Elle passa la journée à préparer des pièges. Ce n'était pas une chose qu'on lui avait enseignée à l'Académie : là, on ne s'intéressait qu'à la guerre, et les techniques aussi viles, dignes seulement des voleurs, n'étaient même pas envisagées. Elle avait appris cet art pendant son enfance, auprès de Barod, un des garçons de sa bande Ils avaient attrapé pas mal d'oiseaux avec leurs pièges , plus tard, Ido lui avait expliqué comment appliquer ces techniques à la guérilla. En vrai combattant, le gnome ne négligeait aucun moyen menant à la victoire. « L'honneur est ailleurs, pas dans les tactiques que nous adoptons », disait-il.

Ce fut un travail lent et fastidieux, étant donné qu'elle n'avait pas d'outils adaptés. Elle ne disposait que d'une corde et de son couteau. Avec la corde, elle forma plusieurs nœuds coulants, qu'elle dissimula sous les couches de feuilles sèches, puis elle s'attaqua à quelque chose de plus compliqué : elle creusa un fossé peu profond d'environ quinze brasses de long en face de l'entrée de la tanière des brigands, juste derrière la première ligne des arbres. Ce fut un gros effort, car elle dut creuser avec son épée et ses mains. L'œuvre fut terminée au milieu de l'après-midi. Elle se mit alors à tailler des branches sèches pour les transformer en pieux pointus, qu'elle planta dans le fossé en une rangée serrée. Elle recouvrit le tout avec un tas de feuilles et tendit le dernier morceau de corde à hauteur de cheville le long du piège. Celui qui passerait par là – et l'un des voleurs ne manquerait sûrement pas de le faire bientôt – aurait une mauvaise surprise.

Quand elle eut fini, le soleil était presque couché. Nihal soupira, impatientée. Il lui avait fallu plus de temps qu'elle ne l'avait imaginé. Elle s'obligea néanmoins à se reposer. Elle retourna à son arbre et se couvrit le visage avec son manteau. Elle dormirait jusqu'à la tombée de la nuit ; ensuite, elle passerait à l'action.

Nihal se réveilla quand les grillons avaient commencé à chanter. C'était une soirée limpide et fraîche ; après la chaleur étouffante de l'après-midi, le froid lui piqua la peau.

Elle se faufila lentement jusqu'à l'entrée de la caverne, ramassa une pierre et tira le couteau qu'elle avait glissé dans l'une de ses bottes. Elle observa de loin la sentinelle. C'était le garde somnolent de la veille. Il ne l'entendit pas approcher.

Nihal ne se laissa pas tromper par le calme apparent. Elle savait que la tragédie arrivait toujours de manière inattendue, dans les moments comme celui-ci. La mort frappe alors qu'on s'y attend le moins. Comme ce jour-là, à Salazar. Ses doigts se serrèrent sur le manche de son poignard ; mais elle n'éprouvait pas de haine. C'était une expérience nouvelle : elle allait devoir tuer un homme de sang-froid, un homme qui ne la menaçait d'aucune manière, un homme qui ne s'attendait pas à voir la mort surgir d'un buisson. Nihal n'avait jamais eu de remords à tuer : la première fois, tout s'était passé beaucoup trop vite pour qu'elle s'en rende compte, et par la suite, tous les sentiments avaient été effacés par la guerre. Tuer était devenu une chose normale, une habitude. Mais là, allongée par terre, loin du vacarme d'un champ de bataille, égorger un homme devenait un homicide.

Elle lança rageusement la pierre entre les broussailles.
« C'est pour Laïo ! C'est pour lui que je le fais », se
répétait-elle.

Alertée par le bruit, la sentinelle se mit à scruter
l'obscurité. La jeune guerrière se leva et avança vers lui
à pas de loup.

Le garde s'éloigna un peu de la caverne en traînant
son épée derrière lui. En un éclair, Nihal fut sur lui.
D'une main, elle lui couvrit la bouche ; de l'autre, elle
lui passa le couteau sur la gorge. L'homme n'émit pas
même une plainte. Il s'effondra doucement entre ses
bras. Elle le laissa tomber à terre en détournant les yeux
de son visage. « Ce n'est pas le moment d'être senti-
mentale », se dit-elle.

Elle retourna dans les fourrés pour prendre les morceaux de bois qu'elle avait préparés et les amassa devant
l'entrée. Avec deux pierres, elle fit du feu et alluma les
branches avant de s'enfuir à toute vitesse. Le bois était
trop vert pour brûler rapidement ; il lui fallait néanmoins être prudente.

Elle grimpa sur la paroi, repéra le tunnel, s'y laissa
tomber et se mit à ramper. Ses coudes et ses genoux
étaient encore douloureux, mais elle n'y prêta pas attention. Elle tendait l'oreille pour essayer de deviner ce qui
se passait dans la grotte. Pendant un long moment, tout
ce qu'elle réussit à percevoir fut le frottement de son
corps qui se traînait péniblement sur le sol.

Une fois au bout du conduit, elle entendit des voix
confuses et ensommeillées qui ne semblaient pas le
moins du monde inquiètes. « Reste calme. La fumée

mettra un peu de temps à envahir la grotte. Tu l'avais prévu. »

Comme la veille, elle colla son œil contre la fente. Dans la caverne, il n'y avait pas de fumée, mais Nihal perçut son odeur. Les hommes étaient debout, humant l'air. Un, deux, trois, quatre, cinq. Il en manquait deux, qui devaient être dans l'autre salle. Deux des brigands partirent en reconnaissance, même s'il n'y avait pas grand-chose à reconnaître : à présent, la fumée était là, et on n'y voyait goutte. Nihal les entendit s'agiter, puis courir, paniqués, à travers la grotte. Une voix cria : « Au feu ! », et tous les voleurs s'enfuirent comme un seul homme, abandonnant Laïo et le blessé à leur destin.

La jeune guerrière n'hésita pas davantage. Elle donna un violent coup d'épaule dans la roche, qui, comme elle l'avait prévu, s'écroula aussitôt. Nihal tomba dans la caverne, et d'une cabriole se retrouva sur ses pieds, l'épée à la main. Cette fois, elle n'eut pas le temps d'avoir des scrupules, son corps agit tout seul, achevant le blessé.

Mais ce n'était pas le seul brigand à être resté en arrière. Deux hommes sortirent soudain de l'autre pièce. Dès qu'il la vit, le premier voulut donner l'alarme, mais Nihal se jeta sur lui. Il n'était pas armé, et elle le tua sans difficulté. Le second dégaina un couteau de chasse et essaya de la prendre par-derrière. Nihal eut à peine le temps de s'écarter ; la lame lui avait taillé une mèche de cheveux. Le brigand bondit vers elle en hurlant. La jeune fille para promptement son coup et se lança dans un assaut furieux. Sa gorge commençait à la brûler à cause de la fumée ; elle devait en finir le plus vite possible. Elle réussit à plaquer son adversaire au mur, après quoi elle le transperça de part en part. L'homme vomit un flot de sang et s'effondra sur le sol sans vie. Le silence se fit dans la caverne.

Laïo regardait son amie avec des yeux écarquillés :

— Nihal ! Comment as-tu fait pour...

— Plus tard ! dit la jeune fille en courant vers lui. Nous n'avons pas de temps !

D'un coup net, elle trancha la corde qui l'entravait et l'aida à se lever.

Le jeune garçon se redressa avec difficulté.

— Cela fait des jours que je n'ai pas bougé. Ils m'ont laissé tout le temps attaché, se justifia-t-il, mais ses paroles se perdirent dans un accès de toux.

La grotte était à présent entièrement remplie de fumée.

— Baisse-toi ! ordonna Nihal en s'accroupissant.

Il ne restait plus qu'à sortir... Et à espérer que le piège serait efficace.

Ils rampèrent tous les deux vers la sortie. Personne ne vint leur bloquer le passage. Pas à pas, ils s'approchaient du salut. Elle, la tête vide et le corps en alerte, Laïo se traînant péniblement derrière, tout endolori. Lorsqu'ils arrivèrent en vue de l'entrée de la grotte, ils furent surpris par une chaleur inattendue et la vue d'immenses flammes. Nihal se figea, interdite. Elle n'avait pas prévu que le feu serait aussi violent.

— Et maintenant ? demanda Laïo d'une voix tremblante.

— En arrière ! On repart en arrière ! hurla Nihal.

Ils retournèrent sur leurs pas. Le feu crépitait dangereusement dans leur dos, tandis que la fumée descendait toujours plus vers le sol.

Ils se retrouvèrent dans la salle principale de la grotte, où la nappe de fumée était plus haute. Nihal regarda le tunnel dans le mur : il était à plus de deux brasses de leurs têtes, un étroit boyau plein de fumée. Elle inspecta les alentours. Quelque chose pour arriver jusque là-haut, quelque chose pour pouvoir respirer !

Elle aperçut une jarre dans un coin et y courut. Elle déchira deux grands pans de son manteau et les trempa dans l'eau. Laïo toussait convulsivement.

— Mets ça sur ta bouche ! cria-t-elle à son ami en lui tendant le morceau d'étoffe mouillé.

Il lui fallait trouver quelque chose pour grimper ! Elle chercha partout, mais il n'y avait dans la salle que les deux paillasses. La roche était lisse, sans aucune prise. Pendant que ses yeux scrutaient tous les recoins de la caverne, son esprit s'évertuait à trouver une idée.

« Un piège, nous sommes dans un piège mortel ! s'affola-t-elle. Et c'est entièrement de ma faute ! »

Elle se mit à tourner dans la salle comme une bête en cage, tandis que le feu ronflait de plus en plus près d'eux. Elle se faufila dans la deuxième cavité de la grotte. Une réserve, évidemment ! Comment n'y avait-elle pas pensé plus tôt ! Une réserve pleine de trésors, de coffres, mais aussi de tonneaux et de victuailles. Tout le nécessaire pour tenir un siège.

— Laïo, viens ! cria-t-elle. Aide-moi à déplacer un de ces tonneaux !

Ils employèrent toutes leurs forces à le faire bouger, en vain : le souffle leur manquait à tous les deux.

— Encore un peu, et on y est ! hurla Nihal d'une voix rendue rauque par la fumée.

Ce n'est que grâce à l'énergie du désespoir qu'ils réussirent enfin à pousser le tonneau jusque sous le trou. Ils toussaient à s'arracher les poumons. Nihal prit la jarre remplie d'eau et en vida la moitié sur son ami, et le reste sur elle-même. Laïo avait les yeux rouges et respirait avec difficulté.

— Appuie-toi ce tissu sur la bouche et ne bouge pas d'ici, compris ? lui dit-elle.

Elle retourna dans la réserve, vida un gros coffre plein de candélabres, de plats en or et de bijoux et le traîna dans l'autre salle. Elle fit signe à Laïo de l'aider à le hisser sur le tonneau.

Le plus difficile restait encore à faire. Elle se tourna vers Laïo :

— Nous devons sortir par où je suis entrée. C'est étroit et il n'y aura pas beaucoup d'air, mais tu ne dois pas avoir peur, d'accord ? On peut y arriver. Tu passes devant et je te suis. Tout droit, sans te retourner, c'est clair ?

Laïo hocha une nouvelle fois la tête ; sa poitrine se soulevait et s'abaissait à la recherche d'air. Il se hissa sur l'échelle improvisée.

Nihal savait que l'entreprise était désespérée. Le conduit était long et envahi par la fumée. Les chances d'arriver à l'autre extrémité sains et saufs étaient minimes.

— Respire un grand coup et rampe vers le haut le plus vite possible ! hurla-t-elle lorsqu'elle vit que Laïo était arrivé à l'entrée du trou.

Le garçon obéit, et en un instant il fut englouti par les ténèbres.

Nihal se hissa à son tour jusqu'à l'ouverture.

Dès qu'elle s'y glissa, elle eut le souffle coupé. À l'odeur de moisissures s'ajoutait maintenant la puanteur âcre de la fumée. Les parois étaient brûlantes et semblaient se resserrer sur les deux fugitifs telle une membrane vivante et molle. Leurs corps interdisaient à la fumée de sortir, et l'air pur de la surface ne leur parvenait qu'à peine.

Laïo avançait lentement.

— Il y a un peu d'air frais, tu le sens ? essaya de l'encourager Nihal.

Mais la vérité était qu'ils étaient entourés d'un relent de mort et de ténèbres impénétrables.

Bloquée par le corps de Laïo, Nihal suffoquait. La fumée s'infiltrait dans tous les interstices de la roche et montait en spirales, cherchant comme eux une issue.

— Je n'y arrive plus, haleta Laïo.

Il s'arrêta.

— Si ! Tu y arrives ! hurla Nihal d'une voix si rauque qu'elle ne la reconnut pas.

Elle toussa. La sueur la recouvrait de la tête aux pieds.

— Allez ! Avance, je vais t'aider !

Laïo se remit à ramper. Nihal, qui le poussait d'une main, entendait sa respiration haletante. Elle aussi avait les poumons en feu, la tête lui tournait. La voix de son ami lui résonnait aux oreilles comme une litanie : « Je n'y arrive plus... Je n'y arrive plus... »

La colère la prit :

— Arrête de te lamenter ! Tu as fait tout ce chemin pour crever ici comme un rat ? Non ? Alors, bouge-toi !

Laïo accéléra le mouvement ; Nihal n'entendit plus que sa respiration toujours plus saccadée. Elle perdait lentement conscience d'elle-même et continua à ramper sans plus savoir où elle était.

L'air arriva d'un coup. Frais, abondant. Trop abondant.

Nihal se sentit tomber. Une main frêle l'attrapa.

Il leur fallut un bon moment pour récupérer. Ils restèrent étendus sur le sol, tremblant dans la brise de la nuit, qui, après l'enfer du conduit, semblait froide comme le gel de l'hiver.

Laïo fut le premier à reprendre ses esprits. Il se tourna lentement vers son amie et tendit le bras pour lui toucher la main.

— J'ai cru que tu étais morte, murmura-t-il.

Nihal entrouvrit les yeux. Au-dessus d'elle, le ciel d'été était rempli d'étoiles. Elle serra fort la main de Laïo.

14
LA GUERRE ENTRE À ZALÉNIA

Les jours passaient comme dans un rêve. Après les dangers qu'il avait courus en mer, le voyage apparaissait à Sennar comme une promenade. Le paysage était enchanteur, son cheval docile, et la nourriture meilleure qu'il aurait pu le souhaiter. Et puis, Ondine était à ses côtés.

Elle était très différente des femmes à qui il avait eu affaire jusque-là. La première avait été Soana, son maître de magie, belle et altière. Ensuite, il avait connu de jeunes magiciennes, froides et présomptueuses. Avec ses cheveux ébouriffés et son air distrait, Sennar ne pouvait certes pas aspirer à leur amitié. Et puis, il y avait eu Nihal. Mais Nihal, c'était autre chose. Et Sennar ne voulait pas y penser.

Depuis qu'il avait donné à Ondine cet unique baiser, il était confus. Il n'avait pas réussi à l'empêcher de l'accompagner dans ce voyage – peut-être parce qu'il n'avait pas vraiment essayé... Sa compagnie était si agréable, son sourire si insouciant que le magicien avait renoncé à se poser des questions. Étant resté sérieux pendant dix-neuf ans, il lui semblait qu'il avait bien le droit à un peu de légèreté. Et il voulait se donner le temps de comprendre ce qu'il éprouvait pour elle. Qui sait ? peut-être qu'à la fin du périple, il se rendrait compte qu'il était amoureux... En attendant, les choses allaient pour le mieux : sa mission était en bonne voie, le Monde Submergé était plein de merveilles. Pourquoi devrait-il se préoccuper ?

Ils avançaient de bulle en bulle en une longue caravane. La chaise à porteurs du comte ouvrait la marche, précédée de deux gardes à cheval et suivie d'un cortège de serviteurs tirant des ânes chargés de vivres et de tout le nécessaire. Sennar et Ondine fermaient la file, surveillés par deux gardes.

Ils marchaient toute la journée et ne s'arrêtaient que lorsque la nuit des abysses tombait. Dans la zone de sa juridiction, le comte avait plusieurs résidences, dans lesquelles il passait ses vacances ou qu'il utilisait comme base une fois par an, quand il était obligé de visiter les villages sous son pouvoir. C'est là qu'ils se reposaient la nuit.

Une fois quitté le comté, ils dormaient dans des auberges ou dans les demeures d'autres comtes. Partout où ils s'arrêtaient, ils avaient droit à un traitement princier. Le dignitaire jouissait d'une bonne réputation et il était très respecté, même de ceux qui n'étaient pas ses sujets.

Cependant les regards malveillants ne manquaient pas. Beaucoup se demandaient ce que faisaient une « nouvelle » et un homme du Dessus avec le comte Varen, dont on disait tant de bien.

Le palais du roi se trouvait dans la capitale du royaume, Ziréa, une cité énorme et tentaculaire qui occupait une bulle immense. Elle était différente de toutes les autres villes du Monde Submergé. Tout y était en verre : les maisons, les palais, les boutiques, mais aussi les places et les monuments. Du verre opaque pour cacher aux regards indiscrets ce qui se passait à l'intérieur des habitations ; du verre coloré, qui formait des jeux de lumière sur le pavé des rues ; du verre inégal, pour déformer de manière magique le contour des choses.

À Ziréa, Sennar vit pour la première fois des sérénides. On les reconnaissait aux deux branchies saillantes à la base du cou. De temps en temps, on en apercevait qui évoluaient dehors, dans la mer.

La capitale regorgeait de vie, qui pourtant n'avait rien à voir avec le chaos qui régnait dans une grande ville du Monde Émergé comme Makrat. Les activités quotidiennes étaient accomplies avec un calme exemplaire, sans cris, tapage ni confusion. Les citoyens, tous vêtus de blanc ou de gris, allaient et venaient dans les rues de la métropole, l'air digne et serein.

Mais, là où la lumière est la plus vive, l'ombre ne manque pas... La cité était entourée de faubourgs miséreux qui semblaient la prendre d'assaut. C'était des quartiers destinés aux pauvres, des « nouveaux » pour la plupart, et aux malades : par décret, ils ne pouvaient franchir les portes de la resplendissante Ziréa.

Alors qu'ils traversaient la cité, Sennar se demanda une énième fois si un monde où régnerait la fraternité était vraiment possible.

Le château du roi, élevé au centre de la ville, était énorme. Il se développait en une multitude de tourelles et de flèches, blancs, transparents ou opalescents, qui se dressaient vers le ciel. Il n'y avait pas de fenêtres. l'air entrait directement par la colonne qui portait la bulle et la lumière était fournie par de petits hublots en forme d'ogives.

C'est seulement au deuxième regard que l'on remarquait la chose la plus extraordinaire : une partie de l'édifice était sous l'eau. Le château était divisé en deux parties, dont une enfouie dans les profondeurs marines. C'était la résidence des souverains des sirènes et des tritons. Elle avait été construite à l'époque de la construction de Zalénia, en signe d'éternelle reconnaissance des habitants du Monde Submergé envers ceux qui les avaient aidés à réaliser leur rêve.

Sennar apprit que les deux gouvernements étaient totalement séparés. Les tritons et les sirènes s'étaient juste comportés en hôtes bienveillants, et les nouveaux arrivants de leur côté n'avaient jamais fait preuve d'hostilité envers le peuple sous-marin, ni prétendu à une impossible fusion. Même si les relations entre les deux populations étaient étroites et de bon voisinage, la logique qui régnait était celle d'une indépendance absolue.

— Je pense qu'il vaut mieux que je parle d'abord à Sa Majesté. Je viendrai vous informer ce soir de l'issue de l'entrevue, dit le comte à Sennar, qui pensa que c'était une sage décision.

Le magicien et la jeune fille, suivis de leur escorte, errèrent toute la journée à travers la cité, observant les majestueux palais du gouvernement et les hauts temples dédiés à la divinité du royaume, ou déambulant dans les petits marchés qui animaient les rues à l'écart du centre. Ondine n'avait jamais vu de grandes villes, et tout l'enchantait. Sennar, lui, éprouvait un inexplicable malaise : sans savoir pourquoi, il avait comme le pressentiment d'un danger. Autour de lui, les gens se déplaçaient sans hâte, un murmure discret résonnait dans les rues et sur les places ; et pourtant le magicien n'était pas tranquille.

— Quelque chose ne va pas ? lui demanda tout à coup Ondine, le tirant de ses pensées.

— Non, non ; tout va bien.

Il lui sourit :

— Viens, allons voir cet étalage

Sur le comptoir était exposée une série de dessins qui semblaient représenter des lieux imaginaires : des paysages idylliques, des campagnes fertiles, des bois sauvages. Soudain, le magicien comprit pourquoi il avait été attiré : là, bien en évidence parmi les dessins se trouvait une peinture figurant une espèce d'observatoire, où on apercevait des hommes occupés à écrire et à regarder à travers un énorme télescope. Sennar s'approcha de la toile et l'observa plus attentivement. Il eut un choc : les personnages du tableau étaient élancés ils avaient les cheveux bleus et les oreilles en pointe. Des demi-elfes !

Remarquant cet étrange client encapuchonné, le marchand flaira la bonne affaire.

— Sois le bienvenu, étranger ! dit-il d'une voix miel-leuse. Ça te plaît ? Ce sont des astronomes de la Terre des Jours. Je te le cède à un bon prix.

Sennar ne répondit pas. Ses pensées étaient à mille milles de là, du côté de Nihal. Où était-elle à cette heure ? Comment allait-elle ? Pensait-elle encore à lui ?

— Sennar... murmura Ondine en lui effleurant le bras.

Le magicien revint à lui.

— Où l'as-tu trouvé ? demanda-t-il au vendeur.

Ce dernier fit un clin d'œil à Ondine :

— On voit qu'il vient de loin. C'est moi qui l'ai fait, étranger ! Pelavudd en personne, pour vous servir.

— Tu connais les demi-elfes ? insista Sennar.

— Qui ne les connaît pas ?

— Je veux dire : tu en as vu ?

— Et comment ! Ce sont des êtres du Dessus. Ce tableau, je l'ai peint en pensant aux affres de l'exil. C'est une belle peinture ! Tu la veux ?

Mais Sennar avait déjà pris Ondine par le bras et ils s'éloignèrent.

— Elle te plaisait ? s'enquit la jeune fille.

— Non, j'étais seulement curieux.

Nihal. Oui, Nihal... Comment avait-il pu se bercer d'illusions ?

Le soir, ils attendirent le comte à la taverne de l'au-berge où ils logeaient.

— Il est tard, Ondine, dit Sennar quand ils eurent fini de dîner. Il vaut mieux que tu ailles te coucher.

— En fait, je pensais attendre avec toi...

Le magicien la regarda avec douceur :

— Ce n'est pas nécessaire, vraiment. Et puis, on voit bien que tu es fatiguée. Allez, va dans ta chambre.

La jeune fille obéit sans protester.

En réalité, Sennar voulait être seul. À présent, tout lui apparaissait avec une impitoyable clarté. Qu'avait-il donc cru faire avec Ondine ? Ce n'était pourtant pas elle qui hantait ses rêves... Il se débattait avec sa culpabilité lorsqu'il éprouva de nouveau la sensation de menace qu'il avait ressentie dans l'après-midi. Il s'obligea à ne plus penser et ferma les yeux un moment, puis il les rouvrit et se concentra sur les personnes qui l'entouraient. Il les rejeta une à une. L'homme assis au fond ? Non. La femme au comptoir ? Non plus. L'homme saoul à la table... D'un coup, la sensation disparut. Sennar sauta sur ses pieds, juste à temps pour voir le bas d'un manteau noir glisser derrière la porte. Il allait se jeter à la poursuite du fugitif quand, en franchissant le seuil de l'auberge, il se heurta au comte Varen.

— Vous avez vu quelqu'un sortir d'ici ? demanda-t-il avec agitation.

— Je n'y ai pas prêté attention, répondit le comte. Que se passe-t-il ?

Sennar secoua la tête :

— Rien. Venez, entrons. Racontez-moi !

Assis à la table la plus retirée de la taverne, Sennar écoutait le comte avec attention.

— J'ai parlé à Sa Majesté. Cela a été une discussion longue et difficile. Je vais être franc avec vous, conseiller : le roi n'est pas très bien disposé à votre égard.

— Je ne m'attendais pas à ce qu'il le soit.

Le jeune magicien pensa qu'il aurait bien besoin d'un bon squale. Il commanda à boire.

— Alors, il ne veut pas me voir ?

— Si, j'ai réussi à vous obtenir une entrevue. Elle aura lieu demain, sur la place d'armes du palais royal, en présence du peuple. Mais vous devrez être enchaîné, car le roi vous craint. Et puis...

Le comte hésita avant d'annoncer :

— Si vos paroles ne le convainquent pas, il vous tranchera la tête séance tenante. Et il fera de même avec moi.

Sennar se figea, son verre suspendu en l'air :

— Vous voulez dire... que vous risquez votre vie pour moi ?

Varen regarda le magicien droit dans les yeux :

— Écoutez-moi bien, Sennar. Quand j'ai été nommé comte, j'avais la tête pleine de rêves. Et vous êtes comme j'étais alors. Je n'ai pas réussi à réaliser les miens. Si vous menez à bien votre entreprise, cela me rachètera, en quelque sorte. Autrement... disons que j'ai assez vécu. En outre, je ne manquerai à personne.

Sennar se tut un long moment, ne sachant que dire.

— Je... je suis content que vous croyiez en moi, finit-il par lâcher. Mais, vous, vous avez un comté à gouverner, des gens qui dépendent de vous... Je ne peux accepter ce sacrifice.

— Je ne le fais pas pour vous, conseiller. Je le fais pour moi, murmura le comte.

Après quoi, il prit le verre de Sennar et le vida d'une traite.

Sennar entra dans sa chambre et se pencha à la fenêtre La cité de verre, immobile, était enveloppée dans un bleu profond qui lui sembla tout à coup chargé de menaces.

« Que se passe-t-il ? Qui y a-t-il, là, dehors ? »

Il s'assit par terre, les jambes croisées, et réfléchit. Une des premières choses qu'on enseignait à un magicien était de percevoir la présence d'autres magiciens. Une technique de détection plutôt qu'une formule magique, qui aurait dû lui être quand même inaccessible, à cause du sceau que lui avait imposé Deliah. Mais cette sensation de danger ne pouvait pas être interprétée autrement : un magicien se trouvait dans les parages. Les paroles que le vieillard avait dites au comte devant la cellule lui revinrent à l'esprit : « Bientôt, ses pouvoirs lui reviendront. »

Sennar tendit sa main, ferma les yeux et récita une formule à voix basse : quand il les rouvrit, une petite flamme bleutée brillait dans sa paume. Un sourire de satisfaction se dessina sur ses lèvres : « Tu es redevenu toi-même. À présent, au travail ! »

Il tira de sa tunique un petit sachet de cuir et en vida le contenu sur le sol. Dix petits disques d'argent tintèrent dans le silence de la chambre. Ondine soupira et se tourna dans son lit. Le jeune homme les étala et commença à murmurer une litanie lente et solennelle. L'un après l'autre, les disques se mirent à bouger, et ils allèrent former un cercle. Sennar les observait, concentré : « Rien. Est-il possible que je me sois trompé ? »

Il continua à réciter l'enchantement jusqu'à ce que le cercle se mette à tourner sur lui-même, de plus en plus vite. « Nous y sommes ! »

L'un des disques se souleva en l'air. Sa surface se teinta lentement de noir, et en son centre apparut une rune écarlate, flamboyante : deux incisions en forme de croix, et une longue barre verticale qui les traversait.

Sennar se tut. Le disque d'argent retomba sur le sol et les autres se figèrent.

Le magicien resta immobile dans l'obscurité, retenant son souffle. Puis il prit sa tête entre ses mains.

Le Tyran ! Il était arrivé.

Ondine dormait profondément, blottie sous les couvertures comme une petite fille. Sennar, pâle et les yeux cernés, se pencha au-dessus d'elle et lui toucha l'épaule.

La jeune fille s'étira et battit les paupières pour s'habituer à la lueur de la lanterne. Quand elle l'aperçut, elle se redressa d'un coup, préoccupée.

— Que s'est-il passé ?

Sennar s'assit sur le bord du lit :

— Ondine, il faut que tu m'écoutes attentivement.

— Qu'est-ce que le comte t'a dit ?

— Écoute-moi. Dans un moment, on viendra me chercher pour m'amener au roi...

— Alors, il t'a obtenu l'entrevue !

Sennar posa les mains sur ses épaules :

— Je ne veux pas que tu sortes de cette chambre aujourd'hui. Sous aucun prétexte. Tu m'as bien compris ?

— Que se passe-t-il, Sennar ? demanda Ondine, l'air terrorisé.

— Fais ce que je t'ai dit et attends-moi. Tout ira bien.

Après l'avoir enchaîné, les gardes le poussèrent à travers la foule qui s'ouvrit sur son passage : des hommes, des femmes, des enfants ; des visages curieux, des visages effrayés. Sennar scruta ces gens, sans voir quoi que ce soit de particulier.

Il franchit le seuil du palais et entra dans un très long corridor inondé de lumière turquoise. Le long des murs surmontés par une voûte d'une hauteur vertigineuse se tenaient deux rangées de gardes armés de lances.

Sennar était tendu. Il avait la bouche sèche ; des gouttes de sueur perlaient sur son front. « Reste calme, calme et concentré », se répétait-il. Il lui fallait convaincre le roi et rester maître de la situation. Ce n'était pas seulement sa vie qui était en jeu, mais aussi celle de tout son Monde.

Le corridor s'ouvrit sur une immense salle aux murs rouge sang. La lumière y filtrait à travers de petites ogives transparentes. Au fond de la pièce se trouvait une grande porte de verre translucide, que les gardes ouvrirent devant Sennar. Il pénétra dans un gigantesque amphithéâtre noir de monde où avaient lieu les audiences. Une passerelle de verre traversait l'arène jusqu'à une estrade qui s'élevait à six bonnes brasses du parterre. L'escalier qui y menait continuait ensuite jusqu'au niveau suivant, où étincelait un trône de cristal bleu.

Les gardes s'arrêtèrent à la moitié de la passerelle. Sennar sentit ses jambes céder sous lui. Ses pensées devinrent confuses. Il essaya désespérément de se concentrer, mais l'agitation, la peur et l'immensité du lieu troublaient son esprit. La tête lui tourna.

À quelques pas devant lui se tenait le comte.

— Il y a quelque chose qui ne va pas, Varen ! cria le magicien.

— Silence ! lui ordonna un garde en l'empoignant par le bras.

Le comte ne l'avait pas entendu. Sennar essaya de s'approcher de lui, mais les soldats l'en empêchèrent.

Soudain, des coups de clairon résonnèrent dans l'amphithéâtre, et un cortège de gardes armés d'épées s'avança, suivi d'un homme massif, torse nu. Son visage était caché par un masque de cristal noir. Les muscles de ses bras saillaient sous sa peau blanche. Il portait une lourde hache. Le bourreau !

Sennar avait beau être habitué à risquer sa peau, l'idée que son sort ne dépendait que de ses paroles le frappa avec violence.

Le magicien et le comte furent conduits au pied de l'estrade.

C'est alors que le roi fit son entrée. Une cour nombreuse et somptueuse le précédait : de splendides femmes, aussi fines que des joncs et vêtues de simples voiles bleutés qui révélaient leurs formes à chaque pas, des courtisans pommadés, parés de lourds vêtements de brocart bleu vif. Néreo arrivait le dernier.

Sennar demeura interdit. Le souverain du Monde Submergé était un jeune garçon à l'allure d'éphèbe. Il portait un sceptre plus haut que lui et avançait majestueusement en regardant autour de lui d'un air de défi.

Lorsqu'il apparut, un murmure parcourut la foule comme un frisson, suivi d'un grand cri de jubilation. « Néreo ! Néreo ! » scandaient ses sujets.

Le comte se prosterna, et Sennar l'imita.

Le roi fit un vague geste de la main, et l'auditoire se tut aussitôt.

— Comte Varen...

Le comte s'avança :

— Oui, Votre Majesté.

— Dans ma grande clémence, je veux vous demander encore une fois si vous êtes bien sûr de ce que vous faites, dit le jeune monarque d'un ton solennel.

Varen ne répondit pas tout de suite. Sennar retint son souffle.

— Je le suis, Votre Majesté, finit par déclarer le comte à mi-voix.

— Alors, soit.

Néreo fit un signe au héraut qui attendait à ses côtés, et les spectateurs furent informés des faits :

« Oyez, oyez ! Aujourd'hui, notre Splendide Souverain donnera audience à un homme du Dessus, le conseiller Sennar. Si celui-ci réussit à le convaincre des raisons qui l'ont poussé à venir jusqu'ici, Sa Majesté exaucera ses prières. Dans le cas contraire, le conseiller sera décapité pour avoir violé la loi qui interdit à tous ses semblables de descendre à Zalénia. Avec lui sera exécuté le comte Varen du comté de Sakana, pour avoir mis en danger Sa Majesté Néreo.

Sur un geste du roi, les gardes lâchèrent Sennar, qui s'approcha de l'estrade.

Néreo, hissé sur son trône, ne pencha même pas la tête pour le regarder.

— Tu peux parler, homme du Dessus, dit-il d'un ton plein de défiance.

L'hostilité de l'assemblée était palpable. Sennar prit son courage à deux mains et se lança :

— Majesté, je suis un conseiller...

— Parle plus fort, le coupa le souverain. Je ne t'entends pas.

Sennar comprit qu'il devrait montrer à ce jeune garçon de quel bois il était fait.

— Je suis Sennar, membre du Conseil des Mages du Monde Émergé. Le Conseil, notre autorité politique, est composé de représentants de toutes les Terres. Quant à moi, je viens de la Terre du Vent, mais je suis ici au nom de mon peuple entier, qui m'a envoyé officiellement pour chercher à mettre fin à la solitude qui afflige notre monde. Je connais bien votre histoire, je sais que vous avez fui la surface et que vous vous êtes installés ici pour construire un royaume sans guerre. Et vous y êtes parvenus, je le vois, mentit-il.

Le roi le toisa avec suffisance.

— Cependant vous vous êtes trompés sur une chose : notre monde n'était pas sans espoir, poursuivit Sennar. À force de volonté et de ténacité, nous avons réussi nous aussi à gagner la paix. Nous avons vécu longtemps dans l'harmonie, et nous avons tenté de bâtir un futur où personne n'aurait plus connu le sens du mot « guerre ». Ce rêve se serait réalisé si quelqu'un ne l'avait pas brisé par la violence. Il y a cinquante ans, un homme, un magicien, entreprit la conquête de notre monde. Il s'est emparé d'une Terre après l'autre, et aujourd'hui il règne en maître sur cinq des huit contrées qui le composent.

Dans l'arène, on n'entendait pas un murmure ; la foule demeurait impassible.

— Personne ne l'a jamais vu, et nul n'a gardé mémoire de son nom, mais ses actes lui ont valu le titre de Tyran. Ses desseins sont obscurs ; toujours est-il qu'il continue à lutter contre les Terres encore libres. Il a créé une race de monstres, les fammins, qui répand la mort et la terreur.

Le roi eut un rictus ironique :

— Ce qui fait que vous êtes de nouveau en guerre !

Des rires s'élevèrent parmi ses courtisans.

Sennar secoua la tête :

— Ce n'est pas par notre volonté, Sire.

— Si on ne veut pas la guerre, on l'évite, déclara Néreo avec un sourire dédaigneux.

— Celle qui a lieu en ce moment est la guerre d'un seul homme contre le Monde Émergé. C'est une invasion, l'invasion d'un être qui entend...

Sennar s'interrompit d'un coup, envahi par une sourde sensation de malaise.

— Il nous a attaqués par traîtrise, Majesté, reprit-il. Il a assassiné nos souverains et envoyé ses troupes contre nos gens. C'est lui qui a voulu la guerre, et il l'a eue. Il a même exterminé un peuple entier, les demi-elfes. Vous vous souvenez d'eux ? Il en a massacré la moitié en une seule nuit et a persécuté les survivants partout où ils se cachaient. Des femmes, des enfants, des guerriers, des personnes âgées...

Le sourire mourut sur les lèvres de Néreo. Un profond silence régnait dans la salle. Sennar essaya de se rappeler en quels termes Nihal lui avait raconté l'anéantissement de son peuple ; il voulait faire revivre les images de mort qui hantaient l'esprit de son amie pour que le roi perçoive toute l'horreur de ce qui se passait dans le Monde Émergé.

— Il ne reste rien d'eux, pas même le souvenir. Rares sont ceux qui savent encore qu'ils ont peuplé notre Terre. Et pourtant ils étaient vos frères, ils partageaient votre rêve, ils aspiraient comme vous à la paix.

Le silence se fit pesant. Sennar avait frappé juste.

— Pourquoi nous racontes-tu cette histoire ? fit Néreo, agacé.

Sennar chancela, frappé de nouveau par la sensation d'un danger imminent.

— J'ai été envoyé par le Conseil pour demander des renforts, se dépêcha-t-il de poursuivre. Nos troupes sont sur le point de succomber. Le Monde Émergé ne sera bientôt plus qu'un immense désert habité par les esclaves du Tyran. Mais le Tyran représente aussi un danger pour Zalénia . quand il aura fini de soumettre nos Terres, il jettera son dévolu sur vous.

Le malaise de Sennar augmenta. La menace était tout près.

Néreo avait changé d'attitude : il était plus attentif et moins railleur. La référence aux demi-elfes avait fait son effet.

— Les horreurs que cet homme a commises me répugnent, même si elles ne me surprennent pas, étant donné l'héritage du peuple de la surface, déclara-t-il.

Mais la séparation entre nos mondes est profonde et enracinée dans le temps. En quoi est-ce que tout cela devrait nous concerner ?

Il était pourtant évident qu'une brèche de doute s'était ouverte dans l'arrogance du roi. Malgré ses manières froides et distantes, Sennar sentait que son interlocuteur était loin d'être un imbécile. Et qu'il avait vraiment le bonheur de son royaume à cœur.

Le magicien décida que le moment était venu de porter le coup final.

— La guerre pourrait déjà être arrivée ici, Majesté, dit-il en scandant bien ses paroles, sans que vous vous en soyez aperçus. Cet homme est déjà en train de tramer contre vous, et ses plans sont sur le point de se réaliser.

Sennar avait des sueurs froides, ses sens étaient tendus au maximum. « Il est là, je le sens ! Il se prépare à agir », songea-t-il en regardant attentivement autour de lui.

Néreo eut un mouvement d'humeur :

— S'il existe ne serait-ce qu'une possibilité que ce que tu dis soit vrai, je suis obligé d'en tenir compte. Je fixerai une audience privée pour...

C'est alors qu'une sensation aiguë de danger frappa Sennar comme un coup d'épée. Il se tourna et le vit : sur les gradins inférieurs, un homme enveloppé dans un manteau noir s'était levé et tendait la main vers le souverain. Sennar n'eut pas le temps de réfléchir : il bondit en avant et récita une formule de défense. Le coup partit, et il fut précis ; mais Sennar ne faillit pas : l'éclair verdâtre vint heurter avec fracas la pâle barrière argentée qu'il avait érigée autour de Néreo.

Pendant un instant, le temps sembla s'être arrêté : la foule, le roi, les gardes, Varen, et lui-même, étendu à terre, tout demeura immobile. Le jeune magicien ressentit une vive douleur à la jambe. Il avait été touché. Il essaya de se relever, tandis qu'un autre éclair se brisait sur sa barrière de protection. Avant de retomber, il vit l'émissaire du Tyran s'enfuir et se fondre dans la foule terrorisée. Des cris hystériques s'élevèrent des gradins, les gens s'éparpillèrent, poussés par les gardes lancés à la poursuite de l'auteur de l'attentat.

Sennar se leva et se mit lui aussi à courir. À chaque fois qu'il posait le pied par terre, une douleur lancinante lui coupait le souffle, mais il ne s'arrêta pas. Le magicien noir filait comme une flèche, le manteau au vent, abattant l'un après l'autre les gardes qui tentaient de l'intercepter.

Le jeune conseiller talonnait son agresseur, qui était entouré d'une étrange coupole couleur pourpre. Sennar n'avait jamais vu de barrière magique comme celle-là ; cependant il étendit les mains et hurla une formule.

La coupole vola en une pluie d'éclats, et l'homme tomba sur le pavé.

Sennar ramassa l'épée d'un des gardes tués et s'approcha, traînant sa jambe blessée. L'enchantement de pétrification, une astuce de débutant, n'aurait pas tenu longtemps en respect un vrai magicien ; il devait le rendre inoffensif au plus vite. Lorsqu'il eut rejoint son ennemi et découvert son visage, Sennar eut un instant de vertige.

— Seule la mort sépare les gens, n'est-ce pas, conseiller ? entendit-il.

À ses pieds se tenait un garçon d'une vingtaine d'années. Ses cheveux noirs tombaient en masse sur son front et encadraient des yeux verts moqueurs. Sennar l'avait connu à Makrat, alors qu'il poursuivait sa formation de conseiller auprès de Flogisto. Ils s'étaient même parlé quelquefois. Son nom était Rhodan. C'était un jeune magicien prometteur de la Terre du Soleil.

— Il est fort, notre Sennar ! ricana Rhodan. Qui l'aurait imaginé ? Le Tyran n'aurait pas parié un demi-dinar sur toi, et regarde ce que tu as été capable de faire ! Mes compliments pour ton petit discours, tu es drôlement doué pour la palabre. Mais sache que ni toi ni personne ne pourra jamais arrêter mon Seigneur.

— C'est Flogisto, mon maître, qui t'a formé. Alors, pourquoi ?... lâcha Sennar.

— Parce que le Tyran est grand, le coupa l'autre. Vous n'êtes que des fourmis comparés à lui.

Il se tourna vers les quelques personnes qui observaient la scène sans un mot :

— Et cela vaut aussi pour vous ! À présent, mon maître sait où vous êtes, souvenez-vous-en bien !

L'enchantement était sur le point de s'évanouir : bientôt, l'émissaire du Tyran serait de nouveau en état de nuire. Sennar serra la garde de l'épée entre ses mains.

Rhodan s'en aperçut.

— Je te conseille de me tuer, ou c'est moi qui te tuerai, susurra-t-il avec un sourire absurde, tout à fait inadapté à la situation.

Sennar hésitait : il n'avait jamais tué personne ! Soudain, il entendit un bruit de pas derrière lui, puis un sifflement déchira l'air. Un instant plus tard, une lance clouait Rhodan au sol, son rictus insensé encore sur les lèvres.

Sennar se retourna d'un bond : un soldat lui faisait face.

— La guerre est la guerre, dit-il d'un ton grave.

15

L'HOMME DE L'OMBRE

Les pièges avaient fonctionné : il n'y avait plus aucune trace des brigands. Nihal et Laïo demeurèrent tout de même sur leurs gardes et choisirent une route plus longue mais plus sûre pour poursuivre le voyage interrompu. Peu à peu, la peur s'estompa, et Laïo raconta sa captivité à Nihal.

— Ils ne m'ont pas maltraité. J'étais ligoté, mais la plupart du temps ils m'ignoraient. Je mangeais la même chose qu'eux... Non, le plus terrible, ce n'était pas d'être prisonnier. C'était que je te croyais morte, Nihal, dit-il en la regardant dans les yeux.

— Moi aussi, je me suis fait du souci pour toi, avoua-t-elle.

Ces quelques jours passés dans la crainte qu'il soit arrivé quelque chose à Laïo lui avaient fait comprendre à quel point elle tenait à lui. Ido, lui, était son maître ; et à présent que Sennar était loin, Laïo était son seul véritable ami.

Nihal et Laïo avaient franchi la frontière de la Terre de l'Eau. Les ruisseaux qui bordaient leur chemin le leur rappelaient à chaque instant.

Ils arrivèrent en vue de Laodaméa, la capitale, avec quatre jours de retard sur leur feuille de route. La splendide cité réveilla en Nihal de douloureux souvenirs. C'était là qu'elle s'était entraînée à l'épée avec Fen et qu'elle était tombée amoureuse de lui.

— Où se trouve la maison de ton père ? demanda-t-elle à Laïo pour chasser ces pensées.

— En dehors de la ville, répondit-il, l'air sombre, et Nihal soupira de soulagement.

Bientôt, l'enceinte de la cité disparut à l'horizon pour laisser place à des bois luxuriants résonnant du joyeux chant des oiseaux. Il n'y avait pas un autre endroit dans le Monde Émergé où le vert de la végétation fût aussi brillant qu'ici. Les feuilles des arbres étaient grasses et luisantes, l'herbe drue et parfumée, la nature riche et généreuse.

Nihal avait beau connaître cette Terre, elle s'émerveillait à chaque pas. Elle ne pouvait s'empêcher de regarder autour d'elle. Laïo, lui, marchait la tête baissée, concentré comme un guerrier avant sa première bataille.

— Quand nous y serons, je te demande de ne pas m'aider du tout, dit-il soudain.

— C'est d'accord, fit Nihal. Je suis là pour t'accompagner, rien d'autre.

— Il fera tout pour t'irriter, il est très doué pour ça. Tu dois me promettre de ne pas répondre à ses provocations.

— Je te le promets.

Pendant un moment, on n'entendit que le bruissement des feuilles sous leurs pas.

— En tout cas, balbutia Laïo, merci d'être là.

Nihal se contenta de sourire.

Le bois devint de plus en plus sombre. Les branches des arbres s'entrecroisaient, cachant la lumière du soleil. L'herbe avait disparu, et leurs pieds ne foulaient que des feuilles mortes en décomposition. La nuit n'était pas encore tombée, mais ils se déplaçaient dans la pénombre.

— Même l'air est plus frais, remarqua Nihal en se serrant dans son manteau.

Soudain, la maison surgit des buissons. C'était une grande bâtisse, envahie par la végétation. Elle n'affichait aucune décoration inutile ni démonstration tapageuse de richesse. C'était une demeure sobre et même spartiate. « Ce Pewar doit être soldat jusqu'à la moelle », se dit Nihal.

Laïo, silencieux, la conduisit vers l'entrée. À mesure qu'ils s'en approchaient, Nihal put mieux observer la vaste maison. Toutes les fenêtres avaient des barreaux, et, sans la peinture fraîche sur les murs et le bois flambant neuf des volets, on aurait pu croire à une maison abandonnée.

Laïo frappa timidement, et la lourde porte s'entrouvrit.

— Bon retour, maître, nous vous attendions. Si vous voulez me suivre, dit un serviteur à l'air guindé.

Le jeune garçon entra la tête basse ; Nihal lui emboîta le pas. Ils se retrouvèrent au cœur de l'obscurité la plus dense : la maison était éclairée seulement par la faible lueur de flambeaux disposés de loin en loin.

Laïo se déplaçait avec aisance ; Nihal, elle, avait du mal à se frayer un chemin parmi les meubles. Elle finit par heurter un buffet.

— Donne-moi la main, je vais te guider, proposa le garçon.

Elle ne se le fit pas dire deux fois.

— La plupart des maisons des exilés de mon peuple sont comme ça, tu sais ? dit Laïo. Ceux qui viennent de la Terre de la Nuit n'aiment pas la lumière. Chez moi, les fenêtres ont toujours été fermées. À part la nuit, naturellement. Mon père soutient que c'est une manière de nous souvenir de nos racines.

Nihal se laissa mener comme une aveugle jusqu'à que ses yeux s'habituent aux ténèbres et puissent distinguer le contour des objets. Ils traversèrent de longs corridors qui reliaient des pièces spacieuses, toutes meublées avec le minimum indispensable : une table au centre, un coffre contre un mur, guère plus. Les murs étaient couverts d'épées, de lances et d'armes diverses.

Dans toute la demeure régnait le silence, que seul troublait le bruit de leurs pas sur le sol de pierre. Partout flottait une odeur de renfermé ; c'était comme s'ils étaient descendus dans les entrailles de la terre. Nihal commença à se sentir franchement oppressée par ce lieu.

Ils arrivèrent enfin devant une porte massive, et le serviteur s'éclipsa. Laïo inspira un bon coup et poussa le double battant.

Le salon dans lequel ils pénétrèrent était beaucoup plus grand que les précédents et mieux éclairé. Au centre trônait une immense table, devant laquelle était assis Pewar.

Il avait les mêmes cheveux, blonds et frisés, que son fils, et les mêmes yeux gris clair, mais son visage n'avait pas la vivacité de celui de Laïo. Ses traits durs et son regard sévère étaient de ceux qui s'impose à lui-même et aux autres une discipline rigide. Bien qu'il fût chez lui, il portait l'uniforme que revêtent les généraux avant les conseils de guerre et une épée au flanc.

Il ne se leva pas. Laïo s'avança pour s'incliner avec respect. Pewar déclara froidement :

— Nous t'attendions plus tôt.

— Mon amie et moi avons eu quelques problèmes pendant le voyage.

La voix de Laïo tremblait.

L'homme se tourna vers Nihal et l'inspecta de la tête aux pieds. La demi-elfe fit un bref salut.

— C'est elle, la cause de ton séjour dans ce campement ? demanda-t-il.

— Nihal m'a sauvé des pires ennuis. J'étais blessé, et elle m'a porté à la base. Et c'est aussi grâce à elle que je suis là aujourd'hui. Elle m'a tiré des griffes d'une bande de brigands, dit Laïo d'une seule traite.

Pewar scruta longuement le visage de Nihal, qui soutint son regard.

— J'aurai l'occasion de parler avec toi plus tard, fit-il. À présent, laisse-moi avec mon fils. Quelqu'un va te conduire à la chambre qui t'est réservée.

Un serviteur apparut comme par enchantement derrière la demi-elfe, qui ne put rien faire d'autre que le suivre.

Nihal resta dans l'obscurité humide de sa chambre pendant un temps qu'elle ne sut pas évaluer. Comme les ténèbres la faisaient paniquer, elle s'obligea à fixer la flamme tremblante de l'unique bougie qui éclairait la pièce.

Enfin, elle entendit frapper à la porte, et Laïo entra, l'air bouleversé. Il avait les yeux brillants. La jeune fille ne mit pas longtemps à comprendre :

— Ça ne s'est pas bien passé, n'est-ce pas ?

Laïo se contenta de secouer la tête.

— Tu savais que cela ne serait pas facile.

— Il n'a même pas semblé content de me voir sain et sauf, murmura le jeune garçon en se tordant les mains. Pour lui, je pourrais aussi bien être mort. Au moins, je n'aurais pas déshonoré notre famille.

— Ne dis pas de bêtises, Laïo. Il était sûrement content de te voir..., essaya de le consoler Nihal.

— Tu sais ce qu'il a dit ? l'interrompit son ami. Qu'il n'y a que les fils des manants qui font les écuyers. Que c'est un travail indigne, que j'appartiens à une lignée de grands guerriers et que je dois suivre l'exemple de mes ancêtres.

Nihal vit des larmes de rage couler sur ses joues.

— Quoi qu'il dise, cela ne m'intéresse pas ! s'écria Laïo. Je n'ai pas traversé tout ça pour reculer maintenant. Cette fois, je ne plierai pas. Je ferai ce que je veux, moi.

Ce jour-là, Pewar ne daigna pas convoquer Nihal. Apparemment, toutes les sommités de l'Académie avaient la même façon de faire : Raven aussi s'amusait à laisser attendre au-delà des limites du convenable ceux qui lui demandaient une audience...

— Espèce de ballon de baudruche ! murmura Nihal entre ses dents pour soulager sa colère.

Jusqu'au soir, la maison demeura silencieuse comme un cimetière. Enfin, une cloche annonça que le dîner allait être servi. Ils mangèrent dans la salle où Laïo et son père avaient discuté : une soupe maigre, du pain noir et de l'eau. « On mange mieux à la cantine de la base », pensa Nihal.

Pewar évita le regard de ses hôtes pendant tout le dîner. Le seul bruit qu'on entendait fut celui des cuillères heurtant les écuelles. Ce n'est que vers la fin du repas que le général daigna adresser la parole à Nihal.

— Laïo m'a raconté votre embuscade. Je te suis reconnaissant d'avoir sauvé mon fils, dit-il d'un air solennel.

— Laïo est un ami, vous n'avez pas à me remercier, répondit poliment Nihal.

— La reconnaissance et l'exaltation du courage sont deux des piliers de l'armée, rétorqua Pewar d'un ton sentencieux. En récompense, je veux que tu choisisses une des armes de la grande salle. Je t'y conduirai moi-même après le repas.

Nihal essaya de décliner l'offre.

— Je vous en prie, ne me mettez pas dans l'embarras..., murmura-t-elle.

— J'insiste pour que tu acceptes mon présent. Ton refus m'offenserait.

« Un homme habitué à se faire obéir... » songea la jeune fille. Laïo avait raison...

— Comme vous voudrez, alors, céda-t-elle en réprimant son irritation. Je serai heureuse de recevoir votre présent.

Elle était là pour aider Laïo, pas pour se disputer avec son père, mais elle aurait préféré éviter de lui lécher les bottes, comme elle avait déjà dû le faire avec ce prétentieux de Raven.

Comme promis, Pewar accompagna personnellement les deux jeunes gens dans la salle dont il avait parlé. Des armes de toutes sortes ornaient les murs : des arbalètes, des épées, des arcs, des poignards et des massues. Nihal ne doutait pas que cet homme savait toutes les manier à la perfection. Elle prit un simple poignard, et Pewar sembla apprécier son choix, signe évident que cette cérémonie n'était qu'un acte purement formel.

— Il est tard, vous devez être fatigués de votre voyage, déclara-t-il ensuite.

Nihal fit un rapide calcul. Tard ? Le soleil était couché depuis à peine deux heures !

— Que chacun se retire dans sa chambre, conclut le général en les gratifiant d'un rapide salut avant de sortir.

Nihal fut prise en charge par le même serviteur taciturne. Laïo se dirigea vers sa chambre avec l'air d'un agneau qui va à la rencontre du loup.

Le soleil venait à peine de se lever quand le jeune garçon vint réveiller Nihal.

Elle se frotta les yeux :

— Vous êtes toujours aussi matinaux, vous autres de la Terre de la Nuit ?

Laïo répondit par un sourire contrit.

Pewar les attendait déjà dans la salle à manger, assis à l'extrémité de la longue table. Il avait le même air impeccable que la veille et portait le même vêtement. On aurait dit qu'il ne s'était pas couché. Sur la table, Nihal découvrit trois bols remplis de lait de chèvre, l'inévitable pain noir et un plateau de pommes minuscules et acides. En dégustant l'une d'elles, elle se demanda où ils avaient bien pu trouver des fruits pareils dans une contrée aussi florissante que la Terre de l'Eau. « Cet homme a carrément transféré le champ de bataille à la maison ! » se dit-elle, ébahie

Ils mangèrent une nouvelle fois en silence, puis Pewar se leva.

— Je t'attends pour un duel en milieu de matinée, Laïo. Fais en sorte d'être prêt dans deux heures exactement, ordonna-t-il d'une voix martiale.

Laïo leva la tête de son bol vide.

— Quel duel ? fit-il, surpris.

— Le premier d'une longue série, répondit sèchement Pewar. D'après ce que tu m'as raconté, cela fait plusieurs mois que tu n'as pas tenu une épée. Il est temps de te remettre à pratiquer. Ton entraînement commence aujourd'hui.

Le général se tourna ensuite vers Nihal :

— En ce qui te concerne, tu peux retourner à la base. Considère-toi comme indésirable dans cette maison à partir de demain.

— Je n'ai pas l'intention de combattre, dit Laïo avec calme.

— Dans deux heures. Précises, répéta Pewar en pivotant sur ses talons.

— Je ne me battrai pas ! hurla Laïo alors que son père franchissait la porte.

Nihal sentit le sang lui monter aux joues. Oubliant toutes les consignes qu'elle s'était données, elle sauta sur ses pieds :

— Vous avez entendu votre fils, oui ou non ?

Son ami avait beau la supplier du regard, Nihal était lancée.

Pewar se figea sur le seuil et se retourna lentement :

— Je suis ton supérieur, et tu es sous mon toit. Qui t'a autorisée à te lever et à m'adresser la parole ?

Le cœur de Nihal tambourinait sous son corset de cuir, et ses mains qui serraient le bord de la table avaient blanchi.

— Votre fils ne veut pas combattre, déclara-t-elle avec courage.

— Nihal..., murmura Laïo.

Pewar lui décocha un regard glacé.

— Je veux que tu sois partie avant ce soir, dit-il en martelant chacune de ses paroles.

Sur ce, il claqua la porte.

— Nom d'un chien, tu m'avais promis de ne rien dire ! s'emporta Laïo.

— Il n'avait qu'à ne pas...

— C'est ma bataille, tu comprends ? la coupa le garçon. La mienne !

— Je voulais seulement...

— Jure-moi que tu ne feras plus rien ! Jure-le-moi !

La jeune fille hocha la tête, consternée. Elle garda le silence plusieurs minutes en maudissant intérieurement son tempérament.

— Tu vas partir ? demanda enfin Laïo.

— Je n'ai pas le choix.

La cour intérieure, où devait se dérouler le duel, était la seule partie de la maison à jouir de la lumière du soleil. C'était un espace carré au sol de terre battue, situé au centre de la demeure. La cour était entourée d'arcades, sous lesquelles, à l'abri du violent soleil du début d'été, était installé un imposant siège en bois. Pewar y trônait, bouffi d'orgueil.

Nihal se mit dans un coin sombre, avec l'espoir de ne pas se faire remarquer. Après sa sortie impétueuse, Pewar n'aurait sûrement pas apprécié sa présence ; cependant elle ne pouvait pas rater ça. Là, dans ce carré de terre poussiéreux, Laïo allait jouer son avenir.

L'adversaire qu'il devait affronter était un jeune garçon à peine plus grand que lui, mais qui avait l'air d'un guerrier accompli ; sans doute un soldat contraint par Pewar à participer à cette farce.

Laïo apparut. Il semblait déguisé dans sa tenue de combat, une tunique de cuir et des bottes qui lui arrivaient à mi-cuisse. Il tenait à la main une épée à la garde élaborée que Nihal avait vue dans la salle où elle avait choisi le poignard. Le jeune garçon avait le front plissé, et les yeux réduits à une fente. Peut-être que son père le croyait concentré, mais Nihal connaissait cette expression : il était triste parce qu'il devait revivre la terreur de la bataille, parce qu'il ne se sentait pas à sa place. Il se mit en position dans l'arène et son adversaire le salua avec son épée. Laïo se tourna vers son père :

— Ce n'est pas comme ça que tu me feras plier.

— Tais-toi et combats, répliqua Pewar d'un ton presque ennuyé.

— Je te répète une nouvelle fois que je ne veux pas.

La voix de Pewar résonna comme un coup de tonnerre :

— Mets-toi en garde et bats-toi comme un homme !

Laïo ne bougea pas.

— Attaque-le, ordonna Pewar au soldat.

— Mais, mon général... il n'est pas en garde.

— Y a-t-il quelqu'un qui obéit à mes ordres ici ? hurla Pewar. J'ai dit : attaque-le !

Le jeune soldat sursauta, puis s'exécuta en amorçant un large fendant. Comme Laïo ne réagit pas, il fut contraint de suspendre son geste.

Pewar se leva d'un bond :

— Qui t'a dit de t'arrêter ?

— Seigneur, c'est votre fils, fit le malheureux, confus. Comment puis-je le frapper ?

— S'il n'a pas le courage de se battre, ce n'est pas mon fils, répliqua le général. Recommence.

Dans son coin, Nihal serra les poings. « Je ne dois pas intervenir. Laïo sait ce qu'il fait, c'est son combat », se répétait-elle, submergée par une colère noire.

Le soldat reprit son attaque et toucha Laïo une première fois, traçant un trait rouge sur son bras gauche.

Le garçon hurla. Il para furieusement le coup suivant et commença à se battre avec fougue.

Nihal n'en revenait pas : ce n'était pas son petit Laïo ! Ses coups étaient précis et violents : on aurait dit un vrai guerrier.

Les épées s'entrecroisèrent longuement, dans une arabesque d'attaques et de parades. Aucun des deux combattants ne semblait dominer l'autre. Certains des coups du soldat atteignaient leur cible, sans toutefois la blesser. Laïo réussit lui aussi à toucher plusieurs fois son adversaire, ne faisant que l'égratigner.

La situation était parfaitement équilibrée.

De son siège, Pewar observait le duel, satisfait. Dans son regard impitoyable, Nihal lut l'excitation de la lutte et du sang, quelque chose qu'elle ne connaissait que trop bien. « Pewar n'aime pas la bataille, il aime tuer », constata-t-elle.

Laïo continuait à se battre. Ses assauts se faisaient de plus en plus acharnés, ses coups de plus en plus violents. À mesure que la colère obscurcissait son esprit, son corps se réveillait et se remémorait tout ce qu'il avait appris à l'Académie. Il attaquait de plus près, changeait sans cesse de rythme, obligeant le jeune soldat à reculer. Quand il le vit suffisamment en difficulté, Laïo lui porta un fendant décisif et le blessa à la jambe. Le garçon s'effondra sur le sol en hurlant, tandis qu'une large tache de sang imprégnait la terre battue.

Laïo demeura immobile au milieu de l'arène, son épée pendant à la main. Les applaudissements du général le firent sursauter.

— Bravo ! Bravo !

Pewar s'approcha de son fils et lui tapota l'épaule :

— Tu vois que tu sais combattre ! Tu vois que tu es plus fort que tu ne le crois ! À présent, tue-le !

Toujours étendu sur le sol, le soldat écarquilla les yeux, terrorisé.

— Mon général..., murmura-t-il.

Laïo recula et regarda son père, bouleversé :

— Qu'est-ce que tu es en train de dire ?

— Que tu dois l'achever, répondit tranquillement Pewar.

— Mais il est à terre ! Je l'ai déjà vaincu. Tu ne peux pas exiger que...

Pewar secoua la tête :

— Tu ne t'es jamais demandé pourquoi tu as si peur de la bataille ? Pourtant tu sais combattre, tu viens de le prouver. Alors ?

Laïo n'avait pas de réponse à donner à son père, il n'arrivait plus à penser. Il n'entendait que le souffle haletant du jeune soldat, qui se traînait dans la poussière à la recherche d'une issue de secours.

— Tu as peur de tuer, Laïo. Et c'est normal.

D'un coup, le ton de Pewar s'était adouci. Le calme avec lequel il parlait glaçait le sang :

— C'est une peur contre laquelle il faut lutter. Moi aussi, je l'ai éprouvée, mais je l'ai chassée en enfonçant ma lame dans la poitrine du premier ennemi que j'ai vaincu. Et c'est ce que tu dois faire toi aussi. Achève ce misérable. C'est seulement alors que tu deviendras un guerrier. C'est le dernier rempart qui te sépare de ton destin : l'exécution de l'adversaire.

Laïo regarda le garçon, son visage terreux, ses yeux qui imploraient sa pitié, le sang qui jaillissait de sa cuisse et formait une mare sur le sol. C'était lui qui avait répandu son sang, lui qui lui avait infligé cette douleur.

— Non ! hurla-t-il en jetant son épée au loin.

Puis il repoussa son père et cria encore « Nooon ! »

Pewar le fixa, stupéfait.

— Tue-moi plutôt, lâcha Laïo.

Il courut ramasser l'épée, la prit par la lame en se blessant les doigts et la tendit à son père :

— Si vraiment tuer te semble si peu de chose, vas-y, tue-moi. Moi, je ne deviendrai pas un assassin. Je ne suis pas comme toi, tu comprends ? Je n'achèverai pas ce soldat, et je ne combattrai plus jamais. Je serai écuyer, que tu le veuilles ou non.

Il se tut, hors d'haleine. Le sang gouttait lentement à terre de ses mains serrées autour de la lame. Le général resta cloué sur place, et Nihal saisit la garde de son épée, prête à intervenir.

Le temps semblait s'être arrêté. Enfin, Laïo jeta une nouvelle fois son arme à terre et se dirigea à grandes enjambées vers les arcades pour rejoindre son amie.

— Allons-nous-en, dit-il. Ramène-moi à la base.

Il ne passa même pas prendre ses affaires. Il franchit le seuil de la maison, suivi de Nihal, décidé à ne plus jamais revoir son père.

16
ADIEU À LA MER

— Vous pouvez vous retirer, fit Néreo.

Il était entré dans la salle, suivi d'une nuée de gardes et d'un cortège de ministres aux visages tendus. Tous se regardèrent, perplexes.

— J'ai dit : dehors ! cria-t-il.

Une fois seul avec Sennar, le jeune roi se posta devant lui, pâle, son sceptre à la main.

Après l'affrontement avec Rhodan, Sennar avait été transporté chez un magicien de la cité, mais sa blessure n'avait pas pu être guérie par un simple enchantement. « Il faut utiliser une formule plus complexe, avait dit Sennar, puisant dans les dernières forces qui lui restaient. Un prêtre devrait être capable de... »

Une douleur déchirante l'avait fait taire. La plaie s'était étendue et couvrait à présent toute la jambe. Rhodan avait utilisé un sortilège terrible, fruit de la magie interdite : c'était comme si un feu intérieur lui dévorait la chair. On l'avait transféré en hâte au palais royal, où le guérisseur de la cour avait passé une nuit entière en prières et usé quantité de compresses pour le libérer du mauvais sort qui le consumait. Avec les premières lueurs de l'aube, la douleur avait enfin laissé un peu de répit au jeune magicien, qui avait sombré dans le sommeil.

Il s'était réveillé le lendemain dans un lit à baldaquin, sous une couverture de brocart. Les murs de la chambre où il se trouvait étaient recouverts d'une mosaïque de petits coquillages de nacre rose qui émettaient une lumière reposante. Par un hublot en ogive on pouvait entrevoir les flèches les plus basses du château.

Sennar avait passé de nombreuses heures dans un état de semi-conscience, tourmenté par le sourire maléfique de Rhodan, puis par sa mort et les paroles du soldat : « La guerre est la guerre. »

Une autre journée s'écoula, et voilà que le roi se tenait devant lui.

— Je dois vous remercier, conseiller, commença Néreo.

— Je n'ai rien fait d'extraordinaire, murmura Sennar.

Le monarque l'interrompit d'un geste :

— Je dois vous remercier, et m'excuser auprès de vous. Vous aviez raison : un danger nous menaçait, et nous ne nous en étions pas rendu compte.

Il se mit à marcher de long en large, l'air pensif, en frappant le sol de son sceptre au rythme de ses pas.

— À combien s'élèvent les forces du Tyran ? demanda-t-il.

— Elles sont très nombreuses, Majesté. Des centaines de milliers de guerriers. Et elles semblent inépuisables, répondit Sennar d'une voix lasse.

— Et ses armes ? poursuivit Néreo, le visage de plus en plus sombre.

— Ses soldats utilisent principalement l'épée ou la lance, les fammins excellent surtout à la hache.

Le roi s'arrêta devant une fenêtre.

— Vous croyez qu'ils viendront jusqu'ici ? fit-il après un long silence.

Sennar regarda sa silhouette qui se découpait sur le bleu de la mer.

— Je ne sais pas, Votre Majesté. Même pour le Tyran, se battre sur deux fronts à la fois serait une gageure, mais cela ne veut pas dire qu'il n'essaiera pas.

Néreo se retourna et déclara d'un ton solennel :

— Cela suffit. J'ai décidé de vous faire accompagner à la surface par un de mes ambassadeurs. Il participera aux séances de votre Conseil et aura les pleins pouvoirs : ses décisions seront les miennes. C'est lui qui décidera quel contingent de notre armée sera engagé dans la guerre. Vous n'êtes plus seuls, conseiller.

Il lança un dernier regard résolu au magicien et quitta la pièce.

Sennar aurait voulu se sentir mieux, il aurait voulu pouvoir profiter de ce moment, mais il n'y arrivait pas. Ce n'était pas sa jambe, ni même la fatigue qui l'en empêchaient. « La guerre est la guerre », avait dit le soldat. L'aide qui venait de lui être accordée ne signifiait pas la victoire de la paix, mais le triomphe de la guerre. Et le jeune homme ne pouvait pas chasser la pensée qu'il avait contribué à la faire entrer à Zalénia.

Quand Ondine frappa à la porte de la chambre de Sennar, elle avait les yeux rouges et les traits tirés de quelqu'un qui n'a pas dormi. Elle avait dû attendre trois jours l'autorisation de le voir : à présent, les gardes étaient devenus soupçonneux, car Sennar était considéré comme une proie facile.

Elle s'assit sur le lit, l'air agité :

— Qu'est-ce qu'ils t'ont fait ?

— Tout est fini, la rassura Sennar.

— Les nouvelles qui me parvenaient étaient si confuses ! Certains disaient que tu étais mort, d'autres prétendaient qu'on allait te couper la jambe... C'était terrible, Sennar ! J'ai cru devenir folle.

— Maintenant je vais bien. Et bientôt, je pourrai me lever.

Ondine le regarda dans les yeux :

— Qu'a dit le roi ?

— Que nous aurions votre aide.

— Tu vois que j'avais raison ! s'écria la jeune fille en se jetant à son cou.

— Oui, tu avais raison, murmura Sennar.

Elle se détacha de lui et lui caressa le visage en souriant. Sennar baissa les yeux :

— Ondine, pourras-tu jamais me pardonner ?

Il garda le lit pendant une semaine. Après cette immobilité forcée, sa jambe ne lui obéissait plus et s'amusait souvent à céder sous son poids. Heureusement, Ondine était à ses côtés, souriante et prête à le soutenir avec une absolue dévotion. Sennar n'arrivait pas à chasser la sensation de bien-être qu'il éprouvait quand il était avec elle, à tel point qu'il espérait s'être trompé : peut-être qu'après tout son bonheur était lié à cette jeune fille, peut-être n'était-il pas impossible d'imaginer une vie auprès d'elle... Mais c'était seulement un doute passager, il le savait bien. Ce qu'il désirait vraiment se trouvait loin de ces abysses ; celle qu'il aimait vivait à la lumière du soleil. Il ne servait à rien de se leurrer comme il l'avait fait toutes ces dernières semaines. Il avait été idiot. Idiot et superficiel. Et maintenant il devait en assumer les conséquences.

La date du départ fut fixée. Les jours qui la précédaient furent consacrés à des pourparlers avec le roi et ses dignitaires. Sennar les mit au courant de tous les détails de la guerre et des forces de l'armée des Terres libres, puis ils rédigèrent un projet d'alliance entre Zalénia et le Monde Émergé.

Il rencontra également Pelamas, l'ambassadeur qui devait l'accompagner. C'était un homme d'âge moyen, flegmatique et à l'expression impénétrable, qui parlait peu et seulement de questions diplomatiques. Il regardait Sennar avec une certaine admiration et le traitait avec respect, même s'il semblait sans cesse aux prises avec le dégoût que lui inspiraient la peau sombre et les cheveux roux du jeune conseiller.

Sennar passait tout son temps libre avec Ondine. Il aurait aimé couper en douceur le fil qui le liait à elle, mais il n'y parvenait pas. Il essaya de se montrer plus froid, à son corps défendant, et la jeune fille accepta sa décision sans poser de questions.

La dernière soirée arriva trop vite Sennar voulut la passer dans un des jardins du palais, celui qui se trouvait juste sous la colonne d'où on entendait siffler le vent montant le long du conduit. Ce bruit étrange et presque lugubre se mêlait au léger gargouillement d'une fontaine. Le magicien pensa que ce lieu mélancolique était le plus adapté à ses adieux avec le Monde Submergé. Assis devant la fontaine, il regardait le mouvement lent et régulier de l'eau en se remémorant tout ce qui était arrivé, la peur qui l'avait accompagné tout le long du voyage, les pirates, Aïrès, la terreur sans nom qu'il avait ressentie dans le tourbillon, et la douceur d'Ondine, qu'il verrait ce soir pour la dernière fois.

La jeune fille le rejoignit peu après et s'immobilisa devant lui, à contrejour, comme au moment où il l'avait connue, quand elle s'était approchée des grilles de sa cellule avec son plateau dans les mains. Mais à présent son visage était sérieux.

— Tu pars demain, dit-elle.

— Eh oui... Il paraît que je suis guéri, murmura-t-il.

Ondine resta un long moment en silence, puis elle s'éclaircit la voix et prit une profonde inspiration :

— J'ai beaucoup réfléchi ces jours-ci, Sennar, déclara-t-elle, l'air déterminé. Je veux venir avec toi dans le Monde Émergé.

Sennar la regarda dans les yeux avant de répondre :

— Ondine, je...

Elle soutint son regard.

— Je vis dans un pays en guerre, tu le sais, poursuivit-il. Je dois commander l'armée de la Terre du

Vent, c'est mon devoir. Je ne veux pas que tu voies ce qui se passe là-haut, je ne veux pas que...

— Arrête de dire des bêtises, l'interrompit la jeune fille d'une voix aiguë. Ne me prends pas pour une imbécile, Sennar !

« C'est elle qui a raison, songea le magicien. Elle m'a sauvé la vie, elle a toujours été à mes côtés. Elle mérite la vérité, pas ces mensonges pitoyables. »

Cependant il était comme paralysé. Il regardait le doux visage d'Ondine, et la voix mourait dans sa gorge.

Elle lui prit les mains :

— Veux-tu de moi, Sennar ? Je dois le savoir. Souhaites-tu que je vienne avec toi ?

L'eau coulait doucement dans la fontaine et le vent continuait à murmurer sa plainte.

Sennar ferma les yeux.

— Non, Ondine, dit-il dans un murmure. Demain, je partirai seul.

La jeune fille relâcha peu à peu son étreinte et ses bras retombèrent le long de son corps. Elle resta ainsi, sans dire un mot.

— Ondine, écoute-moi, je t'en prie. Je t'aime beaucoup, tu es une jeune fille merveilleuse. Tu m'as aidé, tu as été ma compagne dans cette aventure. J'ai très souvent pensé que ce serait beau de rester ensemble. Parce que je me sentais bien... parce que je me sens bien avec toi. Mais, au fond de moi, je sais que je ne peux pas.

— Tu te rappelles ce soir-là, dans ta cellule ? dit-elle dans un filet de voix. Quand un homme embrasse une femme, cela veut dire qu'il l'aime. Pourquoi m'as-tu embrassée, Sennar ?

Le magicien sentit un nœud se former dans sa gorge :

— Parce que tu es belle comme peu de femmes le sont. Et spéciale. Et parce que, après avoir vu tant de morts et de souffrance, j'avais besoin de...

Il s'interrompit avant de lâcher :

— Il y a quelqu'un dans le Monde Émergé auprès de qui je veux retourner, Ondine.

Elle se tint immobile, les yeux plantés dans ceux de Sennar.

— Je ne sais pas comment te l'expliquer, je ne peux même pas te dire si je suis amoureux de cette fille. Quand j'étais avec toi, je croyais l'avoir oubliée. Et puis j'ai compris que je ne voulais plus penser à elle parce que cela me faisait mal. J'ai compris que j'étais en train de me leurrer. Que je te leurrais, toi aussi.

La jeune fille serra les poings, et les larmes commencèrent à couler doucement sur ses joues sans qu'elle laisse échapper un sanglot.

Sennar tendit une main vers son visage, mais elle recula vers la sortie du jardin.

— Adieu, Sennar, dit-elle à mi-voix avant de s'éloigner sans se retourner.

Le lendemain, la lumière était de nouveau limpide. Sennar se rendit à la cour, la tête encore pleine des pensées qui l'avaient tenu éveillé toute la nuit, l'image d'Ondine qui pleurait en silence gravée dans sa mémoire. Lorsque Varen vint vers lui, Sennar ne lui laissa pas le temps de parler :

— Je voudrais que vous preniez soin d'Ondine quand je ne serai plus là.

Le comte hocha la tête, et Sennar sut qu'il comprenait.

— Merci d'avoir cru en moi, ajouta-t-il en lui donnant l'accolade.

Varen s'efforça de sourire.

— C'est moi qui dois vous remercier ; vous m'avez rappelé des choses que j'avais perdues. Et puis, fit-il en essayant de plaisanter, il n'est pas dit que ceci soit un adieu. À présent que nous sommes alliés, qui sait si nous ne nous reverrons pas un jour ?...

— Oui, qui sait ? répondit Sennar avant de rejoindre la caravane avec laquelle il allait quitter Zalénia pour toujours.

Le voyage commença. Sennar avait le cœur lourd. Il emportait du fond de l'océan le souvenir de moments inoubliables, mais il y laissait Ondine. Et le germe de la mort.

Quand il la vit sur le bord de la route, il fut profondément ému.

— Arrêtons-nous un instant, je vous en prie, dit-il à l'ambassadeur Pelamas, qui chevauchait à son côté.

Toute leur suite s'immobilisa. Le magicien descendit de sa monture et rejoignit la jeune fille. Ils se regardèrent longuement.

— Comment s'appelle ta femme ? demanda-t-elle à la fin.

— Ce n'est pas ma femme.

— Je veux savoir comment elle s'appelle.

— Nihal.

— Tu dois me jurer quelque chose, dit-elle sérieusement.

— Oui, quoi ?

— Si elle est importante pour toi au point que tu renonces à moi... tu dois me jurer que tu feras ton possible pour être heureux avec elle. Si je découvre que tu ne l'as pas fait, je ne te pardonnerai jamais. J'ai des droits sur toi, tu te rappelles ? Je t'ai sauvé la vie. Maintenant, jure.

Sennar sourit :

— Je te le jure.

Ondine lui fit un signe de la main, puis lui tourna le dos et s'éloigna à travers le champ qui longeait la route. Sennar la suivit des yeux jusqu'à ce qu'elle devienne une minuscule silhouette à l'horizon.

Il remonta à cheval.

— Nous pouvons y aller, dit-il à l'ambassadeur.

La caravane s'ébranla. Sennar ferma les yeux pour ne plus voir cette terre.

LA RECHERCHE

17

UN NOUVEAU CHEVALIER

Nihal s'approcha en hésitant de la cabane en bois. Elle n'était pas vraiment sûre de ce qu'elle était en train de faire, même si elle y avait beaucoup réfléchi. Et elle avait peur. Elle qui sur le champ de bataille ne cédait jamais à la panique, et qui ne craignait ni la mort ni les blessures. « Arrête de faire ta petite fille, se dit-elle. Maintenant, tu as décidé. Entre, un point c'est tout. » Ce serait un cadeau pour son anniversaire, mais surtout pour sa nomination de chevalier, imminente à présent.

Elle pénétra dans une pièce sombre à l'atmosphère irrespirable.

— Il y a quelqu'un ? demanda-t-elle d'une voix mal assurée.

Un gros homme apparut. On aurait dit un de ces bouchers qu'elle avait vus au marché : gras, sale et en sueur. Un frisson lui parcourut le dos. L'homme s'essuya les mains avec un chiffon.

— Qui es-tu ? fit-il.

— Une cliente, ça ne se voit pas ? répondit Nihal en essayant de se donner une contenance.

— Les femmes ne se font pas de tatouages, objecta l'homme.

— On ne finit jamais d'apprendre : moi, je suis une femme qui s'en fait. Je suis un chevalier du dragon.

Elle exhiba le blason qu'elle portait sur la poitrine.

Le gros homme eut un moment de stupeur, puis il reprit son expression nonchalante :

— Tu es encore une élève.

— La cérémonie d'investiture a lieu demain.

— Tu as l'argent ?

La jeune fille tira une bourse de sa poche et en versa le contenu sur la table :

— Ça suffira ?

L'homme compta les pièces avec soin, hocha la tête et disparut dans une pièce attenante.

Nihal resta seule dans la pénombre. Beaucoup de chevaliers se faisaient faire un tatouage avant leur nomination, c'était une sorte de tradition. Naturellement, les légendes pleuvaient sur les atroces douleurs qu'il fallait endurer, et certains de ses compagnons s'étaient amusés à l'effrayer. Ido, lui, s'était montré laconique : « Il ne te manque plus que ça, tiens ! » avait-il dit.

Avec ces quelques paroles, il avait exprimé toute sa désapprobation. Et voilà que c'était presque fait. Il était inutile d'avoir peur : quelques minutes, et ce serait fini.

Le tatoueur revint avec un fin couteau et une série de coupelles remplies de pigments colorés.

— Où est-ce que tu le veux, ce tatouage ? fit-il avec un sourire ambigu.

Tous ceux qu'elle avait rencontrés étaient comme ça : soit ils ne la prenaient pas au sérieux, soit ils se mettaient à la regarder avec un sourire obscène. Nihal soupira et dégaina lentement son épée. Le reflet de la lame noire balaya le visage du tatoueur, qui changea aussitôt d'expression.

— C'est pour que tu comprennes que cette arme n'est pas là juste pour faire joli, dit Nihal très calmement. À présent, revenons à ta question : ce tatouage, je le veux sur le dos, donc je vais me déshabiller. Toi, tu te tournes, et tu ne bouges pas jusqu'à ce que je me sois allongée sur cette table. Je suis sûre que tu es un bon garçon, mais on n'est jamais trop prudent... Tu as tout compris ?

L'homme déglutit en silence et fit un signe de la tête.

— Parfait. Tourne-toi.

— Quel tatouage tu veux ? demanda-t-il, le visage contre le mur

Sa voix tremblait tellement que Nihal eut presque envie de rire.

— Deux ailes de dragon, répondit-elle, une sur chaque épaule. Fermées.

— Pourquoi fermées ?

— Parce que, quand ce sera le moment, je les déploierai au vent et je m'envolerai. Maintenant, tais-toi.

Étendue sur la table, le dos nu, Nihal entendit l'homme s'approcher. Il lui passa un linge chaud sur l'épaule. Elle s'aperçut que son cœur battait la chamade et se maudit d'être si ridicule. Ensuite, elle vit le couteau et la pointe déjà noire d'encre. Elle serra les paupières quand la lame incisa sa peau.

Elle sortit heureuse de la cabane. Son dos était engourdi et la plaie la brûlait un peu, mais elle avait ses deux ailes ! Il ne lui restait plus qu'à attendre le moment où elles s'ouvriraient.

Lorsqu'elle arriva à la base, elle trouva Ido qui l'attendait devant la porte.

— Où étais-tu allée ? demanda-t-il en tirant sur sa pipe.

Nihal préféra rester dans le vague :

— Faire un tour.

— Toi, tu me caches quelque chose, fit-il après l'avoir observée attentivement.

— Ido ! Parfois tu te comportes comme si tu étais mon père...

Le gnome eut un sourire :

— Allez, viens à l'intérieur, il faut qu'on parle.

Il lui fit signe de s'asseoir :

— Alors, tu es prête pour la cérémonie de demain ?

— Je crois que oui, dit-elle, l'air sérieux.

« Je crois » était le terme juste.

— Bien, alors tu seras aussi prête pour ça, dit Ido en disparaissant derrière la porte de la chambre d'à côté.

Il revint peu après avec un gros sac de jute, sous le poids duquel ses petites jambes pliaient. Il le posa sur la table tandis que Nihal le fixait avec un regard interrogateur.

— C'est pour toi, jettes-y un coup d'œil, dit-il, l'air faussement indifférent.

Nihal palpa le paquet avec curiosité : ce qu'il contenait était dur et avait une forme bizarre. Elle l'ouvrit, mais le sac était si grand qu'elle dut enfouir la tête dedans pour voir ce que c'était. Lorsqu'elle en émergea, tout ébouriffée, une expression d'incrédulité se peignait sur son visage.

— Maintenant, tu es un chevalier, et il ne me semble pas très convenable que tu te présentes sur le champ de bataille accoutrée comme une mendiante, balbutia le gnome, un peu gêné.

C'était la première fois de sa vie qu'il faisait un cadeau.

Nihal se mit aussitôt à vider le sac : elle en sortit une armure étincelante, une paire d'épaulettes, un casque et deux jambières, le tout en cristal, noir comme la nuit et brillant de mille reflets. Comme son épée. La cuirasse était polie dans les règles de l'art et ornée d'une frise qui partait de la taille : elle représentait un dragon enroulé sur lui-même, qui se déployait le long du buste jusqu'à la hauteur de la poitrine. Sa gueule ouverte crachait deux jets de flammes, qui venaient souligner la courbe des seins. Les épaulettes, elles, avaient la forme d'une tête de dragon, dont les dents acérées s'enfonçaient dans la ligne des épaules. Les jambières reprenaient le motif de la flamme ; le casque, enfin, était orné de deux grosses pointes de chaque côté de la tête.

Nihal regardait sans un mot, le souffle coupé.

— J'ai fait faire le casque de manière à ce qu'il ne te gêne pas les oreilles. C'est une armure légère, tu sais, elle ne devrait pas entraver tes mouvements, expliqua Ido.

Nihal se taisait toujours.

— Ton père aurait sûrement fait quelque chose de plus beau et de plus grandiose... J'espère que ça te plaît

et que tu te sentiras bien dedans pour te battre, et...
Oh ! Et puis, flûte ! jura-t-il soudain.

Nihal lui sauta au cou et le serra fort. C'était plus
que ce qu'elle pouvait imaginer : un cadeau merveil-
leux, et la preuve de l'estime que lui portait son maître.
Les larmes lui montèrent aux yeux.

— Merci, merci, répéta-t-elle plusieurs fois.

Ido l'écarta avec douceur. Lui aussi avait les yeux un
peu brillants.

— Si tu espères me voir pleurer comme une femme-
lette, tu te trompes lourdement, sache-le, marmonna-
t-il.

Puis il éclata de rire, et Nihal rit avec lui.

— Je... c'est vraiment très beau ! Merci, Ido. Tu m'as
sauvée, tu m'as aidée à grandir, tu as fait de moi un
guerrier et... je...

La jeune fille ne trouvait pas les mots pour exprimer
sa gratitude au gnome qui l'avait ramenée à la vie. Ido
répondit en lui donnant une grosse tape dans le dos et
alluma sa pipe :

— Allez, trêve de sentimentalisme ! Va chercher ce
bon à rien de Laïo et mettons-nous en route !

Son sourire disparut quand il entendit Nihal gémir.

— Qu'est-ce que tu as encore combiné ? lui demanda-
t-il en crachant une série de petits nuages de fumée bien
ronds comme il le faisait toujours quand il était en
colère.

Nihal recula jusqu'à se retrouver dos au mur :

— Aïe ! Qu'est-ce que je vais faire, maintenant ?

Il ne lui restait plus qu'à avouer.

— Ido... Je me suis fait faire ce tatouage dont je t'avais parlé..., dit-elle dans un filet de voix.

Nuages de fumée.

— Deux ailes... dans le dos...

Nuages de fumée. Silence.

— Elles ne sont pas très grandes... et puis, elles veulent dire quelque chose...

Nouveaux nuages de fumée.

— Je ne te fais pas de scène parce que..., marmonna enfin le gnome. Parce que nous sommes en retard ! Autrement, tu m'aurais entendu, et comment ! À présent, disparais avant que je ne change d'idée.

Nihal bondit hors de la cabane, un large sourire aux lèvres.

Ils partirent après déjeuner : Ido sur Vesa, Laïo et Nihal sur Oarf.

Nihal adorait voler. À chaque fois qu'elle montait son dragon et qu'elle voyait le monde du haut du ciel, elle s'émerveillait comme si c'était la première fois. Elle était la seule des chevaliers du dragon à se passer de selle et de harnais, ce qui obligeait Laïo à s'agripper à elle de toutes ses forces pour ne pas tomber. Nihal ne voulait pas dominer son dragon, Oarf et elle ne faisaient qu'un. Entre eux, il n'y avait pas besoin d'ordres, parce que la pensée de l'un était celle de l'autre.

Ils atteignirent Makrat vers le soir. La cité se présenta à leurs yeux dans la confusion et la chaleur étouffante de l'été. Malgré l'heure tardive, les rues et les places étaient pleines de gens et résonnaient de voix, de rires et de vacarme.

Lorsqu'ils passèrent sous l'énorme portail de l'Académie, Nihal ne put s'empêcher de penser à Sennar. Quelle imbécile elle avait été ! Le jour de leur dernière rencontre, elle aurait voulu lui dire combien il était important pour elle, l'enlacer et le serrer dans ses bras pour qu'il ne parte pas. Au lieu de cela, elle l'avait blessé, avec son épée et avec ses paroles. Et à présent, il était peut-être mort... Elle chassa cette pensée de son esprit : non, Sennar était vivant, et il reviendrait bientôt.

Ils dînèrent à l'Académie, avec les cadets. Nihal eut une drôle d'impression en pénétrant de nouveau dans le vaste réfectoire.

— Tu te rappelles quand nous mangions nous aussi ici ? lui demanda Laïo entre deux bouchées avant de raconter à Ido comment il avait adressé la parole à Nihal la première fois.

Mais la jeune fille n'avait pas envie d'évoquer le passé : elle n'avait pas gardé de bons souvenirs de ces lieux. En réalité, peu de temps s'était écoulé depuis, et ce qu'elle avait éprouvé entre ces murs était toujours douloureux : l'isolement, la solitude, la haine, et l'impression d'être différente. Maintenant encore, tous la regardaient, les élèves comme les maîtres. Raven lui-même, perché sur son siège, ne la quittait pas des yeux. Elle savait pourquoi : elle était une femme, et qui plus est une demi-elfe. Manifestement, rien n'avait changé.

Quand ce fut l'heure de se retirer chacun dans sa chambre, Ido la retint.

— Je sais ce que tu ressens, Nihal. Mais, rassure-toi, tu mérites ce que tu vas recevoir demain.

— Oui, bien sûr, acquiesça-t-elle, l'air peu convaincu. Excuse-moi, il fait chaud, je vais faire une petite promenade...

Elle s'éloigna rapidement. Elle avait envie d'être seule.

Le lendemain, le salon où avaient lieu les cérémonies d'investiture lui parut encore plus grand que dans ses souvenirs. Et il était plein, archiplein de gens, tous venus pour elle. L'air lui manqua. Déjà en se préparant, elle avait commencé à ressentir une étrange oppression, mais Laïo avait insisté pour l'habiller personnellement, et sa présence l'avait tranquillisée. « Tu es devenu un écuyer expérimenté », avait-elle observé en le regardant lacer ses boucles, ajuster sa cuirasse et fixer ses jambières.

« Ne le dis pas trop fort ! avait-il plaisanté. Un autre chevalier pourrait t'entendre et chercher à acheter mes services. »

Nihal avait souri.

« Voilà ! s'était-il exclamé ensuite. Maintenant, tu peux t'admirer, chevalier ! »

Nihal s'était tournée vers le grand miroir au milieu de la pièce qui lui avait été assignée pour la matinée, et elle ne s'était presque pas reconnue : sur la feuille d'argent se reflétait la silhouette d'un guerrier, un vrai, imposant et menaçant.

« À partir d'aujourd'hui, c'est comme ça que te verra l'ennemi : un démon noir sur le champ de bataille, avait dit Laïo, l'air fier. En attendant, dépêche-toi, chevalier ! C'est l'heure d'y aller.

Tandis que Nihal parcourait les couloirs de l'Académie au côté de Laïo, sa sensation de malaise avait grandi, et elle avait atteint son paroxysme quand elle s'était trouvée devant la foule compacte qui remplissait le salon principal. Elle ferma les yeux pour se calmer et imagina que Sennar était là, au milieu de ces gens. « J'ai réussi, Sennar. Regarde-moi ! J'ai réussi. »

À cet instant, elle entendit sonner les trompettes, et Raven fit son entrée, accompagné de Sulana, l'enfant reine qui gouvernait le pays, inspirée par le souvenir de son père.

Le Général Suprême était en tenue de parade. Il avait changé d'armure depuis la dernière fois que Nihal avait eu le discutable plaisir de le voir ; celle qu'il portait aujourd'hui étincelait d'argent et de pierres précieuses, et elle était recouverte d'absurdes décorations ciselées. Il arborait cet air pédant et dédaigneux que la demi-elfe avait détesté dès leur première rencontre ; son inséparable roquet le suivait en remuant la queue d'excitation.

Sulana s'avançait au bras de Raven, belle comme une nymphe, éthérée et toute pénétrée de son rôle. Elle marchait d'un pas solennel, sans regarder la foule, avec une expression d'une maturité qui contrastait avec la grâce et la jeunesse de ses traits.

Une fois arrivés au trône, Raven aida la reine à s'y installer, puis il se posta à sa droite, debout.

Nihal attendait juste derrière les portes ouvertes du salon, piaffant d'impatience. L'étiquette ne prévoyait pas encore son entrée. C'était à Ido d'y aller à présent.

Nihal l'avait déjà vu en grande pompe, mais ce jour-là il avait quelque chose de martial qui lui manquait les autres fois. Il portait une armure qu'il mettait rarement, sobre et fonctionnelle, et il avait un air si décidé que, malgré sa petite taille, il semblait rayonner au centre de la salle.

Le gnome s'arrêta devant Sulana et Raven ; il dégaina son épée, la déposa à terre et s'agenouilla, puis se releva immédiatement.

Un murmure parcourut la foule : le protocole prévoyait que le chevalier reste à genoux en signe de respect envers le Général Suprême. Nihal sourit en voyant le grand Raven réprimer un léger mouvement d'humeur.

La cérémonie commença.

— Ido de la Terre du Feu, tonna le Général Suprême, pourquoi te tiens-tu aujourd'hui devant moi ?

— Je viens présenter à l'armée et à tout le peuple des Terres libres mon élève, Nihal de la Terre du Vent, afin qu'elle reçoive le titre de chevalier du dragon.

— Que le candidat fasse donc son entrée, dit Raven.

Nihal s'avança dans la salle.

C'était une sensation étrange, de traverser seule la vaste allée en foulant le tapis rouge qui la recouvrait, tous les yeux braqués sur elle. Alors qu'elle se dirigeait fièrement vers Raven, elle perçut l'admiration dont elle était l'objet. Les spectateurs chuchotaient : « Comme il est jeune ! » ; « Son armure est magnifique » ; « Quelle fière allure ! »

Arrivée devant Sulana, elle dégaina à son tour son épée, la déposa à terre, baissa la tête et s'agenouilla.

Immobile dans cette position, elle entendit les pas de Raven.

— Quel est ton nom ? demanda-t-il.

— Nihal.

— D'où viens-tu ?

— De la Terre du Vent.

— Quelles sont tes intentions de chevalier ?

— Lutter de toutes mes forces pour les Terres libres, et donner ma vie pour la paix et pour Sa Majesté la reine.

— Ôte ton casque.

Nihal obéit. Un joli visage de fille apparut, encadré d'une tignasse bleue ébouriffée.

La réaction de l'assemblée, stupéfaite, ne se fit pas attendre. Les murmures furent si fort que Raven dut lancer un regard au public pour que le silence se rétablisse. Le Général Suprême ramassa l'épée :

— Tends ton bras droit, chevalier.

Nihal retira le gant qu'elle portait, découvrant sa peau claire, et Raven y passa la lame. Le sang coula de la blessure.

— Jure sur ta vie et sur ton sang.

Elle leva le bras afin que tous puissent voir l'entaille rouge, puis elle parla d'une voix forte et sûre :

— Je jure de consacrer ma vie à la cause de la paix. Je jure de mettre mon épée au service de la justice. Je jure de protéger les Terres libres jusqu'à la mort. Que le sang de mes veines s'assèche et le fil de ma vie se brise si je romps ce serment.

Raven abaissa l'épée sur la tête de la demi-elfe.

— Nihal de la tour de Salazar, tu as prononcé aujourd'hui ton serment devant les dieux et les hommes. Ta chair et ton sang appartiennent désormais pour toujours à l'Ordre. Je te déclare chevalier du dragon et serviteur des Terres libres.

Un cri unique partit de la rangée des chevaliers du dragon qui assistaient à la cérémonie, scellant l'entrée de Nihal dans l'Ordre. Raven lui rendit son arme, et elle put se relever. Après s'être inclinée une dernière fois devant la reine, elle se tourna vers l'assemblée et brandit son épée noire.

Quand l'auditoire explosa en applaudissements, Nihal éprouva un incroyable sentiment de triomphe.

Ido fut le premier à venir vers elle. Il la serra contre sa poitrine, puis la tint à bout de bras et la regarda sans dire un mot. Ensuite, Nihal fut cernée par une foule d'inconnus qui voulaient la féliciter.

La cérémonie fut suivie d'un banquet. Alors que son élève était au centre de l'attention, entourée de courtisans maniérés, de dignitaires pommadés et de chevaliers qui lui dispensaient compliments, conseils et tapes sur l'épaule, Ido s'écarta sous une arcade. Il observait la fête avec détachement et une vague sensation de nausée : il savait combien de faux-semblants se cachaient derrière ces protestations d'hommages. Tous ces gens-là devaient se demander ce que faisait une femme dans l'armée, et penser que sa présence était déplacée. Le gnome n'attendait que le moment de retourner à la base pour fumer tranquillement une pipe. Une voix interrompit le cours de ses pensées :

— Tu ne crois pas m'avoir blessé avec ton geste, tout à l'heure ?

Ido pivota sur ses talons : Raven se tenait devant lui, souriant, dans son armure d'opérette.

— Général Suprême ! Qu'est-ce que tu fais par là ? lança le gnome d'un ton railleur en attrapant le premier verre qui lui tomba sous la main et en en avalant le contenu d'une traite. Je n'ai jamais fait acte d'obédience devant toi quand j'étais jeune et malléable, je ne vois pas pourquoi je devrais le faire maintenant que je suis vieux et grincheux.

— Je constate avec plaisir que tu n'as pas changé !

Je pourrais dire la même chose de toi, répliqua Ido.

Les deux hommes se regardèrent longuement en silence.

— Tu n'arrives pas à oublier, n'est-ce pas, Ido ? dit enfin Raven.

Le gnome attrapa un deuxième verre :

— Eh non ! Va savoir pourquoi !

Raven eut un geste d'impatience :

— Tu as pensé un peu à la position que j'occupe ? Si tu avais été à ma place, tu aurais agi de la même manière.

Ido sentit la colère monter en lui :

— Mettons fin à cette discussion, veux-tu ? Ça sera beaucoup mieux pour nous deux.

— Tu sais bien que je pense que tu es un grand guerrier, répondit Raven. Et...oui, ton élève aussi... Je reconnais que je me suis trompé lorsque j'ai essayé de lui interdire l'entrée à l'Académie. Cela te suffit comme acte de contrition ?

Ido joua nerveusement avec la garde de son épée :

— Pendant combien de temps encore me considèreras-tu comme un sujet dangereux ?

Le Général Suprême ne répondit pas à sa question.

— Nihal le sait ? demanda-t-il traîtreusement.

Les doigts du gnome se crispèrent sur sa garde et son visage devint cramoisi :

— Qu'est-ce que ça vient faire là ?

— Simple curiosité. Alors ? insista Raven, un sourire sournois sur les lèvres. Tu ne lui as pas dit, n'est-ce pas ?

— Non, fit Ido.

— Tu vois ? ricana Raven. La vérité, c'est que tu es le premier à ne pas avoir oublié le passé. Tu n'as pas le courage d'en parler même avec ton élève préférée ! Comment crois-tu que le Général Suprême qui règne sur cet Ordre l'aurait oublié ? Peut-être que je pourrais lui en parler, moi ? Qu'est-ce que tu en dis ?

L'épée d'Ido glissa lentement de son fourreau.

— Laisse-moi tranquille, Raven, ou bien la prochaine chose que j'oublierai sera la hiérarchie et les bonnes manières, siffla le gnome.

Raven ne se laissa pas désarçonner :

— Du calme, du calme ! Ce n'était qu'une plaisanterie innocente. Sur le champ de bataille, tu sais te contrôler, mais à ce que je vois, hors de la mêlée, le sang te monte tout de suite au cerveau.

Sur ce, il s'éloigna en souriant. Ido lâcha son épée. Le pire, c'est que cet idiot avait raison : après tant d'années, il n'avait toujours pas réussi à oublier. Combien de temps lui faudrait-il pour se sentir enfin racheté ?

Pendant le voyage du retour, Nihal se retourna plusieurs fois à la dérobée pour observer son maître, qui demeurait sombre. Ido avait insisté pour qu'ils repartent rapidement, et dès qu'ils avaient pris leur vol, il s'était renfermé sur lui-même. Cet air tendu et renfrogné ne lui ressemblait pas, mais la jeune fille n'insista pas, décidant qu'il valait mieux le laisser tranquille.

Et puis elle était d'une excellente humeur que rien ni personne n'aurait pu altérer.

— Tiens-toi bien, dit-elle à Laïo en éperonnant Oarf. Mettons un peu de piment dans ce périple !

Oui, elle était heureuse.

À la nuit tombée, ils atteignirent la base, plongée dans un profond silence. Ils se dirigèrent au pas vers les écuries. Laïo sommeillait sur le dos d'Oarf, qui le tolérait de bonne grâce, et Nihal sentait l'excitation céder peu à peu la place à la fatigue. Elle avait hâte de se glisser dans son lit, et de passer sa première nuit de chevalier du dragon à repenser tranquillement à son investiture.

Mais, alors qu'ils approchaient des écuries, ils entendirent du bruit, qui se mua bientôt en un vacarme épouvantable.

— Qu'est-ce que c'est ? demanda Nihal.

Ido descendit de Vesa et s'avança vers l'entrée.

— J'ai une petite idée, dit-il d'un air rusé en ouvrant la porte en grand.

À l'intérieur régnait une indicible pagaille. Des dizaines de flambeaux éclairaient l'espace comme en plein jour ; l'atmosphère était lourde de fumée, et une musique entraînante résonnait dans l'air. Tous les habitants de la base semblaient s'y être entassés et il n'y en avait pas un sans un verre ou un pichet à la main.

— Les voilà ! hurla une voix dès que Nihal et Ido, abasourdis, eurent franchi le seuil, laissant les dragons dehors.

Des dizaines de têtes se tournèrent vers eux. Nelgar s'avança, une chope de bière à la main.

— Gloire aux deux individus les plus louches de toute la base : le gnome et la femme-guerrier ! À leur santé ! cria-t-il joyeusement, et tous lui firent écho au milieu des rires et des tintements de verres.

Laïo, à moitié endormi, se frotta les yeux. Nihal le secoua :

— Hé, toi, écuyer ! Tu as quelque chose à voir avec ce bazar ?

— En fait, c'était mon idée, répondit Laïo en bâillant. Mais je l'avais complètement oubliée !

Nelgar donna le bras à la jeune fille avec cérémonie :

— Entre, chevalier. C'est toi, l'invitée d'honneur !

Les toasts et les compliments se mirent à pleuvoir sur son passage.

— Je... je ne comprends pas..., balbutia Nihal, confuse.

Ido, lui, avait déjà une chope à la main.

— Alors, je vais t'expliquer, fit-il. Ton dévoué écuyer a pensé bien faire en invitant tous les fainéants de la base à fêter ta réussite.

Un chœur de protestations s'éleva de la foule, qu'Ido fit taire en levant son verre :

— Tu sais quoi, Nihal ? Puisque nous sommes obligés de participer, autant en profiter !

Des applaudissements saluèrent ses propos.

La confusion reprit de plus belle, Laïo se réveilla tout à fait, et Ido se déchaîna comme à son habitude. Nihal, quant à elle, resta figée, ahurie, à recevoir les poignées de main de ses compagnons. Une fête en son honneur ! Elle ne savait pas si elle devait être ravie ou embarrassée. Dans le doute, elle se tenait debout au milieu de la masse de chevaliers, de soldats, d'écuyers et de femmes. Un verre rempli de bière se présenta sous son nez.

— Non merci, je ne...

— Pas d'histoires, s'exclama un des fantassins. Un vrai chevalier ne refuse jamais à boire.

Nihal prit le verre, le porta à ses lèvres et en but une gorgée. Des commentaires de désapprobation fusèrent :

— C'est quoi, ces façons de demoiselles ?

— Tu es un chevalier du dragon, oui ou non ?

— Allez, cul sec !

Nihal inspira à fond et vida son verre. Aussitôt, elle fut prise d'une quinte de toux irrépressible.

— Voilà, nous y sommes ! hurla quelqu'un, déchaînant une énième salve d'applaudissements et de rires.

Nihal se mit elle aussi à rire. Une étrange sensation lui réchauffait le cœur. Elle aimait bien être au centre de l'attention. Elle ne l'aurait jamais imaginé, mais cela lui plaisait.

La fête se poursuivit, entre les toasts, les plaisanteries et la musique. Nihal parlait avec tout le monde, riait, plaisantait. Et buvait. Et plus elle buvait, plus sa tête devenait légère et plus elle voulait boire. Elle avait

Un nouveau chevalier

l'impression de marcher au-dessus du sol. À présent qu'elle était là et qu'elle devait seulement s'amuser, ses doutes de la veille lui donnaient envie de rire.

Au début, elle regarda les autres danser : les fantassins qui voltigeaient avec leur femme, les lavandières serrées dans les bras de quelque chevalier. Puis elle vit Ido venir vers elle, les joues rouges et les yeux brillants. Il lui fit une révérence et lui baisa la main :

— Si je me souviens bien, il y a quelques mois, quand nous nous connaissions à peine, tu m'avais accordé une danse. Je crois en avoir mérité une autre.

— Ce sera un honneur, chevalier. Mais je vous prie de m'accorder à votre tour quelques instants, plaisanta Nihal avant de se faufiler entre les danseurs jusqu'à la sortie.

Elle entra dans la chambre d'Ido en titubant et en se demandant pourquoi le monde avait soudain commencé à tourner plus vite. Elle ouvrit son coffre en hâte et en tira une robe verte, qu'elle s'était achetée avant de se faire tatouer. Il lui fallut un peu de temps pour se rappeler comment se laçait le corset et comment on arrangeait la jupe et le jupon ; elle dut aussi se battre avec les passants et les divers rubans, mais elle finit par y arriver. Elle se débarrassa de ses bottes en les jetant au loin et fut prête.

La demi-elfe sortit pieds nus de la cabane et courut vers les écuries. En arrivant devant l'entrée, elle manqua la porte et alla heurter les montants.

« Mince alors ! Qui l'a déplacée ? » Elle se remit du choc, lissa sa jupe, prit une grande inspiration et fit son entrée.

Le premier à l'apercevoir fut un fantassin. Il donna un grand coup de coude à l'écuyer qui se trouvait à côté de lui. Puis, un à un, tous se tournèrent vers l'entrée.

Les musiciens cessèrent de jouer, les danseurs se figèrent, les verres restèrent suspendus en l'air... La robe n'avait rien de spécial – elle n'était même pas à sa taille –, néanmoins Nihal était splendide. Le silence fut rompu par un : « Eh ben, ma foi ! » pas très élégant.

Nihal s'avança, un peu guindée, en essayant de ne pas rire.

— Je suis à votre disposition, chevalier, dit-elle après s'être arrêtée devant son maître.

— D'où tu sors ça ? souffla Ido.

— Cadeau d'anniversaire, répondit-elle en lui tendant la main.

La musique reprit, plus vive qu'avant. Nihal ne connaissait pas le moindre pas ; mais Ido était un danseur expérimenté, il lui suffisait donc de le suivre, en louchant tantôt sur ses pieds, tantôt sur ceux des couples autour d'elle.

Ido ne fut pas le seul à lui demander l'honneur d'une danse. Le deuxième fut Laïo, enfin réveillé et tout excité par la fête, qui l'entraîna dans une danse très étrange que personne n'avait jamais vue. Et beaucoup d'autres suivirent.

Nihal se sentait bien, joyeuse, l'esprit libre. Cette nuit-là, elle était une jeune fille comme les autres : ses oreilles s'étaient raccourcies, ses yeux avaient des dimensions ordinaires, et ses cheveux n'étaient plus bleus, mais blonds, châtains, noirs... Le temps volait autour d'elle, les heures s'écoulaient rapidement et la bière faisait de même, rendant sa tête et ses pieds plus légers.

La fête battait son plein quand une voix lança :

— Ido, je me trompe, ou tu as oublié quelque chose ?

Le gnome engloutit sa énième chope de bière.

— On dirait bien que oui, dit-il après s'être essuyé les moustaches du revers de la main.

— Pour l'instant, elle n'est pas encore un vrai chevalier !

— C'est vrai ! L'épreuve ! Il manque l'épreuve ! confirmèrent d'autres voix.

Nihal eut du mal à se concentrer et à mettre de l'ordre dans ses pensées. De quoi diable pouvaient-ils donc parler ?

— En fait, il est un peu tard... et je ne sais pas si je suis en état de..., tenta de s'esquiver Ido.

Peine perdue ! Peu à peu, tous les membres de l'assemblée se mirent à scander : « L'épreuve ! L'épreuve ! », jusqu'à ce que le gnome fût contraint de capituler.

— Soit ! Que l'épreuve commence !

Nihal se retrouva soudain sur les épaules d'un fantassin. Elle chercha Laïo des yeux et le trouva qui pouffait derrière elle.

— Hé ! Qu'est-ce qui se passe, là ?

— Rien, c'est une coutume de l'Ordre. En qualité de nouveau chevalier, tu dois juste battre ton maître dans un duel avec dragons...

Nihal mit quelques instants à comprendre.

— Mais j'ai bu ! protesta-t-elle. Comment je vais faire pour...

Lorsque le fantassin la déposa par terre devant Oarf, la jeune fille se mit à rire :

— Vous êtes en train de plaisanter, n'est-ce pas ? Nos dragons sont fatigués du voyage, tout tourne autour de moi, je n'ai pas mon épée, et puis regardez comment je suis habillée ! s'écria-t-elle.

Ses paroles tombèrent dans le vide. Un chevalier lui donna une tape sur l'épaule :

— Pour ton épée, ne t'inquiète pas, Laïo va te l'apporter. Quant à ta tenue, j'ai l'impression que ça ne dérange personne que tu combattes comme ça.

Cette remarque fut accueillie par une ovation.

La scène était insolite. Nihal, pieds nus, vêtue de sa robe verte, son épée de cristal noir à la main, se tenait devant Ido échevelé, tout sourire, les yeux brillants à cause de l'alcool.

Nihal et Ido, Ido et Nihal, en face l'un de l'autre.

Nelgar, le surintendant de la base, annonça :

— Les règles sont simples : vous vous envolez sur vos dragons, et vous combattez. Vous ne pouvez utiliser que l'épée. Le gagnant est celui qui désarme ou qui désarçonne l'autre. Il ne reste plus qu'à décider de la mise : qu'est-ce que vous voulez jouer ?

— Un baiser, dit Ido sans hésiter. Si je gagne, Nihal devra donner un baiser à...

Il regarda autour de lui :

— Laïo ! Oui, elle devra donner un baiser à Laïo.

— Parfait, ça me va, fit Nihal. Mais si c'est moi qui gagne, je réquisitionne ta pipe pendant une semaine. Comme ça, tu arrêteras de m'empester avec ton tabac !

— De toute façon, tu n'as aucune chance, ricana le gnome, et tous deux sautèrent sur leur dragon.

Nelgar tira son épée et leva la lame vers le ciel :

— Chevaliers ! Tenez-vous prêts !

Nihal sentit Oarf frémir sous elle, et elle fut soudain aussi lucide qu'avant la bataille, tous les muscles de son corps tendus et prête à l'attaque. Elle regarda Ido, son maître, et lui décocha un sourire moqueur.

Luisant au clair de la lune, la lame de Nelgar dessina un arc dans l'obscurité, et les deux dragons s'élancèrent vers le haut, toujours plus haut, jusqu'à effleurer l'astre, jusqu'à toucher le ciel limpide de l'été.

Ido lança la première attaque en s'approchant de Nihal, et Oarf changea immédiatement de direction. La jeune fille était assise toute droite sur le dos du dragon, se retenant avec ses seules jambes. Elle saisit son épée à deux mains, fit un long détour et fondit sur son adversaire à toute vitesse, penchée en avant. Ce n'est qu'au tout dernier moment qu'elle se leva pour porter un fendant, qui manqua sa cible et lui fit perdre l'équilibre.

Ido s'éloigna, renonçant à profiter de la situation.

— Tu m'as l'air un peu éméchée, hurla-t-il. Tu veux un peu d'avance ?

— Ne te surestime pas ! Occupe-toi plutôt de me battre, répondit Nihal en repartant à l'attaque.

Vu de la terre, le combat était un spectacle fascinant : à une hauteur vertigineuse, les deux dragons s'approchaient l'un de l'autre en décrivant de larges courbes, puis s'écartaient d'un coup et se remettaient à voler dans un ballet aérien sans fin. Des cris d'encouragement s'élevèrent de l'assistance, dont seuls des échos confus parvenaient aux deux adversaires.

Ido était rapide, mesuré, précis, alors que Nihal comptait surtout sur sa force et sa rapidité. Pendant un moment, les attaques brusques suivies de fuites et de retraits stratégiques se succédèrent, puis le gnome se lassa et contraignit son élève à un long corps à corps. Le bruit des lames se mêlait au souffle haletant des dragons. À présent, Nihal calculait chacune de ses actions, chacun de ses gestes, et parait les coups avec calme.

— Tu as vraiment appris beaucoup, demi-elfe, dit Ido, admiratif.

— J'ai eu un bon maître, après tout, rétorqua Nihal avant de se lancer de nouveau à l'attaque.

Le combat continua encore longtemps sans que ni l'un ni l'autre prenne l'avantage. Nihal commençait à être fatiguée, et elle sentait qu'Oarf faiblissait lui aussi. Il fallait jouer autrement.

— Un dernier effort, murmura-t-elle au dragon en l'éperonnant.

Elle le lança à toute allure contre Vesa. Ido l'attendit sans bouger, un sourire aux lèvres, sûr de lui. Oarf continua à accélérer, et Vesa se mit à reculer, l'air inquiet.

Dès que sa cible fut assez proche, Nihal se dressa sur son dragon, ferma les yeux et sauta. Quand elle les rouvrit, elle était debout sur le dos de Vesa : sa main libre harponnait les cheveux d'Ido, et celle qui brandissait l'épée se glissa autour du cou du gnome.

— Nous avons un vainqueur ! déclara-t-elle, triomphante.

— Tu dis ? fit son maître en la repoussant d'un coup de coude.

C'est alors que Nihal eut un vertige. Elle perdit l'équilibre et s'agrippa de toutes ses forces à Ido. Ils basculèrent tous les deux dans le vide.

Le public poussa un cri effrayé, suivi d'un soupir de soulagement collectif. La chute des deux adversaires avait été de courte durée : interceptés par Oarf, ils planèrent doucement et atterrirent indemnes. Des applaudissements saluèrent l'exploit.

Laïo se précipita pour aider Nihal à descendre. Ido, quant à lui, sauta à terre en massant son dos endolori.

— Tu es vraiment une sacrée tête de mule ! dit-il en lançant un clin d'œil à son élève.

— Alors, qui a gagné ? demanda la jeune fille, encore essoufflée.

— Je dirais qu'il y a égalité, répondit Nelgar. Dommage, pas de baiser ni de réquisition de tabac. Par contre, il y a encore de la bière qui nous attend !

La fête reprit et se poursuivit jusqu'à l'aube. Nihal se laissa aller ; au doux flottement succédèrent l'étourdissement et enfin une sensation d'égarement total.

Lorsque la compagnie se dispersa, le soleil était déjà haut au-dessus de l'épaisse forêt qui entourait la base. Laïo porta plus qu'il ne conduisit Nihal à la cabane d'Ido. Le gnome les suivait, titubant à peine. Il en fallait davantage pour le saouler.

Une fois sur place, Laïo déposa Nihal sur son lit, se frotta les yeux et alla dormir en bâillant à s'en décrocher la mâchoire. La demi-elfe entrouvrit les yeux. Elle distingua sa chambre et le gnome qui la couvrait d'un drap. Tout avait des contours flous, irréels. Et elle avait l'impression qu'il y avait une tempête dans son estomac. D'un coup, elle se sentit triste comme jamais.

— Ido..., bredouilla-t-elle. Je suis mal...

— Ne t'inquiète pas, jeune fille. Un bon somme, et tu seras comme neuve.

Une larme coula le long de la joue du jeune chevalier du dragon :

— Non, non. Je suis un être méprisable...

— Mais qu'est-ce que tu racontes ?

— Un idéal, une cause... Je n'ai même pas de cause à défendre...

— Oh ! Dieux du ciel ! s'exclama le gnome. Tu as juste pris une bonne cuite ! Dors, Nihal. Tout va bien. Dors.

18

L'ENNEMI

Après le départ de Sennar, c'était le conseiller Dagon qui avait rempli ses fonctions. Cependant son rôle de Membre Ancien ne lui avait pas permis d'assurer une présence constante dans la zone de combat de la Terre du Vent. Or la situation y était dramatique. La ligne de front avait considérablement reculé, si bien qu'elle se trouvait à présent presque à la frontière de la Terre de l'Eau. Le Tyran semblait tout miser sur ce territoire : il y amassait le gros de ses troupes, non seulement les fammins, mais aussi des hommes et des gnomes, dont la présence troublait les guerriers des Terres libres. À la peur de la mort et au découragement suscité par la supériorité numérique des troupes ennemies s'ajoutait le sentiment de trahison. En l'espace de quelques mois, l'armée du Tyran s'était rendue maîtresse de la majeure partie de la région.

— Comment ça, pourquoi ? fit Nelgar, exaspéré. Parce qu'ils ont besoin de renfort.

Il ne s'attendait pas à ce que le gnome fasse tant d'histoires. Ido, nerveux, allait et venait à grands pas à travers le baraquement du surintendant de la base :

— Je préférerais rester ici.

— Il n'en est pas question. Tu es un excellent guerrier, et là-bas il faut des hommes comme toi, Ido. De toute façon, il n'y a pas à discuter. Vous partez, un point c'est tout.

Nihal se taisait. La perspective d'aller sur le front de la Terre du Vent ne lui déplaisait pas. C'était la Terre de son enfance, ce qui lui donnait une motivation supplémentaire pour combattre.

Ido n'était visiblement pas du même avis. Il alluma sa pipe et regarda Nelgar dans les yeux :

— Il y a des questions... d'opportunité... qui font que je ne devrais pas être envoyé sur ce territoire.

Nelgar soutint son regard.

— Je ne sais pas de quoi tu veux parler, dit-il froidement.

— Qui a donné l'ordre ?

— Qui veux-tu que ce soit ? Raven, répondit Nelgar.

Ido abattit violemment le poing sur la table, faisant sursauter Nihal.

Le surintendant se prit le front entre les mains et soupira :

— Ido, je ne peux rien y faire. Tu le sais.

— Oui, que diable ! Je sais que n'est pas de ta faute ! conclut le gnome avant de sortir en claquant la porte.

Nihal, qui l'avait suivi, essaya de savoir ce qui tourmentait tant son maître, mais Ido fut vague, et même carrément grossier à la fin.

— Je n'aime pas cet endroit, d'accord ? Et cesse de me casser les pieds avec cet interrogatoire ! Tu n'es pas la seule à avoir de mauvais souvenirs.

Nihal capitula et décida de ne plus y penser. Elle aussi avait gardé obstinément ses secrets pour elle, par le passé. Et elle savait très bien que les questions pouvaient être parfois insupportables. Toutefois, sa curiosité demeura intacte.

C'est ainsi qu'après plus d'une année d'absence, Nihal parcourut de nouveau les steppes de la Terre du Vent. Elle avait un peu peur d'y remettre les pieds, parce que c'était là qu'elle avait perdu tous ses proches ; en même temps, elle sentait que c'était un passage important : si elle craignait que son histoire personnelle ne la rattrape, elle était aussi consciente de devoir surmonter cette épreuve pour mettre le mot « fin » à cette période de sa vie.

Ils s'établirent dans un camp situé juste derrière la frontière de la Terre de l'Eau, non loin des ruines d'une tour détruite. Il y régnait une odeur de résignation. Ganna, le magicien qui occupait les fonctions de conseiller du camp, était un jeune garçon. En soi, la chose n'aurait pas été un problème – Sennar lui aussi était jeune –, mais il était peu expert en tactique et en stratégie, et manquait extrêmement d'assurance. Pendant les réunions, il ne parlait que si on l'interrogeait, et on ne pouvait pas tirer de lui une seule bonne idée, même en le secouant. Une vraie calamité.

Ido et Nihal ne furent pas vraiment accueillis à bras ouverts : une femme et un gnome, ce n'était pas ce que des chevaliers considéraient comme un renfort valable. Le chef du campement les regarda d'abord d'un air dubitatif, puis se contenta de les ignorer et ne les faisait jamais participer aux décisions collectives.

La jeune fille ne s'en préoccupait pas. Elle était habituée à cette façon de faire, et elle avait appris que, lorsqu'il s'agissait de prouver sa propre valeur, son épée valait mieux que mille discours. Ido avait l'air soucieux, mais Nihal était convaincue que cela n'avait rien à voir avec l'attitude des autres chevaliers. Songeur et taciturne, il sortait rarement de sa tente. Laïo, lui, ne tarda pas à éveiller une sympathie générale, comme à son habitude. Il devint aussitôt la mascotte du camp. Les chevaliers plaisantaient avec lui et profitaient de ses services, à tel point qu'il était en pratique l'écuyer de tous. Du reste, comment pouvait-on ne pas l'aimer ? C'était un excellent aide de camp, toujours gai, toujours disponible : un rayon de soleil dans l'obscurité de la guerre.

Pour la première fois depuis qu'elle avait commencé à combattre, Nihal eut sa tente personnelle. Elle s'adapta aisément aux nouveaux rythmes du camp, et surtout elle retrouva une vie faite d'affrontements avec l'ennemi. Lorsqu'elle était à la base, elle pouvait passer des semaines sans toucher son épée, alors que là les guerriers avaient à peine le temps de reprendre leur souffle entre une offensive et une autre. Le territoire pullulait d'espions, les escarmouches étaient fréquentes, et quand ils ne subissaient pas d'attaque, ils allaient prêter main-forte à quelque campement voisin.

Nihal se distingua dès la première bataille, pendant l'assaut d'une tour. Elle transgressa les ordres, qui l'avaient placée en deuxième ligne, se joignit aux autres chevaliers du dragon et se lança à l'attaque au côté d'Ido. Tous les deux étaient habitués à combattre ensemble, ils étaient aussi efficaces et précis qu'un mécanisme bien huilé. Ils furent d'une grande aide pour le reste de l'armée. La tour fut conquise rapidement et sans trop de pertes.

La jeune fille se fit néanmoins passer un savon magistral. Il fut un temps où elle aurait rué dans les brancards pour justifier son initiative, mais, cette fois, elle écouta jusqu'au bout avec patience.

— C'est vrai, j'ai eu tort, dit-elle à la fin en regardant Mavern droit dans les yeux. Seulement, à présent la tour est à nous.

Leur bravoure sur le champ de bataille valut à Nihal et à Ido l'estime des chevaliers du camp, qui se mirent peu à peu à les considérer comme des éléments indispensables à la réussite de leurs missions.

En l'espace d'un mois, la vie de Nihal reprit un rythme familier et épuisant. Elle combattait beaucoup et se reposait peu. Elle se sentait dans son élément.

C'était une nuit étouffante, éclairée par la pleine lune. La chaleur opprimait le campement et ne laissait aucun répit aux soldats. Nihal avait oublié à quel point les nuits pouvaient être suffocantes sur sa Terre. Elle était fatiguée, et le sommeil aurait été le meilleur remède à la vague inquiétude qui l'étreignait. Mais il n'arrivait pas, et la laissait haletante, écoutant les grillons, qui stridulaient à tout rompre à deux pas de sa tente. Nihal détestait ces insectes, ils lui portaient sur les nerfs. Elle finit par sortir regarder la lune et profiter de la légère brise qui soufflait de temps en temps un soupçon d'air sur la steppe. Elle s'assit par terre, son épée plantée près d'elle, et ferma les yeux. Bientôt, elle s'assoupit.

Tout à coup – peut-être grâce à ses sens toujours en éveil ou peut-être seulement par hasard –, elle se réveilla et regarda en l'air au moment où une ombre noire passait devant le disque argenté de la lune. Cela ne dura qu'un instant, et il lui fallut un peu de temps pour comprendre ce que c'était.

La réponse lui vint en même temps que le cri de la sentinelle :

— Aux armes ! L'ennemi est là !

Le cri finit en râle.

Nihal arracha son épée de terre et se lança vers les écuries. Ce qu'elle avait vu était un dragon ! On les attaquait du ciel ! Elle croisa des guerriers qui sortaient de leurs tentes, le visage tendu, les écuyers qui avaient déjà commencé à harnacher les dragons, les fantassins qui couraient d'un bout à l'autre du camp.

Puis arrivèrent les fammins. Sortis de nulle part, ils se jetaient sur les tentes pour massacrer ceux qui s'y étaient attardés. Soudain, une lumière déchira la nuit ; un souffle chaud, insupportable, les enveloppa. Des oiseaux de feu volèrent au-dessus d'eux et une partie du camp s'enflamma.

N'ayant plus le temps d'enfiler son armure ni de sauter sur Oarf, Nihal se mit en position d'attaque avec seule son épée, comptant sur l'obscurité pour ne pas être reconnue. Son cœur ralentit, sa perception se fit plus fine, et elle fut prête pour le combat. Sûre d'elle et décidée, elle se jeta sur les fammins.

Le camp ne parvint pas à réagir assez rapidement à l'offensive. La plupart des hommes étaient étourdis par les flammes, la fumée et la chaleur. Encore une fois, l'armée du Tyran avait frappé avec astuce et habileté.

Nihal vit arriver Ido, l'épée à la main. Il semblait parfaitement maître de lui. Il avançait avec son calme habituel, repoussant ceux qui se mettaient en travers de son chemin, et se plaça à son côté.

— Il y en a un qui chevauche un dragon. C'est lui qui incendie les tentes. Va chercher Oarf ! lui cria-t-il.

— Il est trop tard, Ido !

— Je te couvre ! Toi, pense seulement à courir, dit le gnome, et d'un bond il fondit sur un fammin qui se dressait devant la jeune fille.

Nihal s'élança vers l'écurie. Elle vit de nouveau l'ombre noire obscurcir la lune et planer, menaçante, au-dessus du campement. C'est alors qu'elle eut une étrange sensation. Cela ne lui sembla d'abord qu'un simple vertige, mais c'était quelque chose de différent. Elle accéléra sa course, abattit deux ennemis qui se mirent en travers de sa route et rejoignit son dragon qui l'attendait, impatient. Pensant qu'il était plus prudent de cacher son visage, elle enfila un casque qu'elle trouva par terre. Elle n'eut pas besoin de dire quoi que ce soit : elle sauta sur le dos d'Oarf et ils s'envolèrent juste avant que les flammes n'engloutissent les écuries.

D'en haut, la situation lui apparut dans toute sa gravité. La moitié du camp était envahie par les flammes, de nombreux cadavres y jonchaient le sol ; dans l'autre partie, la bataille faisait rage, mais les fammins étaient en écrasante supériorité. Dans leurs pattes hérissées de griffes, ils brandissaient des épées différentes des autres, qui émettaient d'étranges lueurs rougeâtres. Pendant que Nihal survolait le camp en rase-mottes, Oarf en attrapa quelques-uns et les tua. Puis elle descendit encore pour cueillir Laïo, qui courait à la recherche d'un abri.

— Agrippe-toi à moi et ne me lâche sous aucun prétexte, lui ordonna-t-elle.

La demi-elfe et son dragon continuèrent à semer la mort dans les lignes ennemies. Nihal s'efforçait de rester calme et de ne pas perdre sa concentration. C'était difficile, tellement le spectacle était horrible et décourageant. Tout en combattant, elle cherchait un lieu sûr où déposer son ami. Elle finit par apercevoir une clairière qui semblait déserte et elle pensa que c'était l'endroit idéal.

— Je te laisserai ici, cria-t-elle. Tu n'auras qu'à bien serrer ton épée, et si quelqu'un arrive, tu l'assommes, d'accord ?

Dans son dos, Laïo hocha la tête en signe d'acquiescement.

Dès qu'il eut sauté à terre, elle reprit son vol et fondit en piquée sur la mêlée.

Elle combattait déjà depuis un bon moment au milieu des flammes lorsqu'elle se sentit submergée par une sensation d'oppression, et un chœur de voix gémissantes lui emplit la tête. Elle en oublia où elle était et ce qu'elle faisait. Elle avait éprouvé la même chose le jour de la chute de Salazar. C'est alors que, cernée par le crépitement du feu, les tempes battantes et la vue brouillée, elle leva les yeux et le vit.

Il était exactement au-dessus d'elle, éclairé par la funèbre lumière de la lune, énorme : un dragon, encore plus noir que le ciel nocturne dans lequel il planait. Ses énormes ailes membraneuses déployées, il la fixait avec un regard glacé qui lui gela le sang dans les veines. Ses yeux injectés de sang, rouges comme des tisons ardents couvant sous la braise, brillaient d'une lumière sinistre. Un homme était assis sur son dos. Un homme aux contours indéfinis, immobile. Il paraissait immense, et il était noir, comme sa monture. Oarf, le dragon puissant et téméraire qui ne craignait rien ni dans le ciel ni sur la terre, trembla.

Ils se regardèrent pendant un moment qui sembla interminable à Nihal. Elle était paralysée par cette vision, incapable de bouger. Une entaille rouge s'ouvrit dans la forme noire, et le dragon poussa un grondement, accompagné d'un jet lumineux. Alors Nihal put voir les yeux de son adversaire : des yeux petits et brillants, des yeux de furet.... Les hurlements dans sa tête devinrent insupportables. Elle n'eut que le temps de voir une flamme rouge arriver sur elle avant de tomber dans un abîme sans fond. Un rugissement couvrit les voix, un rire de moquerie et de victoire.

Nihal se retrouva par terre, protégée par l'aile d'Oarf. Elle était à demi assommée et ressentait une vive douleur à un bras.

— Nihal, qu'est-ce qui t'a pris ? Tu es blessée ?

La jeune fille regarda Ido d'un air égaré et ne réussit pas à répondre.

— Oarf, emmène-la loin d'ici, à l'abri, dit le gnome en la chargeant sur le dos de l'animal.

Nihal s'agrippa de toutes ses forces en essayant de reprendre possession de ses pensées : tandis qu'Oarf prenait son envol, elle vit le dragon noir s'abattre sur le campement, semant la destruction. De nouveau, les voix l'assaillirent. Alors, elle se souvint : Salazar au coucher du soleil, la plaine incendiée par l'astre rouge et, au loin, l'armée du Tyran. Ce jour-là, elle avait vu, haut dans le ciel, une silhouette ténébreuse et ailée : le même dragon que celui qu'elle avait devant les yeux.

Il leur fallut une nuit entière de lutte acharnée pour repousser l'attaque. Pour les fammins, la retraite n'existait pas, et ils durent les abattre un à un. Le guerrier monté sur le dragon noir disparut peu avant l'aube, alors que les agresseurs comprenaient qu'ils ne prendraient pas le camp.

Les premiers rayons du soleil inondèrent le champ de bataille d'une lumière impitoyable. Il ne restait pas une seule construction sur pied. Ils avaient maintenu leur position, c'est tout. Le camp était dévasté.

Ido errait au milieu des cendres, épuisé. Âme de la résistance, il avait combattu sans répit, indifférent aux blessures, à la chaleur, au feu et à la mort. À présent, il était à bout. Un peu plus, et il s'effondrait.

Nihal fit atterrir Oarf et courut vers lui.

— Ido, ça va ? lui demanda-t-elle, alarmée, tout en faisant l'inventaire des blessures sur le corps du gnome.

— Non, ça ne va pas, mais je ne suis pas mort non plus, répondit-il d'une voix rauque.

Il la regarda et ses yeux s'arrêtèrent sur son bras :

— Tu es brûlée.

— Ce n'est rien, répondit-elle. Partons, maintenant.

Le gnome secoua la tête :

— Non, il pourrait y avoir encore des survivants de cette boucherie. Je dois les...

Nihal l'interrompit :

— Allons-nous-en, Ido.

Une centaine de personnes, c'est-à-dire un peu plus de la moitié des habitants du camp, avaient échappé à la mort. Ils furent réunis dans une clairière des environs. Presque tous étaient blessés.

— Nihal, tu veux bien me dire ce qui t'est arrivé, demanda Ido.

Le visage de la jeune fille se ferma au souvenir de l'horrible sensation qu'elle avait éprouvée devant le dragon noir.

— Alors ? insista le gnome.

— Je connais ce guerrier.

Une ombre passa dans les yeux d'Ido :

— Lequel ?

— Celui sur le dragon noir. Je le connais, Ido. Quand Salazar a été attaquée par l'armée du Tyran, j'étais sur la terrasse de la tour avec Sennar. J'ai vu les lances des fammins briller dans la lumière du coucher de soleil. J'ai vu leurs troupes s'avancer. Et à leur tête il y avait cet homme.

Ido ne dit rien.

— Cette nuit, lorsque je me suis trouvée face à lui, c'était le chaos dans ma tête. C'est pour ça que son dragon a pu me toucher.

— C'est Dola, murmura Ido. Cet homme s'appelle Dola.

Nihal regarda le gnome dans les yeux :

— Sennar m'a parlé de lui. Dola... C'est lui qui a détruit ma ville. C'est par sa faute que mon père est mort.

Ido soutint son regard, puis tourna la tête et serra les paupières.

Ils se retranchèrent dans un camp situé à quelques milles de là, toujours sur la frontière, mais plus à l'occident. En tendant l'oreille, on pouvait y entendre la rumeur des courants impétueux du Saar. Là, Ido et Nihal se consacrèrent à la reprise de la situation en main, insufflant courage aux autres et aidant les généraux à recomposer l'armée. Ce n'est qu'après qu'ils purent se reposer, pour la première fois depuis la bataille.

Nihal savait qu'Ido avait apprécié la manière dont elle s'était comportée. Dans ses gestes sûrs et dans sa calme détermination, le gnome avait lu qu'elle était maintenant une personne différente, un guerrier mûr et fiable. Mais ce n'était pas du tout comme cela qu'elle se sentait. La rencontre avec Dola l'avait secouée et avait réveillé en elle des souvenirs insupportables.

— Je n'arrive pas à arrêter de penser à l'attaque de Salazar et à ce guerrier, dit-elle un soir, alors qu'elle regardait le ciel d'été avec Ido. Je me souviens bien de lui, chevauchant son dragon. Sous ses ordres, l'armée se répandait comme la poisse.

Elle se tourna vers le gnome :

— Tu sais ce qu'il a fait aux gens de ma cité ? Il les a enfermés dans la tour en flammes, et les a laissés brûler vifs. Les hommes, les femmes, les enfants !

Ido tira sur sa pipe et cracha un nuage de fumée :

— Les généraux du Tyran se comportent tous comme ça.

Nihal leva la tête vers les étoiles, songeuse :

— Nous devrions aller le débusquer ! Je vais demander au général qu'il organise une expédition contre lui, et je m'y joindrai.

Ido se tut pendant quelques instants, puis il souffla un autre nuage de fumée :

— Très mauvaise idée !

— Pourquoi ?

— Tu crois vraiment que ce détachement est en état d'affronter un ennemi comme Dola ? Regarde autour de toi, Nihal ! Nous avons été décimés, nos forces sont au plus bas. Ce n'est pas le moment d'entreprendre des actions d'éclat. Dola est un guerrier puissant, il commande la Terre du Vent. Et il est sans pitié.

— Ido, ce monstre a tué mon père, exterminé mes amis, rasé ma ville !

Sans s'en apercevoir, Nihal avait haussé la voix :

— On doit l'arrêter ! Et je veux le faire moi-même.

Ido ôta la pipe de sa bouche et la regarda longuement.

— Qui est en train de parler là, Nihal ? demanda-t-il à la fin.

La jeune fille le fixa sans comprendre :

— Moi... c'est moi qui parle.

— Quelle partie de toi ? répliqua le gnome en détachant bien ses paroles.

Nihal sentit ses joues s'enflammer :

— Je sais ce que tu penses, mais tu te trompes.

— Ça m'étonnerait, vu ce que tu dis.

— Ce n'est pas par vengeance, murmura la jeune fille.

Ido remit la pipe dans sa bouche :

— Et pour quoi, alors ?

— Pour la justice.

— Écoute-moi, Nihal. Si jamais il y avait une expédition contre Dola – et je t'assure qu'il n'y en aura pas –, tu pourrais bien partir avec toutes les meilleures résolutions du monde, convaincue d'aller accomplir une simple mission de guerre ; seulement, lorsque tu te trouverais en face de cet homme...

Ido laissa ses paroles en suspens, puis secoua la tête :

— Ne te mets pas à l'épreuve, Nihal. Ne le fais pas.

Après cette soirée, Nihal ne revint pas sur le sujet avec son maître et ne se hasarda pas non plus à proposer de mission suicide au général ; cependant elle ne pouvait pas effacer l'image de Dola de son esprit. Le souvenir de l'immense animal noir et de ses yeux rouges qui la fixaient des profondeurs de l'enfer ne la quittait jamais. Ces mêmes yeux avaient peut-être aussi fixé le cadavre de Livon étendu dans sa forge, ils s'étaient peut-être posés sur nombre d'habitants de Salazar qu'elle connaissait, avant que les flammes ne les dévorent. La colère lui montait à la gorge : elle devait faire quelque chose ! Mais elle savait qu'Ido avait raison : donner la chasse à cet homme signifiait un danger mortel. Son désir de vengeance ne s'était pas apaisé pour autant, il n'attendait qu'un autre moment comme celui-là pour l'assaillir de nouveau. N'était-ce vraiment pas la vengeance qu'elle cherchait ? Ne voulait-elle pas faire payer à Dola le sang de tous ceux qu'il avait condamnés à une mort horrible ?

« Non, non, ce n'est pas ça, répétait-elle. Dola est un ennemi, et je suis un chevalier du dragon. C'est pour cela. Seulement pour cela. »

La décision de Nihal mûrit vite : ce serait elle, une habitante de Salazar, qui mettrait fin au règne de Dola. Elle ferait en sorte que la cité détruite par le Tyran prenne sa revanche sur celui qui l'avait réduite en cendres. Et après la chute de Dola, il serait plus facile à l'armée des Terres libres de reconquérir la Terre du Vent.

Elle était déterminée, et galvanisée par son projet. Pour la première fois depuis très longtemps, elle se sentait investie par quelque chose d'important. « Peut-être que c'est comme ça que l'on se sent lorsqu'on poursuit un idéal, quand on sait où va sa propre vie », se disait-elle.

Lorsqu'elle se fut trouvé toutes les justifications dont elle avait besoin, elle cessa d'y penser. Elle ne se posa pas plus de questions, parce que, au fond de son âme, elle savait que les réponses qu'elle aurait trouvées ne lui auraient pas plu.

La nuit funeste pendant laquelle le campement avait éte rasé fut suivie d'une période de calme relatif. Les blessés se remirent sur pied, les soldats survivants furent intégrés dans les troupes du camp qui les avait accueillis et les généraux élaborèrent de nouvelles stratégies.

Pour Nihal, l'occasion d'affronter Dola se présenta au bout de quelques mois d'inactivité. Les responsables du campement avaient décidé de tenter une expédition contre une base ennemie à l'orient. S'ils réussissaient à s'emparer de leur forteresse, ils pourraient, partant de là, chercher à regagner du terrain dans l'arrière-pays.

Les réunions destinées à planifier l'action commencèrent une semaine avant la date de l'attaque. Tous les chevaliers du dragon y participèrent. Pour la première fois, Nihal y apporta sa contribution. Elle ne s'était jamais intéressée à la stratégie ; et aux temps de l'Académie, les leçons de théorie militaire l'ennuyaient à mourir. Mais, bien qu'elle ait fréquenté les champs de bataille à peine un an, elle avait beaucoup combattu et l'expérience ne lui manquait pas. Lorsqu'elle avança sa proposition de disposition des troupes en vue de l'assaut, elle s'attendit néanmoins à la voir rejetée.

Or, après l'avoir écoutée attentivement, le général approuva son idée.

— Ido et toi aurez à votre disposition des troupes du front oriental, dit-il, cent hommes chacun. Vous attaquerez à notre signal et encerclerez l'ennemi, conclut-il.

De stupeur, Ido en ôta sa pipe de sa bouche. Nihal eut du mal à réprimer un sourire. C'était une double opportunité : commander des hommes, et surtout mettre la main sur Dola.

Le matin de la bataille, Nihal avait le cœur en effervescence. Elle marchait à la tête de ses soldats dans la steppe, suivie par Oarf, essayant en vain de se calmer. Jusque-là, elle avait toujours réussi à se contrôler, conformément à ce que lui avait enseigné Ido : froideur, prudence, maîtrise de soi. Mais ce matin-là elle n'arrivait pas à maintenir sa concentration plus de quelques minutes. Depuis son réveil, elle n'avait fait que penser à Sennar. Cela lui arrivait à chaque fois qu'elle réalisait quelque chose d'important, ou qu'elle était à un tournant de sa vie : elle se demandait ce qu'il aurait fait à sa place. Et maintenant qu'il était parti, elle se demandait aussi si elle le reverrait un jour...

Ido, lui, était l'image de la sérénité. Il fumait sa pipe, perché sur Vesa, qui affrontait la steppe avec flegme et dignité.

À un moment, voyant que la jeune fille s'épongeait le front, toute pâle, le gnome s'inquiéta :

— Tout va bien ?

— Oui. C'est la chaleur...

— Ça fait longtemps que je ne t'avais pas vue aussi agitée !

Elle se força à sourire :

— C'est la première fois que je guide des soldats.

Mais Ido continua à la fixer. Nihal songea qu'il devinerait toujours son état d'âme. Juste comme Sennar...

— C'est une bataille comme les autres, dit le gnome.

Nihal esquissa une nouvelle fois le sourire gêné qui lui venait sur les lèvres à chaque fois qu'elle voulait cacher quelque chose à son maître.

Quand ils arrivèrent en vue de la base qu'ils devaient assiéger, la tête de Nihal se vida et son cœur se mit à battre plus régulièrement. Ils s'arrêtèrent au sommet d'une colline. À leurs pieds s'étendaient une cinquantaine de tentes, disposées en cercles concentriques dans le rayon d'une demi-lieue. La puanteur des bêtes qui y vivaient parvenait jusqu'à eux et les prenait à la gorge. Au milieu du camp se dressait une construction de bois sombre. « Dola. C'est le baraquement de Dola ! » se dit Nihal, et son cœur s'affola.

La bataille commença. Tandis que les fantassins dévalaient la colline et se dirigeaient à grandes foulées vers le campement, Nihal tira son épée. Son reflet étincela dans la lumière resplendissante du soleil d'été. Elle grimpa sur Oarf, qui fut rejoint par Vesa. Ido avait lui aussi dégainé son épée. Nihal s'était souvent demandé où il avait bien pu se procurer une arme comme celle-là : sur sa garde figuraient des symboles étranges, qui semblaient avoir été grattés à la hâte. Était-ce des runes ? En tout cas, elle ne connaissait pas cette langue.

— Nous partirons au premier signal de retraite, dit Ido aux soldats.

La jeune guerrière serra sa garde.

Le moment de l'attaque arriva. Le contingent guidé par le gnome et la demi-elfe se lança en avant, avec l'effet escompté : ceux qui repoussaient l'assaut dans la plaine ne s'attendaient pas à être chargés sur un autre front, et les premières lignes parvinrent à pénétrer au cœur du campement sans trop de difficulté.

Montée sur Oarf, Nihal combattait comme à son habitude, tout en regardant attentivement autour d'elle.

En vain : il n'y avait aucune trace du guerrier au dragon noir. Elle trouva étrange que dans un moment aussi grave Dola ne vienne pas prêter main-forte à ses soldats. Parmi eux, il y avait beaucoup d'hommes, et autant de gnomes. Ils s'étaient vendus au Tyran et luttaient contre leurs propres terres ! « Les traîtres ! » songea la jeune fille avec rage.

Elle s'efforça de rester concentrée sur la bataille, mais ses yeux ne cessaient de scruter les alentours.

Soudain, une ligne de feu partit d'un groupe de tentes et avala tous ceux qui se battaient à terre, les soldats de l'armée des Terres libres comme les fammins, brûlant tout sur son passage.

La bête noire émergea des flammes tel un démon et s'éleva dans le ciel en quelques battements d'ailes puissants. Le cœur de Nihal bondit. Dola faisait son entrée dans la bataille, armé d'une longue lance et revêtu d'une armure sombre qui ne laissait rien entrevoir de son corps. Le rugissement terrible du dragon emplit l'espace, et, bien que le soleil brillât encore, les ténèbres semblèrent fondre sur le campement.

La tête pleine de mille voix gémissantes, Nihal éperonna Oarf.

— Dola ! hurla-t-elle à tue-tête avant de se jeter sur lui en levant son épée.

Son premier coup manqua sa cible. Elle s'éloigna un peu. De grosses gouttes de sueur lui coulaient le long des joues, et elle sentait la fureur monter en elle Elle fit ralentir son dragon et changea de direction. À présent, l'ennemi se trouvait droit devant elle. Il portait un masque terrible, noir comme la nuit, sous lequel scintillaient ses yeux, deux points lumineux qui la scrutaient avec une expression indéchiffrable.

Nihal eut l'impression que Dola riait. Oui, il se moquait d'elle, de son épée, de son dragon, de sa cité. Un cri sauvage s'échappa de sa gorge. Elle se lança de nouveau à la charge, et cette fois ce fut le dragon noir qui sembla rire. Puis il ouvrit grand sa gueule de volcan et vomit sur elle un jet de flammes rouge sang.

Oarf l'esquiva en virant brusquement, et Nihal repartit à l'attaque. Encore une fois, le guerrier évita son fendant, et un ricanement moqueur se fit entendre sous le masque.

— Ne ris pas de moi ! hurla Nihal.

Elle se jeta sur son adversaire avec fougue. La fureur lui faisait perdre le sang-froid. « Reste calme ! Reste calme, nom d'un chien ! » se répétait-elle.

Ses coups tombaient dans le vide l'un après l'autre, alors que ceux de son adversaire, énergiques et vigoureux, risquaient de la désarçonner à chaque moment. Cet homme était doté d'une force que Nihal n'avait jamais rencontrée chez aucun ennemi, une force telle qu'elle devait empoigner son épée à deux mains pour la contrer. Mais son corps était étrange ; ses bras et ses jambes avaient des dimensions anormales.

Nihal mit un peu de temps à comprendre : Dola avait la même taille et les mêmes proportions qu'Ido ! Le guerrier le plus puissant de l'armée du Tyran était un gnome.

La jeune fille commençait à être fatiguée ; elle était aussi de plus en plus furieuse. Pourquoi n'arrivait-elle pas à le toucher ? Impassible, le gnome parait ses coups d'une seule main. Elle s'efforça de garder son calme ; mais son cœur battait la chamade, ses muscles tremblaient sous la tension, et les voix dans sa tête l'exhortaient à aller jusqu'au bout, à se perdre dans cette bataille.

« Maintenant ! Frappe-le maintenant ! »

Lorsque la lame noire parvint enfin à érafler l'armure de son adversaire, Nihal hurla de joie. Son cri mourut sur ses lèvres quand Dola lui montra son bras. Sous les yeux incrédules de la jeune fille, l'éraflure se referma d'elle-même et disparut.

Les voix l'étourdirent et le désespoir la submergea comme une vague irrépressible. Elle entendit Oarf gémir ; le sang de son dragon coula sur sa cuisse. C'est alors que Nihal perdit la tête. Elle poussa un cri, amorça un fendant du haut, et abattit son épée de toutes les forces qui lui restaient. Dola n'eut qu'à lever la main pour arrêter le coup. Ils se retrouvèrent l'un contre l'autre. Nihal pouvait entendre la respiration régulière de son adversaire, et pendant un instant elle entrevit un sourire cruel sous son masque.

Une douleur insupportable la parcourut de la tête aux pieds. Elle cligna des yeux, et vit confusément la lame du gnome s'extraire lentement de son flanc. Elle ne se rendit même pas compte qu'elle tombait en arrière. Elle s'écrasa sur le camp ennemi, inconsciente, au milieu des corps sans vie. Cette fois, Oarf n'amortit pas sa chute.

Le dragon gisait à terre, une patte tordue. Il cracha des flammes pour éloigner les fammins de sa maîtresse, puis il la prit entre ses dents et se mit péniblement à la traîner dans la poussière. Il ne s'arrêta pas avant de l'avoir amenée à l'abri, loin de la bataille.

19

LA CONVALESCENCE DE NIHAL

Nihal délirait. Les yeux brûlants du dragon noir et ceux, glacés et malveillants, de Dola la poursuivaient de leur expression moqueuse ; elle se voyait en train de fuir à travers des ténèbres sans fin. Elle entendait ses pas résonner sur un sol invisible, et, alors qu'elle courait de toutes ses forces, le souffle du dragon noir lui brûlait la nuque avant de l'envelopper et lui dévorer la chair.

Et puis, il y avait des images de mort : la tour de Salazar, secouée par l'incendie, qui implosait et s'écroulait à terre, Livon qui lui disait : « Tu ne m'as pas encore vengé », son peuple qui lui répétait comme une litanie : « Où est le sang de celui qui a répandu le nôtre ? Où est la vie de celui qui a mis fin à la nôtre ? »

Peu à peu, le bruit et les hurlements cessèrent. La terreur qui la tenaillait s'évanouit. À la fin, il n'y eut plus que l'obscurité et le silence.

« Peut-être que c'est ça, la mort. Je suis morte. »

Quand elle entrouvrit les yeux, la lumière du jour l'éblouit. Elle était dans une tente, et quelqu'un lui tenait la main. Elle tourna lentement la tête.

— Laïo, murmura-t-elle.

— Tout va bien, dit le jeune garçon en lui caressant les cheveux. Tout va bien. Vraiment.

Rassurée par ses paroles, elle sombra enfin dans un sommeil tranquille.

Lorsqu'elle revint à elle et que la douleur de sa blessure se fit moins cuisante, elle put entendre le récit de son sauvetage. Laïo lui raconta comment Oarf l'avait portée jusqu'à l'arrière-ligne et l'avait confiée aux soins des écuyers.

— Comment va-t-il ? demanda-t-elle, préoccupée.

— La blessure est profonde, mais elle est en train de cicatriser.

Il la regarda avec un air de désapprobation :

— Qu'est-ce qui t'a pris, Nihal ?

— Je ne comprends pas ce que tu veux dire, mentit-elle.

Laïo secoua la tête :

— Ne me prends pas pour un imbécile, Nihal. Cet homme est trop fort pour toi, tu n'aurais pas dû te laisser entraîner si loin.

Son amie ne répondit pas. Elle était en proie à une colère aveugle et dévorante. Non seulement Dola l'avait vaincue, mais il avait blessé son dragon. Elle ne pouvait pas supporter l'idée qu'Oarf avait failli mourir de la main de cet homme. L'abattre n'était plus un simple défi, c'était une nécessité.

Quelques jours plus tard, Ido se présenta lui aussi à son chevet. Le gnome était dans un piètre état : il était blessé à un bras et semblait épuisé.

— Malédiction ! Cette fois, tu m'as vraiment fait peur ! s'exclama-t-il dès qu'il eut franchi le seuil de la tente.

Nihal se mit à rire ; comme Ido ne l'imitait pas, elle s'empressa de changer de sujet :

— Comment s'est terminée la bataille ?

— Le soir où tu as été blessée, nous avons dû nous retirer. Nous avons érigé ce camp pour les assiéger, dit-il en s'asseyant sur le bord du lit.

— Qui est-ce qui m'a soignée ?

— Ganna. C'est un stratège désastreux, mais comme magicien il n'est pas mal.

Nihal regarda le gnome dans les yeux :

— Ido, la lance de Dola a fendu mon armure.

— Je sais. Tu as un flanc déchiré.

Pourtant le cristal noir est le matériau le plus résistant qui existe ! Comment est-il possible que...

— Nihal, Dola n'est pas n'importe quel guerrier, déclara Ido. Il est en étroit contact avec le Tyran. Il a dépassé beaucoup de limites, plus que ce que tu peux imaginer. C'est pour cela que je t'avais conseillé de l'éviter, ajouta-t-il sur un ton de reproche.

La jeune guerrière comprit que son maître ne voulait pas s'acharner sur elle, mais qu'il n'approuvait pas l'initiative qui l'avait conduite sur ce lit.

— Nous étions très près l'un de l'autre quand il m'a frappée. Il a eu tout le temps de viser, il ne pouvait pas manquer son coup, dit-elle. Tu sais ce que cela veut dire ?

Le gnome se taisait :

— Ido, réponds-moi : il m'a épargnée ?

Silence.

— Je t'ai posé une question ! À ton avis, Dola m'a épargnée ?

— Cela n'a pas d'importance, finit par dire Ido.

— Pour moi ça en a, au contraire ! Il a blessé mon dragon et il s'est moqué de moi, comme il s'est moqué de tous les gens de ma cité !

Nihal s'était mise à crier.

— C'est pour cela qu'il m'a laissée en vie. Pour me dire que je ne suis rien à ses yeux, que je ne représente pas le moindre danger !

La douleur l'obligea à se taire.

— Oui ! Il t'a épargnée ! éclata Ido. Et alors ? Remercie le ciel d'être encore en vie.

— Dola est un gnome, tu le savais ? lâcha Nihal.

Ido se leva sans un mot et se dirigea vers la sortie.

— Attends ! Tu le connais ? Tu as déjà combattu contre lui ? Pourquoi tu ne veux pas en parler, nom d'un chien !

Ido se retourna, exaspéré :

— Non, je ne le connais pas ! Et je me fais du souci pour toi. Est-il possible que tu ne comprennes pas ce qui est en train de t'arriver ?

Les visions de cauchemar qui l'avaient hantée pendant qu'elle combattait revinrent à l'esprit de la jeune fille.

— Je ne veux pas que tu restes ici, déclara le gnome. Je t'ai obtenu une permission de deux semaines, que tu passeras sur la Terre de l'Eau. Là, tu te remettras sur pied, et tu reviendras quand tu seras de nouveau toi-même et que tu auras oublié toute cette histoire.

— Nihal essaya de se redresser :

— Non ! Je...

La douleur lui coupa le souffle. Elle retomba sur son lit, pâle comme la mort. Ido revint sur ses pas. Il n'était plus en colère.

— Je veux seulement que tu réfléchisses, Nihal, dit-il. Fais une pause et pense à tout ce que tu as conquis ces derniers mois. Rien d'autre. Tu partiras demain, annonça-t-il d'un ton qui n'admettait pas de réplique avant de sortir.

Laïo insista pour venir avec elle ; Nihal, de son côté, fit des pieds et des mains pour pouvoir emmener Oarf. Finalement, l'écuyer et le chevalier obtinrent satisfaction et ils partirent tous les trois ensemble, accompagnés par un guide.

Quand Nihal avait revu pour la première fois Oarf, elle faillit pleurer. Si elle avait pu bouger, elle se serait pendue au cou de l'énorme dragon pour lui demander pardon. Elle l'avait regardé, les yeux brillants, et il avait penché la tête vers elle, blanche comme un linge et étendue sur son brancard, l'air de lui dire qu'un chevalier et son dragon partageaient le même destin et qu'il était normal qu'ils aient été tous les deux blessés.

Le magicien qui avait soigné Oarf était vraiment doué, peut-être même plus que celui qui s'était occupé de Nihal. Une longue cicatrice barrait la patte du dragon, mais il pouvait être considéré comme guéri.

Le voyage fut agréable. La chaise à porteurs qui avait été préparée pour Nihal était confortable, et le paysage que l'on entrevoyait au loin, celui de la Terre de l'Eau, sillonnée de ses mille ruisseaux, époustouflant. Loin des champs de bataille, Nihal se rappela qu'il existait une vie sans guerre, une vie à laquelle peut-être, un jour, quand elle aurait cessé de se chercher dans la sueur du combat, elle prendrait part.

La première fois que la jeune fille avait fait le voyage de la Terre du Vent à la Terre de l'Eau, trois ans plus tôt, le passage de l'une à l'autre était à peine perceptible. À présent, les choses étaient très différentes. Quittant les steppes brûlées par le feu de trop de batailles, on découvrait à l'improviste l'éclat d'une terre encore vierge et féconde. À la frontière des deux règnes, Nihal distingua une sorte de barrière bleutée.

— Qu'est-ce que c'est ? demanda-t-elle au guide.

— Quoi ?

— Cette ligne, là, au fond.

— Vous êtes une magicienne ? s'enquit l'homme.

— Non. Disons que j'ai appris un peu la magie, répondit Nihal.

— Alors, tout s'explique. C'est la barrière magique qu'ont élevée les nymphes de la Terre de l'Eau contre l'armée du Tyran. Ceux qui s'y connaissent en magie sont les seuls à la voir.

— Moi, je ne vois rien, dit Laïo, qui s'était penché sur son cheval et scrutait l'horizon.

— Un groupe de nymphes la maintient jour et nuit, ajouta le guide.

En se concentrant davantage, Nihal réussit à apercevoir les évanescentes créatures de l'eau. Elles se tenaient debout à quelques brasses de la barrière, dressées dans toute leur beauté, leurs mains diaphanes tournées vers le ciel. Elles semblaient entièrement absorbées par leur

tâche et seuls leurs longs cheveux bougeaient légèrement, mus par le souffle du vent. De leurs visages émanait une impression de mélancolie, de choses perdues
pour toujours, de vies consumées dans le sacrifice et la
solitude.

La demi-elfe perçut ce sentiment, qui venait vers elle
tel un nuage et l'enveloppait tout entière. Elle eut le
vertige, il lui sembla entendre les voix de ces créatures
qui avaient renoncé à la vie, mais ne pouvaient pas
oublier la douceur d'une existence normale. L'écho
d'une litanie immensément triste lui parvint ; elle
entendit les paroles de la formule avec laquelle les nymphes érigeaient la barrière. C'était comme un chant
déchirant, empreint de douleur et de dignité.

La jeune fille connaissait les tourments de celui qui
avait perdu quelque chose à jamais. Elle détourna le
regard de ces créatures infortunées.

Ils s'établirent dans un village proche de la frontière.
Derrière la maison se trouvait un bois, où s'abritaient
des nymphes. Une base de l'armée complétait le panorama. Nihal passa les premiers jours au lit, et ce repos
forcé ne fut pas vraiment pour lui déplaire. Elle était
trop fatiguée pour penser à autre chose qu'à se rétablir
au plus vite.

Ce furent les nymphes qui soignèrent sa blessure.
Quand l'une d'elles se présenta à la porte de leur loge-
ment en disant qu'elle était là pour s'occuper d'elle, la
demi-elfe fut stupéfaite. La créature éthérée s'approcha
lentement d'elle, comme si elle était suspendue au-
dessus du sol. Puis elle la toucha. Nihal n'avait jamais

eu de contact physique avec les nymphes. Elles semblaient faites d'eau pure, la demi-elfe avait imaginé
qu'elles étaient presque impalpables. Or, la main qui
se posa délicatement sur son flanc était froide, mais
réelle. La fraîcheur qui émanait d'elle était pleine de
vie, et elle donna à Nihal une sensation de bien-être
que même les plus puissantes formules de guérison de
Sennar n'étaient jamais arrivées à lui faire éprouver.

— C'est de la magie ? demanda-t-elle.

La nymphe sourit.

— Si l'on veut... Pour vous les hommes, on peut en
effet parler de magie, car vous êtes tellement séparés
des forces naturelles que vous n'êtes pas capables de
saisir la vie qui court dans la terre et dans les arbres,
ou dans notre mère l'eau. Pour nous, c'est différent :
nous sommes nous-mêmes la nature, et donc nous
sommes ce que vous appelez de la magie.

Grâce à ses soins, Nihal put quitter le lit ; mais dès
qu'elle le fit, son esprit agité recommença à la torturer.
La première semaine de sa permission ne s'était pas
encore écoulée qu'elle se demandait déjà comment elle
allait tenir. Les images de sa défaite l'obsédaient. Elle
revoyait le rictus du dragon et les yeux de Dola, et se
disait que la partie n'était pas terminée.

Elle se mit à errer dans les environs du village, le
long des ruisseaux. Le fil de son raisonnement suivait
le cours tortueux des eaux et revenait toujours à la même
pensée : Dola. La splendeur du paysage n'arrivait pas à
lui faire oublier ce nom. Elle ne pouvait pas tolérer
l'idée que cet homme soit encore libre de faire ce qu'il
voulait de la Terre du Vent, de sa patrie, de sa maison,

et elle savait qu'elle ne trouverait pas de répit tant qu'elle ne l'aurait pas vaincu.

L'armure du gnome l'intriguait plus que tout La seule fois où elle avait réussi à la toucher, l'éraflure s'était réparée d'elle-même. Il devait s'agir d'un enchantement du Tyran ! Avec un ennemi comme celui-là, l'épée ne suffisait pas : il fallait recourir à la magie.

Un soir qu'elle se creusait la cervelle pour trouver qui elle pourrait consulter, toutes les pièces se mirent en place dans son esprit. « Je devrais retourner à la bibliothèque de Makrat ! Je pourrais inventer un moyen de distraire cet insupportable bibliothécaire et consulter les livres noirs, ceux de la zone interdite. Là, il y aura sûrement des formules capables de... »

Soudain, elle eut une illumination. Comment n'y avait-elle pas pensé plus tôt ? Mégisto ! D'après les annales de la lutte contre le Tyran, il était vivant, emprisonné quelque part sur la Terre de l'Eau. C'était Mégisto qu'il fallait chercher ! Qui mieux que lui pouvait connaître la magie interdite ? Qui, sinon celui qui avait été son fidèle serviteur ?

Le lendemain, pendant les soins quotidiens de la nymphe, Nihal se lança :

— Je cherche quelqu'un. Peut-être que tu sais où je pourrais le trouver...

La nymphe continua à passer doucement ses mains sur la plaie. Nihal prit son silence pour un encouragement.

— Il s'agit de Mégisto, dit-elle dans un souffle.

Les mains de la nymphe tremblèrent légèrement

— Mégisto est un renégat, dit-elle sans lever les yeux de la blessure.

— Je sais. J'ai besoin de lui parler.

La nymphe secoua la tête :

— Ne me le demande pas, Nihal. Personne ne peut savoir où il est.

— Écoute-moi, je t'en prie, insista Nihal. Celui qui m'a mise dans cet état est un ennemi terrible, un des plus cruels guerriers du Tyran. Je veux l'affronter à nouveau, et le vaincre. Mais pour ça j'ai besoin des conseils de quelqu'un qui connaît la magie interdite. Il me faut savoir... S'il te plaît, dis-moi où le chercher.

Comme la nymphe resta silencieuse, Nihal pensa qu'elle avait échoué. Lorsqu'elle eut terminé ses soins, elle se leva et se dirigea vers la porte de la maison avec une expression indéchiffrable sur le visage.

Arrivée sur le seuil, elle se tourna vers la jeune fille.

— À l'endroit le plus sombre du bois, au nord de ce campement, se trouve une petite clairière, dit-elle dans un filet de voix. Tu ne peux pas te tromper, tu la reconnaîtras parce qu'il y a un grand rocher au milieu. Va là-bas au lever de la lune et attends. Tu le rencontreras sans avoir à le chercher.

Nihal sourit :

— Merci ! Merci de tout cœur.

— Ce n'est pas une faveur que je te fais, murmura la nymphe en sortant.

Nihal ne put résister. Le soleil avait à peine commencé à descendre qu'enveloppée dans son manteau en dépit de la chaleur elle se faufila jusqu'au bout du village, où une cabane avait été transformée en écurie pour Oarf. Lorsqu'il la vit, le dragon se dressa de toute sa hauteur et la salua par un grognement de satisfaction.

— Je vais à la chasse au rocher, Oarf. Ça te dit de venir avec moi ?

Le dragon baissa aussitôt la tête pour la laisser monter.

— Qu'est-ce que je ferais sans toi ? fit Nihal en souriant.

Ils prirent leur envol et se dirigèrent vers le nord, survolant la forêt à basse altitude. La lumière du coucher de soleil parait le bois de teintes plus sombres ; dans le ciel embrasé on n'entendait que les chants des oiseaux et le battement régulier des ailes d'Oarf.

Nihal gardait les yeux fixés vers le sol. Elle distingua d'abord un réseau serré de ruisseaux, puis un haut plateau, et des rangées d'arbres envahis par la végétation. Elle aperçut également la faille rocheuse où avait été emprisonné Laïo. Elle continua à scruter le bois jusqu'à ce qu'elle ait aperçu le lieu qu'elle cherchait : une petite clairière entourée d'arbres de haut fût, au centre de laquelle se détachait un grand rocher.

La jeune fille fit atterrir Oarf. Elle se laissa glisser péniblement de son dos — sa blessure la faisait encore souffrir — et regarda autour d'elle. « Tu le rencontreras sans avoir à le chercher », avait dit la nymphe. Le magicien était-il là ? Un silence total régnait sur la clairière, où il n'y avait aucune trace de présence humaine.

Nihal ne savait pas quoi faire. Elle finit par s'asseoir au pied du rocher, sous le regard interrogateur d'Oarf.

Le soleil disparut dans le ciel, les ombres s'allongèrent sur le sol, et la nuit tomba peu à peu. Mégisto ne se montrait pas.

Nihal se serait endormie sans la colère qui montait en elle. Même si, à sa connaissance, les nymphes n'avaient pas particulièrement le sens de l'humour, elle commençait à soupçonner l'évanescente créature de s'être moquée d'elle.

Et puis, tout à coup, alors que le premier rayon de lune en effleurait la paroi, le rocher contre lequel elle s'était appuyée se mit à vibrer imperceptiblement. La jeune fille pensa d'abord que ses sens la trompaient ; puis elle vit une tête, un buste, des membres, et finalement la silhouette d'un homme se dessiner en silence sur la pierre.

Lorsque la lumière argentée l'eut complètement éclairée, la pierre termina sa métamorphose et prit la forme d'un vieillard mal en point, au visage strié de rides ; il avait une barbe blanche d'une longueur extraordinaire et de lourdes chaînes autour des poignets et des chevilles. Nihal retint son souffle. Elle connaissait cet homme, parce qu'il l'avait soignée et sauvée des brigands. Mégisto n'était autre que le vieux de la grotte.

20

DESCENTE AUX ENFERS

— Bravo pour tes pièges, fit le vieil homme. Je ne te croyais pas aussi astucieuse. Je suppose que tu as réussi à libérer ton ami...

Nihal le regardait, stupéfaite : l'idée d'être restée pendant des jours entre les mains d'un homme du Tyran lui donnait la chair de poule.

— Mégisto..., murmura-t-elle.

Le vieux sourit, comme à son habitude.

— Oui, Mégisto. Le renégat, le maudit, l'ancien exterminateur de nymphes..., dit-il en s'asseyant dans l'herbe. Je ne savais pas comment cela allait arriver, mais je sentais que nous allions nous revoir. Eh bien ? Tu es peut-être revenue payer ta dette envers moi, qui t'ai sauvé la vie ? ajouta-t-il ironiquement.

Nihal fit non de la tête.

— Je m'en doutais. Alors, qu'est-ce qui me vaut l'honneur de ta visite ?

La demi-elfe, encore sous le choc, s'efforça d'avoir l'air sûre d'elle.

— Je sais que tu connais la magie du Tyran, dit-elle en regardant le vieux en face. J'ai besoin de ton aide pour contrer un de ses enchantements.

À ces mots, Mégisto changea d'expression ; ses yeux, jusqu'alors bienveillants, se firent sévères :

— Et pourquoi ?

Nihal hésita :

— Parce que... parce que je suis un chevalier du dragon et que je combats contre son armée.

Le vieil homme jeta un rapide coup d'œil à Oarf.

— Si tu es venue pour ça, tu peux aussi bien t'en aller, fit-il. Je n'ai pas l'intention de révéler quoi que ce soit de ce qui m'a conduit à un destin semblable.

Nihal retira son manteau, dévoilant sa tenue de bataille, corset noir et pantalon de cuir. L'épée qui pendait à sa taille scintillait dans l'obscurité.

— Laisse-moi au moins te raconter toute l'histoire.

Le vieillard la dévisagea attentivement. Nihal détestait qu'on la regarde de la sorte. Au bout de quelques minutes interminables, elle le vit hausser les épaules.

— Soit ! Ça ne me coûte rien de t'écouter, soupira-t-il.

Nihal lui parla longuement de Dola, de son armure qui se réparait toute seule, de la lance qui avait transpercé son armure de cristal noir.

— Il a failli me tuer, Mégisto, conclut-elle.

Elle s'attendait à ce qu'il dise quelque chose, mais il continua à la regarder, imperturbable.

— En fait, je veux savoir comment le battre.

Le vieux prit une profonde inspiration :

— Je suis désolé. Je ne peux pas t'aider.

— Tu ne peux pas, ou tu ne veux pas ?

— Et toi ? Pourquoi tiens-tu à vaincre cet homme ? répliqua Mégisto.

332

— Quelle question ! Parce que c'est un ennemi. Il dirige l'armée contre laquelle je combats.

— Pourquoi est-ce que tu désires vaincre cet homme ? répéta Mégisto sans tenir compte de sa réponse.

La jeune fille sortit de ses gonds :

— Je viens de te le dire ! Parce que je suis un chevalier du dragon !

— Ce qui te pousse vraiment, c'est autre chose, dit Mégisto.

Il secoua la tête :

— Tu veux te venger, Nihal.

— Non ! Pour moi, Dola est un ennemi comme les autres ! Je...

— Tu veux le voir implorer ta pitié, l'interrompit le vieux.

— Ce n'est pas vrai !

— Et lorsqu'il se traînera, blessé, à tes pieds...

— Non !

— ... tu lui trancheras la tête et tu regarderas son sang se répandre sur le sol. Et quand il sera mort, tu riras et tu sentiras que ta vengeance est accomplie.

— Ce n'est pas ça ! hurla Nihal.

— Ne mens pas ! tonna le vieil homme.

Nihal le regarda avec des yeux écarquillés, éperdue. Lorsque le vieux prit de nouveau la parole, son ton était grave et solennel.

— Je ne doute pas que tu es de bonne foi, Nihal. Mais à l'intérieur de toi vit une bête à peine assoupie. Son sommeil est léger, crois-moi. Et quand cet homme sera à terre devant toi, cette bête se réveillera et te mangera le cœur.

— Je ne suis plus celle d'avant..., murmura Nihal, comme si elle se parlait à elle-même.

— Je le sais, reprit le vieux. Je connais très bien ce qui te tourmente. Cette même bête qui vit en toi m'a traîné dans ce bois et m'a mis les chaînes aux poignets.

Il leva les mains, et les lourds anneaux de fer tintèrent.

J'étais un magicien, il y a des années de cela. Un magicien médiocre qui s'occupait surtout d'histoire. Un jour, un homme eut le malheur de me faire du mal. Et la vengeance devint mon unique raison de vivre. Ce n'était pas pour moi que je la voulais, mais pour ceux que cet homme m'avait enlevés. Je me suis tourné vers les formules prohibées, je me suis allié au Tyran. Il m'a donné de grands pouvoirs. Je me suis mis à étudier, Nihal, avec la même ferveur que celle que j'avais mise auparavant à étudier l'histoire de ce monde. Et le pouvoir obscur m'a été entièrement révélé. Alors vint l'attente. J'attendais le jour de ma vengeance, savourant à l'avance le plaisir de voir cet homme mourir de ma main. Oh, comme je l'attendais ! Ce jour arriva enfin. En le tuant, je sentis mon cœur chanter, mais ce fut une courte mélodie. Ma colère ne s'apaisa pas ; elle ne devait jamais s'apaiser. Le sang est comme l'ambroisie, Nihal : quand tu y as goûté une fois, tu en es esclave pour toujours. J'ai continué à tuer, et à chaque fois que j'utilisais la magie pour détruire une vie, le pouvoir obscur croissait en moi, parce que c'est là justement sa nature. Je tuais pour le Tyran et pour moi. Finalement, les nymphes m'arrêtèrent.

Le vieux leva les yeux au ciel, et pendant un instant le reflet de la lune les rendit complètement blancs.

— C'est un des mages du Conseil qui m'a apposé ce sceau. On m'a condamné à me transformer en pierre et à ne redevenir homme que la nuit.

— Pourquoi ne t'es-tu jamais échappé ? demanda Nihal, incrédule.

— J'ai essayé. J'ai essayé pendant des années. Mais à chaque fois que je franchissais les limites du bois, aux premiers rayons de l'aube je me retrouvais de nouveau dans cette clairière, pétrifié.

Il eut un sourire amer :

— Puis le temps a passé, la jeunesse s'est envolée... Aujourd'hui, je remercie celui qui m'a causé ce tourment, parce qu'il m'a libéré de l'esclavage de la mort et m'a rendu à moi-même.

Mégisto regarda Nihal droit dans les yeux :

— Seulement, ceux que j'ai tués ne reviendront pas, Nihal, et il n'y a aucun prix que je puisse payer pour racheter leurs vies.

Nihal soutint son regard pendant quelques instants, puis elle baissa la tête.

— Je sens que Dola ne pourra pas tomber sous une autre main que la mienne, lâcha-t-elle. Je le sens, tu comprends ?

— Continue à te chercher toi-même, chevalier. Tu n'as encore parcouru qu'un court chemin sur la route qui te mènera à la vérité.

— Mais je continue à me chercher ! Et ce n'est pas par vengeance que je veux arrêter Dola ! répliqua Nihal, troublée. Par le passé, j'ai combattu pour les morts,

Mégisto. À présent, je ne combats que pour moi. Et je ne veux vaincre Dola que pour ceux qui vivent sous son joug.

— Poursuis, dit le vieux en la regardant.

— Je te jure que je ne le tuerai pas, Mégisto, dit-elle plus calmement. Je ne me vengerai pas dans le sang. Je le conduirai au campement, et dès ce moment-là son sort ne me concernera plus. Je t'en prie, aide-moi.

Mégisto resta plongé dans ses pensées pendant un temps qui parut interminable à Nihal.

— Viens ici la nuit prochaine, dit-il enfin, alors que l'aurore commençait à colorer le ciel d'un bleu intense.

La jeune fille se leva et remit son manteau.

— Merci, dit-elle au rocher qui venait d'apparaître là où s'était tenu le vieillard.

Après cette nuit sans sommeil, Nihal dormit jusqu'à l'heure du déjeuner. Lorsqu'elle sortit de la maison, Laïo la regarda, étonné :

— Eh bien, qu'est-ce qui se passe ? On change ses habitudes, chevalier ?

— J'étais fatiguée, répondit-elle en restant volontairement vague.

Laïo avait toujours approuvé ses choix, mais Nihal avait des raisons de penser que celui-ci ne serait pas de son goût. Elle attendit avec impatience la nuit, et dès qu'il fit sombre, elle sauta sur Oarf et vola jusqu'au bois.

— J'espérais que tu ne viendrais pas, dit Mégisto quand il la vit s'avancer dans la clairière.

— Je ne renonce pas facilement ! déclara Nihal.

— Je m'en étais rendu compte, fit le vieux en esquissant un sourire. À présent, écoute. La magie que je vais t'enseigner est le fruit de l'obscurité, dit-il d'un air grave. Elle est basée sur la haine, en cela réside sa force. Pour réussir à la formuler, tu devras t'appuyer sur la haine et sur le désespoir qui se trouvent en toi. Tu devras te souvenir de tout ce que tu as oublié, déterrer les ombres que tu as enfouies au fond de ton cœur, t'abandonner à cette partie de toi qui cherche à t'arracher ton âme.

Mégisto fit une pause.

— Maintenant que tu sais, Nihal, reprit-il, veux-tu toujours connaître la formule interdite ?

— Oui, répondit fermement Nihal. Dis-la-moi.

— Je n'ai pas fini, continua le vieux. Hier, tu m'as fait un serment. Je ne mets pas en doute ta parole, mais je sais que ton cœur est fragile. Je ne veux pas d'autres morts sur la conscience. Quand tu auras fini d'apprendre, je t'imposerai un sceau : si tu tentes d'utiliser cet enchantement plus d'une fois, tu mourras.

— J'accepte, dit Nihal sans hésitation.

— Soit ! soupira Mégisto. Sache néanmoins que ce sera comme plonger dans un abysse. J'espère que tu seras assez forte pour le supporter.

Un frisson parcourut le dos de Nihal. L'idée de redevenir ce qu'elle était quelques mois plus tôt la terrorisait, mais ses yeux ne laissèrent rien transparaître.

Le vieil homme croisa les jambes, et ses chaînes tintèrent.

— La magie qui rend Dola si fort est une puissante formule prohibée. Son nom est Flamme noire. Avec cet enchantement, on donne la vie à ce qui n'en a pas. Une vie forte, empreinte de la haine que son créateur est capable de lui insuffler. C'est pour cela que le gnome semble immortel.

— Je ne comprends pas, dit la jeune fille.

— L'armure de Dola, Nihal. Elle est vivante et invulnérable. Même les coups les plus violents ne peuvent l'endommager, et comme tu l'as vu, elle est capable de se réparer toute seule. La formule que je vais t'enseigner s'appelle Ombre invincible ; elle permet de pénétrer n'importe quel type de barrière défensive et d'infliger des blessures incurables. Si tu l'appliques à ton épée, tu seras en mesure de percer l'armure de Dola. Mais je te préviens : cet enchantement ne te suffira pas à la battre. Si tu l'essayais sur un homme, un gnome ou un fammin, il mourrait sur-le-champ ; l'armure de Dola, elle, ne sera pas tuée par tes coups, elle cessera seulement d'être inviolable...

— Donc, grâce à l'Ombre invincible, on combattra à armes égales, l'interrompit Nihal.

— Tu ne seras jamais sur un pied d'égalité avec un tel être, car sa force naît de la magie du Tyran. En revanche, son corps est fait de chair, et avec cet enchantement tu pourras le blesser.

Nihal hocha la tête :

— Continue.

— La haine est en chacun de nous, enfouie dans notre âme, Nihal. Tu le sais déjà. Pour évoquer l'Ombre invincible, tu dois faire appel à sa force. Quand tu l'auras amenée à la surface, tu seras envahie par toute la douleur que tu as éprouvée jusqu'à ce jour. Si tu sais en contrôler la puissance, tu maîtriseras l'enchantement.

Nihal n'était pas sûre d'avoir compris :

— Mais comment ça fonctionne ? Comment dois-je me comporter ?

— Je ne peux rien t'expliquer de plus avec les mots. Maintenant, à toi de décider si tu veux essayer.

— Qu'est-ce qui se passera si j'échoue ? demanda la jeune fille, la voix altérée par la peur.

— Tu mourras, dit le vieux d'un ton neutre.

Pour commencer, Mégisto fit évoquer à Nihal la Lame de Lumière, un enchantement simple qu'elle fut capable de réaliser sans trop d'effort. Une petite flamme azurée apparut sur sa main.

— Bien, murmura le vieux. Nous pouvons commencer.

Nihal sentit les battements de son cœur s'accélérer. À présent que le moment crucial était arrivé, elle avait peur, une peur froide et bien réelle.

— Répète après moi : *Vrašta Anekhter Tanhiro*.

— *Vrašta Anekhter Tanhiro*, murmura Nihal.

— Encore : *Vrašta Anekhter Tanhiro*, répéta Mégisto. *Vrašta Anekhter Tanhiro*, continue, ne t'arrête pas.

— *Vrašta Anekhter Tanhiro*, répéta la jeune fille.

— Concentre-toi sur le désespoir que tu as ressenti dans ta vie, demanda le vieillard en la fixant d'un regard sombre. Mais, attention, ne t'y perds pas, essaie de le dominer.

Nihal ferma les yeux. Elle se mit à répéter ces paroles sans signification pour elle en pensant au passé. Le souvenir de ce qui l'avait fait souffrir n'était que trop vif. Tandis que la litanie s'échappait de ses lèvres comme un chant hypnotique, elle rappela à sa mémoire la mort de Livon. Elle revit d'abord la forge de son père, vide et silencieuse. Puis vinrent les bruits, la rumeur terrible de la bataille de ce jour-là : les cris, le sifflement des haches qui s'abattaient sur les habitants de Salazar, le choc sourd des corps tombant sur le sol. *Vrašta Anekhter Tanhiro. Vrašta Anekhter Tanhiro.* Elle se sentit flotter. Le monde disparut ; il ne lui resta qu'une sensation de chaleur dans la main.

La voix de Mégisto lui parvenait comme un écho :

— Plonge, Nihal, laisse-toi plonger...

Tout à coup, la forge se peupla. D'un côté il y avait Livon, occupé à fouiller dans un coffre. De l'autre, une gamine aux oreilles pointues et disproportionnées, avec de grands yeux langoureux et une épée au flanc. *Vrašta Anekhter Tanhiro, Vrašta Anekhter Tanhiro, Vrašta Anekhter Tanhiro...*

C'est là qu'ils entrèrent. Deux fammins, armés de haches et d'épées.

Ils font irruption, la regardent, rient. Bruit d'épées qui se heurtent. Livon qui lui hurle de s'en aller. *Vrašta Anekhter Tanhiro, Vrašta Anekhter Tanhiro.* Livon combat. « Pourquoi tu ne pars pas ? Va-t'en ! Sauve-toi ! » *Vrašta Anekhter Tanhiro, Vrašta Anekhter Tanhiro.*

— Descends encore, chevalier. Contrôle ce que tu ressens, et descends...

Nihal sait que cela ne peut pas bien se terminer ; elle sait ce qui est sur le point d'arriver et elle ne veut pas, elle ne veut pas ! Ça suffit ! Ça suffit ! Mais elle ne peut pas bouger, elle ne peut rien faire, alors elle crie, elle l'appelle, elle le supplie de s'en aller. *Vrašta Anekhter Tanhiro, Vrašta Anekhter Tanhiro, Vrašta Anekhter Tanhiro.*

— Oui, Nihal, tu y es presque !

Un hurlement déchire les ténèbres. Dans un moment de silence, elle voit Livon se tourner vers elle : il la regarde, et tout s'arrête. « Ne te retourne pas, Livon ! Sauve-toi ! Ne me regarde pas ! » Et voilà que l'épée le transperce ; lui continue à la regarder, il la regarde comme toujours, il tombe sans une plainte. Nihal voudrait crier, mais elle ne le peut pas, elle n'a plus de voix...

Soudain, la scène se transforme en gouffre.

Nihal voit des milliers de visages hurlants, noircis et déformés, qui fondent sur elle en se tordant, elle entend le bruit assourdissant d'une rixe autour d'elle. L'espace d'un instant, Nihal reprend conscience. Devant l'horreur qui la traverse, elle pense qu'elle devrait s'arrêter, que c'est trop, qu'elle n'en peut plus. Mais sa langue poursuit toute seule la litanie, et les paroles qui sortent de sa bouche attirent de nouveaux démons, qui l'entourent et l'entraînent avec eux, la tirant par les bras, les jambes, les cheveux...

— Domine-les, domine-les ! chuchote une voix lointaine, monstrueuse.

Dominer quoi ? Comment peut-on dominer le royaume des morts ? Mille mains sur elle, mille yeux plantés dans les siens, et la haine qui monte comme une marée...

Nihal est terrorisée comme jamais dans sa vie, sa gorge nouée ne lui permet pas de crier, mais seulement de psalmodier encore et encore le maudit refrain : *Vrašta Anekhter Tanhiro, Vrašta Anekhter Tanhiro, Vrašta Anekhter Tanhiro...*

— Ça suffit ! Reviens à toi ! dit plusieurs fois la voix déformée.

Comment ? Peut-on vraiment sortir de ce cauchemar ? Que quelqu'un l'aide, alors !

— Ferme la main ! Arrête la magie ! dit encore la voix.

Nihal ne sent plus aucune partie de son corps. Où est sa main ? Y a-t-il une main à fermer ? Elle essaie de maîtriser sa panique, mais elle n'y parvient pas. Elle écarquille les yeux de toutes ses forces, mais l'obscurité n'a pas de fin.

Soudain, elle sentit quelque chose et s'y agrippa : la fraîcheur de l'air, le contact de deux mains sur son visage...

Les fantômes disparurent, les ténèbres aussi.

La lune, d'une blancheur glacée, la regardait d'en haut. Mégisto était penché sur elle.

— Tu es de nouveau parmi les vivants, dit-il.

Nihal n'arrivait pas à ralentir son souffle ; il lui semblait qu'il n'y avait pas assez d'air pour remplir ses poumons. Elle resta longuement étendue, pendant que son cœur peinait à retrouver son rythme.

Lorsqu'elle réussit enfin à s'asseoir, elle haletait encore.

— C'est cela que tu dois affronter, dit Mégisto sans aucune émotion. La nuit prochaine, je serai là, si tu veux recommencer.

Nihal hocha la tête, se leva et s'éloigna sans un mot, les jambes tremblantes et une sensation de froid dans tout le corps. Elle rejoignit Oarf dans l'épaisseur du bois et posa sa tête sur le poitrail du dragon.

Le lendemain, Nihal se dit qu'elle ne retournerait pas voir Mégisto. Pourquoi devrait-elle revivre cette terrible expérience ? Elle faisait de son mieux pour revenir à la vie, et c'était déjà assez difficile comme ça. Le vieux avait raison : elle devait trouver sa route, et elle devait se concentrer là-dessus, pas sur Dola. Et pourtant...

Elle était la seule à avoir un moyen de le vaincre. Et puis, elle ne pouvait pas toujours fuir. Le moment était venu de faire les comptes avec ses démons. Du courage, il fallait seulement du courage.

C'est ainsi qu'elle décida finalement de continuer, et elle le fit la gorge nouée. Battre Dola était tout ce qui importait, c'était son défi au passé.

Le deuxième soir, elle crut mourir. Parmi les visages des fantômes se glissèrent les esprits de son peuple, et les vieux cauchemars se mêlèrent aux autres. Elle résista, mais elle ne parvint pas à maîtriser l'Ombre invincible car l'au-delà la traînait vers le bas, toujours plus bas. Elle n'arrivait pas à s'en dégager.

— La détermination, Nihal, c'est tout ce que tu as. La volonté de ne pas tomber de nouveau dans l'abysse. C'est cela, ta planche de salut, lui dit Mégisto.

Nuit après nuit, Nihal retourna à la clairière à son corps défendant. Lorsque le soleil descendait derrière la cime des arbres, elle sentait son estomac se serrer, elle était prise de nausées, ses tempes se mettaient à battre violemment... Mais, nuit après nuit, elle gagnait du terrain sur ses visions monstrueuses. Peu à peu, elle réussit à rester consciente, tandis que la flamme sur sa main devenait de plus en plus sombre.

— Tu approches du but, Nihal, lui répétait Mégisto.

Et Nihal résistait aux assauts de la haine et de la douleur.

Cet atroce voyage se termina la veille de la fin de sa permission. Lorsqu'elle ouvrit les yeux et émergea des ténèbres par ses seules forces, un globe noir brillait sur sa main : il lévitait au-dessus de sa paume gauche en émettant des reflets sombres. Nihal le regarda, émerveillée. Elle avait réussi !

— Ceci est l'Ombre invincible, dit Mégisto à mi-voix. Avant la bataille contre Dola, applique cet enchantement à ton épée, et tu seras capable de fendre son armure. Il te suffit de refermer la main pour faire disparaître le globe et briser la magie.

Nihal serra les doigts, et la lumière s'évanouit.

— Merci, Mégisto, murmura-t-elle.

— Ne me remercie pas, je t'ai fait un cadeau mortel. Souviens-toi : si tu prononces cette formule deux fois, tu mourras. À présent, baisse la tête.

Nihal obéit, et le vieux lui imposa les mains sur la nuque, puis chuchota quelques paroles magiques. Lorsqu'il eut terminé, il la prit par le menton et la regarda droit dans les yeux :

— La vérité que tu cherches est au détour de ta route, Nihal. Seulement, la vérité est souvent un bien terrible.

— Qu'est-ce que tu veux dire ? demanda-t-elle, perplexe.

— Chaque individu doit chercher lui-même son propre idéal. Souviens-t'en, répondit le vieux.

Il se leva :

— Maintenant, va. Notre rencontre est terminée.

Pendant qu'elle volait, installée sur la croupe d'Oarf, Nihal repensa aux paroles de Mégisto : que pouvait-il y avoir de mal dans la vérité ? Tout ce qu'elle avait toujours voulu depuis la destruction de sa ville, c'était de savoir. « Prophéties de voyant », se dit-elle. Elle éperonna son dragon et se dirigea vers la base.

21

LA TENTATION DE LA MORT

Nihal avait espéré que la conquête de l'Ombre invincible ne laisserait pas de traces ; hélas, ce ne fut pas le cas. Depuis le soir où elle avait affronté l'abysse pour la première fois, elle était inquiète, et les images du cauchemar revenaient la tourmenter.

Pendant qu'elle volait vers la Terre du Vent sur Oarf, abandonnant le village où elle et Laïo avaient passé ces deux semaines, Nihal se demandait si elle serait capable de terminer ce qu'elle s'était promis tout en restant elle-même.

— Alors, tu as clarifié tes idées ?

Ido l'attendait sur le seuil de la tente, son éternelle pipe à la bouche.

— Oui, parfaitement, mentit-elle.

Le gnome la regarda :

— Tu es bien pâle !

— Je suis un peu fatiguée.

Ido frappa sa pipe contre la semelle de ses bottes, faisant tomber un petit tas de cendres sur le sol :

— C'est l'heure du déjeuner. Allons manger quelque chose.

Assis à une table dans le grand pavillon qui servait de cantine, Ido fit à Nihal le point sur la situation. Pendant son absence, le siège s'était poursuivi mais ils n'avaient pas avancé d'un seul pas. Les combats commençaient au lever du soleil et se prolongeaient jusqu'à ce que les ombres s'étendent sur la prairie ; les morts étaient nombreux de part et d'autre, mais aucune solution ne se profilait.

— Aujourd'hui, conclut Ido, notre seul espoir est de les prendre par la faim.

— Et Dola ? lâcha Nihal d'un air indifférent.

Ido continua à boire bruyamment sa soupe sous le regard interrogateur de la demi-elfe. Puis il posa sa cuillère dans l'écuelle :

— Il est parti.

— Quand ?

— Cette nuit.

Tout au long des quinze jours précédents, le guerrier avait plané sur le champ de bataille, semant la terreur et la mort sans que personne puisse l'arrêter. Les épées étaient incapables de percer son armure, les lances ne pouvaient rien contre lui, et lorsque les archers le visaient, il passait entre les flèches. Puis, à l'improviste, la dernière nuit, un cri inhumain semblable à celui d'un rapace avait retenti sur le campement. Ido, comme beaucoup d'autres, était sorti pour voir ce que c'était : une ombre noire, énorme, survolait le camp. Et elle criait. Elle criait, et elle riait, d'un rire railleur.

— Je me suis lancé à sa poursuite avec Ried, mais il a été touché par une flamme...

Nihal écarquilla les yeux : Ried était l'un des plus valeureux chevaliers du dragon.

— Vesa aussi a été blessé. Bref, nous avons dû nous retirer, conclut Ido.

— Vesa est blessé ? demanda Nihal, incrédule.

Jusque-là, le dragon d'Ido était toujours sorti indemne de toutes les batailles.

— Oui. Et pas seulement lui.

Il souleva la manche de sa chemise et désigna un bandage.

— Rien de grave. Disons qu'il m'a juste marqué comme un poulet, plaisanta le gnome.

Mais son ton était amer.

— Et maintenant ?

— Maintenant ? Rien. L'important, c'est qu'il soit parti et que nous n'ayons plus affaire à lui. Tu es d'accord, n'est-ce pas ? lança-t-il, en la regardant droit dans les yeux.

Nihal baissa la tête. Non, elle n'était pas d'accord. Elle avait affronté l'enfer pour pouvoir combattre ce monstre, et elle était bien décidée à le faire, dût-elle le suivre jusque sur la lune.

Ido poussa un grand soupir et replongea rageusement sa cuillère dans sa soupe.

— Qu'est-ce qu'il y a ? demanda Nihal.

— Je te retourne la question, répondit froidement le gnome. Je croyais avoir été clair, mais j'ai l'impression que tu n'as pas changé d'attitude.

Nihal repoussa son écuelle et se pencha vers lui :

— Pourquoi est-ce que cela t'ennuie à ce point que je veuille me battre contre lui ? Dis-moi pourquoi !

Ido posa sur elle un regard glacé :

— Je ne t'ai pas formée pour que tu te fasses tailler en rondelles par ce bâtard, Nihal.

Puis il se leva de table et se dirigea vers la sortie sans se retourner.

Au début, Nihal ne participa pas aux combats. Elle préféra s'entraîner seule et essayer de reprendre un peu de forces. Elle s'émerveillait elle-même de sa patience. Un an auparavant, elle aurait sauté sur Oarf et serait partie sur les traces de Dola. À présent, elle attendait en couvant des projets d'attaque. Et à la fin sa patience fut récompensée.

Un jour arriva sur le campement un capitaine, envoyé comme émissaire par les garnisons en poste dans le bois de Herzli, qui jouxtait le grand fleuve Saar. D'après lui, Dola s'était emparé de la région de la Forêt et y avait installé ses nouveaux quartiers. À la tête d'une imposante armée, il avait attaqué l'avant-poste des Terres libres sur la Terre du Vent.

— Vous savez que cette région est peu couverte, vu sa proximité avec le Saar, et nous craignons qu'il veuille attaquer par là la Terre du Vent, pour ensuite pénétrer sur la Terre de l'Eau par l'occident, rapporta le militaire au général du camp et à tous les chevaliers du dragon réunis pour l'écouter.

Dès qu'elle avait entendu prononcer le nom de Dola, le cœur de Nihal avait bondi dans sa poitrine. Le moment était arrivé !

— Il faut renforcer nos troupes dans cette zone, je

ne vois pas d'autre solution, déclara un chevalier. Nous pourrions déplacer la moitié de nos hommes.

— Je ne sais pas si c'est une bonne idée, intervint Ido. Nous ne pouvons pas non plus dégarnir notre territoire. Qui sait si ce n'est pas précisément ce qu'attend Dola pour attaquer ?

L'émissaire l'interrompit :

— Chevalier, là-bas nous tombons comme des mouches. Je ne sais pas combien de temps nous pourrons résister.

— Et toi, qu'est-ce que tu proposes, Ido ? demanda le général.

Le gnome ne se laissa pas démonter :

— La Terre du Vent est la plus petite de toutes les Terres : son front n'est pas très vaste, on peut le parcourir à dos de dragon en deux jours à peine. Je crois que nous pourrions nous contenter de leur envoyer des renforts. Un chevalier ou deux, à la tête d'une garnison. Pendant ce temps, nous répartirons mieux nos troupes le long de la frontière et nous tenterons une offensive à l'occident, pendant que nous occupons Dola dans le bois.

— Occuper Dola n'est pas une chose facile, tu le sais mieux que quiconque, observa le général.

C'est alors que Nihal se leva de son banc.

— Je m'en charge, dit-elle calmement.

Ido lui lança un regard furieux, mais elle demeura impassible :

— Confiez-moi une garnison, et je vous l'amènerai ici.

Un rire s'éleva au fond de la salle :

— Arrête de jouer les fanfaronnes, Nihal ! Jusqu'à présent, personne n'a été capable de tenir tête à Dola.

— Je me trompe, ou il t'a gravement blessée, il y a quelque temps ? fit un autre chevalier.

— J'ai tiré la leçon de mes erreurs, répondit Nihal. Si nous suivons le plan d'Ido, nous avons seulement besoin de quelqu'un qui l'occupe, n'est-ce pas ? Et de forces fraîches qui donnent un coup de main aux garnisons proches du Saar. Eh bien, pour cela, je crois être à la hauteur.

Le général se taisait, perplexe.

— Vous n'allez tout de même pas consentir à cette folie ! éclata Ido.

— Cette folie a été proposée par toi, observa son supérieur.

— Oui, mais... en fait, Nihal est chevalier depuis trop peu de temps. Elle n'a pas l'expérience nécessaire. Pouvons-nous mettre le destin de la Terre du Vent entre ses mains ?

Nihal sentit le sang lui monter aux joues. Elle ouvrit la bouche pour répondre, mais le général lui fit signe de se s'abstenir.

— Ton plan me semble convenir à nos exigences, Ido, fit-il. Et Nihal nous a démontré qu'elle était un remarquable guerrier. Par conséquent, c'est elle qui partira. Voilà ce que j'ai décidé, et je ne veux aucune discussion.

Ido secoua la tête. Le cœur de Nihal, lui, exultait.

— Je vous remercie de la confiance que vous me témoignez, général, dit-elle.

La réunion se termina, et les chevaliers sortirent par petits groupes. Nihal s'attarda dans la salle pour discuter des détails de la mission. C'était la première fois qu'on lui confiait une garnison ; cependant, ce n'était pas ce qui l'excitait le plus. Elle était impatiente de partir.

Quand elle retourna à sa tente, elle y trouva Ido qui fumait nerveusement sa pipe, assis devant l'entrée. Dès qu'il la vit, le gnome sauta sur ses pieds et pointa un index sur elle :

— Écoute-moi bien, jeune fille. Essaie seulement de sortir de ce campement avec ta garnison, et je te jure que je ne te laisserai pas y revenir en un seul morceau !

— On peut savoir ce qui te prend, au juste ? lança Nihal en haussant la voix. C'est une mission comme une autre !

Ido jeta sa pipe par terre, traçant une ligne de braise dans l'obscurité.

— Non, ce ne l'est pas, et tu le sais très bien ! hurla-t-il, le visage rouge de colère.

Nihal resta pétrifiée. Ils s'étaient souvent disputés, mais elle ne l'avait jamais vu aussi furieux.

Quelqu'un cria : « Silence, bon sang ! » ; plusieurs têtes pointèrent hors des tentes alentour.

Ido se pencha pour ramasser sa pipe et regarda Nihal froidement.

— Fais ce que bon te semble, va mourir où tu veux ! conclut-il en s'éloignant.

Le lendemain matin, Nihal s'approcha de la tente du gnome et demanda si elle pouvait entrer, mais un silence obstiné l'accueillit ; elle eut beau insister, elle n'obtint aucune réponse.

Elle et Laïo partirent quelques heures plus tard.

Nihal avait une centaine de soldats sous ses ordres, plus que ce qu'elle avait imaginé. L'espace d'un instant, elle se sentit perdue : la tâche lui sembla dépasser ses capacités. Et quand elle pensait qu'elle s'était lancée dans cette entreprise uniquement pour obtenir vengeance, elle se sentait encore plus mal. Oui, vengeance. D'un coup, Nihal saisit toute la gravité de ce qui allait arriver. Peut-être qu'Ido avait raison, après tout.

— Je peux te poser une question ? fit soudain Laïo.

— Quoi ? dit Nihal, sur la défensive.

— Pourquoi est-ce que tu as tenu à te mettre dans cette situation ?

— Je ne comprends pas ce que tu veux dire, fit la jeune fille sur un ton faussement indifférent.

— La dernière fois que tu t'es attaquée à Dola, tu en es sortie à moitié morte. Qu'est-ce que tu cherches ? Qu'est-ce que tu veux prouver ?

— Tu es d'accord avec Ido, c'est ça ? répliqua Nihal avec irritation.

Laïo haussa les épaules :

— Non, Nihal. Non.

Lorsque les soldats du bois de Herzli virent arriver cette troupe commandée par une femme, certains entrèrent dans une colère noire, d'autres rirent, d'autres enfin perdirent tout espoir.

Sur le campement, gris comme un ciel délavé par trop de pluie, flottait un parfum de mort. Il comptait une vingtaine de tentes, toutes de la même couleur de boue. Les blessés étaient nombreux, et ceux qui ne l'étaient pas semblaient mortellement las. Ni femmes, ni enfants ; seulement des hommes dans la solitude de la guerre.

Le général emmena Nihal faire un tour de reconnaissance. Il avait l'air de quelqu'un qui en a trop vu dans son existence. Il était maigre, pas très âgé, à en juger par son corps musclé, mais son visage était sillonné de nombreuses rides, ses épaules tombaient et ses yeux étaient éteints. Un homme fatigué de la guerre et du sang, un homme fatigué de la vie elle-même. Il se présenta sous le nom de Mavern.

La zone n'était certes pas le champ de bataille idéal. Nihal, qui n'avait jamais combattu dans le maquis, trouva le bois très dense. Elle s'en souvenait, de ce bois : elle l'avait traversé en fuyant Salazar en flammes. En tendant l'oreille, elle pouvait entendre le puissant grondement du fleuve Saar.

Ils marchèrent jusqu'au sommet d'une colline, d'où elle eut une vision claire de la situation : une partie du bois était rasée, et des bandes de terre nue le sillonnaient comme des plaies ouvertes. Toutes partaient d'un noyau noir central : la base des forces ennemies. Au milieu se dressait une tour trapue. La plupart des fammins se trouvaient ici mais on pouvait deviner que beaucoup étaient tapis dans l'épaisseur du bois.

— Ce camp était là avant, dit le général. Et il était à nous jusqu'à la semaine dernière. La tour, elle, c'est Dola qui l'a fait construire : c'est sa résidence, la sienne et celle de son infernal monstre noir. Il y a deux jours qu'il s'y barricade. Il ne bouge pas, il n'attaque pas, rien. Il attend.

Nihal serra les poings : donc, il était là. L'homme qui avait écrasé sa ville était là.

— Nous allons le faire sortir de sa tanière, déclara-t-elle.

Le général n'y consentit pas facilement. Ses hommes rentraient à peine d'une pénible bataille, les pertes étaient considérables, et il y avait trop de blessés.

— Nous sommes peu nombreux, et à bout de forces, nous n'avons aucune chance de victoire.

— Mes hommes sont frais, répliqua Nihal.

— C'est une folie, chevalier.

— La nuit prochaine, il n'y aura pas de lune, nous les attaquerons dans leur sommeil. Ne vous faites pas de souci pour Dola : il ne touchera pas un seul de vos hommes. Vous n'aurez qu'à vous glisser dans le camp et vous occuper des fammins. Tout ce qui compte, c'est que vous agissiez de manière fulgurante, car la surprise est notre unique alliée.

Le général lui lança un regard sceptique.

— Je vous jure que le campement sera de nouveau à nous ! dit Nihal.

La journée suivante s'écoula tranquillement, même si Nihal avait conscience de s'être vantée auprès du général d'une confiance qu'elle n'avait pas. Elle s'en alla dans les bois, laissant à Laïo le soin de polir son épée et de préparer son armure. Lorsqu'elle fut suffisamment loin pour ne plus entendre les bruits du camp, elle s'approcha du majestueux fleuve et s'obligea à ne penser à rien, se répétant que c'était une mission comme les autres, rien de plus.

Cependant elle savait pertinemment que ce qui l'attendait n'était pas une bataille de l'armée des Terres libres contre le Tyran. Ni celle des morts de Salazar, ni même celle du peuple des demi-elfes. C'était sa bataille. Et elle, Nihal, le chevalier du dragon, devait la mener en restant elle-même. À tout prix.

Il lui semblait que la nuit ne tomberait jamais. Lorsque l'obscurité s'empara enfin du ciel d'été, Nihal se retira dans la tente qui lui avait été assignée et s'assit en tailleur sur le sol. Son épée, astiquée par Laïo, brillait devant elle. Le moment de réciter la formule était arrivé. Elle essuya la sueur de son front et s'aperçut que ses mains tremblaient. Elle avait de nouveau peur.

Elle se rappela la première fois où elle avait tenté d'évoquer l'Ombre invincible. Et si elle n'arrivait pas à maîtriser l'enchantement ? Si elle sombrait dans l'abysse et en perdait la raison ?

Elle ferma les yeux et essaya de se calmer. « Vide ton esprit ! »

Son cœur ralentit sa course.

« Vide ton esprit. »

Sa respiration redevint normale. Seulement alors elle évoqua la Lame de Lumière, et elle resta un moment à observer la petite flamme comme si elle la voyait pour la première fois : un globe parfait, d'un bleu léger, innocent.

Puis, d'une voix rauque, elle entama la litanie.

Les visions infernales ne se firent pas attendre. Les visages défigurés et les corps meurtris bondirent vers elle et la heurtèrent violemment. *Vrašta Anekhter Tan-*

hiro. Vrašta Anekhter Tanhiro. Des cris monstrueux et des rires brutaux explosèrent dans sa tête. *Vrašta Anekhter Tanhiro. Vrašta Anekhter Tanhiro.* Nihal fut enveloppée dans un suaire de ténèbres. Elle cligna plusieurs fois les paupières, mais qu'elle ait les yeux ouverts ou fermés n'avait aucune importance. Elle était envahie, possédée. Sa terreur devint insupportable ; la folie était là, à un pas. Elle tomba en arrière et sentit qu'elle allait perdre conscience. Alors, elle cria, elle cria encore et encore, et, au prix d'un effort surhumain, elle s'arracha à l'obscurité.

Lorsqu'elle revint à elle, le corps couvert d'une sueur glacée, le globe noir tournoyait lentement sur la paume de sa main.

— Qu'est-ce que c'est que ça ?

La voix de Laïo lui parvint comme un murmure. Le jeune garçon se tenait sur le seuil et la regardait, effrayé. Nihal était assise au milieu de la tente, pâle et tendue, la tête rejetée en arrière et les yeux révulsés. La lumière surnaturelle du globe creusait des ombres sur son visage.

— Je t'ai entendu hurler, balbutia Laïo. Alors, je suis entré et...

— Tout va bien, Laïo, le rassura Nihal à voix basse alors que l'Ombre invincible lui brûlait la peau.

Elle étendit la main au-dessus de son épée et le globe disparut dans la lame, se fondant dans le cristal noir. Puis elle se leva, secouée par un tremblement qu'elle n'arrivait pas à dominer. Elle était terrorisée, et exténuée par ce qu'elle avait supporté pendant ces courts instants. À chaque fois qu'elle remontait de l'abysse, une partie d'elle-même restait au fond.

Elle s'approcha de Laïo et le prit dans ses bras.

— Que s'est-il passé ? demanda-t-il, troublé.

— J'ai récité une formule. C'est un peu... doulou-reux.

Laïo lui caressa maladroitement le dos. Lorsqu'elle se fut calmée, la jeune fille se détacha de lui en essayant d'éviter son regard, mais il la retint par un bras :

— Quelle formule, Nihal ?

— Laïo, aie confiance en moi. C'est la seule manière de battre Dola. Tout va bien, répondit-elle.

— Comment peux-tu me dire que tout va bien ? Quand je suis entré, tu avais une expression... tu n'étais pas toi ! Tu avais l'air d'un spectre, Nihal !

Elle se laissa tomber sur son lit de camp et se passa les mains sur le visage. Elle tremblait encore.

— J'ai besoin de ton soutien, Laïo J'ai besoin de savoir que tu as confiance en moi et que tu crois que je peux y arriver.

Son ami n'ajouta plus rien. Il s'assit à côté d'elle et passa un bras autour de son épaule.

Lorsque les troupes atteignirent la colline à laquelle était adossé le campement ennemi, Nihal s'approcha du général :

— Tout se passera comme prévu. Je vous demande seulement de me couvrir pendant que je m'occuperai de Dola.

Mavern acquiesça. Alors, elle rabattit la visière de son casque, et tous les bruits s'estompèrent. Le moment d'attaquer était venu. Il lui fallait se concentrer et chasser de son esprit tout ce qui ne concernait pas la bataille.

Le général tendit son épée vers le ciel et quand il la baissa, Nihal et Oarf prirent leur envol. La jeune fille se dirigea sans hésiter vers la tour centrale. Si une partie d'elle frémissait du désir de se battre, l'autre nourrissait l'impossible espoir de prendre Dola par surprise et de le capturer sans duel.

Un coup de queue d'Oarf fit voler en éclats une partie du donjon, qui s'effondra sur les tentes du campement. Nihal entendit les hurlements gutturaux des fammins écrasés et, juste après, les cris de ses hommes qui s'élançaient sur l'ennemi.

Dola était-il dans la tour ? Nihal le chercha des yeux autour d'elle ; en vain. Oarf rugit en se déchaînant contre un autre morceau du donjon.

« Où se cache ce maudit gnome ? » Elle fit plusieurs larges cercles autour des ruines sans l'apercevoir. Et puis, elle sentit quelque chose bouger. Un halètement lent et puissant, comme celui d'un énorme soufflet, résonna dans le camp. Deux yeux de braise illuminèrent l'obscurité ; une tête noire émergea des décombres : le dragon se libéra par une secousse et se mit à piaffer. Sur son dos se tenait Dola, armé d'une longue lance.

— Je suis là pour toi, Dola ! cria Nihal, alors que la colère explosait dans sa poitrine. Je suis venue prendre ta tête !

Le guerrier resta un instant immobile, ses yeux de furet pointés vers le ciel. Puis une voix dédaigneuse résonna sous son casque :

— Tu es obstiné, petit. Mais stupide.

— C'est ce que nous allons voir, bâtard ! murmura Nihal.

Elle dégaina sa lame, et ce simple geste qu'elle avait accompli des milliers de fois chassa les murmures malveillants qui lui brouillaient l'esprit, l'exultation de son cœur, le désir de vengeance, tout. Elle n'éprouvait que la froide détermination.

Le dragon s'envola à l'improviste, et Dola se jeta, lance brandie, contre Nihal. Oarf esquiva le coup, et la guerrière frappa la bête noire qui ouvrait en grand sa gueule devant elle.

Dola réattaqua, et cette fois Nihal était prête : la vraie bataille pouvait commencer.

Elle avait beau savoir que le gnome avait une force surhumaine et une vitesse bien supérieure à la sienne, l'expérimenter de nouveau lui coupa le souffle. Elle ne pouvait rien faire d'autre que parer ses coups, au prix d'un énorme effort. Elle se mit à utiliser ses deux mains en essayant de garder son équilibre sur Oarf, qui était contraint à effectuer sans cesse des changements de direction pour éviter les morsures du dragon noir.

Le duel avait commencé depuis à peine quelques minutes lorsqu'un coup de lance surprit Nihal. La lame transperça sa cuirasse en cristal noir et lui égratigna l'épaule. Haletante, elle fut obligée de s'éloigner.

Dola resta immobile sur sa monture.

— La dernière fois, j'ai été trop bon avec toi ! hurlat-il, et il se mit à faire tournoyer en l'air la pointe rougie de sa lance. Pour l'instant, je me contente de goûter ton sang, mais je te jure que je t'arracherai les membres un à un, petit, ricana-t-il.

Le sang de Nihal ne fit qu'un tour.

— Je suis un chevalier ! Ne me parle pas ainsi ! cria-t-elle en talonnant Oarf.

Elle le voyait parfaitement : chaque pièce de son armure, chaque jointure dans laquelle elle pourrait enfoncer sa lame. Elle empoigna son épée à deux mains et redoubla la vitesse de ses mouvements, parant les coups avec précision et guettant le bon moment pour attaquer. Il lui fallait un peu de patience, seulement de la patience. Elle ne savait pas ce qui se passait à terre Elle n'entendait pas les bruits de la bataille, juste celui de son épée contre la lance. De temps en temps, la pointe de son adversaire lui déchirait la peau et faisait couler le sang sur son armure, mais la douleur, passagère, ne suffisait pas à l'arrêter. Elle était prête à affronter l'enfer pour vaincre Dola. Elle esquiva une énième fente et dut de nouveau s'éloigner ; cette fois, le gnome la suivit de près. Le dragon noir cracha un jet de flammes, puis un autre, et un autre encore, tandis qu'Oarf battait des ailes pour s'élever plus haut. Bientôt, ils volaient à toute vitesse vers le ciel Nihal en profita pour reprendre son souffle. Soudain, elle entendit la lance de Dola siffler derrière elle. Oarf ne s'écarta pas assez vite, et une ligne rouge se dessina sur son flanc. Le dragon rugit de douleur.

— Du calme, Oarf, du calme, murmura Nihal ; mais elle savait qu'ils ne pouvaient pas continuer comme ça.

« Je dois l'affronter. Je dois l'affronter maintenant ! »

Ils étaient seuls, face a face, avec à leurs pieds la forêt, au-dessus de leur tête le ciel empli d'étoiles. Aucun bruit ne troublait la nuit, à part le chant lancinant des grillons. Nihal s'aperçut qu'elle était couverte de sang : Dola tenait sa promesse, il était en train de la tuer peu à peu.

Le gnome dégaina son épée.

— Comme ça, nous combattrons à armes égales. Et c'est à armes égales que je vais te mettre en pièces.

Nihal fut soulagée que, sûr de lui, il lui concède cet avantage : si elle ne pouvait pas grand-chose contre une lance, elle se sentait à son aise contre une épée. Elle éperonna Oarf et se jeta sur le gnome, qui ne broncha pas, faisant mine de ne pas tenir compte de son attaque. Lorsqu'elle fut tout près de lui, elle se mit debout sur la croupe d'Oarf et lui assena un grand fendant vertical, qui prit son adversaire par surprise.

Il para le coup *in extremis* ; cependant Nihal ne se découragea pas. Elle bondit et sur le dos du dragon noir, d'où elle frappa le flanc du maudit gnome de toutes ses forces. Dans un éclair de lumière blanche, la lame pénétra la cuirasse et se fraya un chemin jusqu'à sa chair.

Dola répondit par un fendant latéral, mais Nihal se déroba prestement et planta son épée dans l'épaule du dragon noir. Elle serra la garde des deux mains et se laissa glisser jusqu'à ce qu'elle soit suspendue dans le vide. Alors que l'animal gémissait, elle appuya les pieds contre son ventre pour extraire l'épée de la blessure. Elle tomba en arrière, et Oarf l'intercepta au vol. Elle avait réussi !

Elle éclata d'un rire féroce.

— C'est de la vraie camelote, ton armure, Dola ! Le Tyran ne fournit rien de mieux à ses sbires ? hurla-t-elle en levant son épée.

Le sang du dragon noir coula le long de la lame sur son bras, se mêlant au sien.

— Attends un peu avant de crier victoire, morveux ! lança Dola d'une voix où vibrait la colère.

Sur ce, il se mit à porter des coups de plus en plus rapprochés, que Nihal esquivait en sautant. À présent, elle avait compris : elle devait jouer d'agilité et chercher à blesser le dragon, car, une fois à terre, elle aurait plus de chances de succès. L'épée de son adversaire finit par la toucher au côté, lui coupant le souffle. Oarf se laissa aussitôt planer sur une vingtaine de brasses pour lui laisser le temps de se reprendre. Nihal, déjà affaiblie par les blessures et le sang perdu, craignait que cette énième plaie ne lui ôte ce qui lui restait d'énergie. « Je dois faire vite. Il faut que je le frappe de nouveau, maintenant ! » songea-t-elle.

Elle repartit à l'assaut avec une rage aveugle. Elle hurlait et frappait, frappait et hurlait, et chaque fois que la lumière blanche l'éblouissait, elle savait que le coup avait atteint son but. Oarf, pour sa part, serrait dans sa gueule l'épaule du dragon noir, déjà transpercée par l'épée de Nihal, et ne lâchait pas sa prise tandis que le sang coulait à flots.

Bien que Dola fût blessé, la puissance de ses coups ne diminua pas. Nihal, elle, sentait ses forces l'abandonner. Elle ne savait plus si ce qui la couvrait était de la sueur, son propre sang, celui du dragon noir ou celui de son maître. Elle continuait à attaquer, mais, épuisée et endolorie, elle perdit le rythme et relâcha la pression de ses genoux sur le dos du dragon. Elle était en train de défaillir. Oarf s'en aperçut et donna deux puissants coups d'ailes pour reculer, emportant entre ses crocs un lambeau de la chair du monstre noir.

Nihal reprit son souffle et réussit à mettre au point l'image de son adversaire : la cuirasse de Dola était entaillée en plusieurs endroits et laissait voir sa peau ensanglantée. Mais son état à elle était pire : ses plaies la brûlaient, sa vue se brouillait ; cependant elle refusait de se rendre. Elle voulait battre Dola, même si elle devait en mourir.

« Le dragon ! Je dois tuer le dragon », se dit-elle.

Elle n'eut même pas besoin de donner un ordre : avec un grognement, Oarf bondit sur le dragon noir et s'acharna sur lui avec ses griffes et ses crocs. Les rugissements assourdissants des deux animaux déchirèrent l'air ; la chaleur que libéraient leurs flammes étourdit Nihal et Dola, les réduisant au rôle de guerriers soumis au bon vouloir de leurs montures. La jeune fille s'agrippait à Oarf comme elle pouvait, tandis que le gnome essayait de pousser son dragon à réagir. Puis, subitement, juste au moment où il semblait avoir le dessus, Oarf abandonna la lutte et prit la fuite.

— Arrête-toi ! Arrête-toi, Oarf ! cria Nihal.

Elle regarda derrière elle : la bête noire les suivait péniblement, perdant du sang à chaque battement d'ailes.

Soudain, Oarf pointa vers le ciel, changea de cap, et se laissa tomber de haut sur son adversaire.

— Oui ! Oui, Oarf ! J'ai compris ! Je suis prête ! Maintenant !

Elle contracta les genoux et saisit son épée à deux mains, serrant sa garde comme si c'était celle d'un poignard, puis planta l'arme de toutes les forces qui lui restaient dans le cou du dragon noir.

Un violent jet de sang en jaillit. Le monstre émit un rugissement terrifiant, de douleur mêlée de colère.

— Sois maudit ! hurla le gnome en lacérant l'aile d'Oarf d'un coup d'épée.

Son propre dragon perdit rapidement de l'altitude et s'abattit sur la cime des arbres, puis tomba à terre, entraînant les branches avec lui. Oarf, peu après, atterrit quelques brasses plus loin.

Pendant un instant, Nihal ne vit rien d'autre qu'un tourbillon de feuilles et des éclats de bois, puis elle fut éjectée de son dragon et rebondit sur le sol. Ce fut le sifflement d'une lame qui la ramena à la réalité.

— Tu as été trop loin, petit ! hurla Dola.

Elle eut à peine le temps de rouler sur le côté : l'épée du gnome s'enfonça à un cheveu de sa tête.

Tapie dans les broussailles, hors d'haleine, elle scrutait l'obscurité : « Mon épée ! Où est mon épée ? »

Elle se mit à ramper à reculons, les genoux pliés et les mains ratissant les feuilles mortes à la recherche de son épée.

Dola s'avança vers elle, l'air sûr de sa victoire.

— Tu es fini, petit. Tu es fini, répétait-il.

À cet instant, Nihal buta sur quelque chose de coupant. Un gémissement s'échappa de ses lèvres et elle tomba en arrière, la cheville en sang. Elle sourit : jamais une blessure ne l'avait rendue aussi heureuse.

— Épargne-moi, je t'en prie, murmura-t-elle.

— À présent, tu me « pries » ? siffla le gnome. Cela ne me suffit pas, chevalier. Essaie encore, tu peux faire mieux.

— Je t'en supplie. Laisse-moi vivre, l'implora Nihal en promenant sa main sur le sol.

— Et pourquoi le devrais-je ?

Nihal se prosterna.

— Je te servirai pour toujours, je ferai tout ce que tu voudras, pleurnicha-t-elle.

Tout en parlant, elle étendit les bras jusqu'à ce que ses mains rencontrent le cristal dur et froid. Alors, elle se leva d'un bond, l'épée au poing, et se jeta sur lui.

Le duel dura longtemps, et longtemps le bruit des lames qui se croisent déchira le silence de la nuit. Cette fois, Dola sembla accuser lui aussi la fatigue. Il commença peu à peu à reculer, manqua une parade, puis une autre.

« Frappe-le maintenant ! Frappe-le ! »

Le gnome n'eut pas le temps de voir le fendant arriver. Quand la lame de cristal le toucha au ventre, un éclair blanc illumina le bois. Dola hurla de douleur, et sa cuirasse tomba à terre en mille morceaux. Il s'appuya contre un arbre en gémissant. Nihal resta en garde, mais un sourire effleura ses lèvres.

Sa satisfaction fut de courte durée.

— Eh bien ? C'est tout ce que tu sais faire ? lui lança Dola avec mépris en pointant de nouveau son épée vers elle.

Des larmes de colère coulèrent des yeux de Nihal. À bout de forces, elle savait qu'elle ne supporterait pas un autre affrontement. Il n'y avait donc pas moyen de le battre ; elle était condamnée à mourir de la main de celui qui avait mis fin à son enfance...

C'est alors qu'eut lieu un événement stupéfiant.

La Larme enchâssée dans la garde de son épée se mit à briller, et l'arbre sur lequel s'appuyait Dola émit tout à coup une lueur argentée aveuglante. Ses racines sortirent de terre, enveloppèrent le corps du gnome et le jetèrent au sol. Ses branches s'allongèrent jusqu'à lui et s'enroulèrent autour de ses membres.

Nihal observait la scène, figée. Le spectacle de cet arbre immense qui se mettait à bouger était terrifiant et exaltant à la fois : un Père de la Forêt était en train de lui venir en aide ! Elle vit son écorce briller d'un éclat féroce, ses feuilles, aiguisées comme des lames de couteaux, pénétrer dans la peau de Dola, ses branches secouer violemment leur prisonnier avant de le jeter au loin.

Dola heurta un autre arbre et atterrit sur le sol, inerte. Ensuite, la lumière diminua peu à peu, le Père de la Forêt reprit sa forme initiale et s'immobilisa.

Nihal avait perdu la conscience du temps. Elle resta là, sans bouger, à regarder le corps étendu à terre. Lorsqu'elle sortit enfin de sa torpeur, elle s'aperçut qu'elle tremblait des pieds à la tête, tandis que les voix bourdonnaient à ses oreilles : « Tue-le ! Tue-le ! Tue-le ! »

Elle s'approcha lentement de Dola. Il était là, à quelques pas d'elle ; pourtant il lui semblait se trouver à une distance infinie. Elle s'arrêta et le regarda. Il gisait dans une mare de sang, mais il la fixait toujours avec des yeux de feu.

Elle leva son épée et la planta dans l'épaule du gnome, le clouant au sol. Son cri lui résonna dans les oreilles tel un chant mélodieux.

Ce n'est qu'alors qu'elle ôta son casque.

Dola esquissa un sourire railleur.

— Alors, c'était vrai : il restait bien une bâtarde de votre espèce...

La colère aveugla Nihal.

— Oui, il y en a encore une, Dola, rugit-elle. Elle s'appelle Nihal de la tour de Salazar. Regarde-la bien en face, parce que c'est elle qui va t'arracher la vie.

Et pendant qu'elle parlait, elle lui pointa l'épée à la gorge.

— Je me rappelle bien, ricana le gnome : Salazar, elle brûlait que c'était une merveille ! Tu peux bien me tuer, demi-elfe. Mais ne te fais pas d'illusions : cela ne suffira pas à arrêter le Tyran. Tu n'aurais pas assez de mille vies pour nous tuer tous.

« Tue-le ! Tue-le ! » répétaient les voix.

Nihal serra les dents :

« Il ne faudrait pas grand-chose ! Je n'aurais qu'à presser la lame sur son cou, et je serais heureuse, j'aurais fait mon devoir. »

Seulement, elle avait promis, elle ne pouvait pas.

« Combien d'hommes ai-je achevés d'un coup d'épée ?

Combien de fammins ai-je tués ? J'ai été témoin de tant d'agonies... Qu'importe une mort de plus ? »

La main qui serrait la garde était moite, son front gelé. Elle se rappela les paroles de Mégisto : « Tu veux le voir implorer ta pitié. Et lorsqu'il sera, blessé, à tes pieds, tu lui trancheras la tête et tu regarderas son sang se répandre sur le sol. Et quand il sera mort, tu riras et tu sentiras que ta vengeance est accomplie. »

— Non ! Non ! Non !

Nihal fit un pas en arrière sur ses jambes mal affermies et rengaina son épée.

— Ce sont d'autres que moi qui décideront de ton sort, espèce de monstre, lâcha-t-elle.

Dola la regarda à travers ses paupières mi-closes :

— Tu commets une grosse erreur, demi-elfe, une grosse erreur...

Ses paroles s'éteignirent lentement pendant que ses yeux se fermaient.

22

LE SECRET D'IDO

e choix d'occuper Dola pour donner aux troupes le temps d'attaquer se montra payant. L'affrontement avait été dur, mais la bataille s'était conclue par la victoire de l'armée des Terres libres. À l'aube, le campement du bois de Herzli avait été repris.

Pendant que les combats se déchaînaient, Laïo avait assisté depuis la colline au duel entre Nihal et Dola. Il avait regardé Oarf et l'immense dragon noir s'agiter dans le ciel nocturne, il avait entendu les cris de la jeune fille. Il avait fermé les yeux à chacun des coups reçus par son amie, et exulté chaque fois que son épée s'enfonçait dans l'armure du gnome. Quand il avait vu Nihal tomber dans le vide en même temps que Dola et les deux dragons, il avait couru, la gorge nouée, chez le général.

Lorsque l'escadron de reconnaissance ramena la guerrière, couverte de sang et inconsciente, un silence stupéfait s'abattit sur le campement : derrière, quatre soldats traînaient Dola, blessé et enchaîné.

Le magicien du camp resta auprès de Nihal toute la journée : ce n'est que le lendemain soir qu'il se décida à dire que le pire était passé. La jeune fille ne conserva aucun souvenir de ses premiers jours à l'infirmerie, pas même le moindre rêve qui lui aurait donné l'impression d'être en vie. Elle était comme au milieu de la mort : le néant et l'obscurité, partout.

Lorsqu'il apprit que son élève était grièvement blessée, Ido fit voler Vesa plus vite que le vent. Laïo et lui se relayèrent à son chevet et la veillèrent nuit et jour, attendant avec confiance le moment où elle ouvrirait les yeux.

— Il continue à t'appeler, Ido.

— Je sais.

— Alors, c'est vrai ? Je veux dire : c'est vrai que lui et...

— Tais-toi, Laïo. Tais-toi.

Nihal entrouvrit lentement les paupières et deux silhouettes indistinctes émergèrent des ténèbres. Elle s'entendit appeler :

— Nihal ! Nihal, tu es réveillée ?

« Laïo. » Elle cligna des yeux, et les deux visages penchés sur elle devinrent reconnaissables. Laïo avait les cheveux en désordre et semblait fatigué. Ido souriait. Nihal essaya de répondre à ce sourire, mais elle n'était pas sûre d'y être arrivée.

— Je suis fier de toi, murmura Ido.

Et, soudain, Nihal se souvint de tout.

Oui, elle aussi était fière d'elle.

Pendant toute la période où elle resta à l'infirmerie, les visiteurs se succédèrent à son chevet. Parmi les premiers à arriver, il y eut le général, qui avait fait des pieds et des mains pour obtenir la reconnaissance officielle de son exploit. Puis commença l'interminable procession des soldats, et Nihal fut contrainte de raconter jusqu'à la nausée comment elle avait vaincu le plus redoutable guerrier du Tyran. Non qu'elle ne soit pas flattée de tant d'attention, mais le rôle d'héroïne la mettait mal à l'aise.

Ido, lui, se montrait rarement, et lorsqu'il venait la voir, il restait peu de temps. D'un côté, Nihal en était soulagée : elle ne pouvait pas oublier grâce à quelle arme elle avait battu Dola, ni quelles avaient été ses motivations. Certes, elle ne l'avait pas tué ; elle avait respecté le serment fait à Mégisto. Mais maintenant ?

Au bout de dix jours de convalescence, elle put faire ses premiers pas avec des béquilles. Elle sortit de la tente et fit un tour sur le campement.

Le soleil, très chaud, caressait sa peau. Nihal se sentit presque chez elle. Elle crut même reconnaître ce soleil : c'était celui qui l'avait vue grandir entre les murs de Salazar.

Elle voulut d'abord aller voir Oarf. Lorsqu'elle l'aperçut, étendu dans un champ au bout du camp, sa blessure à l'aile pas encore cicatrisée, son cœur se serra. Elle s'approcha de lui en boitant.

— On a réussi, mon ami, on a réussi, dit-elle.

Elle lui caressa les naseaux et le dragon lui lécha la main.

Plus tard, alors qu'elle mangeait au réfectoire du camp, Nihal surprit une étrange discussion entre deux fantassins assis derrière elle.

— Et il insiste encore ?

— Et comment, qu'il insiste ! Et dire que nous ne savions rien !

— Cela me paraît impossible. Tu te rends compte qu'il s'agit de Dola. Si c'était vrai, il y aurait de quoi se faire du souci...

— Qui peut le savoir ? En tout cas, Ido n'a pas dit un mot sur le sujet. Moi, si quelqu'un m'accusait d'avoir été de mèche avec l'ennemi, je peux t'assurer que je me mettrais en quatre pour le faire démentir...

Nihal se retourna brusquement :

— De quoi êtes-vous en train de parler ?

— De rien d'important..., répondit un des fantassins, embarrassé.

— Je veux savoir de quoi tu parles !

— De Dola, intervint l'autre. Depuis qu'il est là, il ne fait que demander après Ido. Il veut le voir.

Nihal sentit le sang lui monter au visage :

— Et pourquoi ?

— Il dit qu'ils se connaissent depuis très longtemps... et qu'ils ont combattu côte à côte, continua le fantassin.

— C'est un mensonge ! s'écria Nihal.

Une douleur fulgurante lui coupa le souffle, mais cela ne l'empêcha pas d'empoigner ses béquilles et de se lever :

— Où est cette vermine ?

— Dans le quartier nord du camp, là où nous gardons les prisonniers. Mais le général a donné ordre de...

Les paroles du soldat se perdirent dans le vide. Nihal était déjà partie en sautillant sur ses béquilles. Lorsqu'elle entra dans sa tente, Laïo était occupé à faire briller son épée.

— Alors, comment tu t'en es tirée, avec ces bouts de bois ? lui demanda-t-il avec un sourire qui s'évanouit aussitôt devant le regard de Nihal. Qu'est-ce qui se passe ?

Nihal ne répondit pas. Elle se contenta de lui prendre l'épée des mains et sortit.

— Nihal, attends ! cria Laïo en sortant la tête de la tente.

Il n'obtint aucune réponse, et il la regarda s'éloigner, résigné.

— Laisse-moi entrer, ordonna Nihal au garde.

Elle était pâle et en sueur. Une tache rouge apparut sur le bandage qui lui enserrait le thorax.

— En fait, j'ai des ordres qui...

— Laisse-moi entrer, répéta-t-elle.

— D'accord, mais si jamais il y a un problème, je n'y suis pour rien, balbutia le soldat.

En haussant les épaules, il ouvrit la porte de la cage de bois qui tenait lieu de cellule.

Nihal fut assaillie par l'odeur de rance et de moisi. L'endroit était plongé dans la semi-obscurité, entre-coupée çà et là par les fines raies de lumière qui fil-traient entre les barreaux. La jeune fille avança de quelques pas, trébucha, et tomba en avant.

Un rire secoua les murs de bois alors qu'elle se rele-vait péniblement. La silhouette du gnome émergea de l'ombre, si musclée qu'elle n'en semblait pas naturelle. Ses mains et ses pieds étaient maintenus par de lourdes chaînes, son corps était couvert de blessures, mais il n'avait pas l'air de souffrir. Ses yeux de furet dévisageaient Nihal avec dédain.

— Tu ne tiens même pas sur tes pieds, demi-elfe ?

Furieuse, Nihal tendit son épée devant elle :

— Tais-toi ! Je ne tiens peut-être pas sur mes pieds, mais, de nous deux, c'est toi qui es enchaîné !

— Quelle férocité ! ricana Dola. Peut-être que le Tyran n'a pas tout à fait tort de te craindre.

— Le Tyran ne sait pas qui je suis, répliqua Nihal.

— Il ne sait pas qui tu es, mais il te craint tout de même. C'est pour cela qu'il te cherche, susurra le gnome. Combien de temps crois-tu que tu pourras encore te cacher, avant qu'il te trouve ? Et alors, cela ne te servira à rien de m'avoir battu, parce que l'enfer vous avalera tous. Et tu iras tenir compagnie à tes ancêtres. Vous êtes finis, demi-elfe !

Nihal s'approcha de Dola jusqu'à lui effleurer le torse avec sa lame :

— Qu'est-ce que tu oses dire de mon maître ?

— Ton maître ? dit Dola, incrédule. Alors, c'est Ido qui t'a formée... Cela m'étonne beaucoup, il n'a jamais été un grand guerrier.

Nihal fut une nouvelle fois submergée par la colère :

— Comment te permets-tu de salir l'honneur d'Ido, sale vermine ?

Dola éclata de rire :

— L'honneur ? Quel honneur ? Ido est un traître ! Il a combattu à la solde du Tyran pendant des années. Et il était à ses côtés lors du massacre des demi-elfes.

— Qu'est-ce que tu dis ? hurla Nihal.

— Que ton maître a participé à l'extermination de ton peuple, demi-elfe. Fais-le-toi raconter, à l'occasion.

— Tais-toi ! Tais-toi !

Elle avait déjà levé son épée lorsque la porte s'ouvrit en grand, inondant le cachot de lumière. On la saisit par le poignet. Son arme lui glissa des mains et tomba sur le sol avec fracas.

— Personne ne t'a autorisée à venir ici ! tonna le général.

Quatre soldats apparurent derrière lui.

Nihal s'aperçut que son cœur battait la chamade. Ses jambes ne la portaient plus. Elle eut un vertige. Elle appuya le dos contre une des parois de la cellule et se laissa glisser au sol.

Le général fit un signe de tête à un des soldats

— Fais appeler son écuyer.

Laïo arriva en courant et la porta dehors. Il la fit s'allonger sur l'herbe, à l'ombre d'un arbre. Elle n'eut pas la force d'opposer la moindre résistance.

— C'est faux, c'est faux ! répétait-elle pendant que sa vue se brouillait.

Puis elle baissa les paupières. Lorsqu'elle les rouvrit, Ido était debout devant elle et la regardait en silence.

— Dis-moi que ce n'est pas vrai, dis-le à tout le monde..., murmura Nihal.

— Il faut que nous parlions, répondit le gnome.

23
IDO DE LA TERRE DU FEU

Assise sur le lit de camp dans la tente d'Ido, Nihal regardait son maître d'un air éperdu. Il lui semblait que le monde se désagrégeait sous ses pieds.

— Pourquoi n'as-tu pas démenti, Ido ? Pourquoi est-ce que tu ne leur as pas dit à tous qu'il racontait des mensonges ? demanda-t-elle dans un filet de voix.

Ido s'assit à côté d'elle et se passa les mains sur le visage. Ensuite, il fixa longuement le sol ; on aurait dit qu'il cherchait dans la terre le courage de parler. À la fin, il leva les yeux et la regarda de face :

— Ce qu'a dit Dola est vrai.

Rien. Un blanc. Nihal ne ressentit rien. Qu'aurait-elle dû ressentir ? Et quelle réaction pourrait exprimer la stupeur, la colère, la douleur ?

— Je viens de la Terre du Feu, Nihal ; ça, tu le sais. Ce que tu ne sais pas, c'est que je suis l'héritier du trône de cette Terre.

Ido respira profondément et commença à raconter son histoire.

La voici. Lorsque la guerre des Deux Cents Ans s'acheva et que Nammen, le roi des demi-elfes, prit le pouvoir sur tout le Monde Émergé, c'est Daeb, un souverain ni meilleur ni pire que tant d'autres, qui régnait sur la Terre du Feu.

La volonté du nouveau monarque bouleversa le système politique, défendu au prix d'innombrables années de bataille : Nammen décida que les Terres qu'il avait conquises seraient rendues à leurs peuples légitimes ; il destitua tous les rois et établit que chaque Terre devait élire son propre roi.

Certaines Terres voulurent maintenir leur monarque ; d'autres en choisirent un nouveau. Sur la Terre du Feu, toutefois, le peuple des gnomes n'eut pas la possibilité d'élire qui que ce soit : la décision de Nammen déclencha une guerre intestine entre les familles nobles, qui aboutit à l'assassinat de Daeb et à l'exil forcé de son fils aîné, Moli.

Moli était jeune, mais il jura de ne jamais oublier ce qui s'était passé et de reprendre tôt ou tard ce qui lui appartenait. Il s'installa sur la Terre des Roches et épousa Nar, une jeune fille de la région, gnome elle aussi, dont il eut deux fils : Ido et Dola.

Moli aimait ses fils, mais la seule chose qui comptait vraiment pour lui, c'était prendre sa revanche. Il n'avait qu'une seule idée en tête : récupérer la couronne et venger son père. Ido et Dola apprirent à manier l'épée dès leur plus jeune âge. Quand il n'était pas en voyage à travers le Monde Émergé à la recherche d'alliances, Moli les entraînait personnellement.

Ido était doué pour les armes. Son père lui répétait sans cesse qu'un jour il serait roi. Il lui disait de haïr celui qui leur avait ravi le trône, et il le haïssait. Il lui disait qu'il devrait tuer leur ennemi, et il acquiesçait. Il l'envoya à l'Académie des chevaliers du dragon alors qu'il n'était encore qu'un tout jeune garçon : c'est là qu'il connut Vesa, et qu'il apprit tout ce qu'il devait savoir.

Dola était différent : il était fluet, peu porté sur le combat, et il tombait facilement malade. Et puis, il était le fils cadet ; il n'était pas destiné à monter sur le trône. Il suffisait que, le moment venu, il soit capable de se battre. Moli cherchait par tous les moyens à faire de lui un guerrier ; il le tourmentait sans relâche, l'obligeait à s'entraîner sous la pluie battante... Et Dola s'appliquait comme peut s'appliquer un enfant qui veut faire plaisir à son père : il persévérait, en y mettant toute son âme, et il encaissait toutes les insultes et les vexations sans se rebeller.

C'est juste après la nomination d'Ido comme chevalier du dragon qu'eut lieu le grand tournant.

Moli se mit en contact avec un jeune magicien très ambitieux, qui lui assura son appui pour reconquérir le trône usurpé de Daeb. Il se rendait de plus en plus souvent sur la Grande Terre, et lorsqu'il rentrait de ses voyages, il semblait satisfait.

Un jour, il annonça qu'il partait pour la Terre de la Nuit et qu'il voulait qu'Ido et Dola l'accompagnent. Ils firent route jusqu'à un endroit perdu au milieu des montagnes, où se nichait une sorte de palais, impossible à trouver pour qui n'en connaissait pas l'existence. Là, Ido et Dola rencontrèrent pour la première fois l'homme en qui leur père croyait aveuglément. Ou plutôt ils connurent sa voix, parce que l'homme en question se cachait derrière une lourde tenture noire. Une voix indéchiffrable, inhumaine, sans âge.

— Voici mes fils, Seigneur, dit Moli sur un ton servile qui frappa Ido.

— Lequel est l'aîné ? demanda la voix.

Moli poussa Ido en avant :

— C'est lui, mon Seigneur.

« Mon Seigneur » ; ainsi parlait Moli. Ido ne comprenait pas : son père était un roi, et lui un prince, nul ne pouvait être leur seigneur. Il était mal à l'aise. Il ne pouvait pas voir cet homme, et pourtant il sentait son regard sur lui.

L'homme derrière la tenture lui demanda s'il voulait reprendre son trône. Ido répondit que oui, bien sûr, il le voulait. L'homme ne dit rien d'autre.

Et puis ce fut le tour de Dola. Avec lui, il parla beaucoup, et Ido eut l'impression qu'il l'avait pris en sympathie.

Deux mois après cette rencontre, Moli annonça à ses fils qu'ils devaient retourner sur la Terre de la Nuit et préparer l'attaque de la Terre du Feu. Une armée les y attendait.

Ido et Dola se rendirent une nouvelle fois au palais de l'homme sans visage. Il y avait bien une armée, très nombreuse. Ido sentit le sang courir plus vite dans ses veines : le grand jour était arrivé ! Enfin, après des années d'humiliation et d'exil, ils allaient reprendre ce qui leur revenait de droit.

Il y avait beaucoup d'autres gens chez l'homme voilé, des gens qu'Ido ne connaissait pas. Ce fut ce jour-là que le Tyran accéda au pouvoir. Mais Ido ne voulait pas savoir ce que cet homme tramait, ni pourquoi. Il voulait sa couronne, et c'est pour cela qu'il lutta.

Ce fut sa première guerre. La campagne dura trois mois, elle fut pénible et douloureuse, il fut blessé et risqua sa vie plus d'une fois, mais rien ne l'arrêtait. Il combattait pour sa famille, pour son royaume. Ce rêve l'aveuglait. Dola, lui, ne combattit qu'au début, puis il prit l'habitude de séjourner de plus en plus longuement dans le palais de l'homme voilé. « Le Tyran », c'est ainsi qu'il se faisait appeler à présent.

Ido arriva en vue d'Assa, la capitale de la Terre du Feu, un jour de juillet. Il avait traversé un pays dévasté, dont le peuple l'avait salué comme un sauveur. Il n'était encore qu'un tout jeune homme, et tous ces bras tendus, la gratitude des gens et la victoire lui montèrent à la tête. Il se sentit un héros, et c'est avec cette conviction qu'il atteignit le palais royal, que les troupes commandées par Moli avaient déjà mis à feu et à sang.

Le roi usurpateur et sa famille avaient été réunis dans la salle du trône. Le souverain implora la clémence des vainqueurs. Moli l'écouta en silence, le sourire aux lèvres. Puis il regarda Ido et lui tendit son épée.

— À toi l'honneur, dit-il.

Ido s'approcha de l'homme et l'exécuta sans pitié. Il avait déjà tué, mais seulement sur le champ de bataille. Il aima ôter la vie à cet homme qu'il ne connaissait pas.

Et il aima voir le désespoir de sa famille. Ce jour-là, il devint un assassin.

Les mois suivants furent consacrés à la vengeance. Moli fit tuer et emprisonner tous ceux qui avaient soutenu l'ancien roi, inaugurant son nouveau règne par le sang. Ido, quant à lui, profita des plaisirs de la vie. Il mena l'existence d'un oisif : il passait ses journées à traîner à la cour et ses nuits à faire la noce entre les femmes et la bière. Il se désintéressa de ce qui se passait au-delà des frontières de sa Terre. Il n'avait plus d'autre désir dans la vie que jouir de la couronne que son père lui avait promise depuis toujours. Jusqu'à ce qu'un jour Moli le convoque.

— Le Tyran veut que tu ailles le voir, dit-il sur un ton grave.

— Et pourquoi donc ? soupira Ido. Il n'en est pas question !

— Je te rappelle que nous avons une dette envers lui, Ido. Ton frère l'a déjà rejoint sur la Grande Terre. Tu partiras ce soir, ordonna Moli, sur un ton sans réplique.

Sur la Grande Terre, Ido trouva d'énormes changements : là où peu de temps avant s'élevait le palais du Conseil on construisait une immense tour de cristal noir. Le Tyran était en train d'édifier sa Forteresse. Elle n'était encore qu'un bloc octogonal grossier, haut d'à peine quatre étages, mais elle était déjà impressionnante et majestueuse. Ses murs aux reflets funèbres étaient percés de fenêtres en ogive qui évoquaient les orbites d'un crâne. Autour, des centaines d'esclaves travaillaient nuit et jour à huit édifices mineurs : les tentacules de la Forteresse, qui dans l'avenir devaient figurer chacune des Terres libres.

Ce fut Dola qui accueillit son frère et qui le conduisit dans la salle des audiences. Ido eut du mal à le reconnaître : ce n'était plus le jeune homme gracile d'autrefois. Il semblait avoir grandi. Vêtu comme un guerrier, il affichait un air insolent.

Le Tyran se dissimulait comme toujours derrière un lourd rideau noir. Sa voix résonnait dans la pièce comme si elle venait de l'au-delà :

— Vous avez retrouvé votre royaume. Il est temps de rembourser votre dette. À partir de maintenant, toi et ton frère combattrez pour moi, dit le Tyran.

Ido essaya de protester, mais le Tyran l'interrompit brutalement :

— C'est ma décision. Et c'est aussi celle de ton père, parce que sa volonté et la mienne ne font qu'un, Ido. Souviens-t'en.

C'est ainsi qu'Ido entra dans l'armée du Tyran. Il reçut une armure et une épée, sur laquelle était gravé un serment de fidélité à son maître. Au début, il n'eut pas beaucoup d'hommes sous ses ordres parce que le Tyran ne disposait pas encore de véritables troupes : c'étaient les anciens rois, destitués par Nammen, qui lui fournissaient les hommes et les armes.

Ido fut détaché sur le front de la Terre de la Nuit. C'est là qu'il apprit réellement le métier des armes. Le Tyran fit de lui un vrai guerrier. Plus le temps passait, plus la guerre prenait possession de son âme. Il aimait le combat pour lui-même, l'odeur du sang qu'il retrouvait sur sa peau, la terreur qu'il provoquait chez ses ennemis.

Le Tyran avait donné un but à sa vie : tuer. Plus il tuait, plus il était craint, et plus il était craint, plus il se sentait fort. Lorsqu'il descendait sur le champ de bataille, son épée ne s'arrêtait pas avant que tous soient tombés. Il n'avait pas peur de la douleur, ni de la mort. Pis, il avait besoin de combattre pour se sentir vivant.

Il retournait rarement à Assa. La vie de cour qu'il avait tant aimée lui donnait à présent la nausée. Quant à son père, il ne le reconnaissait plus. Il avait changé ; à ses yeux, il était devenu un vieillard mesquin préoccupé seulement par le sort de ses fils et par son règne, sur lequel il avait pourtant de moins en moins de pouvoir. Lorsqu'il allait le voir, Moli ne faisait que pleurnicher et se plaindre des taxes qu'il devait verser au Tyran, et des hommes que son armée lui arrachait. Il lui répétait qu'il sentait le souffle du Tyran dans son cou, et le suppliait de ne pas le laisser reprendre leur Terre.

En revanche, Ido voyait souvent Dola, et à chaque fois il avait du mal à se convaincre que c'était bien lui. Son frère s'était fait un nom comme guerrier et il avait de nombreuses troupes sous ses ordres. Ses soldats le craignaient et le respectaient, et bientôt sa renommée fut plus grande que celle de son aîné.

Ido commença à en être jaloux.

Par la suite, le Tyran le convoqua et lui dit qu'il avait un cadeau pour lui. C'est alors qu'il le mit à la tête d'une armée de fammins. À partir de ce jour, Ido ne fit que se battre. Cela dura dix ans.

Le Tyran avait fait don à Dola d'un dragon noir, un animal effrayant qui semblait tout droit sorti des entrailles de la terre. Avec cette bête, l'ascension de Dola atteignit son apogée. Plus d'une fois, Ido regarda ce dragon avec envie : Vesa, lui, ne soutenait pas la comparaison.

— Je veux te mettre à l'épreuve, dit un jour le Tyran. Si tu mènes à bien ta prochaine mission, tu auras toi aussi un dragon noir et de nouvelles troupes sous ton commandement. Satisfais-moi, et je te rendrai puissant.

La Terre de la Nuit était conquise depuis plus d'un an, mais ses frontières étaient encore assiégées par des groupes de rebelles. Ido reçut un contingent de deux cents fammins et un seul ordre : les exterminer.

La citadelle lui apparut de loin, immergée dans l'obscurité éternelle de la Terre de la Nuit. Elle était petite, une trentaine de bicoques en bois, protégées par une simple palissade, et pas même une sentinelle pour en garder l'entrée. Ido, qui s'attendait à ce que les rebelles soient sur le qui-vive, ne se posa pas de questions. Au contraire, il se réjouit : il avait la surprise pour lui. Il lança les fammins à l'attaque et s'éleva en l'air pour enflammer les cabanes.

Il lui fallut un peu de temps pour comprendre pourquoi les fammins ne rencontraient aucune résistance. De la citadelle ne s'élevaient que des cris de femmes et d'enfants : le Tyran l'avait envoyé détruire un village de demi-elfes. Des familles qui s'étaient installées là après s'être enfuies de la Terre des Jours. À l'époque, elles n'étaient déjà plus très nombreuses.

Ido avait tué sans scrupules, passant au fil de son épée jusqu'à ceux qui imploraient sa pitié. Il n'avait aucune morale, ne se préoccupait ni du bien ni du mal, et ne se souciait pas de la vie des autres. Or, lorsqu'il vit ses troupes s'acharner sur ceux qui tentaient de fuir, achever les blessés avec leurs crocs et déchiqueter les cadavres, quelque chose en lui se révolta. Ces ennemis n'étaient pas des soldats : c'était des gens désarmés, qui ne demandaient qu'à vivre en paix.

Il dirigea Vesa au-dessus de la mêlée et ordonna la retraite, mais les fammins ne lui obéirent pas. Il cria encore et encore, de plus en plus fort, sans résultat. Alors, il s'élança sur ses propres soldats et les attaqua l'un après l'autre avec son épée. Tout fut inutile. Les fammins se mutinèrent et le blessèrent gravement. Il ne réussit à se sauver que grâce à Vesa, et se mit à l'abri sur une colline, d'où il assista, impuissant, au massacre.

Quand ce fut fini, il en descendit et traversa le village à pied. Et il crut devenir fou. C'était trop. Même pour lui. Il ne voulait plus combattre pour ce monstre, plus jamais.

Il décida de retourner à Assa. Il fut contraint d'emprunter des routes peu fréquentées : il était blessé, mais surtout il était un traître. Ce fut un voyage terrible. Il ne savait pas ce qui le poussait à aller chez son père, il ne savait pas ce qui le maintenait encore debout, il ne savait plus rien. Et lorsqu'il atteignit la Terre du Feu, la réalité se présenta à ses yeux dans toute son horreur. La population de son royaume était réduite à l'esclavage, et l'odeur du désespoir planait sur tous les villages. Les femmes étaient seules à s'occuper de la terre, les enfants étaient maigres et déguenillés, et les hommes travaillaient dans les mines autour des volcans du pays, fabriquaient les armes.

Le palais royal était occupé par les gardes du Tyran, qui arrêtèrent Ido et le conduisirent enchaîné dans la salle des audiences. Ce n'était pas Moli qui siégeait sur le trône, mais Dola, méconnaissable. Il avait sur la tête la couronne de son père. Pelotonné à ses pieds, le grand dragon noir regardait Ido avec des yeux de braise et semblait rire de lui.

— Mon frère, s'exclama Dola sur un ton condescendant, tu sais que le Tyran est très fâché contre toi ?

— Où est notre père ? demanda Ido, accablé.

Dola haussa les épaules :

— Malheureusement, il est mort il y a quelques semaines. Je suis désolé, je ne voulais pas que tu l'apprennes de cette manière...

— Espèce de monstre ! Tu l'as assassiné ! cria Ido.

Aussitôt, les gardes le jetèrent au sol.

— C'est sa sottise qui l'a tué, répondit Dola. Pourquoi est-ce que tu fais semblant de ne pas comprendre, Ido ? Pourquoi est-ce que tu ne laisses pas notre Seigneur prendre soin de toi ? Regarde-moi : le Tyran m'a rendu puissant, il m'a donné un corps et une force invincibles.

Ido ne comprenait pas, il n'arrivait pas à comprendre :

— Tu es fou...

Dola éclata de rire.

— C'est toi, le fou, si tu renonces à tout ça ! Ido, qu'est-ce que la vie de notre père, ou la vie de tous ces incapables qui nous entourent, comparée au pouvoir ?

Tu te rends compte ? Tout nous sera permis. Nous pourrons tout, parce que le Tyran peut tout. Et nous contribuerons à la création d'un ordre nouveau. Penses-y, Ido. Retourne le voir et prosterne-toi à ses pieds : il te pardonnera.

C'en était trop : la colère d'Ido explosa.

— Tu as vendu ton âme, Dola ! Tu as tué notre père et vendu ton âme ! cria-t-il pendant que les gardes l'emmenaient.

— Tu as jusqu'à demain pour te décider, mon frère : ou tu retournes au service du Tyran, ou tu seras exécuté, conclut Dola.

Ido fut enfermé dans la forteresse attenante au palais, où résidaient autrefois les gardes personnels de son père.

Il était désespéré par la mort de Moli, et tout le poids de l'existence qu'il avait menée jusque-là lui tomba dessus. Il avait accompli des actes atroces au nom du Tyran, il l'avait aidé à obtenir le pouvoir ; il était responsable du meurtre de son père et de l'asservissement de son peuple.

Ce fut Vesa qui le sauva. Dix hommes et un magicien tentèrent de le maîtriser, en vain : l'animal se montra indomptable. Il incendia ceux qui se trouvèrent sur son passage et s'enfuit des écuries après en avoir défoncé les murs. Puis il survola longuement la forteresse où était emprisonné Ido en rugissant, sans se soucier des flèches qui lui perçaient la peau. À la fin, il descendit à pic, abattit les murs et emporta son maître à l'abri, au-delà de la frontière.

Ido se réfugia sur la Terre du Vent. Il n'avait plus d'endroit où aller, ni aucune raison de vivre. Il décida donc de se rendre à l'armée de cette Terre. Il pensait qu'il était juste qu'il reçoive la mort de ceux qu'il avait combattus.

Il se présenta dans un campement, jeta son épée à terre et demanda à être arrêté. Lorsque les soldats le reconnurent, blessé et les vêtements en lambeaux, ils furent sidérés : jamais un ennemi ne s'était rendu de son plein gré. Le général du campement ordonna qu'Ido soit jugé par le Conseil des Mages.

Les jours qui avaient précédé sa comparution devant le Conseil furent les pires de sa vie. Il était poursuivi par le souvenir du village qu'il avait détruit et par celui de toutes ces femmes et ces enfants morts sous ses yeux.

On le conduisit dans les fers devant les conseillers. Il leur dit tout ce qu'il savait sur l'armée du Tyran et sur ses stratégies futures. Il leur raconta aussi tout ce qu'il avait fait. Et avant d'être ramené dans sa cellule, il leur demanda de le tuer.

Cette nuit-là, un conseiller vint lui rendre visite. Son nom était Dagon.

— Tu n'obtiendras rien de la mort, Ido, lui dit-il. La mort ne lavera pas tes péchés, pas plus qu'elle ne fera de toi un homme meilleur. En revanche, si tu vis, quelque chose de bon peut naître de ton désespoir.

Ido ne comprit pas le sens de ses paroles.

— La douleur que tu ressens à cause des actes que tu as commis ne t'abandonnera jamais. Ce souvenir sera ton expiation, continua Dagon.

Il le regarda dans les yeux :

— Tu es un guerrier puissant, Ido. Je suis venu te proposer de lutter contre le Tyran, pour l'empêcher de prendre possession d'autres Terres. C'est une initiative personnelle. Si tu veux mourir, le Conseil ne s'y opposera pas, et tu seras exécuté. Mais si tu veux combattre dans l'armée des Terres libres, je ferai tout ce qui est en mon pouvoir pour que tu aies une place dans ses rangs. À présent, c'est à toi de choisir.

Ido y pensa toute une semaine. Était-il vraiment possible de recommencer ? Pouvait-il devenir quelqu'un d'autre ? Il n'avait jamais considéré la possibilité de combattre pour quelqu'un : pas pour le pouvoir, pour une couronne, ni pour tuer, mais pour quelqu'un.

Lorsqu'il se présenta au Conseil huit jours plus tard, Ido accepta la proposition de Dagon. Évidemment, les conseillers et les hauts dirigeants de l'armée ne furent pas tous d'accord. Surtout Raven, le Général Suprême, qui fut l'un de ses détracteurs les plus acharnés. Il céda quand Dagon prit la responsabilité des actes du gnome.

C'est ainsi qu'Ido se retrouva à faire le fantassin.

Le jour de sa première bataille, Dagon vint lui restituer son épée. Ido la regarda avec horreur ; il n'arrivait même pas à la toucher.

— Sur la garde est gravé le serment d'obéissance au Tyran, murmura-t-il. Je ne peux pas...

Le conseiller l'interrompit d'un geste et lui montra le manche : les runes du serment avaient été effacées ; à leur place, il n'y avait plus qu'une large éraflure.

— Ne crois pas réussir à reconstruire ta vie en ignorant les massacres que tu as accomplis, Ido. La douleur s'évanouira, pas le souvenir. Cette arme est le témoin de celui que tu as été et le garant que tu ne seras plus jamais comme avant.

Le gnome fit une pause. Il se leva et but de l'eau à une carafe. Il la tendit ensuite à Nihal, mais la jeune fille ne bougea pas.

Ido posa la carafe à terre et se rassit sur le lit de camp :

— Je ne me suis jamais plus séparé de mon épée. J'y ai fait d'autres incisions, j'ai écrit sur sa garde le nom de mes compagnons tombés sur le champ de bataille, mais le signe le plus important reste toujours celui qui a été effacé.

Il s'alluma une pipe et aspira jusqu'à ce que le tabac prenne.

— D'autres batailles ont suivi celle-ci. Raven me mit des bâtons dans les roues par tous les moyens. Il alla jusqu'à m'accuser de trahison : il avait trouvé des gens malhonnêtes disposés à jurer m'avoir vu comploter avec un fammin. Je m'en suis bien sorti, seulement depuis lors Raven ne fait pas partie des gens que j'aime rencontrer... J'ai rejoint cette armée il y a vingt ans, j'ai participé à des centaines de combats, je suis devenu quelqu'un d'autre. Je n'ai pas oublié mon passé, mais je sais que chaque pouce de terrain que je conquiers, chaque bataille que je gagne est un pas vers la rédemption. La route du rachat est sans fin, Nihal. Je ne solderai jamais ma dette envers la vie. J'ai cependant la présomption de croire que le peu que je fais est déjà quelque chose.

Ido se tut, et un silence de plomb tomba sur la tente. Nihal resta immobile. Elle n'arrivait pas à le regarder, elle n'arrivait pas à penser quoi que ce soit.

— Pourquoi ne me l'as-tu jamais dit ? murmura-t-elle.

Ido leva les sourcils :

— À ton avis, pourquoi ?

— Je te le demande à toi ! cria Nihal.

Elle était furieuse, ses yeux se remplirent de larmes :

— Je t'ai tout raconté sur moi ! Mon passé, mes cauchemars, des choses que personne n'avait jamais sues ! Je l'ai fait parce que j'avais confiance, parce que tu m'apprenais la vie ! J'avais confiance, Ido, alors que, toi, tu me cachais une chose pareille !

Le gnome se leva et se mit à marcher de long en large dans la tente. Puis lui aussi haussa la voix :

— Qu'est-ce que tu voulais que je fasse ? Quand tu es arrivée à la base avec tes oreilles et tes cheveux de demi-elfe, j'ai vu le passé fondre sur moi. Je savais que c'était Raven qui t'envoyait, c'était l'énième sale tour qu'il me jouait. Tu n'étais qu'un ennui de plus pour moi, Nihal. Mais ensuite j'ai pensé que t'entraîner, te montrer ce que signifiait combattre et t'apprendre à vivre était un moyen d'indemniser ton peuple pour ce que j'avais fait.

— Tu as été comme un père pour moi, Ido, alors que je n'étais rien pour toi ! Tout ce que tu m'as enseigné n'était que des mensonges ! Tu es un mensonge !

Sur ces mots, la jeune fille se leva d'un bond et essaya d'atteindre ses béquilles. Encore très faible, elle perdit l'équilibre, s'agrippa à la toile de la tente et tomba à genoux.

Ido s'approcha et lui tendit la main, que Nihal repoussa brutalement.

— Ne me touche pas ! siffla-t-elle, les yeux pleins de reproche.

Le gnome tourna les talons et sortit.

Le lendemain, Nihal resta enfermée dans sa tente. Sa blessure au côté s'était rouverte. Elle laissa Laïo changer son pansement, sans lui adresser la parole.

La pensée qu'Ido avait participé au massacre de son peuple la rendait folle. Mais il n'y avait pas que ça : elle était terriblement déçue. Pour elle, Ido était un homme extraordinaire, elle avait eu une confiance absolue en lui, et voilà qu'elle découvrait qu'il n'était pas du tout ce qu'elle avait cru.

Les jours passèrent, la demi-elfe reprit des forces ; cependant elle ne parvenait pas à lui pardonner. Elle pensait sans cesse à lui, mais chaque fois qu'elle le rencontrait sur le campement ou au réfectoire, elle tournait la tête.

Un matin, le gnome fit irruption dans sa tente en tenue de bataille, l'épée au poing.

— Je te défie, Nihal, dit-il d'une voix grave.

La jeune guerrière le regarda sans comprendre.

— Prends ton épée et viens dehors, continua Ido. Je te donne l'occasion de venger ton peuple.

— Mais qu'est-ce que tu...

Ido saisit l'épée de cristal noir et la lui jeta :

— Prends cette maudite épée et sors, nom d'un chien !

Elle le suivit, confuse.

Ido se dirigea vers un petit espace entre les tentes, éclairé par le soleil levant, son épée à la main. Bientôt, un rassemblement se créa autour d'eux.

— Oui, allez ! Venez ! criait Ido. Venez voir le traître et la demi-elfe se découper en rondelles !

— Ido, arrête ! demanda Nihal, que cette scène dégoûtait.

— Et pourquoi ? Finissons-en une fois pour toutes. Tu as toujours désiré la vengeance, non ? Eh bien, la voilà : après Dola, tu peux m'abattre moi aussi. Empoigne ton épée et combats. Mais souviens-toi : cette fois, je ne fais pas semblant. Si je te touche, je te tue.

Un silence irréel régnait sur le camp. Nihal sentait des dizaines d'yeux fixés sur elle. C'était absurde ! Qu'est-ce qu'elle faisait là ? Et pourquoi Ido lui lançait-il ce regard féroce ?

— Ne te le fais pas dire deux fois ! Mets-toi en garde ! rugit Ido.

Nihal se tenait devant lui, pétrifiée. Ce n'était pas ce qu'elle voulait, ce n'était pas ainsi...

Le gnome se jeta sur elle et la désarma en un éclair :

— Je n'ai pas l'intention de te battre comme ça. Ramasse ton épée !

— Non, dit Nihal.

— Prends ton arme !

— Je ne me battrai pas contre toi, Ido.

— Alors, qu'est-ce que tu veux ? lâcha-t-il en baissant son arme. Je ne peux pas effacer ce que j'ai été,

Nihal ! Et je ne le veux pas. Maintenant, tu as deux solutions : ou tu me tues, ou tu acceptes la réalité.

Nihal le regarda droit dans les yeux :

— Pourquoi ne m'as-tu jamais dit la vérité ? Pourquoi dans ma vie personne n'a-t-il jamais eu le courage de me dire la vérité ?

Son maître s'approcha lentement d'elle, passa un bras autour de son épaule et l'emmena en se frayant un chemin parmi les curieux.

24
DE NOUVEAU ENSEMBLE

Ce matin-là, le réveil fut brutal. Nihal sentit un jet d'eau glacée s'abattre sur elle, et elle sauta du lit. Devant elle se tenait Laïo, un seau à la main.

— Tu es devenu fou ? s'exclama la jeune fille, complètement trempée.

— Il y a le feu ! Cours, sors de cette tente ! cria-t-il, tout agité.

Nihal regarda en l'air : un petit nuage de fumée bleuté flottait au-dessus de sa tête. Lorsqu'elle comprit de quoi il s'agissait, son cœur bondit dans sa poitrine.

Laïo pâlit :

— Oh, dieux du ciel ! C'est toi qui prends feu !

Il s'apprêtait déjà à foncer dehors pour chercher un autre seau d'eau quand Nihal l'arrêta :

— Du calme, je ne suis pas en train de prendre feu ! Va me chercher cinq pierres, si possible de la même taille, une plume et de l'encre.

— Mais... qu'est-ce que tu ?...

— Dépêche-toi, c'est un enchantement ! hurla Nihal.

Quelqu'un lui envoyait un message. Et il n'y avait que deux personnes qui pouvaient le faire : Soana et...

Sennar. Nihal n'osait même pas penser que cela puisse être lui. D'après ce qu'elle savait, le jeune magicien pouvait aussi bien être mort, et s'il était vivant, il ne voulait certainement plus entendre parler d'elle. Elle se répéta plusieurs fois de ne pas se faire d'illusions, mais elle espérait de toutes ses forces que l'auteur du message, c'était lui.

Laïo revint avec les cinq pierres :

— Celles-là, ça va ?

Nihal les lui arracha des mains sans un mot, tout comme la plume et l'encre. Elle s'assit par terre et se mit à fouiller avec frénésie sa mémoire pour essayer de se souvenir quelles étaient les runes qu'il fallait tracer sur les pierres. « Bon sang ! Pourquoi est-ce que je n'ai pas étudié plus sérieusement quand j'étais avec Soana ? » se reprocha-t-elle.

Son cœur s'affolait, ses mains tremblaient : « Comment c'était ? Comment c'était déjà ? »

Enfin, elle se souvint des deux premières runes, qu'elle traça d'une main mal assurée. Ensuite, elle s'efforça d'évoquer les autres signes et finit par faire trois gribouillis très approximatifs. Elle disposa les pierres en cercle, ferma les yeux et essaya de se concentrer... Mais elle n'avait qu'une seule pensée en tête, qui chassait toutes les autres. Quand elle eut le courage de rouvrir les yeux, elle vit la fumée qui jusque-là planait au-dessus de sa tête se rassembler en une sphère parfaite. Les lettres se formèrent peu à peu ; elles émergeaient une à une du fond bleu avec une lenteur exaspérante. Le message était bref, mais il fit à Nihal l'effet d'une gorgée d'eau fraîche par une journée torride : « Je suis revenu. Sennar. »

Elle sauta sur ses pieds et courut porter la nouvelle à Ido : il fallait qu'elle la partage avec quelqu'un ! Laïo resta perplexe, devant la sphère de fumée bleue.

— C'est une splendide nouvelle ! s'exclama Ido.

— Qui sait où il est maintenant, s'il est près d'ici, et quand je pourrai le voir...

Nihal se mit à faire les cent pas dans la tente. Ido la regardait avec l'air de quelqu'un qui commence à avoir le mal de mer.

— Et si tu le lui demandais ? suggéra-t-il.

Nihal se frappa le front du poing :

— Tu as raison ! Quelle imbécile je suis... Bien sûr, je dois lui demander où il est ! Les pierres sont là-bas. Et l'enchantement ? Comment c'était ? lança-t-elle en repartant au pas de course.

Elle dut répéter trois fois la formule, dont elle n'arrivait pas à se souvenir, mais finalement elle parvint à envoyer un message et attendit avec impatience la réponse.

Celle-ci ne venait pas, mettant Nihal au supplice.

— Arrête d'y penser, Nihal, lui disait Laïo ; en vain.

Enfin, la réponse arriva : Sennar devait atteindre la frontière de la Terre du Vent trois jours plus tard, et il proposait à Nihal de l'y rencontrer. Trois jours ! Cela faisait presque un an qu'ils étaient séparés ; pourtant ces trois jours semblaient à Nihal une éternité. Tant de choses avaient changé ces derniers mois ! Elle se sentait une autre personne. Comment serait-ce de revoir Sennar ? Et quelle impression lui ferait-elle ?

Le matin du jour fatidique, Nihal fut assaillie dès le réveil par un problème qu'elle n'avait pas encore réussi à résoudre. Depuis la veille au soir, la robe verte et son armure étaient posées côte à côte sur la table. Nihal avait acheté cette robe pour les grandes occasions, même si elle savait qu'elle ne lui ressemblait pas. Alors, peut-être valait-il mieux qu'elle mette l'armure ? Oui, mais n'était-ce pas déplacé, d'aller retrouver son meilleur ami accoutrée comme pour une bataille ?

Tandis qu'elle se torturait l'esprit, elle entendit la voix d'Ido :

— Je peux entrer ?

Nihal attrapa la robe, la jeta sur le lit, et s'assit dessus à la hâte.

— Oui... viens...

Le gnome passa la tête dans la tente et la dévisagea

— Qu'est-ce qui se passe ?

— Rien, tout va bien, répondit-elle d'un air insouciant.

— Qu'est-ce que tu fais, assise sur cette robe ? demanda Ido, remarquant le morceau d'étoffe verte qui dépassait de sous les cuisses de Nihal.

La jeune fille rougit.

— C'est que... je ne sais pas quoi me mettre..., finit-elle par confesser.

Il lui lança un regard amusé :

— Si je comprends bien, tu ne sais pas si tu dois te présenter comme une femme ou comme un guerrier, c'est bien ça ?

— Plus ou moins..., répondit Nihal, les joues en feu.

Ido sourit et fourra sa pipe dans sa bouche.

— Je suis désolé, Nihal, mais ce sont des conseils qui dépassent mes capacités de maître. Je te laisse à ton dilemme.

Après que le gnome se fut éloigné, la demi-elfe réfléchit encore un moment. À la fin, exaspérée par sa propre indécision, elle prit l'armure.

Avant de partir, Nihal devait demander une permission. Le général se montra compréhensif et la lui accorda sans histoires, si ce n'est de lui en demander la raison.

— Le retour d'un ami..., dit-elle.

En sortant de la tente, elle eut presque envie de retourner se changer. Elle eut honte d'elle-même : « Ça suffit, Nihal ! Ne fais pas l'idiote et vas-y, une fois pour toutes ! »

Tandis qu'elle volait sur le dos d'Oarf, sa tension fondit peu à peu. Serrée contre son dragon, elle se sentait bien, et l'émotion de revoir Sennar prit le dessus sur le doute et le manque d'assurance.

Elle décida de s'arrêter dans une immense plaine aux abords de la frontière. L'herbe y était grise ; des îlots de terre brûlée apparaissaient çà et là. Elle ne ressemblait plus en rien à la steppe de son enfance.

Elle s'allongea par terre et fixa le ciel : il y avait quelques nuages, l'air était frais. L'automne avançait. Oarf se roula en boule près d'elle, et elle posa sa tête sur son épaule écailleuse. Elle ne savait pas d'où surgirait Sennar, ni comment, ni quand. La derrière image qu'elle avait de lui lui revint à l'esprit : ses yeux tristes, le sang qui coulait lentement de sa blessure sur sa joue... Avec quels mots pourrait-elle s'excuser ?

Elle s'assit et scruta l'horizon : rien à perte de vue. Elle s'étendit et suivit des yeux la course des nuages. Le temps changeait, le vent soufflait plus fort. Qui sait si la personne qu'elle était devenue plairait à Sennar ? Était-il différent, lui aussi ? Avait-il croisé de nouveaux visages sur sa route, s'était-il fait de nouveaux amis, avait-il rencontré d'autres femmes ?...

Quelle drôle de pensée ! Pourquoi « des femmes » ?

Elle se redressa une nouvelle fois. Le soleil avait disparu. Du vent, du vent, et seulement du vent. Les herbes grises ondulaient sous son souffle, dessinant des vagues sur la surface de cette mer desséchée.

Un morceau de ciel apparut entre les nuages ; un rayon de soleil fit scintiller son armure. D'un coup elle se sentit ridicule, équipée comme pour une parade.

« Si vraiment tout était comme avant, je ne me serais pas posé de questions ! J'aurais couru le voir avec ce que j'avais sur moi. Ce ne sera jamais plus comme avant... »

Au bout de deux heures, elle commença à penser que Sennar n'arriverait pas. L'air sentait la pluie, le ciel était livide. Nihal détacha son regard des nuages qui s'amoncelaient au-dessus de sa tête, et elle le vit soudain, qui avançait lentement vers elle. Il n'était encore qu'un point au loin, mais c'était lui, elle ne pouvait pas se tromper. Son cœur se mit à battre plus fort. Elle se leva pour le voir mieux. Il portait une longue tunique noire, toujours la même, celle avec l'œil, celle qui lui faisait peur.

Elle se tint immobile, savourant l'image de son ami qui revenait sain et sauf. À présent, elle le voyait bien.

Elle se mit à courir à perdre haleine en criant son nom. Il s'arrêta, posa à terre sa besace et regarda dans sa direction.

Nihal continua à courir, même si le souffle lui manquait, même si ses jambes ployaient sous le poids de son armure. Et lorsqu'elle fut à quelques pas de lui, elle se jeta littéralement dans ses bras. Le choc entraîna Sennar en arrière, et ils tombèrent tous les deux à terre, tandis qu'elle le serrait de toutes ses forces. C'était lui, c'était bien lui. Elle était émue de sentir son corps contre le sien.

— Sennar, murmura-t-elle en continuant à l'enlacer comme si elle n'arrivait pas à y croire.

De ses doigts, elle caressa sa cicatrice :

— Pardonne-moi, j'ai été idiote, pardonne-moi !

— Tu n'as pas besoin de t'excuser, dit Sennar en suffoquant à moitié. Par contre, si tu voulais bien te pousser... Avec cet attirail, tu pèses ton poids !

Ils éclatèrent de rire et se laissèrent rouler sur l'herbe, heureux.

— Qu'est-ce que tu as fait à tes cheveux ? demanda Nihal en essuyant ses larmes du revers de la main.

Sennar passa une main dans sa tignasse ébouriffée :

— C'est une longue histoire. Disons que l'eau de mer les avait un peu abîmés. Je ne te plais pas comme ça ?

— Je ne sais pas, répondit Nihal d'un air taquin. Avec tes cheveux longs, tu semblais plus... mystérieux.

— Rien n'a changé. Nous sommes toujours nous-mêmes. Rien n'a changé, Nihal.

Il regarda Oarf, puis posa les yeux sur l'armure.

— Tu as réussi, à ce que je vois.

— Chevalier Nihal, pour vous servir, conseiller !

La jeune fille se mit debout et fit un tour sur elle-même :

— Et toi, tu as réussi ? Comment s'est terminée ta mission ?

— Je suis revenu avec un ambassadeur du Monde Submergé. Il a déjà commencé des pourparlers avec le Conseil.

Il la regarda dans les yeux avant de reprendre :

— Je les ai laissés pour venir te voir.

Un silence embarrassé suivit ces paroles, auquel Nihal mit fin en lui prenant la main pour l'entraîner vers Oarf :

— Monte, je te fais faire ton premier tour sur un dragon, et je t'emmène au campement.

Sennar hésita ; l'idée de voler ne semblait pas l'enthousiasmer :

— Mais... la selle ?

— Il suffit que tu te tiennes fort à moi, répondit Nihal en sautant sur le dos d'Oarf.

Dès qu'ils eurent pris leur envol, les premières gouttes commencèrent à tomber. Sennar se serra contre Nihal, qui se sentit heureuse comme elle ne l'avait pas été depuis longtemps. Ce jour-là, la pluie la mit de bonne humeur.

Ils atteignirent le camp à l'heure du déjeuner et Nihal fit visiter les lieux à Sennar. Le jeune homme fut stupéfait d'apprendre que son amie commandait une garnison.

— Je savais que tu étais forte, mais, là, tu as un peu exagéré ! plaisanta-t-il.

Sa victoire sur Dola avait valu à Nihal une grande considération, et le général lui avait confié des troupes permanentes. Mais après un premier moment d'euphorie, la jeune fille s'était aperçue que cette promotion était plus un poids qu'un honneur : à présent, non seulement elle devait répondre de son propre comportement pendant la bataille, mais la vie de beaucoup de gens dépendait de ses ordres. Non, faire carrière dans l'armée ne faisait vraiment pas partie de ses aspirations.

Elle rougit :

— Je t'expliquerai tout plus tard. Maintenant, je veux te présenter à quelqu'un.

Ils déjeunèrent au réfectoire avec Ido. Au début, Nihal eut l'impression que le gnome était embarrassé, tel un père découvrant l'ami de cœur de sa fille, mais cela dura peu. Sennar avait tellement de choses à raconter que le repas passa en un clin d'œil.

Ce n'est que dans l'après-midi que Nihal et Sennar purent parler comme avant. Ils choisirent un endroit tranquille aux frontières du campement, une petite pente d'où ils pouvaient observer la pluie, qui tombait lentement. Ils s'abritèrent sous un arbre feuillu. Sennar raconta à Nihal son voyage, la peur de la mort, la terreur froide qu'il avait éprouvée dans le tourbillon et les splendeurs de Zalénia. Il lui raconta le monstre, la tempête, et la difficulté qu'il avait eue à convaincre le comte de l'écouter. Il lui dit comment il avait déjoué l'attentat contre le roi, et la joie mêlée de tristesse avec laquelle il avait vécu sa victoire. Nihal l'écoutait, fascinée.

— En somme, mon ami est un héros, dit-elle à la fin.

Sennar haussa le sourcil :

— Moi ? Ce n'est pas toi qui dois toujours jouer le rôle de l'héroïne ?

Nihal sourit et lui donna une tape sur l'épaule :

— Je t'interdis de te moquer de moi, conseiller !

— À toi maintenant ! Raconte-moi ce qui s'est passé dans ta vie, dit Sennar.

Nihal regarda les gouttes de pluie qui tombaient des branches et créaient un rideau mouvant autour d'eux. Il y avait trop de choses dont elle avait honte, trop de choses dont elle avait souffert pendant le voyage de son ami. À présent qu'il était là, elle désirait seulement profiter de sa présence.

— Allez ! Je veux tout savoir de ta victoire, insista Sennar.

À la place, Nihal lui fit le récit d'une défaite.

Elle lui raconta la manière dont Ido l'avait éloignée de l'armée, sa tentative pour vivre une vie comme celle de toutes les jeunes filles, sa déception et sa prise de conscience que l'épée l'appelait inexorablement. Elle lui parla de son apprentissage, du jour où elle était devenue chevalier, et lui dit combien Ido comptait pour elle. À la fin, elle lui parla aussi de Dola. Mais elle ne cita pas le nom de Mégisto, ni la formule interdite. Lorsqu'elle finit de parler, la nuit commençait à tomber.

— J'ai beaucoup pensé à toi pendant mon périple, dit Sennar en la regardant.

— Ça ne devait pas être de bons souvenirs...

— Ne dis pas d'idioties. Tu as été mon seul lien avec le monde qui m'attendait au-dessus. Je me suis demandé mille fois où tu étais, comment tu te portais, si tu avais changé. Et puis...

Sennar s'interrompit.

— Et puis... ? demanda Nihal.

— Et puis, je suis arrivé ici, et je t'ai vue courir vers moi à perdre haleine. Depuis combien de temps est-ce que nous nous connaissons ? Quatre ans ? Eh bien, en quatre ans, tu ne l'avais jamais fait.

Nihal le regarda, l'air interrogateur.

— En fait, ce que je voudrais te dire, c'est que... je suis fier de toi et de ce que tu es en train de construire.

Il sembla sur le point d'ajouter quelque chose, mais il se contenta de secouer la tête et sourit.

Sennar partit quelques jours plus tard, en promettant solennellement de revenir bientôt. Le devoir l'appelait : il était attendu au Conseil pour la poursuite des tractations avec Zalénia.

Nihal retourna à sa vie habituelle. Alors que l'automne colorait les feuilles des arbres et délavait le ciel, la guerre devint une triste habitude, une suite infinie de massacres et de souffrances. Nihal sentait qu'il lui manquait un but et commençait à soupçonner que la clé de sa vie ne se trouvait pas forcément sur les champs de bataille.

25
LA MORT DU TRAÎTRE

Il fallait un médiateur entre Pelamas et les mages du Conseil, et Sennar s'était jeté tête baissée dans les négociations concernant l'aide militaire de Zalénia. Cependant, après les aventures qu'il avait vécues lors de son voyage, la prudente diplomatie du Conseil l'ennuyait, même s'il savait que la voie de la paix passait par là. Lorsqu'il vit que les discussions atteignaient un point mort, il décida d'emmener l'ambassadeur du Monde Submergé sur la Terre du Vent. Il voulait qu'il touche la guerre du doigt, qu'il voie combien ils avaient besoin d'eux.

Il choisit le campement où se trouvait Nihal, ce qui lui donna un prétexte pour la revoir. Pelamas, qui n'avait jamais connu que la paix dorée de son monde, était très choqué, tel un enfant confronté à quelque chose qu'il n'était pas capable de comprendre.

L'initiative de Sennar se révéla efficace. En quelques semaines, l'accord fut signé : la moitié de l'armée de Zalénia viendrait au secours du Monde Émergé avant la fin de l'hiver. La mission du jeune magicien se conclut par un succès et le Conseil le laissa reprendre sa charge sur la Terre du Vent.

De temps en temps, Sennar repensait à Ondine, se demandant s'il avait bien fait de la quitter. Mais à chaque fois qu'il voyait Nihal, ses doutes disparaissaient. Il aimait la regarder aller à travers le camp et donner des ordres d'un air décidé. C'était bon de la voir si sûre d'elle, si forte. Sennar avait toujours su qu'elle l'était ; à présent, elle le savait elle aussi. Et s'il pensait aux yeux d'Ondine, il mesurait la distance entre son amour marin et Nihal : Ondine avait des yeux clairs, sur lesquels chaque pensée se reflétait comme sur une feuille d'argent pur. Les yeux de Nihal, eux, étaient profonds, impénétrables. C'était les yeux de quelqu'un qui ne connaissait pas encore sa propre voie. Et Sennar aimait ce regard plein d'inconnu.

Les choses allaient mieux sur le front de la Terre du Vent. La capture de Dola avait jeté la panique dans les rangs ennemis, et l'armée des Terres libres en profita pour reconquérir une partie du territoire perdu. L'exploit de Nihal avait démontré que même les meilleurs guerriers du Tyran n'étaient pas invincibles ; une vague d'espoir avait submergé les troupes, et bien que l'hiver fût aux portes, sur les campements flottait comme un air de printemps.

C'était un jour de bataille.

La garnison de Nihal s'était déplacée sur une zone voisine pour prêter main-forte à des troupes qui attaquaient un contingent ennemi isolé. Alors qu'elle combattait à terre, Nihal aperçut soudain Laïo, debout à la lisière du champ de bataille, les yeux fixés sur un point au milieu de la mêlée.

« Mais qu'est-ce qu'il fabrique ? songea-t-elle, inquiète. Il veut se faire tuer ou quoi ? »

Elle donna le coup de grâce au fammin contre lequel elle était en train de se battre et courut vers son écuyer en hurlant.

— Laïo ! Laïo, va-t'en d'ici !

Le jeune garçon sembla sortir d'un rêve. Il recula lentement, sans cesser de fixer le vide avec des yeux hallucinés. Nihal suivit son regard. Pendant un instant, parmi les soldats, elle entrevit une ombre fugace, et une peur froide lui serra les entrailles.

Le soir même, sous la tente, Nihal voulut parler de cet étrange épisode. Laïo, assis par terre, astiquait son armure, pendant qu'elle-même nettoyait son épée.

— J'ai un peu paniqué, c'est tout, répondit-il l'air insouciant.

— Pourquoi ?

Laïo se tut.

— Laïo, je te parle ! Qu'est-ce que tu regardais ?

Il leva les yeux sur son amie. Il était pâle.

— Et toi, qu'est-ce que tu as vu ?

— Moi...

Elle haussa les épaules :

— Rien, Laïo, je n'ai rien vu. C'était une illusion.

— Il y avait quelque chose..., reprit Laïo.

Sa voix tremblait :

— Il y avait quelque chose au milieu de la mêlée, quelque chose qui... Ou peut-être bien que c'est moi qui deviens fou ! N'en parlons plus.

— Qu'est-ce que tu as vu ? insista Nihal, qui n'était pas sûre de vouloir entendre la réponse.

Le jeune garçon déglutit :

— Il y avait un homme. Un soldat... je ne sais pas comment t'expliquer, il était différent. Et je me suis senti comme fasciné, voilà, c'est ça. Je n'arrivais pas à détacher les yeux de lui. Alors, j'ai continué à le regarder et... Je sais que cela peut sembler absurde, et probablement je me suis trompé, mais à ce moment-là j'étais sûr... Bref, tu te rappelles Mathon ?

Nihal réfléchit. Ce nom lui disait quelque chose...

— Le soldat qui nous a accompagnés chez ton père ? dit-elle.

— Oui, lui. J'étais sûr que tu te souvenais de lui.

Nihal sentit son sang se glacer dans ses veines. Oui, elle se souvenait bien du malheureux, et surtout de sa mort sous les coups des brigands.

Un esprit. Un mort. Comme dans ses cauchemars.

— C'était lui, Nihal. Quand il m'a vu, il a souri. C'était lui, je le jure. Mais après, ce sourire est devenu un ricanement, et je...

Il s'interrompit.

— Ce n'est pas possible. Reste calme, ce n'est pas possible.

Nihal ferma les yeux et prit une profonde inspiration. Après quoi, elle regarda le jeune garçon.

— Cela s'appelle de l'autosuggestion, Laïo. D'après ce que j'en sais, les morts se trouvent sous la terre.

Laïo sourit, soulagé :

— Oui, oui. Je crois aussi.

Ils ne revinrent plus sur le sujet.

Dola fut longuement interrogé ; à chaque question, à chaque tentative d'intimidation, il répondait par le même sourire : un sourire de vainqueur. « Vous êtes déjà morts, répétait-il. Vous êtes tous morts. »

Lorsque le Conseil des Mages décida qu'il serait exécuté, Sennar fut le seul à voter contre. Il envoya néanmoins un message à Nihal : Dola serait décapité à Laodaméa, la ville principale de la Terre de l'Eau, siège du Conseil cette année-là. Nihal, qui fut la première à l'apprendre sur le campement, ne put empêcher son cœur d'exulter. Puis elle pensa à Ido : elle ne pouvait pas faire celle qui ne savait rien devant son maître. Il fallait que ce soit elle qui le lui dise.

Elle alla le trouver dans sa tente au coucher du soleil. Le gnome était étendu sur son lit, plongé dans la lecture d'un rapport. Quand Nihal entra, il s'assit et s'étira en bâillant bruyamment.

— Regardez qui voilà ! Ma parole, depuis que tu as tes propres troupes, il est devenu impossible de bavarder avec toi. Ces petits nouveaux, dès qu'ils font carrière, ils ne daignent même plus t'adresser un regard, plaisanta-t-il.

Nihal fixa la pointe de ses bottes en se força à sourire. Mais sa gêne n'échappa pas à Ido.

— Qu'est-ce qui se passe, Nihal ?

— Dola a été condamné à mort, dit-elle d'une traite.

Le gnome ne broncha pas :

— C'est pour me dire ça que tu es venue ?

— Je ne voulais pas que tu l'apprennes de quelqu'un d'autre.

— J'apprécie.

— Ido, je...

— Tu peux t'en aller.

— Je suis désolée.

— Tu peux t'en aller.

Nihal sortit en silence, laissant Ido seul. Mais même à ce moment-là, c'était la joie qui avait le dessus : Dola allait payer de son sang, il allait expier toutes les morts dont il était responsable. « Je regrette seulement de ne pas pouvoir tenir moi-même la hache », se surprit-elle à penser.

En retournant à sa tente, elle se répéta que son attitude était méprisable, mais sa joie ne diminuait pas.

Sennar ne la laissa même pas finir.

— Je ne suis pas d'accord, déclara-t-il.

— Je dois y aller.

— Alors, vas-y, mais n'espère pas que je t'accompagne.

— Sennar, je t'en prie...

Le jeune homme la regarda droit dans les yeux :

— Mais pourquoi, pourquoi veux-tu te faire du mal ?

— Je ne veux pas me faire du mal. Mais je dois y être, tu comprends ? Il était là quand Livon est mort, et maintenant je veux être là quand il mourra. Et j'ai besoin de t'avoir à mes côtés. Cela m'aidera à comprendre.

Finalement, Sennar fut obligé de capituler. Il accompagnerait Nihal à l'exécution de Dola.

Laodaméa n'était pas très éloignée ; de plus, la ligne de front avait avancé. Sur le dos d'Oarf, ils ne mirent qu'une demi-journée à l'atteindre.

Nihal eut l'impression que des siècles avaient passé depuis qu'elle y était venue la première fois. La capitale de la Terre de l'Eau était une espèce de village peuplé de nymphes et d'humains. Les maisons des hommes s'adossaient les unes aux autres comme dans n'importe quelle ville, mais entre un quartier et un autre les arbres, ou plutôt les habitations des nymphes, croissaient, libres et vigoureux.

L'exécution devait avoir lieu sur la place centrale. Lorsque Nihal et Sennar y arrivèrent, elle était déjà noire de monde, autour de l'estrade surélevée sur laquelle se trouvait le billot du bourreau.

Nihal préféra rester au milieu de la foule plutôt qu'aux premiers rangs. Sennar, lui, tournait le dos à l'échafaud.

— Tu n'es pas d'accord, n'est-ce pas ? lui demanda la jeune fille.

— Non, Nihal. Je n'ai jamais assisté à une exécution, et je n'ai pas envie de commencer aujourd'hui. Une décapitation n'est pas un divertissement pour moi, dit-il.

Au même moment, deux gardes musclés amenèrent Dola. Le gnome était enchaîné, il avait subi des jours et des jours d'interrogatoire, pourtant sur son visage ne transparaissait pas même l'ombre de la peur. Il avançait avec dignité, le buste droit et le front haut. Lorsqu'il fut devant le billot, il jeta sur l'assemblée un regard chargé de mépris, et Nihal retrouva intacte en elle la haine qui l'avait conduite à apprendre une formule interdite.

Un héraut lut la sentence à haute voix : « Le Conseil des Mages, réuni sur la Terre de l'Eau, a décidé l'exé-

413

cution par décapitation de Dola de la Terre du Feu, traître à l'égard des Terres libres, au nom des innombrables innocents qu'il a tués, de la douleur qu'il a causée, et de la liberté à laquelle il a porté atteinte. »

Un silence de plomb tomba sur la place, lourd de tension, de satisfaction, de haine, et de joie. En voyant le bourreau s'approcher du billot, sa hache à la main, Nihal sentit son cœur s'accélérer. Elle compta les pas qui le séparaient de Dola, comme si sa mort pouvait changer quelque chose, comme si les hommes, les femmes et les enfants que Dola avait assassinés pouvaient renaître de son sang.

Sennar lui serra le bras.

— Regarde-le, Nihal. Regarde-le bien. Est-ce que ce misérable spectacle enlève vraiment quelque chose à ta douleur ? lui murmura-t-il à l'oreille.

Puis la hache tomba, scellant le dernier rictus railleur de Dola dans ce monde.

Dans l'après-midi, Sennar reçut un message de Dagon, qui le convoquait à l'assemblée du Conseil. Celle-ci avait été avancée d'une journée, ce qui ne l'étonna pas. Depuis qu'il était revenu, les réunions s'étaient succédé à un rythme soutenu, et avec l'imminente arrivée des troupes de Zalénia, les questions à débattre étaient nombreuses.

Ce qui l'étonna, en revanche, c'est que Dagon demandait expressément que Nihal soit là aussi.

— Moi ? souffla-t-elle. Et qu'est-ce que j'ai à y faire ? Je ne connais rien à la diplomatie !

— À dire vrai, je n'en ai aucune idée, répondit Sennar, songeur.

Au coucher du soleil, ils rejoignirent le palais royal, où se trouvait la salle du Conseil. Nihal y était déjà venue une fois, quand Sennar avait soutenu son épreuve pour devenir conseiller, mais elle n'avait fait que l'entrevoir.

Le palais se dressait au-dessus d'une cascade, et le bruit de l'eau se déversant dans le lac qui s'étendait en contrebas ramena à sa mémoire des souvenirs doux et douloureux. Elle se rappelait avec une netteté impitoyable chaque moment passé avec Fen, chacune de ses expressions, chacun de leurs entraînements au duel.

Dagon lui-même vint les accueillir.

— Bienvenue, Sennar ! dit-il. Et salut aussi à toi, chevalier. Tes exploits t'ont précédée.

Nihal, peu habituée aux civilités, était gênée. Elle rougit et baissa la tête.

— Sa Majesté Astréa vous prie de pardonner son absence, reprit Dagon pendant qu'il les conduisait dans l'entrée. La défense de sa Terre l'occupe chaque nuit.

Nihal écarquilla les yeux :

— La reine elle-même maintient la barrière magique ? murmura-t-elle à Sennar.

Le magicien acquiesça.

Le palais paraissait inhabité. Ils cheminèrent long-temps, traversant des corridors aux voûtes immenses et des salons silencieux. Enfin, ils prirent un escalier et descendirent un nombre infini de marches.

Quand leur guide s'arrêta devant un gros portail de bronze, Sennar lui adressa un regard surpris :

— Ce n'est pas la salle du Conseil !

Dagon entrouvrit la porte et leur fit signe d'entrer. Les deux jeunes gens s'exécutèrent, hésitants.

La salle était grande et dépouillée. Au centre se trouvait une table de pierre.

La femme qui y était assise se leva lentement. Elle était élancée et tout son être dégageait l'harmonie. Elle portait une simple tunique de laine noire qui effleurait le pavé. Ses cheveux ébène étaient rassemblés en une longue tresse, découvrant son visage et mettant en valeur ses yeux sombres

— Il s'en est passé, du temps, n'est-ce pas ? dit Soana.

Soana avait été le maître de Sennar, et pendant un temps elle avait aussi enseigné la magie à Nihal dont elle était la tante. Plus de deux ans s'étaient écoulés depuis qu'elle avait quitté le Conseil, et Sennar et Nihal n'avaient plus eu de ses nouvelles. Pendant son absence, une infinité de choses s'étaient passées. Et voilà qu'elle était là, et elle ne semblait pas avoir beaucoup changé. Elle avait le visage tendu et quelques cheveux blancs, mais la majesté de ses traits et la gêne qu'elle inspirait à Nihal étaient les mêmes qu'auparavant.

Pendant que Sennar courait vers elle, la jeune fille resta immobile sur le seuil, incrédule.

Soana lui tendit la main .

— Tu ne viens pas me saluer ?

Alors seulement Nihal s'approcha et l'embrassa. Une fois l'émotion passée, ses deux anciens élèves eurent un moment d'embarras.

— N'ayez pas peur, dit Soana avec un sourire triste.

Je sais ce qui est arrivé à Fen. Mon cœur me l'a appris avant que la nouvelle me soit parvenue...

Soana se tut quelques instants, puis elle reprit son expression sereine. Nihal sentit toutefois qu'elle souffrait encore, et peut-être qu'elle ne cesserait jamais de souffrir.

— Où as-tu été pendant tout ce temps ? demanda Sennar.

— J'ai voyagé. À la recherche de gens, de lieux, de certitudes...

La magicienne regarda sa nièce avant d'ajouter :

— ... et de réponses.

— Et tu les as trouvées ? demanda la jeune fille.

— Oui, Nihal. Nous en parlerons, mais pas maintenant. Pour l'instant, je veux profiter du plaisir de vous avoir de nouveau près de moi. Et je veux tout savoir de vous, dit-elle avec un sourire.

Ils parlèrent toute la soirée. Nihal raconta ses péripéties avec Oarf et toutes ses batailles, Sennar son interminable voyage à Zalénia ; cependant des choses non dites flottaient entre eux. Les paroles prononcées par Mégisto lors de leur dernière entrevue n'arrêtaient pas de résonner dans la tête de Nihal : « La vérité que tu cherches est au détour de ta route, mais la vérité est souvent un bien terrible. »

Ils ne se retirèrent que très tard dans les chambres qui avaient été préparées pour eux. Nihal allait fermer sa porte lorsqu'elle croisa le regard interrogateur de Sennar.

— Quelque chose ne va pas ? lui demanda-t-il.

— Oui, en effet.

— Tu n'es pas contente que Soana soit revenue ?

— Si, mais...

Elle hésita : « Comment est-ce que je peux lui dire ? »

— C'est à cause du palais ? Il te rappelle de mauvais souvenirs ?

Nihal soupira. Elle avait eu tort de ne pas parler plus tôt.

— Entre, Sennar.

Elle lui raconta tout : Mégisto, la formule prohibée, la prophétie...

Elle n'avait jamais vu Sennar aussi furieux :

— Tu as perdu la tête ? Tu te rends compte de ce que tu as fait ?

— Sennar, je t'en prie, ne te mets pas à me faire la morale.

— Mais je ne te fais pas la morale, bon sang ! s'emporta-t-il. Les formules interdites sont dangereuses. Pour toi, comme pour n'importe qui d'autre ! Tu as couru un gros risque, Nihal. Et pour quoi ?

— Je ne veux pas discuter de cela maintenant, dit Nihal

— Ah, non ? Et de quoi veux-tu discuter alors, de grâce ? cria-t-il hors de lui. Tu préfères peut-être me parler de tes rêves ?

Nihal secoua la tête.

— Si, Nihal ! insista le magicien d'une voix plus forte. Vas-y, dis-moi un peu comment vont tes rêves.

Nihal fut obligée d'admettre que depuis qu'elle avait appris la formule de l'Ombre invincible ses cauchemars s'étaient faits plus insistants.

— Mais ce n'est pas cela, le problème, Sennar, il y a une autre chose qui me préoccupe. Qu'est-ce que Mégisto a voulu dire, d'après toi ? Depuis toujours, je me demande pour quelle raison j'avais survécu...

Sennar se dirigea vers la porte sans répondre. Avant de sortir, il la regarda avec des yeux sévères :

— Tu ne peux pas laisser ta vie dépendre de vérités qui sont aux mains d'autres personnes, Nihal. C'est à toi de trouver le chemin. Je croyais que tu l'avais appris !

Le lendemain, Nihal frappa à la porte de Soana de très bonne heure. Le soleil n'était pas encore levé, et une brume de début d'hiver enveloppait le palais.

— J'ai besoin de savoir, dit-elle simplement.

Soana acquiesça et prit son manteau :

— Viens, sortons.

Juste au-dessus de la cascade se trouvait un jardin suspendu. Soana s'appuya au parapet et observa l'eau qui se déversait dans le lac.

— Tu m'as pardonnée, Nihal ?

La jeune fille se tut un long moment. La découverte du mensonge d'Ido l'avait amenée à repenser à ce que Soana lui avait caché : bien qu'elle ait toujours tout su sur ses origines et sur l'extermination des demi-elfes, elle ne lui en avait jamais parlé ! Il fallut que Nihal découvre la vérité de la pire des manières, à la mort de Livon. Mais à présent, tant d'années avaient passé...

À ce moment précis, Nihal se rendit compte que oui, elle avait pardonné à sa tante. Elle la regarda dans les yeux et hocha la tête.

Soana répondit par un sourire :

— Je suis fière de ce que tu es devenue, Nihal. Tu es une femme forte, je le lis sur ton visage. Et tu es un bon guerrier. C'est pour cela que je suis tentée de me taire.

Nihal avait du mal à comprendre : Soana avait quitté sa charge au Conseil dans le but de retrouver Reis, son ancien maître, la seule à savoir la vérité sur les origines de Nihal...

— Pourquoi ? Je ne...

— Attends. Laisse-moi te raconter, l'interrompit Soana. Comme tu le sais, j'ai fait un long voyage. Reis n'avait laissé aucune trace derrière elle ; j'ai même pensé qu'elle était morte. Pendant plus d'un an, je n'ai fait que rechercher des indices, sans succès. Puis j'ai rencontré quelqu'un qui soutenait l'avoir vue. La nuit, j'ai commencé à faire des rêves étranges : des images confuses, des paysages inconnus. Et une sorte d'appel, comme une plainte...

Nihal frissonna : c'était exactement ce qui lui arrivait à elle.

— Plus je trouvais d'informations sur elle, plus j'entendais cet appel dans mon esprit. J'ai erré à travers tout le Monde Émergé, j'ai parlé à une centaine de personnes, j'ai traversé des lieux dont j'ignorais l'existence...

La magicienne se tut quelques instants. Le soleil les salua de ses premiers rayons.

— Je l'ai trouvée il y a trois mois.

La voix de Nihal trembla lorsqu'elle demanda :

— Elle... elle t'a dit quelque chose ?

— Elle veut que tu ailles la voir.

— Dis-moi où la trouver, dit Nihal sans hésiter.

Soana soupira :

— Je ne veux pas que tu le fasses. N'y va pas.

Ses paroles dures comme de la pierre troublèrent la quiétude de l'aube. Nihal sentit le sang lui monter aux joues :

— Mais pourquoi ? Tu ne sais pas ce que j'ai traversé, ni combien de questions me résonnent dans la tête !

Soana conserva son calme.

— Reis a changé, Nihal, déclara-t-elle. À l'époque où elle était mon maître, c'était une femme sûre d'elle et forte, mais maintenant... Il y a quelque chose de malveillant en elle. J'ai peur pour toi.

Nihal se révolta :

— J'ai le droit de connaître la vérité !

— Il y a des vérités qu'il vaut mieux ne pas savoir, dit Soana d'un ton grave.

Ces paroles frappèrent Nihal : « Pourquoi me répètent-ils tous la même chose ? »

— Je ne peux pas t'empêcher d'y aller, continua Soana. C'est à toi de décider. Mais souviens-toi que je n'ai plus confiance en Reis.

— Je m'en souviendrai, fit Nihal. Maintenant, dis-moi où elle est.

Nihal jaillit hors du palais : elle ne voulait pas attendre une minute de plus. Elle avait déjà atteint l'écurie lorsqu'elle s'entendit appeler.

Sennar la rejoignit, tout essoufflé :

— Où vas-tu ?

— Chez Reis.

Le magicien réfléchit un instant, puis il dit en la regardant dans les yeux :

— Je viens avec toi.

Nihal sourit :

— Je croyais que tu n'aimais pas voyager sur Oarf !

— Je ferai en sorte d'apprécier, répondit Sennar en grimpant sur le dos du dragon, faussement désinvolte.

26
REIS

Reis vivait dans la partie occidentale de la Terre de l'Eau, une région montagneuse inhabitée, connue pour ses imposantes cascades de Naël. Selon les dires de Soana, la demeure de Reis se dressait sur un rocher dominant l'eau.

Nihal et Sennar volèrent au-dessus de Laodaméa. Ils virent défiler sa plaine et sa Forêt Occidentale, où Mégisto était pierre de jour et homme de nuit ; ils admirèrent le tracé des innombrables fleuves irriguant la Terre de l'Eau. Nihal portait son armure et Sennar, serré contre elle, enlaçait sa taille. La jeune fille était heureuse de l'avoir de nouveau à ses côtés : quelles que soient les révélations que lui ferait Reis, elle ne serait pas seule pour affronter cette ultime épreuve.

Vers midi, ils s'arrêtèrent dans un village et demandèrent des indications à une femme qui tenait un enfant dans les bras.

— Les cascades sont encore loin, répondit-elle. Vous devez remonter le cours du fleuve. C'est à deux jours de route.

Ils volèrent encore tout l'après-midi en suivant l'une des nombreuses ramifications du delta du Saar : avant de se jeter dans la mer, le Grand Fleuve se séparait en mille cours d'eau dans lesquels se déversaient d'autres petits ruisseaux, qui naissaient dans les basses montagnes de la zone méridionale. La branche qui se déroulait paisiblement à leurs pieds était l'une des plus longues.

Lorsque la nuit tomba, ils atterrirent à l'orée d'un bois pour installer leur campement. Nihal était partie bille en tête, sans penser que le voyage pouvait durer plusieurs jours. Sennar, qui avait fait quelques provisions au village, prépara rapidement un dîner à base de viande grillée.

— Comme voyageuse, tu es un vrai désastre, plaisanta-t-il. Si je n'avais pas été là, à cette heure-ci tu serais en train de manger des glands, à l'instar des sangliers.

Nihal se réjouit une nouvelle fois d'être là avec lui. Elle croqua dans un morceau de viande, qui lui sembla aussi exquise que celle qu'elle avait mangée avec lui des années plus tôt, lors de sa fameuse nuit d'initiation à la magie. Alors que, seule dans la forêt, elle était terrorisée, Sennar lui avait apporté de la nourriture et avait veillé sur elle jusqu'à l'aube.

— Tu te souviens de la soirée dans les bois, juste après que nous nous sommes connus ? fit-elle.

— Bien sûr que je m'en souviens. Cette fois-là aussi, tu avais failli mourir de faim. Ah, heureusement que je suis là ! soupira Sennar.

Nihal éclata de rire.

— Oh oui ! Je me demande comment j'ai réussi à survivre pendant ton absence... Tu m'avais raconté ta vie, ce soir-là, tu te rappelles ? dit-elle en prenant un autre morceau de viande. Parfois, je me dis que j'aimerais bien voyager comme toi, partir loin...

— Ce n'est pas si génial que ça, tu sais, répondit Sennar. La plupart du temps, tu te sens perdu et tu voudrais ne jamais être parti. L'inconnu est beaucoup plus fascinant quand on se contente de l'imaginer. La vérité, c'est que je me sens mieux ici, les pieds par terre, à faire mon travail.

La demi-elfe haussa les épaules :

— Moi, j'ai l'impression de n'être bien nulle part. Je ne sais même plus pourquoi je combats. Toi, Sennar, tu sais ce que tu veux vraiment ?

— Est-ce qu'il y a quelqu'un dans ce monde qui le sait ? Je crois en ce que je fais, et pour l'instant cela me suffit. Allez, ce n'est pas le moment de philosopher ! Nous avons encore un bon bout de chemin à faire demain, il faut dormir. C'est un voyageur expérimenté qui te le dit.

Nihal s'éloigna du feu et s'assit, le regard tourné vers l'épaisseur du bois, son épée à portée de main.

— Dors, dit-elle, je prends le premier tour de garde. Il vaut mieux qu'au moins l'un de nous reste éveillé. C'est un guerrier expérimenté qui te le dit.

Le matin du troisième jour, avant même de voir les cascades, Nihal et Sennar en entendirent le grondement. Ils comprirent qu'ils étaient presque arrivés. Ils aperçurent ensuite une énorme chute d'eau, surmontée d'un arc-en-ciel. À mesure qu'ils s'en approchaient, la cascade de Naël apparut dans toute sa majesté. Son saut mesurait une bonne centaine de brasses ; l'eau se déversait en trois jets principaux qui, en se brisant sur les rochers, se multipliaient encore et encore à l'infini. En la survolant, Nihal eut un instant de vertige. Elle se demanda comment il était possible que Reis habite ici, et surtout où pouvait bien se trouver sa maison. Soana avait parlé d'un rocher au milieu de la cascade, mais la vapeur d'eau était tellement épaisse que l'on n'y voyait rien. Pendant un long moment, ils tournèrent en rond, guettant un signe de vie, mais rien d'humain ne semblait exister dans ce lieu. La nature y régnait en maître incontesté.

— Mais bien sûr ! hurla soudain Nihal en se tournant vers Sennar. Elle doit être derrière !

— Quoi ? cria-t-il.

— J'ai dit que sa maison doit être derrière le rideau de la cascade ! Il n'y a pas d'autre possibilité !

Sennar eut à peine le temps de répondre « Oh, non ! J'espère que nous n'aurons pas à... » que Nihal avait déjà éperonné Oarf et fonçait à toute allure vers l'eau en poussant un cri de plaisir.

Le hurlement de Sennar, lui, fut de pure terreur.

Pendant un instant, il leur sembla que toute l'eau du monde s'abattait sur leurs épaules. Juste après, ils se retrouvèrent dans une sorte d'énorme grotte creusée dans le flanc de la montagne. Oarf vola jusqu'au fond et se posa sur une pierre plate.

Complètement trempés et le cœur battant à cent à l'heure, Nihal et Sennar descendirent et regardèrent autour d'eux, en essayant d'habituer leurs yeux à la pénombre. Ils étaient dans le ventre de la montagne et le mur d'eau était si loin que le vacarme de la cascade leur parvenait assourdi.

Ce fut Sennar qui la vit le premier.

— Comment diable ont-ils fait pour la construire ? murmura-t-il en indiquant une bicoque de bois sombre accrochée à une saillie rocheuse, une dizaine de brasses au-dessus d'eux. Et comment on va là-haut ?

— Il y aurait bien un moyen..., répondit Nihal. Mais, je te préviens, tu ne dois pas faire d'histoires !

Elle s'approcha d'Oarf et lui chuchota quelque chose à l'oreille. Le dragon se dressa sur ses pattes postérieures et sa maîtresse grimpa sur son dos, puis sur son cou. Enfin, elle arriva sur la tête de l'animal, d'où, sous les yeux ébahis de Sennar, elle sauta sur la corniche.

— Tu as vu ? lança-t-elle avec un sourire satisfait.

— Compliments. Mais si tu attends de moi le même exploit...

— Ce n'est pas la peine. Ferme les yeux et fais-moi confiance.

Sennar obéit en soupirant : aussitôt, Oarf prit délicatement entre ses dents un morceau de la tunique du magicien et le souleva dans le vide.

— Hé ! protesta le jeune homme.

— N'ouvre pas les yeux, cria son amie, amusée. C'est mieux, crois-moi !

Quand le dragon le posa à terre, Sennar la foudroya du regard. Mais elle s'était déjà tournée vers la masure.

À l'intérieur, il faisait sombre, et leur odorat réagit avant leur vue. La cabane regorgeait d'odeurs : herbes, fumée, moisissure, papier consumé par les années... Ce mélange de parfums saisit Nihal à la gorge. Puis, peu à peu, leurs yeux s'habituèrent à l'obscurité. L'endroit était encombré d'une foule d'objets ; les murs étaient couverts de rayonnages débordants de livres, tous de la même couleur de moisi : de petites brochures à la reliure légère, mais aussi d'énormes volumes aux bords renforcés de plaques métalliques dévorées par la rouille. Certaines étagères avaient cédé sous le poids, et leur contenu s'était renversé sur le sol, où des monceaux de livres gisaient comme ils étaient tombés, la tranche en l'air et les pages en éventail, à côté de dizaines de parchemins poussiéreux aux dessins inquiétants. Çà et là, sur les rayons, on voyait des vases au contenu hétéroclite : herbes séchées, poudres, substances de toutes les couleurs, et petits animaux, entiers ou en morceaux. Au plafond pendaient des bouquets de fleurs pourries, qui empestaient l'air du taudis.

Sennar se pencha pour observer les parchemins tandis que Nihal avançait avec détermination au milieu de ce capharnaüm dans l'espoir de trouver la propriétaire du lieu.

— Sheireen... Finalement, tu es arrivée, Sheireen...

Du fond de la cabane, une voix semblable à une plainte se fit entendre, derrière une tenture rouge en lambeaux.

Impressionnée, Nihal écarta lentement le rideau. Devant une table envahie de papiers et d'amulettes, assise dans un siège de cuir, elle vit une vieille femme.

Quelque chose dans sa figure fit frémir Nihal. Même pour une gnome, Reis était vraiment minuscule, sèche comme une fleur fanée, avec un visage creusé de rides profondes. Sous ses lourdes paupières, au lieu de l'iris se dessinait un cercle blanchâtre, sans expression. Son visage était encadré de cheveux gris jaunâtre, qui tombaient jusqu'au sol et serpentaient sur le pavé. Et pourtant, dans ses traits transparaissait encore une douloureuse délicatesse, et on devinait qu'elle avait dû être belle dans le passé. Mais le temps avait été sans pitié. Quel âge pouvait-elle avoir ? Elle paraissait cent ans, alors que, d'après Soana, elle ne devait pas en avoir plus de soixante.

— Laisse-moi te toucher, Sheireen, gémit Reis en tendant vers Nihal une main fripée.

La jeune fille resta immobile à la regarder, pétrifiée, jusqu'à ce qu'elle se sente agrippée par le poignet et tirée vers le bas. Les yeux voilés de Reis scrutèrent son visage pendant que les doigts de la sorcière effleuraient ses joues.

— C'est bien toi, jeune Sheireen.

— Je ne m'appelle pas Sheireen, dit Nihal. Je suis Nihal de la tour de Salazar.

La vieille femme hocha la tête et sourit :

— Bien sûr, bien sûr, Nihal... Mais ton vrai nom est Sheireen, la Consacrée, dernière des demi-elfes et unique espoir de ce monde.

Instinctivement, Nihal se retourna pour chercher des yeux Sennar. Le magicien s'avança en silence.

Reis tourna brusquement la tête.

— Qui est ce jeune homme ? demanda-t-elle, l'air préoccupée.

— Je m'appelle Sennar. Je suis...

— Oh, Sennar... le conseiller de la Terre du Vent, l'élève de ma bien-aimée Soana, dit la vieille d'une voix traînante avant de s'adresser de nouveau à Nihal.

— Je t'ai attendue longtemps, Sheireen ! Je savais qu'un jour tu viendrais me voir. Tu ne pouvais pas faire autrement, gloussa-t-elle.

Nihal sentit un frisson lui parcourir la colonne vertébrale : que pouvait bien vouloir dire cette dernière phrase ?

— Assieds-toi, demi-elfe, dit Reis. J'ai tant de choses à te révéler !

Nihal s'installa sur un tabouret de bois, Sennar resta près d'elle, une main sur son épaule.

La vieille se leva péniblement et se traîna vers une étagère, où elle prit un brasero, qu'elle posa au centre de la table. Après l'avoir rempli d'une poignée d'herbes séchées, elle récita une brève formule : une petite flamme apparut et une fumée dense s'éleva, que Reis se mit à guider avec les mains. Des volutes commencèrent à émerger des images confuses, qui devinrent peu à peu plus nettes. Nihal écarquilla les yeux : une petite ville prenait forme devant elle. La plupart de ses maisons étaient en bois. Il y avait un va-et-vient de personnes : des enfants jouaient dans la rue, des femmes faisaient leurs achats au marché de la place centrale. Une petite ville comme tant d'autres. Une petite ville de demi-elfes.

Nihal était fascinée. Elle n'avait jamais vu d'autres demi-elfes, et voilà qu'ils étaient devant ses yeux, en train de bouger, parler. Elle pouvait les regarder vivre. Son attention se porta sur une jeune fille. Elle était très jeune, avec de longs cheveux bleus et des yeux violets. Elle semblait joyeuse et pleine de vie.

— Ta mère est née sur la Terre des Jours, commença Reis. Les temps n'étaient pas des meilleurs, mais elle s'en moquait. Lorsque son peuple dut s'enfuir pour échapper aux persécutions du Tyran, elle partit sans se retourner, car elle avait auprès d'elle tout ce qui faisait son bonheur : sa famille et son compagnon.

Nihal fixa la fumée : un demi-elfe s'approcha de la jeune fille et sourit. C'était un homme à peine plus grand qu'elle.

« Ma mère. Mon père. »

— Tes parents se sont mariés à peine arrivés sur la Terre de la Mer, avec la bénédiction du chef du village et la faveur des étoiles, continua la vieille.

La sérénité des images fut soudain troublée par l'arrivée d'un contingent de fammins. La fumée qui s'élevait du brasero s'obscurcit et la nuit enveloppa le village.

— Hélas, le malheur les poursuivit jusque-là. Alors que les créatures du Tyran semaient la mort et la désolation, ta mère se cacha et pria. Elle pria pour que son jeune époux soit épargné, et pour ne pas être tuée. Ce jour-là elle jura que, s'ils survivaient, elle consacrerait le premier fruit de son sein à Shevrar, le dieu du Feu et de la Guerre.

À cet instant, la fumée se dissipa. Nihal tendit les mains comme pour la retenir : elle aurait tant voulu continuer à voir le visage de sa mère ! Reis ajouta une autre poignée d'herbes, et l'image d'une famille émergea du brasier : la jeune femme, son mari et, entre eux, une petite fille.

— Shevrar eut pitié et les sauva tous les deux. Ta mère tomba bientôt enceinte, et ton père insista pour qu'ils s'installent dans un village plus petit et plus sûr. Ils repartirent de nouveau en exil, mais heureux d'être encore ensemble. Une petite fille leur naquit : ils lui donnèrent le nom de Sheireen, la Consacrée, et décidèrent qu'elle consacrerait sa vie à l'épée et à la bataille, pour louer le nom de Shevrar et venger les morts de sa Terre. La divinité accepta leur présent : Sheireen allait devenir une prêtresse et rien de mal ne devait jamais lui arriver.

D'un coup, la fumée s'anima d'images de guerre. Nihal les reconnut, c'était les mêmes que celles qu'elle voyait dans ses cauchemars. Elle regarda les scènes de massacre, vit couler le sang ; elle entendit les cris de désespoir. Lorsque le silence retomba sur le village jonché de cadavres, Nihal détourna la tête. Elle tremblait.

— Ça suffit, maintenant !

La voix de Sennar était catégorique. Le magicien serra Nihal contre lui et lui prit la main :

— Allons-nous-en !

Elle secoua la tête :

— Tout va bien, Sennar. Laisse-la continuer.

— C'est Shevrar qui t'a sauvée, Sheireen, reprit Reis. De tous les demi-elfes, il décida de te sauver, toi. Pour que tu venges les tiens.

Nihal se vit, nouveau-née, pleurant près du corps ensanglanté de sa mère. Ensuite, elle vit deux femmes marcher entre les cadavres : une gnome très belle et une jeune fille aux cheveux sombres.

— À l'époque, j'étais conseiller, exactement comme ton ami Sennar. Nous étions en mission diplomatique sur la Terre de la Mer quand Soana et moi décidâmes d'aller voir ce qu'il restait de la communauté des demi-elfes. Et nous t'avons trouvée : une petite fille qui pleurait au milieu de dizaines de corps meurtris, la dernière survivante de son peuple. Tu étais un signe, Sheireen.

Reis fit une pause, et la fumée se mit à bouger d'une manière désordonnée, créant d'étranges spirales colorées.

— De retour au Conseil, j'ai cherché à connaître ton passé et ton avenir. Au début, les cartes ne m'indiquèrent rien de clair : quelques impressions, les contours flous d'une histoire que je n'arrivais pas à démêler. Et puis, j'ai vu resplendir ceci...

La forme d'un médaillon circulaire se détacha nettement sur la fumée : en son centre s'ouvrait un œil dont l'iris était constitué d'une pierre irisée aux reflets blanchâtres ; autour, huit cavités vides qui semblaient destinées à accueillir autant de pierres, toutes de même dimension. Une frise complexe ornait le bord du médaillon.

— Je ne savais pas ce que c'était. J'ai consulté longuement mes livres, mais le talisman demeurait un mystère. Peu à peu, il sortit de mes pensées.

Reis passa ses doigts crochus sur son visage :

— Trois ans plus tard, quand le remords devint trop lourd, j'abandonnai le Conseil. C'est alors que j'ai décidé de me remettre sur les traces de ce médaillon. Et de ton destin.

— De quoi est-ce que tu parles ? demanda Sennar. Le remords de quoi ?

— Cela n'a pas d'importance maintenant. Tu dois savoir encore d'autres choses, dit Reis en regardant Nihal.

La gnome se leva et alla fouiller dans un tiroir. Lorsqu'elle se rassit, elle tenait à la main une amulette, dont la pierre centrale brillait faiblement dans l'obscurité de la cabane.

— Il y a de nombreux siècles, cette Terre n'était peuplée que par les anciens elfes, des créatures parfaites, chères aux dieux. La pureté de leur existence fut troublée par l'arrivée des hommes et des gnomes qui envahirent le Monde Émergé. Les anciens elfes disparurent ; la plupart quittèrent le Monde Émergé, d'autres se mélangèrent aux nouvelles races. Tout ce qu'il restait de leur sang coulait dans les veines des demi-elfes comme toi, Sheireen. Les anciens elfes vivaient en communion avec les forces de la nature. Ce médaillon, la clef de leur magie, c'est ta destinée.

Reis tendit l'amulette à Nihal, qui la prit dans sa main et l'examina.

— Dans chacune des huit Terres se trouve un sanctuaire, dédié à l'un des huit Esprits de la nature : l'Eau, la Lumière, la Mer, le Temps, le Feu, la Terre, l'Obscurité et l'Air. Et puis, il y a la Grande Terre, la Mère, qui les accueille et les contient tous. Chaque sanctuaire renferme une pierre. Par le passé, celui qui avait un désir se rendait au temple et demandait aux esprits de lui accorder le pouvoir de le réaliser. Si son cœur était sincère, il emportait la pierre, et le pouvoir lui était octroyé. Lorsque son désir était satisfait, la pierre retournait au sanctuaire. C'est ainsi que les anciens elfes obtenaient la faveur des esprits par leurs prières. Mais les pierres ont un pouvoir encore plus grand. Lorsqu'un danger imminent et incontrôlable menace, il est possible de demander l'aide de tous les esprits à la fois. Pour ce faire, il faut réunir les huit pierres, les assembler sur le talisman, et une fois la Grande Terre atteinte, prier la Mère pour qu'elle exauce les prières de ses enfants ; alors les esprits de la nature sont évoqués et répondent au vœu du possesseur de l'amulette. Les anciens elfes n'utilisèrent son pouvoir qu'une fois, lorsqu'un conquérant venu du Grand Désert tenta d'envahir leur monde. Après l'extinction de leur peuple, les sanctuaires tombèrent dans l'oubli, parce que seuls les anciens elfes pouvaient en franchir le seuil sacré.

Reis s'interrompit et plongea ses vieilles pupilles opaques dans les yeux étonnés de Nihal :

— Les anciens elfes, ou qui possède leur sang.

— Tu es en train de dire que..., commença la jeune fille.

— Oui, Sheireen. Tu es la seule qui puisse encore demander l'aide des esprits. Le Tyran règne grâce à la magie. C'est avec la magie qu'il a créé les fammins et a érigé sa Forteresse, et c'est grâce à la magie qu'il subjugue ses serviteurs. Mais tu peux mettre fin à sa domination : une fois toutes les pierres rassemblées, les esprits de la nature seront évoqués, et la magie du Tyran disparaîtra.

— Des siècles ont passé, Reis, intervint Sennar. Les pierres ont pu être volées ou dispersées, les sanctuaires détruits...

La vieille femme leva le visage vers lui :

— Tu ne m'as pas écoutée, conseiller ? Seuls ceux qui ont le sang des anciens elfes peuvent toucher les pierres, les autres sont destinés à une mort immédiate. Et la destruction d'un sanctuaire ne signifie rien : c'est le lieu où ils se dressent qui est sacré, non l'édifice en lui-même.

Nihal secoua la tête :

— Mais je ne suis qu'à moitié elfe...

— Les esprits t'exauceront de la même manière, Sheireen. Mais tu devras faire attention, parce que l'amulette cherchera à absorber ton énergie vitale.

— Quoi ? s'écria Sennar. Tu n'es qu'une vieille folle !

— Un conseiller devrait être capable d'écouter, jeune homme, répliqua Reis d'un ton sévère. Sheireen vivra si elle est assez forte. Cependant rappelez-vous que le pouvoir du médaillon ne dure qu'une journée : pendant cette journée, après que Sheireen aura évoqué les esprits, le Tyran ne pourra plus utiliser sa magie. Et c'est pendant ce laps de temps qu'il faudra le battre.

Nihal fit tourner l'amulette entre ses doigts :

— C'est pour cela que je suis restée en vie, Reis ?

La vieille magicienne acquiesça :

— Oui, Sheireen. Le sens de ton existence est de libérer le Monde Émergé du Tyran.

— Où se trouvent les sanctuaires ? demanda Nihal.

— C'est l'amulette qui te l'indiquera. Ton cœur saura où chercher.

Nihal sentit Sennar frémir.

— Non. Non, c'est impossible ! éclata le jeune homme. La majeure partie de ces sanctuaires se trouvent en territoire ennemi. Il faudra traverser les lignes de front, voyager dans tout le Monde Émergé...

La vieille gnome l'ignora et s'adressa à la jeune fille :

— Là est ton destin, Sheireen, tu ne peux pas t'y soustraire. Tout ce qui t'est arrivé, depuis ta naissance jusqu'à ce jour, avait pour but de t'y mener. Tu ne veux pas la vengeance, Sheireen ? Tu ne veux pas la destruction du Tyran ? Si, tu la veux. Je sens ton cœur déborder de haine.

Nihal regarda la vieille femme avec crainte. Ses paroles la déconcertaient, et seule la présence de Sennar réussissait à la rassurer un peu.

— Accueille ta haine, Sheireen ! Nourris-la, suis-la, parce que c'est elle qui nous libérera du mal ! Je suis en train de t'offrir la possibilité d'anéantir celui qui a exterminé ton peuple ! Pense à toutes tes nuits d'insomnie, aux visages contractés par la douleur qui ont rempli tes rêves...

Le médaillon glissa des mains de Nihal et rebondit en tintant sur la table.

— Comment sais-tu, pour mes rêves ? lâcha-t-elle en se levant.

Le tabouret sur lequel elle était assise tomba à terre.

— Tu devrais me remercier, Sheireen..., murmura Reis.

Au lieu de ça, Nihal dégaina son épée et la lui pointa sur la gorge.

— Dis-le-moi ! hurla-t-elle.

Reis soupira et hocha la tête :

— Lorsque j'ai su la vérité sur toi, j'ai compris que je devais trouver un moyen pour que tu ne puisses pas te soustraire à ton destin...

— Ce n'est pas possible...

— J'ai donc récité l'enchantement : j'y ai laissé toutes mes forces, car c'était une formule interdite, difficile à évoquer. Tu devrais me remercier, Sheireen, répéta la vieille femme. Sans mon intervention, tu n'aurais jamais pris l'épée, tu n'aurais jamais découvert ta force...

— Ce n'est pas possible, ce n'est pas possible..., répétait Nihal.

— Si, Sheireen. C'est moi qui ai ouvert ton esprit aux rêves.

Un grand froid tomba sur la pièce. On n'entendait plus aucun bruit, à part le grondement lointain de la cascade. L'épée noire tremblait dans les mains de Nihal.

— Je savais que Soana n'aurait jamais le courage de faire de toi la vengeresse dont nous avions besoin. Mais si tu voyais de tes propres yeux...

Le visage de Nihal s'assombrit.

— Mais je n'étais qu'une enfant ! Tu as envoyé des légions d'esprits me tourmenter. Aujourd'hui, je suis une femme, et je n'ai pas passé une seule nuit sans...

— Lorsque tu auras mené à bien ta mission, tes rêves s'évanouiront, Sheireen. Mais tant que tu n'auras pas fait ton devoir, les morts te persécuteront. Pour toujours.

— Espèce de monstre ! hurla Nihal.

Et, d'un coup d'épée, elle fendit la table devant Reis. La vieille ne bougea pas.

— Ta force est dans la haine, dit-elle en souriant. C'est moi qui t'ai donné cette force, moi qui ai fait de toi ce que tu es.

— Je ne suis pas ta créature !

— Oh, que si, tu l'es..., ricana Reis.

Nihal avait déjà levé le bras pour frapper quand elle sentit le contact d'une main qui prenait la sienne.

Sennar l'obligea à lui faire face.

— Range ton épée et partons d'ici, dit-il calmement. Maintenant.

Nihal s'immobilisa, indécise, le sang battant aux tempes. Puis elle baissa son épée jusqu'à ce qu'elle pende, inerte, à son flanc et se dirigea vers la porte sans un mot. Le médaillon gisait à terre, au milieu des morceaux de la table fracassée.

— Sheireen ! l'appela Reis. Tu ne peux pas tourner le dos à ton destin !

Avant de sortir, Sennar la regarda durement :

— Je viens juste de te sauver la vie, Reis. Tais-toi si tu ne veux pas que je change d'avis.

Nihal s'était recroquevillée sur un petit rocher sous la maison de la vieille femme. Sennar se laissa glisser jusqu'à elle, s'assit à ses côtés et lui effleura le bras.

— Viens, on s'en va, lui murmura-t-il.

Elle ne répondit pas ; il s'agenouilla et prit sa tête entre ses mains :

— Ici, il n'y a rien de ce que tu cherchais, Nihal.

Le visage de la jeune fille était baigné de larmes.

— Combien de fois me suis-je répété que je ne pouvais pas vivre seulement pour me venger, Sennar ? Tu sais à quel point j'ai lutté... Et pour quoi ?

— Tu te trompes, dit Sennar.

Nihal continuait à regarder droit devant elle, les yeux perdus dans le vague.

— Tu ne vois pas, Sennar ? Ma vie obéit à un plan parfait : je combats parce qu'un jour mes parents m'ont consacrée à un dieu dont je ne connaissais même pas le nom jusqu'à aujourd'hui. Des cauchemars me tourmentent pour m'obliger à récolter huit maudites pierres dispersées à travers le monde. Tout est déjà écrit, décidé. Je suis une arme dans les mains de quelqu'un, je n'ai pas le droit d'être moi-même.

Sennar la força à se lever et la serra contre lui.

— Ta vie n'appartient qu'à toi, Nihal, malgré ce que tu crois ou ce que d'autres en disent. Maintenant, allons-nous-en et oublions cette histoire.

27
L'ARMÉE DES MORTS

Vers la fin du voyage, Nihal et Sennar remarquèrent que quelque chose n'allait pas. À mesure qu'ils s'approchaient de Laodaméa, l'air se chargeait d'électricité et les villages qu'ils survolaient semblaient en proie à une étrange agitation.

Tout à coup, ils virent un point noir voler à leur rencontre. Craignant qu'il ne s'agît d'un ennemi, Nihal dégaina son épée. Elle la rangea en constatant que c'était Ido sur Vesa. Le gnome leur fit signe d'atterrir sur une petite colline.

— Qu'est-ce que tu fais par ici ? Tu viens nous escorter ? plaisanta Sennar.

Il se tut en remarquant le visage sérieux et tendu du gnome.

— Que se passe-t-il ? demanda Nihal.

— Pendant votre absence, les choses se sont précipitées. Une offensive sans précédent a été menée contre la Terre de l'Eau : l'armée du Tyran est sur le point d'atteindre la barrière érigée par les nymphes. La bataille est imminente, Nihal. On a besoin de toi sur le campement.

Ido remonta en selle :

— Suivez-moi.

En un instant, la tête de Nihal se vida ; elle sauta sur le dos d'Oarf et l'incita à voler le plus rapidement possible, Sennar serré contre elle.

Ido les conduisit sur un vaste haut plateau de la Terre de l'Eau qui dominait la frontière de celle du Vent. Dès qu'ils arrivèrent, Laïo accourut vers Nihal, pâle et tremblant.

— Il se passe quelque chose... quelque chose de bizarre..., dit-il en la menant à ses troupes.

Elle accéléra le pas .

— Qu'est-ce que tu veux dire ?

— J'ai... j'ai peur de ce que j'ai vu, Nihal

La jeune fille s'arrêta pour le regarder droit dans les yeux, et l'espace d'un instant, elle eut un sombre pressentiment. Elle qui n'avait jamais eu peur pendant une bataille fut effrayée par l'expression de Laïo.

— Va à la tente et n'en sors pas ! La situation est grave, lança-t-elle en s'éloignant.

Tous étaient déjà à leur poste. Nihal chercha Sennar des yeux : il était près de Mavern. Soana était avec eux. « Mais qu'est-ce qui se passe, bon sang ? » Elle secoua la tête ; ce n'était pas le moment de céder à la panique. Elle devait être lucide et concentrée.

Elle abaissa son casque et avança avec Oarf jusqu'à la première ligne. Au loin, devant, elle vit les nymphes occupées à maintenir la barrière. Elles étaient disposées sur plusieurs rangées, les unes à côté des autres, les mains tendues vers le ciel. Nihal reconnut avec stupeur Astréa elle-même. Toute droite, la reine priait pour sa

Terre avec les autres nymphes. Elle avait changé depuis la première fois où Nihal l'avait vue : sa beauté diaphane était presque opaque, appesantie par une douleur qui avait dû l'envahir peu à peu.

Le silence régnait sur la plaine. D'ordinaire, les fammins avançaient en poussant un cri bestial qui glaçait le sang dans les veines. Or, cette fois, rien. Le silence Nihal avait peur, sans savoir de quoi. Pas de la mort, elle ne l'avait jamais crainte. C'était une peur plus profonde, sournoise et terrible.

Puis, du côté de la Terre du Vent, apparut l'ennemi. Les combattants du Tyran n'étaient pas des fammins. C'étaient des hommes, qui avançaient dans un silence et un ordre parfaits, presque calmement. Au lieu des habituelles armures noires, ils portaient des cuirasses couleur cendre. Ils ne bronchèrent pas en voyant la barrière. Les prières des nymphes augmentèrent de puissance, leur chant se fit plus lancinant.

Nihal sentit son cœur cogner dans sa poitrine.

Deux guerriers apparurent dans le ciel de plomb. L'un portait une armure écarlate et chevauchait un dragon noir, semblable à celui de Dola ; l'autre était gris, tout comme sa monture.

Un murmure parcourut les troupes.

— Prêts à l'attaque ! hurla le général.

Nihal se pencha sur Oarf et lui parla avec douceur :

— Sois tranquille, tout ira bien.

Même le dragon était agité. Ses ailes frémirent, mais ce n'était pas du désir de se battre.

Les troupes s'approchaient toujours, marchant vers la barrière. De nombreux fantassins étaient blessés. Leurs armures métalliques étaient souillées de larges taches de sang coagulé ; et pourtant ils avançaient, imperturbables. Lorsque la première ligne fut à un pas de la barrière, ils s'arrêtèrent.

Le guerrier monté sur le dragon noir se positionna au-dessus d'eux.

— Aujourd'hui est un grand jour ! hurla-t-il, tourné vers l'armée des Terres libres. Un grand jour, vraiment ! Aujourd'hui, les frères vont s'élever les uns contre les autres, le père tuera le fils. La main droite combattra contre la main gauche, et toutes deux s'en prendront au corps même auquel elles appartiennent. Aujourd'hui, vous vous exterminerez vous-mêmes !

Il tendit une sorte de trident, dont l'acier brilla de reflets sombres ; il le brandit vers le ciel et un fin réseau d'éclairs bleutés parcourut son armure.

— Mon Seigneur, ton serviteur te demande la force ! cria-t-il avant de projeter sa lance contre la barrière.

Tous les yeux parmi les combattants la regardèrent pénétrer la défense magique sans difficulté et s'enfoncer dans le sol à quelques brasses de la première rangée de nymphes. Dès qu'elle toucha terre, la lance fut entourée d'un globe de lumière sombre, qui se mit à s'étendre avec un grondement sourd.

La barrière se brisa dans une grande explosion de lumière verte. Les nymphes et leur reine furent balayées , puis le globe noir les enveloppa et elles semblèrent se dissoudre dans un nuage de vapeur.

Un silence horrifié s'abattit sur les soldats. Rien ne séparait plus les troupes ennemies de celles des Terres libres.

— Que le massacre s'accomplisse ! hurla le guerrier, et ses hommes partirent à l'attaque sans émettre un son.

La bataille commença.

Les fantassins de la première ligne se ruèrent sur les mystérieux soldats gris, mais leurs épées avaient beau les transpercer de part en part, c'était comme si elles traversaient l'air.

C'est alors que chaque soldat, chaque fantassin, chaque guerrier de l'armée des Terres libres reconnut quelqu'un dans les rangs ennemis : un vieux compagnon d'armes, son propre commandant tombé sur le champ de bataille, son frère blessé à mort. La stupeur céda la place au doute, le doute devint certitude, et la certitude se mua en horreur : c'était une armée de morts. Des morts de leur propre camp, des amis d'autrefois. Le Tyran avait trouvé le moyen de ramener à la vie ceux qui avaient donné la leur au cours de cette guerre infinie.

Le champ de bataille résonna de cris de terreur, et l'armée des Terres libres s'éparpilla en une retraite désordonnée.

Nihal s'efforça de dominer son effroi et fit de son mieux pour tenir ses troupes. Elle parcourait le terrain d'un bout à l'autre en chevauchant un Oarf récalcitrant, et haranguait ses hommes pour les empêcher de se disperser. Mais cela ne servait à rien. Tout semblait perdu : même si les soldats parvenaient à surmonter l'horreur de devoir combattre contre leurs compagnons morts, il n'y avait pas d'armes qui puissent venir à bout de cette sorte d'ennemis.

Nihal se sentit impuissante, et le désespoir s'empara d'elle.

— Maudit Tyran ! hurla-t-elle.

Elle éperonna Oarf, le dirigeant vers le guerrier à l'armure rouge. Aussitôt des légions et des légions de fantômes s'interposèrent. Un soldat qui avait combattu sous ses ordres se planta devant elle et la fixa avec des yeux éteints.

Pendant ce temps, Sennar et Soana avait rejoint le général.

— Rassemblez tous ceux qui n'ont pas encore commencé à combattre, général ! dit le magicien. J'ai peut-être un moyen de les vaincre.

Le militaire secoua la tête :

— Non, conseiller. J'ai l'intention d'ordonner la retraite. Je ne veux pas d'autres pertes.

— Si nous nous retirons dans ces conditions, ce sera un massacre, déclara Sennar sans se soucier des flèches qui sifflaient autour de lui. En outre, nous ne pouvons pas céder la Terre de l'Eau ainsi.

— Qu'est-ce que vous avez en tête ? demanda le général.

— Il existe une formule, dit Soana, mais il faut la réciter sur les armes. Écoutez le conseiller Sennar, général. Nous nous occuperons du reste.

L'idée venait de Sennar : les esprits appartenant à l'essence du feu, seul un enchantement lié aux flammes pouvait les disperser et redonner la paix à leurs âmes. Il ne restait qu'à imposer la formule sur les armes.

Les soldats qui ne s'étaient pas encore jetés dans la mêlée furent réunis sur le haut plateau qui dominait le champ de bataille. Ido et Nihal atterrirent non loin de là, soulevant des nuages de poussière. Ils descendirent de leurs dragons et s'approchèrent à grands pas, puis se joignient à la foule.

Sennar regarda les troupes : des fantassins, de simples soldats et des chevaliers, immobiles, le visage boule-versé, qui écoutaient les hurlements de leurs compagnons. À peine la moitié de l'armée ; il fallait néanmoins tenter le tout pour le tout. Il grimpa sur l'un des chariots qui transportaient les armes et tendit la main à Soana pour l'aider à monter.

— Écoutez-moi ! cria-t-il au milieu de la rumeur du combat. Écoutez-moi ! Il faut résister !

— Ils sont en train de nous massacrer ! hurla quelqu'un, et beaucoup lui firent écho.

— Ayez confiance en moi ! Nous allons imposer un enchantement à vos armes ! insista Sennar. Vous devez seulement lever bien haut vos épées.

Mais seules une lame de cristal noir et une longue épée pointèrent au-dessus de la forêt de casques et d'armures.

— Damnation ! s'écria Ido. Vos compagnons sont en train de mourir ! Il n'y a pas de temps à perdre ! Levez vos maudites armes !

Peu à peu, les soldats obéirent ; bientôt, tout le plateau fut hérissé de lames, de lances, de flèches et de haches.

Sennar et Soana tendirent les mains vers le ciel et commencèrent à réciter une formule. Un rayon pourpre fusa de leurs doigts et s'éleva dans les airs, pour retomber ensuite en une pluie de lumière qui inonda toutes les armes.

Lorsque les troupes se mirent en marche, Sennar s'affala contre le bord du chariot, épuisé. Soana, elle, glissa sur le plancher.

Nihal s'envola sur Oarf pour encourager ses hommes. Les soldats se mirent à frapper les ennemis ; sous leurs coups, les fantômes se dissolvaient à présent comme de la fumée. Mais l'affrontement restait terrible. Parmi les rangs des spectres, Nihal reconnut beaucoup de ses anciens compagnons : elle était incapable d'affronter leur regard, de lever son épée contre eux. Elle avança encore, pleine de rage, jusqu'à ce qu'elle aperçoive au loin la silhouette rouge chevauchant le dragon noir. C'était lui qu'elle voulait tuer en premier.

Elle se mit à le suivre, les yeux fixés sur son armure couleur de sang. Le dragon noir ralentit soudain sa course et vira brusquement ; du coup, Oarf se retrouva face à lui. Nihal était prête à se jeter à l'attaque quand elle vit fondre sur elle une énorme forme ailée, grise comme le soldat qui la montait. Dans sa posture, dans les yeux qu'elle entrevoyait sous le casque, Nihal reconnut quelque chose de familier. Elle frissonna.

— Voilà ton ennemi, lui cria le guerrier écarlate.

Juste après, son dragon se cabra et monta vers les nuages.

— Attends ! cria-t-elle à son tour en s'élançant à sa poursuite.

Mais le soldat gris se planta devant elle et lui blessa le bras droit avec son épée.

Nihal éloigna Oarf et empoigna son épée de la main gauche. Au-dessus d'elle, le guerrier à l'armure rouge volait en cercles, observant la scène.

Le dragon gris ouvrit en grand sa gueule dans un rugissement silencieux et battit lentement des ailes, s'approchant encore un peu plus. Quand Nihal souleva la visière de son casque pour mieux voir, elle fut prise d'un vertige : « Non, ce n'est pas possible ! Gaart est mort. Il est mort pour sauver son chevalier. »

— Qui es-tu ? hurla-t-elle au soldat. Qui es-tu, réponds-moi, qui es-tu ?

Sans répondre, son adversaire la toucha à la jambe avec sa lame. Mais Nihal ne ressentit aucune douleur. Hébétée, elle tremblait de tout son corps. « Ce n'est pas lui, ce ne peut pas être lui ! »

Puis, sur un signe du guerrier écarlate, le soldat ôta son casque d'un geste mécanique et le doute ne fut plus permis. Les boucles, autrefois châtain clair, étaient à présent couleur cendre, le sourire éclatant avait disparu des lèvres pour laisser place à une moue inexpressive ; pourtant ce fut bel et bien Fen qui se tenait devant Nihal. Fen, son maître, son ami, son amour.

La demi-elfe en resta paralysée. Combien de fois avait-elle souhaité le revoir ? Combien de fois avait-elle cru entendre son rire ? Et maintenant il était là. Ses yeux verts n'avaient plus de regard, mais c'était lui.

Soudain, il se jeta sur elle, et l'épée avec laquelle il l'avait entraînée si souvent se ficha avec précision dans son épaule.

Cette fois, Nihal sentit la douleur et le sang qui coulait de sa blessure ; cependant elle ne parvint pas à réagir.

— Fen, dit-elle dans un filet de voix.

Le visage du chevalier fantôme resta indifférent, sa bouche muette.

— Fen... C'est moi, Fen..., murmura-t-elle encore.

Un nouveau coup la toucha au côté, éraflant son armure.

— Tu as décidé de mourir, chevalier ? ricana le guerrier rouge.

Les fendants continuaient à s'abattre sur Nihal ; elle les recevait sans une plainte, et ne bougeait toujours pas. Puis, soudain, elle s'aperçut qu'Oarf l'entraînait au loin.

Un mur de flammes les arrêta : le dragon noir crachait le feu devant eux.

— Tuer ou être tué, chevalier ! hurla le guerrier écarlate.

« Frappe-le, Nihal. »

Nihal secoua la tête :

— Je ne peux pas...

« Tu ne veux pas mourir. »

Une seconde flamme heurta le poitrail d'Oarf. Nihal sentit résonner en elle le rugissement de douleur de son dragon blessé. Pourquoi, pourquoi était-elle obligée de subir cette épreuve ?

— Nihal ! Combats, nom d'un chien !

La voix d'Ido la ramena d'un coup à la réalité. Elle sortit de sa torpeur et vit le gnome sur le dos de Vesa, l'épée dégainée, qui fonçait sur le dragon noir. La colère monta en elle comme une vague. La colère et la douleur. Elle serra sa main sur sa garde et se lança en hurlant contre Fen.

Elle lutta avec l'énergie du désespoir ; elle frappait au hasard, cherchant surtout à éviter le regard glacé de l'homme qu'elle avait aimé.

— C'est moi, Fen, continuait-elle à répéter, alors qu'il attaquait et parait, attaquait et parait, impassible.

Elle ne le fit pas volontairement : ce fut comme si sa main avait agi d'elle-même, ou peut-être qu'elle préférait se le dire. L'épée de cristal noir se glissa soudain entre elle et Fen et sa pointe se planta dans le ventre du chevalier, le transperçant de part en part. Pendant un instant, les yeux de Nihal croisèrent ceux de ce fantôme. Elle n'y vit rien. La silhouette grise s'évanouit peu à peu et se réduisit en fumée, comme le soir où le feu du bûcher funèbre avait consumé son corps.

Les troupes des Terres libres furent contraintes de se retirer. Grâce à la magie, Sennar et Soana avaient réussi à limiter les pertes, mais pas à leur donner l'avantage. À la fin de la journée, l'ampleur de la défaite était évidente : une grande partie de la steppe méridionale, qui reliait la Terre du Vent à celle de l'Eau, était aux mains du Tyran.

Les survivants de la bataille se réfugièrent à Laodaméa. Une tente-hôpital fut dressée sur la place principale pour accueillir les blessés et dans les rues alentour s'improvisa un campement. Les habitants de la ville se pressèrent autour des soldats, collaborant comme ils purent : les aubergistes transformèrent leurs locaux en cantine, les femmes s'activèrent pour que l'eau, le bois et les vêtements propres ne manquent pas aux militaires. Ils furent également nombreux à leur offrir l'hospitalité. Quant à Galla, le roi de la Terre de l'Eau, il mit son palais à la disposition des généraux et des chevaliers. Le moral de l'armée était au plus bas ; la situation désespérée. La Terre de l'Eau était assiégée par les troupes ennemies, installées à quelques lieues de distance. Si elle tombait, les Terres libres ne seraient plus que deux : celle de la Mer et celle du Soleil.

Nihal fut transportée au palais royal. Sa blessure à l'épaule se révéla plutôt grave, mais ce qui était surtout préoccupant, c'est que la jeune fille semblait être tombée dans un état de confusion mentale. Même une fois installée dans sa chambre, loin des gémissements des blessés et du découragement des survivants, elle continua à regarder autour d'elle d'un air absent. Laïo lui tenait la main et lui parlait à voix basse, essayant de la rassurer, sans qu'elle réagisse d'aucune façon.

Sennar s'approcha et l'écarta doucement.

— D'abord, il faut s'occuper de la blessure. Nihal ? appela-t-il. Réponds, Nihal.

Silence. Sennar lava le visage de son amie couvert de suie avec un linge humide, puis, aidé de Laïo, il lui ôta sa cuirasse. Il examina sa blessure à l'épaule et entreprit de lui réciter un enchantement de guérison.

Laïo ne quitta pas le chevet de son chevalier, veillant sur son sommeil agité, pendant que Sennar passa le reste de la nuit à soigner les blessés, assisté par Ganna et Soana. À l'aube, alors qu'ils rentraient au palais, ils rencontrèrent Ido.

— Ça a été une catastrophe, Sennar, dit le gnome.

— Je sais. À présent, il semble que l'armée du Tyran se soit arrêtée. Ainsi nous sommes en sécurité.

— Pas pour très longtemps, répondit Ido.

Le lendemain, l'armée ennemie n'avança ni ne recula d'un pas.

Les chefs militaires tentèrent de réorganiser leurs forces, mais la conscience que le Tyran pouvait évoquer les esprits des défunts ne laissait aucun espoir à la victoire. Ils étaient dans un piège. Bien sûr, les magiciens du Conseil auraient pu s'unir et continuer à imposer des enchantements sur toutes les épées. Seulement à chaque nouvelle bataille, le nombre des combattants des Terres libres diminuerait pour aller grossir les troupes ennemies. Combien de temps pourraient-ils résister ?

Une séance spéciale du Conseil en présence du roi Galla fut fixée au soir même. Tous les chevaliers du dragon furent invités à y participer.

Le silence régnait sur le palais royal. Depuis la mort de la reine, les courtisans ne se montraient plus, et les serviteurs se déplaçaient comme des ombres. La douleur de Galla imprégnait le palais tout entier.

Sennar sortit de sa chambre et s'engagea dans le corridor. Il sursauta et se retourna brusquement en s'entendant appeler tout bas.

Nihal avançait vers lui, pâle comme un linge, l'épaule entourée d'un épais bandage blanc. Elle avait l'air d'un spectre.

— Qu'est-ce que tu fais là ? demanda le magicien en allant vers elle.

— Je viens à la réunion

— Tu ne peux pas ! Tu es faible et ta blessure n'est pas encore..

— Cela n'a pas d'importance.

Sennar la regarda : son visage était privé d'expression Dans ses yeux ne se lisaient ni tristesse ni souffrance. Elle se tenait devant lui immobile et froide comme une pierre tombale.

Il prit sa main entre les siennes et la serra :

— Je sais ce qui s'est passé hier pendant la bataille. Cela finira un jour, Nihal

— Je n'arrive plus à y croire, murmura-t-elle.

— Tu le dois ! L'espoir est la seule chose qui nous reste.

La grande salle ovale était sombre, comme si l'obscurité qui régnait hors des murs avait trouvé moyen de s'insinuer à l'intérieur du palais. Un chandelier éclairait faiblement des visages tendus, éprouvés par les blessures, harassés par la fatigue et l'inquiétude.

Dans la pièce souterraine s'étaient réunis les huit conseillers, les chevaliers du dragon, le général, le roi Galla et Soana.

— Les troupes sont épuisées et nous sommes en nette infériorité numérique par rapport à l'ennemi, commença le général d'une voix éteinte. Les renforts de la Terre du Soleil n'arriveront pas avant dix jours. Je ne vous mentirai pas · nous sommes dans une situation sans issue.

Galla était un homme encore jeune aux traits délicats ; il avait des cheveux blonds et des yeux d'un bleu sombre. Son mariage avec Astréa, la première union mixte de la région, avait inauguré une nouvelle ère dans les rapports entre les nymphes et les humains.

Profondément bouleversé par la mort de sa compagne et préoccupé par le sort de son royaume, il tourna un visage douloureux vers Sennar :

— Quand arrivera l'armée de Zalénia ?

— Pas avant la fin du mois, Majesté. Le voyage est long...

Galla haussa les épaules :

— Je vais être franc avec vous, conseillers : la Terre de l'Eau n'est plus en mesure de vous offrir aucune protection. Notre peuple n'est pas prêt à la bataille. Les nymphes ne sont évidemment pas capables de se battre, et nos hommes n'ont jamais été entraînés à la guerre. Je crains que nous ne soyons à la merci de l'ennemi.

— Majesté, général, intervint Sennar. Nous avons imposé l'enchantement à toutes les armes. À présent, nous pouvons frapper. Certes, ce n'est qu'une faible consolation, mais c'est toujours quelque chose. Nous ne devons pas nous laisser submerger par l'accablement.

Théris, la nymphe qui représentait la Terre de l'Eau, prit la parole .

— Ce que tu dis est courageux, Sennar. Mais cessons de nous bercer d'illusions ! Après quarante ans de guerre, nous n'avons pas la force de résister à cette nouvelle attaque.

Nihal, assise au fond de la salle, écoutait. Elle écoutait, et elle savait qu'elle n'avait plus le droit d'hésiter. Et pourtant, alors qu'elle voulait se lever pour parler, ses jambes ne lui obéissaient pas.

— Le Conseil doit être préservé à tout prix, Sennar, déclara le conseiller Sate, un gnome de la Terre du Feu. Et avec lui, tous ceux qui s'opposent au Tyran. C'est pour cela que je pense qu'il ne nous reste que la fuite. La Terre de l'Eau est désormais perdue.

Galla le regarda durement.

— Astréa est morte pour protéger cette Terre, et vous me proposez de fuir ? Non, conseiller. Ma place est ici, parmi mes sujets. Mon destin sera celui de la Terre de l'Eau.

— Nous comprenons vos raisons, Majesté, dit un chevalier. Mais le salut du Conseil est fondamental. C'est principalement grâce à son action que nous avons survécu toutes ces années. Sa disparition signifierait la fin des Terres libres. Sate a raison : le Conseil doit quitter la région. L'armée, elle, restera à vos côtés.

— Admettons que ce soit la bonne décision, intervint Ido. N'empêche que là-dehors c'est toujours plein de ces maudits fantômes.

Dagon se leva :

— Il y a bien un moyen, Ido, un rituel qui n'a été utilisé que de très rares fois. Il s'agit d'une formule, que tous les conseillers sont censés réciter ensemble, qui permettrait de nous transporter dans un lieu lointain.

Le représentant de la Terre de la Mer demanda la parole.

— Un moment, conseillers. Admettons que le Conseil réussisse à se sauver. Et ensuite ? Nous sommes face à une attaque envers toutes les Terres libres : si nous ne trouvons pas un moyen de nous opposer au Tyran, nous serons tôt ou tard avalés par les ténèbres. Ici, ou quel que soit l'endroit où nous nous trouverons.

Le silence se fit dans l'assemblée. Nihal fixait la lumière vacillante des bougies.

« Il n'y aucun autre moyen, Nihal, tu n'as pas le choix. La route est déjà toute tracée, tu n'as qu'à la parcourir. »

Lorsqu'elle se leva tous les regards se posèrent sur elle. La demi-elfe sortit sans se retourner.

En franchissant le seuil, Nihal fut assaillie par la puanteur de pourri, mêlée au parfum des herbes aromatiques. Comme elle était très faible, l'odeur lui retourna l'estomac. Elle se fit violence et avança entre les bouquets de fleurs séchées qui pendaient du plafond, jusqu'à la silhouette sombre penchée sur un parchemin.

La vieille leva brusquement la tête. Un sourire ambigu se peignit sur son visage rabougri.

Nihal la regarda pendant quelques instants avant de dire d'une voix ferme :

— Je suis prête à partir, Reis.

LIEUX ET PERSONNAGES

Aïrès : pirate de Rool.

Anfitris : petite fille de Zalénia.

Assa : capitale de la Terre du Feu.

Astréa : nymphe, reine de la Terre de l'Eau.

Barod : ami d'enfance de Nihal.

Bénarès : pirate, amant d'Aïrès.

Cob : adolescent de Zalénia.

Daeb : gnome, ancien roi de la Terre du Feu, grand-père d'Ido

Dagon : membre ancien du Conseil des Mages.

Deliah : magicien de Zalénia.

Dodi : mousse à bord du *Démon noir*.

Dola gnome, guerrier de l'armée du Tyran.

Eresséa . village de Zalénia proche du tourbillon.

Faraq . aubergiste du village de Sennar, sur la Terre de la Mer.

Fen : chevalier du dragon, compagnon de Soana, mort au combat.

Flogisto : magicien de la Terre du Soleil, vieux maître de Sennar pendant son apprentissage de conseiller.

Gaart : dragon de Fen.

Galla : roi de la Terre de l'Eau.

Ganna : jeune magicien sur un campement de la Terre du Vent.

Ido : gnome, chevalier du dragon ; maître de Nihal.

Kala : sœur de Sennar.

Laïo : écuyer de la Terre de la Nuit, ex-compagnon de Nihal à l'Académie et son ami.

Laodaméa : capitale de la Terre de l'Eau.

Livon : père adoptif de Nihal, frère de Soana, tué par les fammins.

Lophta : soldat de l'armée des Terres libres.

Makrat : capitale de la Terre du Soleil.

Man : fille de Kala et nièce de Sennar.

Mathon : soldat de l'armée des Terres libres.

Mauthar : chasseur de têtes.

Mavern : général du camp du bois de Herzli.

Mégisto : historien et magicien, ex-bras droit du Tyran.

Moli : père d'Ido et de Dola, roi de la Terre du Feu.

Moni : voyante des Îles Vaneries.

Nammen : ancien roi des demi-elfes, fils de Leven, qui

inaugura une période de paix à la fin de la guerre des Deux Cents Ans.

Nelgar : surintendant de la base de la Terre du Soleil.

Néreo : roi de Zalénia, le Monde Submergé.

Nihal : chevalier du dragon et dernière demi-elfe du Monde Émergé.

Oarf : dragon de Nihal.

Ondine : jeune fille de Zalénia.

Parsel : chevalier du dragon, ancien maître d'épée de Nihal à l'Académie.

Pelamas : ambassadeur du Monde Submergé.

Pelavudd : marchand de Zalénia.

Pewar : général des chevaliers du dragon, père de Laïo.

Phos : elfe-follet, chef de la communauté de la Forêt.

Raven : Général Suprême de l'Ordre des chevaliers du dragon sur la Terre du Soleil.

Reis : gnome, magicienne, ex-membre du Conseil des Mages.

Rhodan : magicien vendu au Tyran, ex-élève de Flogisto.

Ried : chevalier du dragon.

Rool : pirate du *Démon noir* et père d'Aïrès.

Sakana : comté de Zalénia.

Salazar : tour-cité de la Terre du Vent.

Sate : gnome, membre du Conseil des Mages, représentant de la Terre du Feu.

Seferdi : capitale de la Terre des Jours.

Sennar : magicien, membre du Conseil des Mages, conseiller de la Terre du Vent et meilleur ami de Nihal.

Sheireen : vrai nom de Nihal, signifiant « la Consacrée ».

Shevrar : dieu du Feu et de la Guerre.

Soana : magicienne, ex-membre du Conseil des Mages, premier maître de magie de Sennar et sœur de Livon.

Sulana : très jeune reine de la Terre du Soleil.

Théris : nymphe, membre du Conseil des Mages, représentante de la Terre de l'Eau.

Vaneries : îles sur la route vers le Monde Submergé.

Varen : comte de Zalénia.

Vesa : dragon d'Ido.

Zalénia : autre nom du Monde Submergé.

Ziréa : capitale de Zalénia.

Découvrez la troisième partie des

CHRONIQUES DU MONDE ÉMERGÉ

Livre III. Le Talisman du pouvoir

Cet ouvrage a été imprimé
en avril 2011 par

FIRMIN-DIDOT

27650 Mesnil-sur-l'Estrée
N° d'impression : 104280
Dépôt légal : avril 2009
Suite du premier tirage : avril 2011

Imprimé en France

12, avenue d'Italie
75627 PARIS Cedex 13